FEDERHERZ
VERLAG

© *privat*

Julia Mayer wurde 1997 in der Nähe von Düsseldorf geboren und ist ausgebildete Yoga-Lehrerin. Wenn sie nicht gerade herzzerreißende und prickelnde Liebesromane oder Drehbücher schreibt, unternimmt sie lange Spaziergänge in der Natur, spielt Gitarre oder schaut Filme. Sie liebt Schreibnachmittage mit Kaffee, Duftkerzen und leiser Coldplay-Musik im Hintergrund.

Julia Mayer lässt ihre Leser:innen auf Social Media einen Blick hinter die Kulissen werfen und freut sich über den Austausch mit ihnen.

Instagram: @juliamayer.author

TikTok: @juliamayer.author

Facebook: Julia Mayer

JULIA MAYER

WHEN IN Paris

ENDSTATION LIEBE

WHEN IN PARIS
Endstation Liebe

Bildmaterial: Shutterstock, Freepik, Rawpixel
Korrektorat: Kristina Butz

Bestellung und Vertrieb: Nova MD GmbH, Vachendorf

ISBN: 978-3-98595-399-8

Druckerei Smilkov Print Ltd
Pokrovnishko shose
2700, Blagoevgrad

Federherz Verlag
Süntelstraße 70
31848 Bad Münder
https://www.federherzshop.de/
Instagram: @federherz.verlag

If you can dream it,
you can do it.

PLACE POSTAGE STAMP HERE
CARTE POSTALE
ADRESSE
CORRESPONDANCE
Paris

Playlist

Space Song – Beach House
Halley's Comet – Billie Eilish
Ho Hey – BURNS, biz colletti
Apocalypse – Cigarettes After Sex
A Sky Full of Stars – Coldplay
True Love – Coldplay
Astronomy – Conan Gray
Never Tear Us Apart – INXS
Love song – Lana Del Rey
My Tears Are Becoming a Sea – M83
Soon, My Friend – M83
Fade Into You – Mazzy Star
Good Looking – Suki Waterhouse
Mastermind – Taylor Swift
Labyrinth – Taylor Swift
Paris – Taylor Swift

CARTE POSTALE
CORRESPONDANCE
ADRESSE
PLACE POSTAGE STAMP HERE
Paris

KAPITEL 1

Hailey

Wenn man am ersten Tag in seinem neuen Zuhause in einen Hundehaufen tritt, will das Schicksal einem dann etwas mitteilen?

Denn genau das ist mir passiert: Inmitten der Menschenmenge, die sich ihren Weg zur Pariser Metro bahnt, trete ich in einen Hundehaufen, bleibe abrupt stehen und fange laut an zu fluchen. »Verdammt noch mal! Das kann doch nicht wahr sein!«

Ein paar Passanten werfen mir Seitenblicke zu, doch ich ignoriere ihre sicherlich amüsierten Gesichtsausdrücke. Das hat mir gerade noch gefehlt. Die Metro soll laut Plan in drei Minuten losfahren und ich bin nicht einmal am Bahngleis. Und jetzt trete ich auch noch in einen köstlich duftenden Stinkehaufen, der, der Größe nach zu urteilen, sicherlich nicht von einem Chihuahua stammt.

Ich schlängele mich durch die Menschenmasse und stelle mich an den Rand des Gehwegs, um meinen Schuh notdürftig am Bordstein abzukratzen.

»O Mann, aber soll es nicht sogar Glück bringen, in einen Hundehaufen zu treten?«, murmele ich vor mich hin, betrachte meinen zumindest ansatzweise gesäuberten Schuh und geselle mich dann wieder zu der die

Treppe hinunter stürmenden Menge. Na ja, irgendetwas in der Art habe ich schon mal gehört. Sehen wir es einfach als Omen dafür, dass mein erster Arbeitstag in meinem vorübergehenden Zuhause ein guter wird. Ansonsten werde ich diesen Hund, der seinen Haufen mitten auf den Gehweg gemacht hat, finden und ihm den Hals umdrehen. Kleiner Scherz.

Eine Durchsage auf Französisch tönt durch die Lautsprecher, doch ich verstehe kein Wort. Bislang sind meine Französischkenntnisse minimal und stammen aus meiner Highschool-Zeit, die bereits einige Jahre zurückliegt. Mein Sprachkurs startet erst nächste Woche, aber ich hoffe, dass ich schnell Fuß in dieser Stadt fasse und mich mit den Einwohnern unterhalten kann.

Wie durch ein Wunder schaffe ich es noch in die Bahn, auch wenn das bedeutet, dass ich mich unhöflich an mehreren Menschen vorbeiquetschen muss. Gerade noch rechtzeitig trete ich ein, als sich die Türen hinter mir schließen und genervte Franzosen auf dem Bahnsteig ihre Augen verdrehen, weil die Metro losfährt und sie es nicht mehr geschafft haben. Ich bin ganz außer Atem und scanne die Umgebung nach einem freien Sitzplatz ab. Glücklicherweise ist noch genau ein Platz neben einer äußerst schick aussehenden älteren Dame mit rot geschminkten Lippen, strengem Dutt und hohen Lederstiefeln frei. Die Franzosen haben ein Händchen für Style, das habe ich schnell festgestellt.

Atemlos lasse ich mich auf den Sitz sinken. Mit den Fingern versuche ich während der Fahrt meine dichten, schulterlangen Haare zu entwirren, was mir nur mäßig gelingt. Vermutlich können die Einheimischen allein durch mein Auftreten schnell erkennen, dass ich nicht von hier komme. Im Gegensatz zu ihnen würde ich mich nicht unbedingt als Fashionista sehen und an Make-up benutze ich auch höchstens Wimperntusche. Obwohl ich aus Kalifornien komme, habe ich helle Haut mit Sommersprossen, da ich so gut wie gar nicht braun werde, wenn dann eher krebsrot. Doch selbst das passiert mir kaum, denn in San Francisco ist es häufig neblig und kühl, auch wenn man das vielleicht nicht glauben mag. Meine hellbraunen Haare mit Rotstich betonen meine blasse Hautfarbe noch mehr, aber damit habe ich mich mittlerweile abgefunden.

Mein Blick wandert durch das Abteil, während meine Hände über mein Kleid fahren. Für meinen ersten Tag in dem Animationsstudio, in dem ich ab heute arbeiten werde, habe ich mich für ein langärmliges, dunkles Oberteil entschieden, über das ich ein geblümtes Kleid trage. Vielleicht hätte ich das Oberteil darunter gleich weglassen sollen, denn es ist noch früh und mir ist jetzt schon warm. Und so verplant und aufgeregt, wie ich heute Morgen war, habe ich nicht einmal die Wetter-App gecheckt, um herauszufinden, wie die Temperaturen an diesem Junitag in Paris sein werden. Im Notfall muss ich das Oberteil eben im Büro auf der Toilette ausziehen.

Mein stinkender Schuh – oder mein Glücksbringer, wie ich ihn ab sofort lieber bezeichnen will – sorgt vermutlich nicht gerade dafür, dass ich weniger Aufmerksamkeit erhalte. Aus dem Augenwinkel glaube ich sogar mitzubekommen, wie die ältere Dame neben mir näher an die Scheibe rückt.

Verflucht. Ich rieche es ja auch. Wo bekomme ich denn jetzt auf die Schnelle ein neues Paar Schuhe her?

Es ist laut in der Metro, französische Gesprächsfetzen dringen an mein Ohr, zusammen mit Lachen und der viel zu lauten Musik aus den Kopfhörern des jungen Mädchens vor mir. Ich lehne mich zurück, versuche, mich mit Atemübungen zu entspannen und nicht jetzt schon durchzudrehen. Vermutlich vermischt sich gerade alles in mir zu einem gefährlichen Cocktail: die Aufregung, in einer neuen Stadt zu sein und meinen ersten Arbeitstag anzutreten, und der Jetlag, dank des fast elfstündigen Flugs. Ich bin müde, nervös, hibbelig und gleichzeitig unglaublich dankbar, hier zu sein. Als mein Chef mir vor einigen Wochen das Angebot meines Lebens gemacht hat und mich fragte, ob ich für vier Monate zu unserem Zweitsitz nach Paris reisen will, um das dortige Team als Concept Artist bei der Erstellung eines neuen Animationsfilms zu unterstützen, konnte ich selbstverständlich nicht Nein sagen. Das alles hier ist mein großer Traum. Die Welt zu sehen. An Animationsfilmen zu arbeiten. Und irgendwann einen Academy-Award für meine Leistung zu erhalten ...

Ich bin so in meine Gedanken vertieft, dass ich mir auf die Lippe beißen muss, um nicht zu sehr zu grinsen. Außerdem sollte ich aufmerksam bleiben, um die Metrostation nicht zu verpassen, an der ich aussteigen muss. Von meiner Unterkunft im Quartier Latin bis zum ersten Arrondissement – so werden die Stadtbezirke hier bezeichnet – sind es gerade einmal zwanzig Minuten Fahrt. Wenn ich zu sehr vor mich hinträume, vergesse ich womöglich noch, rechtzeitig auszusteigen. Und nach allem, was heute Morgen schon passiert ist, würde ich dann doch zu spät kommen und das muss wirklich nicht sein. Es wäre ein Anblick für die Götter: Ich mit stinkendem Schuh, viel zu spät für meinen ersten Arbeitstag, weil ich viel zu verpeilt bin. Na super.

Mein Blick wandert durch den Wagen und ich beobachte fasziniert die vielen verschiedenen Menschen, die sich hier tummeln. Was sie wohl gerade denken? An wen oder an was? An welcher Station steigen sie aus und wohin verschlägt es sie danach? Geht es ihnen gut oder verstecken sie ihren Schmerz vor allen anderen, damit niemand etwas ahnt? Worauf freuen sie sich heute …? Was bereitet ihnen Sorgen?

Völlig in meinen Gedanken versunken bekomme ich gar nicht mehr mit, an welchen Stationen wir schon vorbeigefahren sind. Typisch für mich und möglicherweise erkennt man allein an meinen Gedankengängen, dass ich im kreativen Bereich arbeite. Immer auf der Suche nach neuer Inspiration, einer Geschichte, die es wert ist, erzählt oder gezeichnet zu werden.

Ich blinzele mehrmals, als mir einfällt, dass ich lieber einmal auf meine Metro-App schauen sollte, um den Ausstieg nicht doch noch zu verpassen. Ein Blick auf mein Handy zeigt mir, dass es nur noch wenige Haltestellen sind, bevor es so weit ist.

Nervös knete ich meine Finger, immer und immer wieder, nachdem ich mein Handy weggesteckt habe, und versuche, mich innerlich darauf vorzubereiten, dass heute mein großer Tag ist. Der erste richtige Tag in Paris mit einer neuen Arbeit, neuen Kollegen, einem großen Projekt und einem Chef in den Staaten, den ich nicht enttäuschen darf. Er hat große Hoffnungen in mich gesetzt und bei Gott, ich will nicht, dass er es am Ende bereut. Nicht nur ihm will ich beweisen, dass ich das Zeug dazu habe, mich kreativ auszuleben, sondern auch mir. Normalerweise würde ich jede freie Sekunde nutzen, mein iPad auf meinen Schoß legen und zeichnen, doch in den ersten Tagen in der Großstadt sollte ich mich lieber darauf fokussieren, mich nicht zu verirren. Denn wenn ich einmal im Zeichenmodus bin, bekomme ich *nichts* um mich herum mit.

Die ältere Dame neben mir richtet ihren Blick auf mich und spricht so schnell Französisch, dass ich nicht einmal versuchen kann, etwas zu verstehen.

Ich schaue sie an, kneife die Augen zusammen und will mit meinen paar Französischbrocken gerade nachhaken, ob ich ihr bei etwas behilflich sein kann, da setzt sie noch etwas hinterher und schaut mich grimmig an. Sie deutet auf meinen Schuh und dann verstehe ich. Und lächele ihr mit meinem freundlichsten Lächeln zu, doch sie wendet den Blick wieder von mir ab und starrt mit zusammengekniffenen Lippen nach vorn. Erst jetzt fällt mir auf, wie weit sie an die Scheibe gerückt ist.

Ich bin mir sicher, dass sie mir gerade nicht gesagt hat, dass ich meine verfluchten Schuhe aus der Metro schmeißen soll. Vermutlich hat sie mir nur gesagt, dass der Schuh mein verdammter Glücksbringer ist und ich heute den besten ersten Tag haben werde, den man nur haben kann.

In den restlichen Minuten Fahrtzeit versuche ich, so weit wie möglich von ihr abzurücken, um sie nicht noch weiter zu verärgern. Natürlich konnte nur mir so etwas an meinem ersten Tag passieren. Meine Nase hat sich schon an den Gestank gewöhnt, doch die anderen Passagiere dürften nicht so erfreut darüber sein. Schuldbewusst starre ich nach vorn und springe hastig auf, als meine Station genannt wird. Sobald ich den Wagen verlassen habe, fühle ich mich schon wieder viel besser.

Und da fällt mir mit Blick auf mein Handy auf, dass ich mich komplett in der Zeit vertan habe – zu meinen Gunsten. Denn mir bleibt, Gott sei Dank, noch mehr Zeit als gedacht, bis ich im Animationsstudio sein muss. In der Eile und meiner Aufregung geschuldet, habe ich das nicht einmal realisiert.

Im ersten Arrondissement angekommen irre ich erst einmal umher, bis ich mich zurechtfinde. Google Maps wird in meinem neuen Zuhause wohl mein bester Freund sein, so viel steht fest. Meine ältere Schwester Elara, die schon seit ihrem Studium in Paris lebt, hat mir bereits alles zu den Stadtteilen erklärt, aber trotzdem ist es etwas anderes, wenn man tatsächlich vor Ort ist. Das erste Arrondissement, meinte sie, sei ein lebhafter Stadtbezirk und einer der ältesten. Hier gibt es den Louvre, in der die weltbekannte Mona Lisa ausgestellt ist. Ich bin schon ganz gespannt darauf, in der kommenden Zeit alle Sehenswürdigkeiten von Paris zu entdecken. Den Eiffelturm durfte ich schon auf der Taxifahrt zu meiner Unterkunft bestaunen, aber selbstverständlich möchte ich einmal ganz hinauf, auch wenn mir die Höhe ein wenig Angst einjagt.

Mein Handy zeigt mir einen eingehenden Facetime-Anruf an, also bleibe ich stehen. Als ich ihn annehme, sehe ich die strahlenden Gesichter meiner Dads auf dem Bildschirm. Ich spüre direkt, wie ich mich innerlich beruhige, als ich ihre Stimmen höre.

»Hey, da ist ja unsere Kleine!«, ruft mein Papa in die Kamera.

Ich verdrehe grinsend die Augen. Sie nennen mich immer noch *ihre Kleine* und ich glaube, das werden sie auch für den Rest ihres Lebens tun.

»Hallo!«, ruft jetzt auch mein Dad fröhlich und winkt mir zu. »Was ist das denn für eine Kulisse hinter dir? Sieht man irgendwo den Eiffelturm?«

Ich kann nicht anders, als bei ihrer Euphorie und Warmherzigkeit feuchte Augen zu bekommen. Es ist mein erster Tag hier und irgendwie fühlt sich alles noch so unwirklich an. Ich vermisse meine Dads schrecklich und das wird mir gerade deutlich bewusst.

Meine Schwester und ich haben zwei Väter, die uns adoptiert haben. Erst meine Schwester und später mich. Elara und ich sind nicht blutsverwandt, doch da meine

Haare einen Rotstich haben und ihren kupferfarbenen Haaren ähnlich sind, glauben viele, dass wir es sind.

Ich liebe meine Familie so unglaublich sehr. Ja, das Leben mit zwei Dads hat in der Vergangenheit und auch jetzt noch manchmal Aufmerksamkeit auf uns gezogen, aber glücklicherweise sind wir damit nie angeeckt. In Kalifornien sind die Menschen sehr offen und tolerant, auch wenn man das leider nicht vom restlichen Land behaupten kann.

»Hier sieht man bloß ein paar unspektakuläre Gebäude«, erkläre ich und drehe die Kamera um meine Achse, um ihnen meine Umgebung zu zeigen. »Den Eiffelturm habe ich bislang nur aus dem Taxi heraus bestaunen können.«

»Hast du schon deine Schwester getroffen? Wie geht es ihr?«, hakt mein Dad nach.

Ich schüttele den Kopf. »Noch nicht, aber das werde ich so schnell wie möglich nachholen. Sie arbeitet viel, wie ihr wisst. Ich vermisse euch ganz doll.«

»Wir vermissen dich auch«, sagt mein Papa und wischt sich etwas unter dem Auge weg.

»Nicht weinen!«, befehle ich ihm und er lacht. »Sonst muss ich mitweinen.«

Ich spüre, dass mein Damm kurz davor ist, zu brechen, und beiße mir auf die Zunge. Die belebte Großstadt um mich herum und das große Abenteuer, das mir bevorsteht ... all das habe ich noch nicht wirklich realisiert. Und ich bin wahnsinnig aufgeregt.

»Ist denn sonst alles in Ordnung, Liebling?« Mein Dad schaut mich skeptisch an.

»Abgesehen davon, dass ich in einen Hundehaufen getreten bin, mit einem stinkenden Schuh Metro fahren musste und jetzt dringend neue Schuhe finden muss, bevor ich das Animationsstudio betrete, ist alles bestens.«

Mein Malheur bringt mich wieder auf andere Gedanken und ich muss über mich selbst lachen. Meine Dads stimmen mit ein und ich fühle mich ein wenig leichter. Schwereloser.

»Auweia. Ich habe aber mal gehört, dass das Glück bringen soll«, sagt mein Papa und ich bin froh, dass noch eine andere Person davon gehört hat und da sogar etwas dran sein könnte. »Jetzt lassen wir dich aber wieder in Ruhe, damit du nicht zu spät zur Arbeit kommst. Wir wünschen dir einen wunderschönen ersten Tag und halt uns bitte immer auf dem Laufenden! Immer schön Fotos senden, okay?«

Ich nicke grinsend, wir winken eine Weile hin und her und ich werfe ihnen Handküsse zu, dann verabschiede ich mich und drücke das Handy an meine Brust, sobald ich aufgelegt habe. Zwei Sekunden lang verharre ich in dieser Position, dann öffne ich wieder das Navi auf meinem Handy und versuche, schleunigst ein Schuhgeschäft ausfindig zu machen.

Ich könnte vor Freude laut jubeln, als ich in der Ferne schließlich das Einkaufszentrum Forum des Halles erkenne.

An meinem Ziel angekommen stürme ich hinein und bin mir nur allzu bewusst, dass ich hier nicht viel Zeit mit Shopping verbringen kann. Die Läden teurer Designer reihen sich an bezahlbarere bekannte Marken und ich bin heilfroh, als ich auf einem Schild *Nike* lese. Wenn ich an meinem ersten Tag direkt Geld für neue Schuhe ausgeben muss, dann lieber für ein Paar Sportschuhe als für schweineteure *Chanel* Heels oder wie auch immer die heißen.

Sobald ich den Laden wieder verlasse, schlüpfe ich aus meinen Chelsea Boots, die Gott sei Dank ein

Schnäppchen waren, und pfeffere sie in den nächsten Mülleimer.

In meinen neuen Sneakern laufe ich gut gelaunt die Straße hinunter in Richtung des Animationsstudios, das mir hoffentlich weiterhelfen wird auf dem Weg zu meinem ersten Academy-Award.

KAPITEL 2

Will

Als ich heute Morgen mit der Metro zur Arbeit gefahren bin, war meine Laune schon nicht gerade auf dem Höhepunkt. Na ja, wenn ich ehrlich bin, geht es mir in letzter Zeit fast täglich so. Der einzige Lichtblick ist das Wochenende und selbst dann muss ich die Arbeit ab und an mit nach Hause nehmen, weil ich sonst einfach nicht alles schaffe.

Meine Laune hat sich im Laufe des Morgens Stück für Stück verschlechtert. Als ich nun in die Praxis trete, in der mein bester Freund Henry und ich als Psychologen arbeiten, befindet sie sich auf dem bisherigen Tiefpunkt. Vor Jahren haben wir uns diese gemeinsame Praxis aufgebaut und mittlerweile genießen wir in Paris einen guten Ruf und sind deshalb restlos ausgebucht. Termine sind schwer zu bekommen, denn die Wartelisten sind lang. Einerseits ist es ein gutes Zeichen, dass sich immer mehr Menschen den Ruck geben und einen Psychologen aufsuchen, um Dinge aufzuarbeiten und über ihre mentale Verfassung oder alles, was ihnen auf dem Herzen liegt, zu reden. Andererseits fühle ich mich manchmal so, als würde ich an der ganzen Arbeit ersticken. Aber das liegt vermutlich nicht nur daran, dass wir einen so großen Kundenstamm haben und sich immer mehr Patienten einreihen wollen.

Henry ist wie so oft schon längst vor Ort und ich höre ihn in den Hinterräumen herumwuseln.

»Guten Morgen«, rufe ich durch den Flur und raschele mit der Tüte, die mit Croissants gefüllt ist, die ich auf dem Weg hierher schnell in einer Bäckerei gekauft habe. »Ich habe Croissants mitgebracht.«

Keine Sekunde später steht Henry mit strahlendem Grinsen und hoch motiviert wie eh und je vor mir. Seine dunklen Haare sind gegelt und er ist perfekt rasiert. Kein einziger Stoppel ist von hier aus zu erkennen. Im Gegensatz zu mir trägt er bereits Stoffhose und Hemd. Ich ziehe mir meist erst vor Ort ein Hemd an, das ich hier im Schrank lagere. Auf dem Weg zur Arbeit trage ich lieber gemütliche Klamotten, statt im Business-Look herumzufahren. Ich bin privat mehr der legere Typ, aber als angesehener Psychologe kann ich mich nun mal nicht in zerrissener Hose und Jeansjacke in meine Praxis setzen.

»Guten Morgen«, grüßt Henry zurück und schnappt sich die Tüte aus meiner Hand, um sogleich ein Croissant zu stibitzen und im Laufen davon abzubeißen.

Ich gehe ihm hinterher in unseren Lagerraum, in dem ich mir gleich ein frisches Hemd aus dem Schrank nehme, um mich umzuziehen.

»Wie geht's?«, frage ich ihn, während ich das Hemd zuknöpfe.

Henry kaut gerade und nickt grinsend. »Alles bestens«, antwortet er, als er hinuntergeschluckt hat. »Wir haben heute wieder einige Termine und ich habe mir in der Nacht noch ein paar Gedanken gemacht, wie wir die Räume in der Praxis noch besser einrichten könnten.«

Ich höre ihm zu und nicke hin und wieder, als er mir

von seinen vielen Ideen erzählt. Würde ich Henry Foster nicht so gut kennen, würde ich ihm abkaufen, dass *alles bestens* ist. Aber ich erkenne die dunklen Schatten, die unter seinen Augen liegen. Er ist wahrlich ein Workaholic, wie er im Buche steht. Mich würde es nicht wundern, wenn er bloß vier Stunden Schlaf pro Nacht hat, falls er denn überhaupt schläft und sich nicht auch noch nachts den Kopf über die Praxis und so unwichtige Dinge wie Wandfarben, Pflanzen und Feng-Shui zerbricht.

»Ich habe einige Ratgeber dazu gelesen, wie wir die gesamte Atmosphäre hier noch ums Hundertfache verbessern können.«

Er klingt so euphorisch, dass ich mir wünsche, er könnte mir eine Scheibe davon abgeben. Wenigstens ein winzig kleines Stück. Denn diese Euphorie, die er verströmt, spüre ich schon lange nicht mehr.

»Hast du mir überhaupt richtig zugehört?« Henry hat die Stirn gerunzelt und steckt sich das letzte Stück Croissant in den Mund.

»Klar, ich habe nur nicht so viel geschlafen und bin noch nicht ganz anwesend. Aber klingt alles mega. Ehrlich.«

Henry nickt mir zu.

Es dauert nicht lange, bis unsere Sekretärin Louise eintrifft und sich am Empfangstresen vorbereitet. Auch ich mache mich auf den Weg in mein Büro, fahre den Computer hoch und schaue in meinem Kalender nach, welche Termine heute anstehen.

Unbewusst atme ich meine angestaute Luft aus. Heute ist wieder so ein Tag, an dem mir das Atmen schwerfällt. An dem ich am liebsten zu Hause geblieben wäre, weit weg von all dem hier. In meiner Blase, in der mir die Außenwelt nichts anhaben kann.

Auch mein bester Freund scheint es nicht leicht zu

haben. Es ist ihm anzusehen, dass er sich überarbeitet. Doch auch wenn ich schon oft versucht habe, ihn darauf anzusprechen, will er es einfach nicht hören. Blockt direkt ab. Sein Vater ist Engländer, seine Mutter Malaysierin und sie sind verdammt wohlhabend. Er hat noch zwei jüngere Brüder, denen er als großes Vorbild dienen will, genau wie er seinen Eltern beweisen will, dass er alles unter Kontrolle hat und erfolgreich ist. Die beiden haben uns damals eine ordentliche Finanzspritze gegeben, nachdem Henry und ich uns auf der Uni kennengelernt und uns danach entschieden haben, eine gemeinsame Praxis zu eröffnen. Ohne sie wären wir längst nicht da, wo wir heute sind. Ich glaube, deshalb hat Henry wahnsinnige Angst, sie zu enttäuschen. Und die habe ich auch – nicht nur seine Eltern, sondern auch ihn. Denn wenn er wüsste, welches nagende Gefühl ich schon seit Längerem mit mir herumtrage, würde er mir nicht mehr so grinsend gegenüberstehen.

Der Gedankennebel in meinem Kopf sorgt dafür, dass ich nicht mitbekomme, wie in der Ecke des Bildschirms das E-Mail-Symbol auf und ab hüpft. Erst das Klopfen an der Tür reißt mich zurück in die Realität, die sich nicht besser anfühlt als meine erdrückenden Gedanken.

Verdammt.

»Hier, ich habe dir auch einen Kaffee gekocht.«

Ich nicke Louise dankend zu und nehme ihr die dampfende Tasse ab, nachdem sie auf meinen Schreibtisch zugesteuert ist. Sie lächelt mir mit ihren dunkelrot geschminkten Lippen zu. Ihr blonder Pony ist akkurat geschnitten, der Rest ihrer langen Haare steckt in einem tiefen Dutt.

»Wenn du mich brauchst, sag einfach Bescheid.«

»Klar, ich danke dir, Louise.«

Für einen Augenblick verharrt sie in ihrer Position und streicht mit den Fingern, deren Nägel im selben Rotton wie ihre Lippen schimmern, über den Stoff ihres schwarzen Rocks. Ich weiß, dass sie versucht, meine Aufmerksamkeit zu erregen. Das tut sie schon, seit wir sie hier vor zwei Jahren eingestellt haben, doch ich gehe nie auf ihre Flirtversuche ein. Einfach aus dem Grund, dass mich die Arbeit ohnehin schon stresst. Wenn ich jetzt auch noch ein Liebesdrama mit ihr dazu hole, gehe ich komplett unter. Von daher kann ich mir auch nicht vorwerfen, ihr jemals falsche Hoffnungen gemacht zu haben.

»Ich bin dann wieder vorn«, sagt sie. Ihre Stimme klingt leiser als gerade eben noch. Rückwärts gehend verlässt sie den Raum und schließt die Tür hinter sich.

Ich sehe ihr nicht hinterher, sondern bekomme das Ganze nur aus dem Augenwinkel mit, während ich schon dabei bin, Antworten auf die unzähligen E-Mails zu tippen. Patienten, die mich mit Fragen überhäufen, obwohl ich doch selbst derjenige bin, der vor lauter Fragen im Kopf droht, zu ertrinken. Bloß weiß das niemand. Und ich habe keinen blassen Schimmer, wie lange das Ganze hier noch gut gehen wird.

Ein paar Stunden und einige Patientengespräche später starte ich in meine Mittagspause. Bereits jetzt kündigen sich Kopfschmerzen an, dabei ist es gerade einmal ein Uhr. Ich massiere meine Schläfen und klopfe dann an Henrys Bürotür, die einen Spalt offen steht.

»Herein«, ruft er und ich spähe mit dem Kopf in das Büro. Er winkt mich zu sich.

»Sollen wir in der Mittagspause ins italienische Restaurant die Straße runter gehen?«, frage ich und gähne. Die schlaflosen Nächte machen sich so langsam bemerkbar, auch wenn ich mit literweise Koffein versuche, entgegenzusteuern. Nicht gerade sehr gesund, ich weiß.

»Ich muss hier noch ein paar Unterlagen ausfüllen«, erwidert Henry und hebt nicht einmal seinen Kopf.

Ich atme tief durch. »Wann willst du denn dann eine Pause machen? In anderthalb Stunden hast du doch schon den nächsten Termin.« Zumindest stand es so in unserem gemeinsamen Kalender in der Cloud.

Er wedelt mit seiner Hand. »Ich mache später eine Pause.«

Ich lache, denn die gleiche Antwort hat er mir die letzten Male auch schon gegeben. Und dann habe ich allein die Mittagspause verbracht und keine Ahnung gehabt, ob er überhaupt etwas gegessen hat – oder auch nur einen Hauch frischer Luft eingeatmet hat.

»Komm jetzt, Henry, du kannst nicht die ganze Zeit durcharbeiten«, versuche ich, ihn umzustimmen, und tatsächlich habe ich jetzt seine Aufmerksamkeit. Seine dunklen Augen bohren sich in meine. Er sieht verdammt müde aus.

»Das sind echt nur noch ein paar Blätter«, meint er, doch ich schüttele den Kopf.

»Um die kannst du dich auch später noch kümmern.«

»Aber ...«, setzt er an, doch ich unterbreche ihn.

»Wir gehen jetzt was Anständiges essen und schlagen uns die Arbeit mal aus dem Kopf.« Ich weiß nicht, ob ich das sage, weil ich Henry etwas Gutes tun will, oder ob es einfach mein eigener innerer Wunsch ist, Distanz zu dem Ganzen hier zu schaffen. Vermutlich beides.

Bevor ich weiter darüber nachgrübeln kann, steht Henry auch schon auf, schnappt sich sein Portemonnaie und steckt es in seine Hosentasche.

»Okay, du hast mich überredet. Beeilen wir uns, bevor ich meine Meinung noch ändere.«

Grinsend lege ich den Arm um seine Schultern und ziehe ihn mit nach draußen, bevor er doch noch einen Grund findet, länger in seinem Büro zu hocken.

CARTE POSTALE
CORRESPONDANCE
ADRESSE
PLACE POSTAGE STAMP HERE
Paris

KAPITEL 3

Hailey

Es ist beängstigend, muss ich zugeben. Als ich das Animationsstudio betrete, weiß ich nicht, was mir bevorsteht. Bislang kenne ich keinen der Mitarbeiter und habe lediglich die wenigen Informationen zu dem neuen Animationsprojekt, die mir mein Chef in San Francisco mitgeteilt hat. Demnach habe ich keinen blassen Schimmer, wie das Ganze ab jetzt laufen wird, als mein Fuß über die Schwelle tritt und mir französische Musik mit Jazzklängen entgegenschallt. Das helle Gebäude, in dem sich das Studio befindet, besticht auch von innen durch einen cleanen Look. Alles ist weiß, wohin das Auge reicht. Bunte Akzente werden durch die aufgehängten Plakate gesetzt, auf denen die verschiedensten Animationsfilme zu sehen sind, die *Animation Avenue* bislang produziert hat. Hier in Paris befindet sich der Zweitsitz des Unternehmens aus San Francisco, bei dem ich bislang als Concept Artist gearbeitet habe. Dieses Studio durfte schon einige Preise für sich sammeln, doch die großen Auszeichnungen, auf die alle so sehnsüchtig hinarbeiten, blieben bislang aus.

In meinen Gedanken sehe ich den Academy-Award

mit meinem Namen darauf eingraviert: *Hailey West – Bester animierter Spielfilm*.

Ich weiß, ich hänge wieder meinen Träumereien hinterher. Das bemerke ich auch, als sich eine junge Frau vor mir räuspert.

»Et vous êtes?«, fragt sie so schnell, dass ich nicht anders kann, als sie mit großen Augen anzusehen. Als sie bemerkt, dass ich nicht reagiere, spricht sie mich noch einmal, diesmal auf Englisch, mit ziemlich genervtem Tonfall an. »Und Sie sind?«

Ihr starker französischer Akzent kommt deutlich durch, doch ich finde, es klingt unglaublich cool, wenn man als Europäer Englisch spricht. Ob sich die Franzosen das bei mir auch denken, sobald ich mehr als einen Satz auf Französisch hinkriege, wird sich noch zeigen.

»Hailey West«, sprudelt es aus mir heraus. Es ist typisch für mich, viel zu hastig zu sprechen, wenn mein Herz schnell in meiner Brust klopft und ich aufgeregt bin.

Die Frau zieht eine Augenbraue in die Höhe und betrachtet mich. Das nehme ich ihr nicht übel, denn ich tue es ebenfalls. Und stelle fest, dass sie sich bei den anderen stylisch gekleideten Franzosen einreihen kann. In ihrem dunklen Bleistiftrock und der farblich passenden Bluse wirkt sie so professionell, wie ich mich noch nie gefühlt habe. Ihre Haare sind zu einem straffen Pferdeschwanz gebunden und ihre Augen funkeln mich unter perfekt geschwungenem Eyeliner an.

Sie hört auf, mich anzustarren, und wirft einen Blick in den Terminplaner, den sie in der Hand hält. Unter ihren Arm hat sie ein Dutzend andere Formulare gedrückt. »Aha. Sie sind also die Neue. Folgen Sie mir.«

Ohne meine Antwort abzuwarten, dreht sie sich schwungvoll um, sodass ihr Pferdeschwanz förmlich in der Luft schwebt. Ich zögere eine Sekunde, dann spute ich mich, ihr hinterherzukommen. Einen allzu sympathischen Eindruck macht sie bislang nicht. Hoffentlich bedeutet das nicht, dass der Rest der Bande genauso drauf ist wie sie. Dann hat der Hundehaufen mir vielleicht doch kein Glück gebracht.

Wir steigen in einen Aufzug, fahren eine Etage nach oben und fast komme ich in Versuchung, zu fragen, wieso wir nicht die marmorne Wendeltreppe gleich neben dem Aufzug genommen haben. Dann besinne ich mich doch eines Besseren und beiße mir auf die Zunge.

Die Frau, deren Namen ich immer noch nicht weiß, schaut starr nach vorn. Wie die ältere Dame in der Metro. Bislang scheinen mich die Franzosen nicht sonderlich zu mögen.

»Schön habt ihr es hier«, versuche ich, irgendetwas zu sagen, damit die Fahrstuhlmusik nicht das Einzige ist, was zu hören ist. Doch die Frau zuckt nicht einmal mit der Wimper.

Wir verlassen den Aufzug und ich erhasche einen Blick auf ihre Bluse, an der ein Namensschild angebracht ist: *Noémie Toussaint*.

Madame Toussaint … oder doch Mademoiselle Toussaint – wie heißt es jetzt richtig? – betrachtet mich argwöhnisch, als ich auf ihre Bluse starre, und bleibt stehen.

»Äh, ich habe nur auf Ihr Namensschild gesehen, Mademoiselle Toussaint … oder Madame.«

Jetzt zieht sie eine Augenbraue in die Höhe. »Madame«, ist alles, was zwischen ihren geschminkten Lippen hervorkommt, dann prescht sie in ihren hohen Hacken schon wieder nach vorn und ich habe – in meinen flachen Sportschuhen – Mühe, hinterherzukommen. Wieso muss ich mich immer so verdammt peinlich verhalten? Ich glaube, ihre Präsenz schüchtert mich einfach etwas ein.

Wir laufen einen langen Flur entlang, in dem alles genauso weiß ist wie unten. Auch die gleiche französische Musik hallt aus den Lautsprechern an der Decke. Rechts von uns befinden sich lauter geschlossene Türen mit kleinen Schildchen an der Wand daneben, doch bei dem Tempo von Madame Toussaint habe ich Mühe, auch nur ein Wort davon zu entziffern. Was sich wohl dahinter befindet? Wann werde ich auf meinen ersten Arbeitskollegen treffen? Ich kneife meine Augen zusammen, um irgendetwas beim Laufen lesen zu können und ... renne volle Kanne in Madame Toussaint hinein.

Sie räuspert sich bloß genervt und ich hebe entschuldigend die Hände.

»Sorry, ich ...«, versuche ich, mich zu erklären, da legt sie schon den Zeigefinger an die Lippen, um mich zum Schweigen zu bringen, und klopft an die Tür vor uns.

O Gott. Dahinter befindet sich vermutlich die Höhle des Löwen und ich bete, dass die Franzosen, die mich dort erwarten, um einiges netter sein werden als die, auf die ich bisher getroffen bin.

In dem Augenblick, in dem wir in den Raum eintreten und mir die freundlichste Dame entgegentritt, die ich je gesehen habe, beschließe ich, dass der Hundehaufen heute Morgen doch ein guter Wink des Schicksals war.

»Madame ...«, beginnt Madame Toussaint und will mich vermutlich gerade vorstellen, doch die Frau hinter dem Schreibtisch ist schon längst aufgesprungen und kommt mit ausgebreiteten Armen auf mich zugelaufen. Sie sieht aus, als wäre sie aus dieser einen Netflix-Serie entlaufen, die mir meine Freundin Sam noch vor meinem Abflug aufgezwungen hat. Wie heißt sie noch gleich? *Emily in Paris?*

Ich gehe fest davon aus, dass sie sich mir gleich als

Sylvie vorstellt, als sie mich in eine feste Umarmung zieht, die mich ziemlich verdattert aussehen lässt. Ein Schwall ihres starken Parfüms legt sich wie eine Decke um mich. Zögerlich erwidere ich die Umarmung. Madame Toussaint scheint von dem Ganzen nicht überrascht zu sein.

»Du bist also unsere neue Amerikanerin im Haus!«, spricht sie das Offensichtliche mit euphorischer Stimme aus und löst die Umarmung.

Ich bin heilfroh, dass sie direkt auf Englisch mit mir redet. Wenn sie jetzt auch noch auf Französisch angefangen hätte, wäre ich restlos überfordert gewesen.

Okay, vielleicht ist sie doch nicht Sylvie, denn dieser Empfang ist so gar nicht wie der, den Emily in der Serie bekommen hat. Umso besser für mich.

Nicht verwunderlich dagegen ist, dass sie ziemlich gut aussieht. Ich glaube, sie ist eine der Frauen, die man auf vierzig schätzt, dabei ist sie schon fünfzig Jahre alt. Ihre hellbraunen, gewellten Haare haben diesen typischen Ich-bin-gerade-erst-aufgestanden-Look, aber in Kombination mit ihrem dunklen Augen-Make-up, den goldenen Creolen und ihrer lockeren, kakifarbenen Bluse ist sie wirklich eine Erscheinung. Eine große, goldene Kette prangt auf ihrem Dekolleté und sie lächelt mich immer noch euphorisch an, als habe sie schon lange auf mich gewartet.

»Ja, die bin ich. Hailey West aus San Francisco«, stelle ich mich vor und weiß nicht so recht, wohin mit meinen Händen, also stemme ich sie in meine Hüfte.

»Hach, San Francisco. Eine wahnsinnige Stadt. Ich habe viele tolle Erinnerungen an diese Metropole. Besonders aus den Achtzigern.« Sie zwinkert mir zu und ich lächele freundlich zurück. »Ich bin übrigens Amandine.

Amandine Laurent. Aber nenn mich ruhig einfach nur Amandine.«

Eifrig nicke ich. Irgendwie befürchte ich immer noch, dass sie sich gleich als Schreihals oder sonst etwas herausstellt. Wie kann die Chefin so sympathisch sein, wenn ihre Sekretärin so griesgrämig ist?

In dem Moment meldet sich Madame Toussaint und hebt ihren Finger, als wolle sie etwas sagen, doch Amandine kommt ihr zuvor. »Meine Liebe, du kannst dich wieder an die Arbeit machen. Danke, dass du Hailey zu mir gebracht hast.«

Madame Toussaint lächelt ihr zu und zum ersten Mal sehe ich, wie sich ihre Mundwinkel überhaupt in eine Richtung bewegen. Zügig verlässt sie den Raum und ich bleibe mit Amandine zurück.

»Ach, ihr Amerikaner habt einfach so einen ... unbeschwerten Touch«, sagt sie seufzend und läuft um ihren Schreibtisch herum, um Platz zu nehmen. Sie deutet auf den Stuhl davor und ich setze mich, während ich mich die ganze Zeit über frage, was es mit ihrer Aussage auf sich hat.

»Und? Wie gefällt dir Paris? Hast du dir schon die typischen Sehenswürdigkeiten angesehen? Glaub mir, Süße, Paris hat viel mehr zu bieten als bloß diesen Eiffelturm und den Louvre. *Ich* zeige dir mal die richtigen Hotspots.«

Normalerweise bin ich diejenige, die pausenlos plappern kann, doch irgendwie hat es mir, seit ich das Gebäude betreten habe, die Sprache verschlagen.

»Verstehst du mich trotz meines Akzents?«, hakt Amandine nach und ich nicke schnell. Ihr Akzent klingt sehr deutlich durch, noch krasser als bei Madame Toussaint. Doch ich liebe den Klang ihrer weichen Stimme. Fast bin ich ein wenig neidisch, dass ich keinen französischen Akzent habe. Irgendwie macht es einen so besonders.

»Oh, ja, ich verstehe dich bestens. Ich bin einfach ein wenig ... jetlagged«, versuche ich, mich aus meiner Misere zu befreien.

»Ach, ja klar, der Flug dauert ewig.«

»Und bislang habe ich noch gar nichts besichtigen können. Ich bin gestern erst hier gelandet und habe mich nur auf meinen ersten Arbeitstag vorbereiten können.«

Amandine nickt und stützt ihre Ellenbogen auf der Holzfläche des massiven Schreibtischs ab. »Sobald wir heute Mittagspause haben, nehme ich dich zu meinem Lieblingsrestaurant gleich um die Ecke mit und erzähle dir alles, was du *wirklich* über Paris wissen musst.«

Sie zwinkert mir zu und ich merke, wie ich mich in ihrer Gegenwart immer mehr entspanne. Ich weiß nicht, was ich erwartet habe, wie es hier in Paris laufen wird. Aber ich habe bestimmt nicht damit gerechnet, dass meine vorübergehende Chefin *so* offen und freundlich sein würde. Ich bin positiv überrascht und meine Nervosität schwindet immer weiter, bis kein Hauch mehr davon übrig ist.

Ich lehne mich entspannt auf meinem Stuhl zurück und überschlage die Beine, während Amandine mir von dem Animationsprojekt berichtet, zu dessen Unterstützung ich überhaupt erst hier gelandet bin. Das Projekt befindet sich noch im Anfangsstadium, denn als Concept Artist entwickele ich die Ideen für das Aussehen der Animation. Ich zeichne die ersten Skizzen und diese Entwürfe werden dann für die Animatoren, Charakter- und Hintergrunddesigner als Referenz genutzt.

»Kommen wir nun also zu unserem schönen neuen Animationsfilm, an dem wir in den nächsten Monaten gemeinsam arbeiten werden«, beginnt Amandine und faltet die Hände, die Ellenbogen hat sie auf der Tischplatte abgestützt. »Es handelt sich um ein sehr spannendes Projekt. Wir werden den Comic *Nightfall* animieren. Von dem hast du ja sicherlich bereits gehört, habe ich recht?«

Eifrig nicke ich. Selbstverständlich habe ich das. Überall auf Social Media findet man Posts über die Vampir-Zwillinge Vincent und Victor aus dem übernatürlichen Comic und ihre Abenteuer auf der Monster Academy. »Das habe ich. Mein Boss hat mir bereits in San Francisco ein paar Infos zu dem Projekt zukommen lassen. Den Comic habe ich natürlich schon gelesen, also bin ich bestens vorbereitet«, verkünde ich lächelnd.

Amandine schaut mich zufrieden an und lehnt sich auf ihrem Stuhl zurück. »Hervorragend. Welcher ist dein liebster Charakter?«

Ich bin froh, dass ich mich auf solche Fragen vorbereitet habe. »Ich glaube Niko Beck, weil es so viele Fragen zu seinem Leben und seinem Vater, dem Wissenschaftler Dr. Beck, gibt. Man fühlt mit ihm und will, dass es ihm gut geht und er Freunde findet, sobald er als neuer Schüler an der Monster Academy ankommt. Aber auch die anderen Charaktere sind toll ausgearbeitet, genau wie die Story selbst. Ich glaube, das Ganze wird als Film wunderbar funktionieren. Ich bin jetzt schon gespannt, wie das Endprodukt auf der Leinwand aussehen wird. Wie es sein wird, die Charaktere zu verfolgen, wenn Dr. Beck entführt wird, und wie die Freunde den ganzen Geheimnissen auf den Grund gehen.«

Meine Chefin grinst mich an. »Mir gefällt deine Leidenschaft. Die Story hat unglaublich viel Potenzial, eine wahnsinnige Mischung aus tiefen Freundschaften und Mysterien. Und ich habe irgendwie geahnt, dass du ein Herz für Niko hast. Mein Lieblingscharakter ist aber definitiv Valentine. Ich habe eine Schwäche für die Villains in Geschichten.« Sie zwinkert mir zu und wir fangen beide an zu lachen.

Ich bin froh, dass so eine ausgelassene Stimmung herrscht. Trotzdem fokussiert sich Amandine schnell wieder und kommt zum Wesentlichen zurück. Schließlich haben wir immer noch einen Film, der produziert werden muss, und die Zeit rennt. Sie greift nach einem dicken Blätterstapel neben sich und legt ihn vor mir ab.

»Hier, das Drehbuch zu *Nightfall*. Es kann eventuell noch zu kleinen Änderungen kommen, aber das ist erst einmal unser letzter Stand. Unser Drehbuchautoren-Team wird sich bei dir melden, sollte es Neuerungen geben. Genauso wie du dich bei ihnen melden kannst, solltest du Fragen haben. Du hast den Comic? Oder brauchst du eine Ausgabe als Referenz bei deiner Arbeit?«

Ich nicke und greife in meine Tasche nach meiner Ausgabe des Comics, um sie hochzuhalten. Amandine sieht zufrieden aus.

»Sehr gut. Anhand des Drehbuchs als Grundlage sowie des Comics kannst du dann deine Skizzen erstellen. Unsere Szenenbildner sind momentan noch dran, Plan- und Ansichtsskizzen zu erstellen. Die werde ich dir dann so schnell wie möglich zukommen lassen. Wir arbeiten außerdem eng mit der Künstlerin des Comics zusammen, um ihrer Vision ebenfalls gerecht zu werden.«

»Das klingt alles sehr gut. Welchen Zeitrahmen habt ihr für die Skizzen eingeplant?«, hake ich nach und spüre, wie mein Herz vor Aufregung ein kleines bisschen schneller schlägt.

»Der Rahmen ist sehr klein, alles ist eng getaktet. Ich hoffe, du kannst gut unter Druck arbeiten. Wir bräuchten innerhalb einer Woche die ersten Skizzen der Charaktere.« Amandine zieht eine Augenbraue hoch, wie, um mich zu prüfen.

Auch wenn mein Herz immer schneller pocht und meine Hände schwitzig werden, nicke ich eifrig. Charakterskizzen schaffe ich innerhalb kurzer Zeit, dessen bin ich mir sicher. Immerhin habe ich den ganzen Tag lang Zeit, mich meinen Skizzen zu widmen. Nichtsdestotrotz spüre ich bereits jetzt den Druck, der auf mir lastet. Aber ich wusste, dass meine Zeit in Paris eine Herausforderung sein würde.

»Das schaffe ich. Ich kann dir nächste Woche meine Schwarz-Weiß-Skizzen zukommen lassen und die Charaktere aus mehreren Winkeln und mit verschiedenen Posen darstellen. Danach können wir auch 3D-Layouts oder detaillierte Linienzeichnungen erstellen.«

»Sehr gut.« Amandine schaut mich zufrieden an. »Du wirst eng mit unseren Szenenbildnern zusammenarbeiten, damit alles zusammenpasst und alle in die gleiche Richtung steuern. Ich werde als Regisseurin selbstverständlich auch eng in den Prozess eingebunden sein, aber ich habe das Gefühl, dass wir beide uns gut verstehen werden.«

Ich bin froh, dass bislang alles so glatt verläuft. Wenn es so weitergeht, kann ich in Paris unheimlich viel lernen.

»Heute Nachmittag haben wir zwei ein Briefing mit unserem Art Director und Creative Director sowie der Künstlerin des Comics, um die Persönlichkeit der Figuren, visuelle Merkmale und weitere wichtige Punkte für das Design zu klären.«

»Alles klar. Ich freue mich schon.«

Amandine schmunzelt zufrieden. »Hast du noch Fragen?« Sie verschränkt die Finger miteinander.

Ich beiße mir auf die Unterlippe, lächele und schüttele den Kopf. »Für mich ist alles klar so weit. Danke für die ganzen Infos, Amandine.«

Mein Herz klopft und das Feuer der Begeisterung in meinem Inneren beginnt zu lodern. Seit ich klein war, sind Filme meine große Leidenschaft. Und dass ich jetzt tatsächlich hier in Paris sitze und mich auf meiner Karriereleiter Stück für Stück weiter nach oben arbeite, fühlt sich einfach nur ... unglaublich an.

Ich richte mich auf. »Ich kann es gar nicht abwarten, mich an die Arbeit zu machen.«

Amandine grinst. Ihre positive Art ist wirklich ansteckend. »Dein Feuer gefällt mir, Kleine. Wurde dir schon dein Büro gezeigt?«

Ich runzele die Stirn und schüttele meinen Kopf. Ich habe ein eigenes Büro? In San Francisco teilen wir uns ein Großraumbüro. Bislang habe ich aber auch in einem großen Team von Concept Artists gearbeitet. Haben hier alle Concept Artists ein eigenes Büro?

»Äh, n-nein«, stottere ich, die Aufregung vor all dem Neuen kehrt augenblicklich zurück in mein Blut. »Teile ich mir denn kein Büro mit den anderen Concept Artists für das Projekt? Also ... es gibt doch noch jemanden außer mir, oder?«

Jetzt ziert Amandines Gesicht zum ersten Mal kein Lächeln. Ihre Stirn ist kraus gezogen und sie schaut mich verwundert an. »Wurde dir das denn gar nicht gesagt? Du bist der einzige Concept Artist, den wir für das Projekt gebucht haben. Dein Chef hat außerordentlich löblich von dir gesprochen. Als er uns eine Kopie deiner Mappe geschickt hat, wusste ich gleich, dass wir nur dich brauchen. Dich ganz allein. Unter uns, er hat uns auch die Mappen von ein paar deiner Kollegen zugesendet, doch keine ist so herausgestochen wie deine.« Sie zieht eine Augenbraue hoch und schaut mich erwartungsvoll an.

Okay. Jetzt ist der Gefühlscocktail in meinem Inneren hochgradig gefährlich: Aufregung, Angst, Nervosität, Vorfreude, Glück und Panik machen sich gleichzeitig in mir breit und ich sehe vermutlich gerade wie ein kalkweißes Gespenst aus. Oder eine knallrote Tomate. Ich weiß es nicht einmal. Mein Gesicht fühlt sich eiskalt und heiß zugleich an. Werde ich krank?

»Äh, nein, das wusste ich bislang nicht …«, sind die einzigen Worte, die es mühsam zwischen meinen Lippen hervor schaffen. Jetzt lächelt Amandine mir wieder aufmunternd zu. Doch ich kann es immer noch nicht fassen.

Mist. Wieso hat Mr. James mir das nicht erzählt? Wieso bin ich direkt davon ausgegangen, dass ich nicht die Einzige sein werde? Verdammt noch mal. Wie soll ich das allein bewältigen? Bis gerade war ich mir noch sicher, dass ich nicht solo an dem Projekt arbeiten werde. Es ist also das erste Mal, dass ich ganz auf mich gestellt bin. Das füllt mein Herz zum einen mit unglaublich viel Stolz, zum anderen macht es mir Angst. Der Druck, der auf mir lastet, wird nicht gering sein. Aber ich habe schließlich große Träume und realisiere immer mehr, dass ich über meinen Schatten springen muss, um dorthin zu kommen. Ja, es bedeutet, dass *ich* jetzt im Fokus stehen werde. Ich kann mich nicht hinter anderen Concept Artists verstecken. Meine Kunst steht im Vordergrund. Bei dem Gedanken breitet sich eine Gänsehaut auf meinen Armen aus.

Amandine nickt langsam und lässt mich nicht aus den Augen. Ich habe das Gefühl, sie kann mir geradewegs in die Seele blicken. Sie muss eine unglaublich gute Menschenkenntnis haben. »Hailey, ich glaube dir, dass du unglaublich aufgeregt und nervös bist. Aber das hier ist deine große Chance. Überzeug uns alle davon, dass du es draufhast. Zeig uns, was in dir steckt. Wer weiß, welche Türen sich dann für dich öffnen werden.«

Gott muss sie als verdammten Engel auf die Welt geschickt haben, denn ihre Worte sind wie Balsam für meine Seele. Innerlich kreische ich vor Freude, doch meine Aufregung davor, dass all meine Träume das *Potenzial* haben, wahr zu werden, hält mich davon ab, auch äußerlich auszuflippen. Doch das, was sie gerade gesagt hat, ist genau das, was ich hören musste.

»Vielen Dank, Amandine. Ich werde dich nicht enttäuschen.«

Sie lächelt wissend. »So, und jetzt haben wir genug gequatscht, sonst müssen wir die Mittagspause heute noch ausfallen lassen. Und niemand bringt mich um meine Mittagszigarette an der frischen Luft.« Sie wedelt mit ihren Händen und bringt mich dazu, von meinem Platz aufzustehen.

Unschlüssig bleibe ich mit klopfendem Herzen und einem Kopf voll rasender Gedanken neben dem Stuhl stehen.

»Noémie«, ruft Amandine.

Innerhalb einer Sekunde öffnet sich die Tür und ich zucke zusammen. Anscheinend hat Madame Toussaint die ganze Zeit davor gewartet.

»Bitte zeig Hailey ihr neues Büro.« Amandine nickt mit ihrem Kopf in Richtung Tür und ich lächele ihr ein letztes Mal dankend zu, dann verlasse ich den Raum.

Keine Sekunde später stöckelt Madame Toussaint vor mir her, ihre Miene frostkalt wie vorhin schon. Doch mir kann sie damit nichts anhaben. Während ich ihr hinterherlaufe und sie mich zu meinem ersten *eigenen* Büro führt, kann ich nichts dagegen machen, dass ein fettes Grinsen auf meinen Lippen liegt. Und dass ich mich innerlich ganz hibbelig fühle. Vorfreudig und aufgeregt und unglaublich dankbar für alles, was ab sofort auf mich zukommen wird. Auch wenn meine Kehle sich von der ganzen Anspannung zugeschnürt anfühlt, diese Aufregung gehört dazu, oder? Ich versuche, mich davon nicht beirren zu lassen, versuche, mich innerlich auf mein Ziel zu fokussieren.

Academy-Award, here I come.

Denn irgendwann werde ich ihn in der Hand halten. Irgendwie weiß ich das in diesem Augenblick ganz sicher.

KAPITEL 4

Will

Als es endlich Abend ist und ich durch die Tür meines Apartments trete, mache ich drei Kreuzzeichen. Der Arbeitstag war anstrengend und meine Schläfen pochen trotz Tablette, literweise Wasser und Kaffee vor Schmerzen. Ich massiere sie mit einer Hand, doch es hilft nichts.

Leicht genervt lasse ich meine Tasche auf den Boden sinken und laufe in Richtung Küche, um mir ein schnelles Abendessen zuzubereiten.

Meine Wohnung im Quartier Latin von Paris ist mein Rückzugsort und der einzige Platz, an dem ich das Gefühl habe, meine Schutzmauern herunterlassen zu können. Ich habe hart gearbeitet, um mir dieses Apartment leisten zu können, und habe es so gestaltet, dass ich mich hier wohlfühle.

Es ist nicht groß, hat ein Schlafzimmer, ein Badezimmer, eine Küche und ein Wohnzimmer, aber es ist meins. Heller Holzboden, beige Wände und im Wohnzimmer sind die Wände von Bücherregalen bedeckt. Ich liebe Bücher, Wörter, die Flucht in andere Welten, um für eine Weile die eigene zu vergessen. Nicht dass mein Leben so grottig ist, wie es vielleicht rüberkommen mag. Aber glücklich bin ich auch nicht. Denn wenn man die ganze Zeit über diese Stimme in seinem Inneren hört, die einem sagt, dass man eigentlich etwas ganz anderes tun will, tun sollte ... dann macht es das Leben, das man momentan führt, um einiges schwerer.

Ich stehe in meiner kleinen Küche, deren Zeile nicht allzu viel Platz bietet, doch für mich reicht es vollkommen aus. Die Mieten in Paris sind horrend und ich sehe es nicht ein, mein ganzes Gehalt für eine Wohnung auszugeben.

Ein grummelndes Geräusch ertönt aus meiner Magengegend und ich überlege, welches Gericht sich am schnellsten zubereiten lässt. Dann fällt mein Blick auf den kleinen Tisch, den bloß zwei Stühle umgeben und der direkt am Fenster steht. Das Rezeptbuch liegt offen darauf, vermutlich habe ich gestern vergessen, es wegzuräumen.

Ich gehe zum Tisch, nehme das Buch in die Hand und blättere durch die alten Seiten. Augenblicklich muss ich lächeln, als ich all die Rezepte lese, die meine Großmutter mir beigebracht hat. Einige sind auch von meiner Mutter, doch den Großteil hat mich meine Oma gelehrt. Im hinteren Teil des Notizbuchs befinden sich Rezepte, die ich selbst kreiert habe. Mit viel Mühe und Zeit, aber letztendlich habe ich es hinbekommen. Von verschiedensten Kuchen- bis hin zu Kekssorten ist fast alles dabei.

Meine Finger streichen über eine Seite. Vielleicht sollte ich ein neues Rezept ausprobieren. Oder mein Mohnkuchen-Rezept perfektionieren. Backen sorgt immer dafür, dass ich mich entspanne, runterkomme und alles um mich herum vergesse. Es ist eine Art Therapie für mich und ja, auch ein Psychologe braucht das manchmal. Erst recht ich.

Wenig später bin ich bereits voll dabei und mische für

den Mürbeteig alle Zutaten in einer Rührschüssel. Der Gedankenstrudel in meinem Kopf ist kaum noch wahrnehmbar, da ich so fokussiert bin.

Als mein Handy auf einmal in meiner Hosentasche klingelt, zucke ich leicht zusammen und fluche.

Notdürftig wische ich das Mehl an meiner Hose ab, denn das Klingeln hört nicht auf. Ein Blick auf den Bildschirm zeigt mir, dass mir wohl jemand heute Abend noch einen Besuch abstatten will.

»Hey«, nehme ich den Anruf entgegen und lehne mich mit der Hüfte gegen die Arbeitsplatte.

»Hi, Will«, säuselt mir eine vertraute Stimme in mein Ohr. Ich ahne gleich, worauf sie hinauswill. »Was machst du gerade? Kann ich vorbeikommen? Ich hatte einen anstrengenden Tag auf der Arbeit und könnte ein wenig ... Ablenkung gebrauchen.«

Ihre Stimme nimmt diesen verruchten Klang an und das bewegt etwas in meiner Hose. Ich presse meine Lippen aufeinander.

Verdammt, eigentlich wollte ich den Abend heute entspannt verbringen und backen, aber jetzt bringt sie mich auf ganz andere Ideen. »Klar, komm vorbei.«

»Ich bin in einer halben Stunde da.«

Da ich den Teig ohnehin dreißig Minuten kaltstellen muss, räume ich ihn in den Kühlschrank und beseitige das kleine Chaos, das ich kreiert habe.

Kurze Zeit später klingelt es an der Tür.

Ich mache auf und wir sagen uns nicht einmal Hallo, da spüre ich ihre weichen Lippen schon auf meinen. Sie stößt die Tür hinter sich zu, krallt ihre Hände in meine Schultern und drückt mich enger an sich. Ihre Zunge teilt meine Lippen, drängt sich ihren Weg in meinen Mund, dann stöhnt sie lustvoll auf.

Oh, verdammt.

Meine Hände wandern über ihren Rücken bis zu ihrer Taille.

»Ich habe dich vermisst«, wispert sie in mein Ohr und verteilt Küsse darunter.

Eine Gänsehaut breitet sich auf meinem Körper aus und ich drücke sie an ihrer Taille nach oben, sodass sie ihre Beine um mich schlingen kann. Zusammen laufen wir zur Couch, auf der ich sie behutsam ablege. Wir küssen uns wieder, schnell, hart, wild und sie setzt sich breitbeinig auf mich. Ich brauche das hier genauso, wie sie es tut. Normalerweise lenkt mich das von all dem Chaos in meinem Inneren ab, doch heute passiert es aus irgendeinem Grund nicht. Immer wieder schweifen meine Gedanken ab.

Ihre zarten Hände streifen über meinen Schritt, wieder und wieder. Doch das Chaos in meinem Kopf lässt mich einfach nicht ruhen, um mich auf das Hier und Jetzt zu konzentrieren.

»Soll ich dich von deinem stressigen Alltag ablenken?«, will sie wissen.

Ihre Augen funkeln mich an, verführerisch lässt sie ihre Wimpern klimpern. Während mein bestes Stück sich ihr entgegendrängt und mich vermutlich verflucht, dass ich sie nicht bereits nackt auf mir habe, kann ich meinen Kopf heute einfach nicht abschalten.

»Ich …«, beginne ich, schaue zu ihr, wie sie auf mir sitzt, und bei Gott, jeder Typ würde sich wünschen, in meiner Haut zu stecken.

Das zwischen uns läuft seit ein paar Monaten, als wir uns dank Henry auf einer Party kennengelernt haben. Seitdem vögeln wir immer wieder mal, in letzter Zeit öfter. Anfangs hat es mir geholfen, mich auf andere Dinge zu konzentrieren, runterzufahren. Aber ich weiß, dass es dauerhaft keine Lösung ist. Denn langsam wirkt es nicht mehr gegen dieses erdrückende Gefühl in mir.

»Will?« Ihre Finger streifen wieder meinen Schritt und ich frage mich, wieso ich mich ihr nicht einfach hingeben kann. Gedanken aus und sie all das tun lassen, was sie tun will.

Doch es geht einfach nicht.

»Es tut mir leid, ich bin heute einfach nicht so in Stimmung. Es war ein stressiger Tag«, versuche ich, mich rauszureden, und richte mich langsam auf.

Doch sie bleibt breitbeinig auf mir sitzen. Ihre Stirn ist kraus gezogen. Natürlich spürt sie direkt, dass etwas nicht stimmt. Denn genau diese stressigen Tage sind es, an denen ich sie normalerweise am meisten brauche. Und sie mich.

»*Das* nennst du nicht in Stimmung sein?« Sie deutet auf meinen gewölbten Schritt und ich presse die Lippen aufeinander. »Willst du mich nicht mehr?«

»Es hat nichts mit dir zu tun ...«, erkläre ich, doch sie unterbricht mich sogleich und legt ihre Hände auf meiner Brust ab.

»Das kannst du nicht ernst meinen. Wir haben doch so eine ... Verbindung zueinander. Und jetzt willst du mir sagen, es liegt nicht an mir? Hast du eine Neue?«

Ich schüttele den Kopf, denn das habe ich definitiv nicht. Aber so langsam dämmert mir, dass sie in das Ganze hier mehr interpretiert hat, als sie sollte.

Ich greife nach ihren Händen, um sie von meiner Brust zu drücken, doch in dem Augenblick beugt sie sich nach vorn und presst ihren Mund wieder auf meinen. Ich bin überrumpelt und löse mich nicht augenblicklich von ihr, und ich glaube, das deutet sie sogleich als gutes Zeichen. Doch nach ein paar Sekunden drücke ich sie doch nach oben.

Irritiert steht sie auf. Ich erhebe mich von der Couch und schaue zu ihr. Ihre Wangen sind gerötet, das kupferfarbene, lange Haar leicht zerzaust. Sie ist wunderschön, keine Frage. Und ich will ihr nicht wehtun. Vielleicht ist es das Beste, wenn wir das Ganze hier und jetzt beenden, bevor ich sie noch mehr verletze.

»Ich verstehe, dass du es stressig auf der Arbeit hast. Henry hat mir erzählt, wie viel ihr zu tun habt. Ich werde dir Zeit lassen, damit du dich wieder sammeln kannst. Und dann reden wir noch mal, okay?«

Ich kneife die Augen zusammen und frage mich, in welche Richtung das hier gerade läuft. Will sie, dass wir eine Beziehung eingehen? Ich stehe auf und bin etwas überfordert, doch sie läuft bereits in Richtung Wohnungstür.

»Bis dann, Will«, sagt sie, bleibt im Türrahmen stehen und dreht sich noch einmal um. »Und denk an mich, wenn du es dir gleich besorgst.«

KAPITEL 5

Hailey

»Das klingt doch alles richtig gut!«, quietscht die Stimme meiner Schwester durch den Hörer. »Also gefällt es dir hier in Paris?«

Ich schlängele mich mit meinem Handy ans Ohr gepresst durch die mir bereits bekannte Menschenmasse auf dem Weg zur Metro. »Ich meine, ich bin noch nicht allzu lange hier, aber ich sehe den Charme, den du mir immer beschrieben hast.«

Elara kichert. »Das freut mich so, kleine Schwester. Ich kann es immer noch gar nicht wirklich glauben, dass du jetzt auch für eine Weile hier sein wirst. Endlich wieder auf dem gleichen Kontinent wie ich!«

Ihr Kichern steckt mich an und ich muss lächeln, selbst wenn ich Mühe habe, mich an den Menschen vorbeizuquetschen.

Heute Morgen bin ich mit bester Laune aufgewacht, zur Abwechslung nicht in einen Hundehaufen getreten und ich freue mich riesig auf die Arbeit. Der gestrige Tag war mehr eine Art Einführung und Erklärung, wie alles laufen wird. Heute kann ich endlich so richtig beginnen und bin bereits jetzt Feuer und Flamme für die *Nightfall*-Verfilmung.

»Ich kann es ehrlich gesagt auch nicht richtig glauben«, antworte ich und beiße mir grinsend auf die Unterlippe. »Ich bin jetzt gleich in der Metro. Sollen wir uns die Tage dann endlich mal treffen?«

»Na, das will ich doch hoffen! Aber so lange will ich nicht mehr warten. Wie wäre es mit heute Abend? Ich suche uns ein schickes Plätzchen raus. Wir zwei, ein paar Gläser Wein und dann erzählst du mir, was es so Neues gibt?«

Vor mir fährt eine Bahn ein. Ich werfe einen Blick auf die Anzeigetafel, die die Abfahrtzeiten anzeigt.

Oh, verdammt. Das ist meine und sie fährt *jetzt* los.

»Elara, ich verpasse gerade fast meine Metro«, rufe ich und hechte auf die Tür zu, die glücklicherweise noch offen steht. »Wir treffen uns heute Abend. Schreib mir einfach, wann ich wo sein muss.«

Keine Sekunde, nachdem ich es durch die Tür geschafft habe, schließt sich diese hinter mir. Wow, dieser kleine Sprint hat mich ganz außer Atem gebracht. Vielleicht sollte ich mir demnächst auch vornehmen, wieder regelmäßiger Sport zu treiben. So wie ich Elara kenne, steht sie jeden Morgen um fünf Uhr auf, um vor der Arbeit noch eine riesige Runde joggen zu gehen.

Na ja, ich sollte es vielleicht erst einmal langsam angehen lassen.

Ich atme erleichtert auf, als ich einen freien Platz am Fenster entdecke, auf den ich mich sogleich plumpsen lasse. Heute sollte die Fahrt um einiges angenehmer sein, denn diesmal verschrecke ich niemanden mit einem stinkenden Schuh. Mein lauter Atem könnte das einzig Störende sein. Doch der junge Mann neben mir trägt Kopfhörer, also wird es ihm wohl kaum auffallen.

Ich streiche durch meine Haare, schnappe mir dann das Haargummi, das um mein Handgelenk gebunden ist, und entschließe mich dazu, meine Haare zu einem tiefen Pferdeschwanz zu binden. Mir ist bereits jetzt warm und der Tag hat noch nicht einmal richtig begonnen. Wie meine Schwester mit ihren ellenlangen Haaren im Sommer zurechtkommt, ist mir immer noch ein Rätsel. Meine Haare schaffen es nie, länger als schulterlang zu wachsen. Dann gehe ich schnell wieder zum Friseur, um sie trimmen zu lassen.

Ich lehne mich auf der Sitzbank nach hinten, krame in meiner Tasche nach meinem iPad und öffne die Datei, die ich gestern auf der Arbeit begonnen habe. Meine Augen wandern über die Skizzen, die ich angefertigt habe. Bereits jetzt habe ich so viele neue Einfälle, dass ich mit dem Zeichnen gar nicht hinterherkomme. Ich liebe es, wenn ich in diesem Rausch bin: Mein Kopf ist schon zehn Schritte weiter als meine Hand. Dann weiß ich, dass mich ein Projekt wirklich gefangen genommen hat. Und für mich gibt es nichts Schöneres als das.

Ich bin vertieft in meine Charakterzeichnung von Niko und hebe bloß immer mal wieder meinen Kopf, um auf der Anzeigetafel zu erkennen, wann wir an meiner Station ankommen. Ein paar Stopps sind es noch, also entspanne ich mich und zeichne weiter. Niko Beck, der einzige Mensch unter Monstern, hält mich komplett gefangen. Ich zeichne seine lockigen, braunen Haare, den scheuen Blick, als er an der Academy ankommt und keinen blassen Schimmer hat, wieso sein Vater ihn dorthin bringt, und erst recht nicht ahnt, dass die Schüler dort alles andere als *normal* sind.

Auch wenn es um mich herum laut ist, stört es mich nicht. Aus irgendeinem Grund gehöre ich zu der Sorte Mensch, die unter Lautstärke sogar noch besser arbeiten kann. Ich liebe es, mich in Cafés zu setzen und Menschen und Leben um mich herum zu haben. Irgendwie inspiriert mich das. Ich kann es nicht einmal genau beschreiben.

Nach ein paar Augenblicken stoppe ich, hebe meinen Apple Pencil vom Bildschirm und betrachte meine Zeichnung. Dann schaue ich durch die Metro, gar nicht an einen bestimmten Fleck. Ich sehe eher alles unscharf und denke nach. Manchmal brauche ich Momente, in denen ich meine Zeichnungen auf mich wirken lasse, merken muss, ob sie sich gut anfühlen und in die richtige Richtung gehen.

Ohne dass ich es richtig mitbekomme, stelle ich meine Sicht scharf. Ich blinzele und sehe einen Mann, der mir zugewandt sitzt. Die Ellenbogen hat er auf den Knien abgestützt, in den Händen hält er ein Buch, in das er ganz vertieft zu sein scheint. Seine dunklen Haare fallen ihm in dieser Position in die Stirn, seine Lippen sind leicht geöffnet. Er trägt eine einfache dunkle Jeans, ein Shirt und eine Jeansjacke. Und irgendwie schaffe ich es nicht, meinen Blick von ihm abzuwenden. Ich befeuchte meine Lippen, versuche, zu erkennen, was er liest.

Ich meine – ein Mann, der *liest*? In einer vollen Metro? Und er ist so fixiert auf die Sätze, die dort stehen, dass er nichts um sich herum mitzubekommen scheint? Normalerweise starren doch alle wie besessen auf ihre Smartphones.

Er kommt mir so vor wie ich, wenn ich ganz in meine Zeichnungen vertieft bin.

Bei Gott, *das* ist verdammt sexy.

Er blättert um und schaut die nächste Seite genauso gebannt an wie die vorherige.

Verdammt, heb dein Buch ein wenig an, damit ich sehen kann, welche Geschichte dich so fasziniert!

Als könne er meine Gedanken hören, hebt er das

Buch so, dass ich den Titel erkennen kann: *The Great Gatsby*. Ein Klassiker also. Könnte es noch klischeehafter sein? Ein gut aussehender Mann liest ein Buch von Fitzgerald? Er muss wohl aus einem Liebesfilm entsprungen sein.

So langsam sollte ich mal meinen Blick von ihm abwenden. Doch als würde er spüren, dass ich ihn beobachte, hebt er in diesem Augenblick seinen Kopf ... und schaut mir direkt in die Augen.

Direkt. In. Die. Augen.

Mein Atem stockt, ich bin wie erstarrt und kann nichts tun, als zurückzusehen. Dann reiße ich mich von seinem Blick los, starre auf mein iPad und umklammere meinen Pencil noch fester, während ein Schauer über meinen Körper rast.

O Gott. Kam nur mir unser Blickkontakt gerade so intensiv vor? Oder geht es ihm genauso? Mein Gesicht fühlt sich ganz heiß an, weil es mir peinlich ist, dass er mich dabei erwischt hat, wie ich ihn beobachtet habe.

Ich traue mich die ganze Fahrt über nicht mehr, meinen Kopf auch nur einen Millimeter zu heben, und starre auf mein iPad. Doch ich zeichne keinen einzigen Strich. Meine Konzentration ist wie weggeblasen. Ich sitze einfach bloß da. Und als meine Station aufgerufen wird, greife ich nach meiner Tasche, stopfe iPad und Pencil hinein und stürme wenig galant aus der Metro, um nach frischer Luft zu schnappen.

Ein paar Sekunden lang bleibe ich stehen. Ich verharre in meiner Position und werde dabei von ein paar grummelnden Franzosen angerempelt. Aber das könnte mich gerade nicht weniger interessieren. Der Blick dieses verdammt ... *heißen und lesenden Mannes* hat sich in mein Gehirn eingebrannt.

Ich schüttele kurz meinen Kopf, runzele die Stirn und versetze mich wieder ins Hier und Jetzt.

»Was ist mit mir los?«, murmele ich vor mich hin, lache leise und setze dann einen Fuß vor den anderen, um nicht zu spät zur Arbeit zu kommen. Trotzdem werfe ich noch einmal einen Blick zurück, doch die Metro ist längst abgefahren. Ich habe keine Ahnung, was mich gerade geritten hat. In Liebesfilmen wäre das der Moment gewesen, in dem sich beide unsterblich ineinander verliebt hätten.

Liebe auf den ersten Blick war es, als ihre Blicke aufeinandertrafen.

Meine innere kreative Erzählerstimme sollte lieber mal ihren Mund halten.

Ich stöhne und gehe über die Straße in Richtung Animationsstudio. Die Sonne knallt bereits am Morgen hell und warm in mein Gesicht und ich muss die Augen zusammenkneifen.

Das gibt Falten, würde meine liebe Schwester jetzt sagen, aber ich habe noch nie die Angst vor dem Älterwerden verstanden. Und vor Falten. Habe ich nicht auch irgendwo einmal gelesen, dass Victoria Beckham nie lächelt, damit ihr Gesicht immer schön straff bleibt? Wer möchte so streng leben?

Ich habe keine Ahnung, wie meine Gedanken immer von A nach B wandern, aber letztendlich versetzen sie mich wieder zurück in die Metro und ich denke an den sexy Leser. Aber auch nur kurz, denn dann bin ich im Studio angekommen und werde von Madame Toussaint so freundlich begrüßt wie am Tag zuvor. *Ironie.*

Ab diesem Zeitpunkt ist meine Aufmerksamkeit wieder ganz auf die Arbeit und meine Ziele gerichtet.

Der Tag fliegt nur so an mir vorbei und ich habe kein einziges Mal auf die Uhr gesehen. Fast bin ich verwundert, als es achtzehn Uhr und somit Feierabend ist. Normalerweise habe ich kein Problem damit, ein wenig zu überziehen, um noch ein paar Zeichnungen fertig zu kriegen, doch heute bin ich zum ersten Mal, seit ich in Paris bin, mit meiner Schwester verabredet. Und Elara ist immer so was von überpünktlich, dass ich sie nicht warten lassen will.

Ich verabschiede mich von meinen Arbeitskollegen und trete nach draußen. Es ist ein angenehmer Sommerabend, meine Jeansjacke werde ich wohl nicht aus meiner Tasche holen müssen. In Mom-Jeans und engem Shirt laufe ich in Richtung Metro, um zu der Station zu fahren, an der ich Elara treffen werde.

Keine zwanzig Minuten später sehe ich meine Schwester nach Ewigkeiten wieder. Sie steht auf dem Bürgersteig, spielt auf ihrem Handy und sticht total heraus. Mit ihren langen, glatten, kupferfarbenen Haaren und dem bunten Outfit ist sie eindeutig farbenfroher als die monochromatisch gekleideten Franzosen: rotes, enges Croptop, weiße Hotpants, bunte Choker-Kette. Elara hat schon immer alles geliebt, was bunt ist. Und dass Mode ihre große Leidenschaft ist, ist unschwer zu erkennen.

Mit breitem Grinsen schleiche ich mich von hinten an sie heran, da sie mich immer noch nicht bemerkt hat. Das letzte Mal haben wir uns vor einem halben Jahr gesehen, als sie unsere Väter und mich in San Francisco besucht hat. Elara ist für ihr Modedesign-Studium nach Paris gezogen und lebt seither hier. Sie jetzt vor mir stehen zu haben, zeigt mir, wie sehr ich sie eigentlich vermisst habe.

Ich stelle mich hinter sie und halte meine Hände vor ihre Augen.

Erschrocken zuckt sie zusammen und lässt beinahe ihr Handy fallen. »Hailey?«, quietscht sie und ich nicke, obwohl sie das natürlich nicht sehen kann. Ruckartig dreht sie sich um und zieht mich in eine feste Umarmung.

»O mein Gott«, quietscht sie noch lauter und ich muss laut lachen. »Ich habe meine kleine Schwester so vermisst!«

»Na ja, ich bin immer noch größer als du«, ärgere ich sie, doch Elara drückt mich nur noch enger an sich. »Ich habe dich auch vermisst.«

Langsam lösen wir uns voneinander und grinsen uns wie zwei Idioten an.

»Wie ist das Leben in Paris? Wie gefällt es dir hier? Wie ist die Arbeit? Macht es Spaß? Haben unsere Dads dich schon mit Nachrichten überhäuft, wie sehr sie dich vermissen?«

Man merkt eindeutig, dass wir zwei Schwestern sind, weil sie genauso schnell und viel plappern kann wie ich.

»Ich weiß gar nicht, welche Frage ich zuerst beantworten soll«, antworte ich lachend.

Elara hakt sich bei mir unter und zieht mich mit sich. Mein Blick fällt auf die nackte Haut an ihrem linken Unterarm. Ruckartig löse ich mich von ihr und schaue sie aus großen Augen an.

»Du hast dir ein Tattoo stechen lassen und mir nichts davon erzählt?« Gespielt empört stemme ich die Hände in meine Hüfte und nicke in die Richtung des schnörkeligen Schriftzugs. Von hier aus kann ich nicht erkennen, was dort geschrieben steht.

Meine Schwester beißt sich auf die Unterlippe. »So alt ist das Tattoo noch gar nicht. Ich habe es erst seit einem Monat. Und ich wusste ja, dass du bald hier aufkreuzen wirst, also wollte ich es dir persönlich zeigen. Na, wie gefällt es dir?«

Stolz hält sie ihren Unterarm in die Höhe und streicht mit der rechten Hand über das Tattoo. In Schreibschrift lese ich *N'abandonne jamais* – ich versuche gar nicht erst, das laut auszusprechen, denn schon in meinem Kopf habe ich Schwierigkeiten mit diesen Wörtern.

»Das sieht schön aus«, gebe ich ehrlich zu, »aber ich habe keinen blassen Schimmer, was dort steht.«

Elara lässt den Arm sinken und zieht eine Augenbraue in die Höhe. »Auweia, Hails. Du weißt schon, dass du noch an deinen Französischkenntnissen arbeiten musst, oder? Die Franzosen sprechen am liebsten ihre eigene Sprache und nicht Englisch.«

»Ja ja, ich weiß schon. Mein Sprachkurs beginnt demnächst. Ich hätte ja schon in San Francisco angefangen zu lernen, wäre die Vorbereitung auf meine Zeit in Paris nicht so knapp gewesen.« Wir schlendern langsam los. »Und jetzt sag schon, was steht da?«

»*Gib niemals auf.*« Elara lächelt mich von der Seite an.

»Das klingt schön.« Ich kann mir trotz allem einen ironischen Kommentar nicht verkneifen, immerhin ist sie meine Schwester – und sie hat mir ihr Tattoo verheimlicht, auch wenn sie meint, dass dem nicht so wäre. »Aber bist du dir überhaupt sicher, dass dort das Richtige steht? Schließlich bist du keine gebürtige Französin und die könnten dich bloß verarscht haben.« Ich kichere vor mich hin und höre keine Sekunde später das Lachen meiner Schwester.

»Du bist doch bloß neidisch, weil du bislang kein Wort verstehst.« Dann streckt sie mir die Zunge heraus und ich gebe ihr in Gedanken ein eins zu null. »So, jetzt lass uns zum Restaurant gehen, das ist ein kleines Stückchen zu Fuß. Ich habe einen riesigen Hunger. Das ist das beste vegane französische Restaurant, was ich bis jetzt gefunden habe.«

Elara und ich sind Veganer, seit wir Teenager waren. Wir haben fast zeitgleich angefangen, uns vegan zu ernähren, als wir uns Dutzende Dokus dazu angesehen haben. Von einem Tag auf den anderen erklärten wir unseren Dads, dass wir ab sofort keine Tierprodukte mehr essen würden. Mittlerweile haben wir uns in eine komplett vegane Familie gewandelt.

Eingehakt laufen wir durch die Straßen von Paris und Elara erzählt mir schon auf dem Weg zum Restaurant so viel, dass ich Mühe habe, ihr zu folgen. Von Essenstipps bis hin zu ihren Lieblingsgeschäften, Parks, in denen man spazieren gehen kann, und Veranstaltungen zählt sie so viel auf, dass ich in meiner ganzen Zeit hier jeden Tag etwas zu tun hätte.

Beim Restaurant angekommen entschließen wir uns dazu, das gute Wetter zu genießen, und ergattern draußen zwei Sitzplätze. Ich krame in meiner Tasche nach einer Sonnenbrille und lehne mich dann auf meinem Stuhl zurück.

»Du musst unbedingt die Zwiebelsuppe probieren, die ist der Wahnsinn.« Elara lässt sich ebenfalls zurücksinken und schließt grinsend die Augen, als sei sie in Gedanken schon bei ihrer geliebten Suppe, bevor sie ebenfalls ihre große Sonnenbrille aufsetzt.

»Na, dann hoffe ich mal, meine erste richtig französische Mahlzeit wird mich nicht enttäuschen«, antworte ich.

Elara reißt ihre Augen auf und beugt sich mit ihrem Oberkörper nach vorn. »Sag nicht, du hast bis jetzt noch kein Croissant zum Frühstück gegessen?«

Schuldbewusst zucke ich mit den Schultern. »Nein, ich wusste nicht, dass das hier eine Straftat ist.«

Elara verdreht gespielt genervt die Augen. »Ich merke schon, ich muss dir noch einiges beibringen in deiner Zeit hier. In Europa läuft es nicht so wie in den Staaten.«

»Das ist mir auch schon aufgefallen«, antworte ich.

Ein Kellner nimmt unsere Bestellung auf und ich merke, wie mein Magen bereits grummelt. Heute war ich auf der Arbeit so in meinem Flow, dass ich viel zu wenig gegessen und getrunken habe. Das passiert mir oft, wenn ich sehr in ein Projekt vertieft bin.

Ich nehme einen Schluck von dem Wasser, das uns gerade gebracht wurde. »Wie läuft die Arbeit bei dir?«, will ich von meiner Schwester wissen.

Nachdem sie Modedesign studiert hat, ist sie in Paris geblieben und nicht zurück nach Kalifornien gekommen. Frankreich hat es ihr angetan und sie will hierbleiben. Sie arbeitet bei einem Modelabel und versucht, sich nebenbei selbst etwas aufzubauen, denn sie näht oft ihre eigenen Klamotten oder designet Kleidungsstücke. Vermutlich sind auch ihr heutiges Oberteil oder die Hotpants – oder beides – ihr Eigenwerk.

»Es läuft ganz gut. Ich arbeite echt viel und versuche, nach der Arbeit und am Wochenende zu Hause noch an meinen eigenen Projekten weiterzuarbeiten. Aber irgendwann wird sich alles bezahlt machen.« Sie lächelt mir zu und ich sehe dieses Funkeln in ihren Augen, bei dem ich hoffe, dass andere es auch in meinen sehen, wenn ich über meine Leidenschaft spreche.

»Du arbeitest wirklich hart und früher oder später werden alle in deinen Kreationen rumrennen.«

»Na, das will ich mal hoffen.«

Wir fangen beide an zu kichern.

Der Kellner kommt mit unseren Zwiebelsuppen und Baguette und allein bei dem Geruch läuft mir das Wasser im Mund zusammen.

Elara hat nicht übertrieben: Als ich den Löffel in meinen Mund schiebe und koste, schließe ich genießerisch die Augen. »Mh, das ist der Wahnsinn.«

Elara grinst triumphierend. »Ich wusste, es würde dir hier schmecken. Jetzt musst du mir aber versprechen, dass du dir morgen auf dem Weg zur Arbeit ein Croissant in einer Bäckerei holen wirst, okay? Wir wollen doch, dass du dich hier richtig einlebst.«

»Ja ja, ich verspreche es dir. Ich sende dir ein Beweisfoto, wenn es so weit ist.«

Eine Weile unterhalten wir uns über dieses und jenes, während wir das köstliche Essen, das warme Sommerwetter und die besondere Atmosphäre von Paris genießen. Ich kann immer noch nicht ganz glauben, dass ich jetzt wirklich hier bin. Bislang fehlt mir noch eine Tour zu den Sehenswürdigkeiten, aber ich habe mir fest vorgenommen, am Wochenende alles zu besichtigen.

»Gibt es in Paris eigentlich jemand besonderen ... für dich?«, frage ich und lenke das Thema weg von unserer oberflächlichen Unterhaltung.

Elara zuckt zusammen, so minimal, dass es jemand anderes vielleicht nicht mitbekommen hätte, aber ich kenne meine Schwester gut genug, um zu wissen, wie ihre Antwort auf die Frage lautet. »Vielleicht«, ist jedoch alles, was sie dazu sagt.

Ich ziehe beide Augenbrauen hoch. »Dann schieß mal los.«

Elara schaut mir nicht in die Augen und wirkt auf einmal ... genervt. Vielleicht hätte ich sie doch nicht auf das Thema ansprechen sollen, aber ich konnte ja nicht wissen, was alles vorgefallen ist. Wir verstehen uns gut, aber wir stehen uns auch nicht so nahe, dass wir uns jedes Detail aus unserem Leben berichten.

»Ja, es gibt einen Mann, der mir gefällt. Sehr sogar. Wir kennen uns schon seit einer Weile, aber ich weiß noch nicht, worauf es hinausläuft.«

Ich nicke.

»Und wie sieht es bei dir aus?«, lenkt Elara die Aufmerksamkeit wieder auf mich.

Ich bin mir ziemlich sicher, dass sie mir noch mehr hätte erzählen können, aber ich denke, dass jeder Mensch für sich entscheiden sollte, wie viel er jemandem anvertrauen will. Und für mich ist es in Ordnung, wenn es Dinge gibt, die sie lieber für sich behalten möchte.

»Das freut mich auf jeden Fall, wenn du hier jemanden hast«, sage ich und meine Schwester schaut mir wieder lächelnd in die Augen. »Aber ich bin gerade erst hier angekommen und eine Beziehung ist sicherlich nicht das, was auf meiner To-do-Liste steht. Erst recht keine Fernbeziehung, sobald ich wieder nach San Francisco zurückgehen muss.«

»Das kann ich verstehen«, meint Elara. »Außer du bleibst auch für immer hier.« Sie zwinkert mir zu und ich kichere.

»Dann werden sich unsere Dads aber tierisch freuen, wenn ihre beiden Töchter auf einem anderen Kontinent leben. Ich glaube, diesen Herzschmerz kann ich ihnen nicht zufügen.«

Elara lacht laut und es fühlt sich schön an, so unbeschwert Zeit mit ihr zu verbringen.

»Wir sprechen nach Ablauf deiner Zeit hier noch mal, Hails. Mal sehen, ob du dann immer noch zurück nach Hause willst.«

Meine Schwester und ich sitzen noch eine Weile in dem Restaurant, bevor wir durch die Straßen spazieren und uns dann voneinander verabschieden. In den nächsten Wochen will sie eine Sightseeing-Tour mit mir machen. Ich freue mich jetzt schon unglaublich darauf, endlich all die Plätze in der Stadt zu besichtigen, die ich sonst nur auf dem Bildschirm sehen konnte.

Um zu meinem Apartment zu gelangen, muss ich durch ein Foyer laufen, das mich zu den Aufzügen bringt. Auf einer Bank sitzt der ältere Mann, mit dem ich außer ein paar Floskeln bislang nicht viel gesprochen habe. Ich weiß lediglich, dass er der Portier des Gebäudes ist und darauf achtet, dass niemand ohne Zulassung zu den Apartments gelangen kann.

»Guten Abend«, grüßt er mich auf Englisch und ich grüße zurück. Sein französischer Akzent dringt stark durch. Er sieht wirklich lieb aus und ist mit Hemd und Sakko schick angezogen. Ich frage mich, wie alt er wohl ist, denn er hat weiße Haare und einen weißen Schnurrbart.

»Hatten Sie einen schönen Tag?«, erkundigt er sich und lächelt mir zu.

Ich bleibe stehen, um mich mit ihm zu unterhalten. »Ja, ich habe mich heute zum ersten Mal mit meiner Schwester getroffen, die bereits seit ein paar Jahren hier in Paris lebt. Und Sie?«

Das Lächeln des Mannes wird breiter. »Das klingt schön. Konnten Sie Paris schon ein wenig erkunden?«

Ich schüttele meinen Kopf. »Leider nicht, bislang verbringe ich meine Tage mit Arbeit und abends falle ich müde ins Bett. Aber am Wochenende wird sich das ändern.«

Der alte Mann lächelt immer noch so lieb, dass mir das Herz ein kleines Stück aufgeht.

»Können Sie mir denn etwas empfehlen, was ich unbedingt sehen muss, Monsieur …?«, hake ich nach.

Irgendwie finde ich es schön, mich mit ihm zu unterhalten, und ich habe das Gefühl, dass es ihm ebenso geht. Ich weiß nicht, wie lange er hier allein sitzt oder wie oft sich die Bewohner mit ihm unterhalten. Vielleicht verspüre ich auch ein klein wenig Mitleid.

Als er mit seiner Hand auf den freien Platz neben sich klopft, setze ich mich zu ihm.

»Monsieur Dupont«, stellt er sich vor. »Paris hat viele schöne Seiten. Angefangen bei den weltberühmten Sehenswürdigkeiten, die jeder einmal in seinem Leben gesehen haben muss, bis hin zu versteckten Plätzchen, die man nur findet, wenn man weiß, wonach man suchen muss.«

Ich lächele ihm zu. In seiner Anwesenheit überkommt mich ein warmes Gefühl und ich finde es schön, ihm beim Reden zuzuhören. »Ich bin übrigens Hailey. Es klingt ganz so, als würden Sie die Stadt gut kennen. Wie lange leben Sie schon in Paris?«

Monsieur Dupont richtet seinen Blick nach vorn, ein Lächeln umspielt seine Lippen. Es wirkt, als sei er in Erinnerungen versunken. »Ich lebe in Paris, seit ich zwanzig Jahre alt war«, spricht er mit seiner tiefen, leicht brüchigen Stimme. »Meine Ehefrau und ich sind aus Uzès, einer Kleinstadt in Frankreich mit gerade einmal achttausend Einwohnern, hierhergezogen. Wir wollten in die Stadt der Liebe, denn es schien der perfekte Ort für uns zu sein.«

Ich beiße mir auf die Lippe, denn ich gehe davon aus, dass seine Geschichte ein trauriges Ende nehmen wird. Glücklicherweise spricht er von selbst weiter, denn ich traue mich nicht, nachzuhaken.

»Madeleine ist vor fünfzehn Jahren gestorben. Sie

war an Krebs erkrankt und ich stand bis zum letzten Tag an ihrer Seite. Auch heute wohne ich noch in dem Apartment, in dem wir zusammengelebt haben, und arbeite weiterhin als Portier des Gebäudes.«

Unbemerkt haben sich meine Augen mit Tränen gefüllt und ich beiße mir auf die Zunge. Doch als Monsieur Dupont zu mir blickt, schimmern seine Augen nicht. Stattdessen strahlt er mich an und man spürt förmlich, wie tief die Liebe zu seiner Frau war. Immer noch ist. Die beiden müssen eine wirklich starke Beziehung gehabt haben.

»Haben Sie Kinder?«, frage ich vorsichtig nach und Monsieur Dupont schüttelt den Kopf.

»Nein, meine Madeleine konnte keine Kinder bekommen, aber wir wussten immer, dass wir alles hatten, wenn wir uns haben.«

Mein Herz geht bei seinen Worten auf und ich frage mich, ob man solch eine Liebe heutzutage überhaupt noch finden kann. Ich würde es mir wünschen, denke aber auch, dass viele in unserer Gesellschaft viel zu schnell aufgeben und loslassen, statt gemeinsam stark zu sein und zueinanderzuhalten, wenn es mal schwierig wird.

In meiner Vergangenheit hatte ich wenige Beziehungen – man kann sie an einer Hand abzählen – und sie haben höchstens zwei Jahre gehalten. Niemals hatte ich das Gefühl, jemanden zu haben, wie Monsieur Dupont es hatte. Auch wenn er mir noch nicht allzu viel verraten hat, erkenne ich die Liebe, die er für seine Frau empfindet. Sie ist in seinem Blick abzulesen und in der Art und Weise, wie er über sie redet.

»Das klingt sehr schön«, antworte ich seufzend.

»Haben Sie auch einen besonderen Menschen in

Ihrem Leben, Miss Hailey?«, hakt Monsieur Dupont nach und schaut zu mir.

Ich schüttele meinen Kopf. »Nein. Ich habe nur mich. Und das reicht mir auch. Erst einmal. Ich bin für die Arbeit nach Paris gekommen und werde für einige Zeit hier in einem Animationsstudio arbeiten.«

Augenblicklich schwillt meine Brust vor Stolz an und mein Herz klopft schneller. Das passiert mir jedes Mal, wenn ich darüber rede.

»Ihnen scheint eine aufregende Zeit bevorzustehen.« Monsieur Dupont nickt mir anerkennend zu und ich erwidere es.

»Oh, ja. Das hoffe ich.« Ich lasse meinen Blick durch das Foyer schweifen.

»Werde ich Sie dann auch bald bei den Oscars sehen?«, fragt er und ich wende ihm mein Gesicht wieder zu. Meine Wangen fühlen sich warm an und vermutlich wird mein Gesicht gerade rot.

»Ja, also ... das ist mein großer Traum.« Meine Stimme klingt etwas leiser, brüchiger, denn ich weiß nicht, wie er darauf reagiert. Ich kann nicht abschätzen, ob er es mehr als Scherz gesagt hat oder ernst meint. Ich habe viele schlechte Erfahrungen gemacht, wenn ich Menschen von meinem großen Traum erzählt habe. Für die meisten klingt es einfach so unrealistisch, dass sie entweder versuchen, es mir auszureden, oder einen sarkastischen Kommentar abgeben, den ich lachend abtue, der sich mir aber in die Seele einbrennt. Erst seit ich im Animationsbereich arbeite, habe ich Menschen kennengelernt, die das gleiche Ziel verfolgen oder mich wenigstens nicht schief ansehen, wenn ich darüber spreche.

»Wieso klingen Sie so unentschlossen?« Monsieur Dupont schaut mich warmherzig an, sodass ich merke, dass ich mich bei ihm weiter öffnen kann.

»Ich ... habe in der Vergangenheit öfter zu hören bekommen, wie verdammt unrealistisch es ist, jemals einen Academy-Award zu gewinnen. Mittlerweile habe ich mich damit abgefunden, dass das einfach die limitierte Denkweise der jeweiligen Person aufzeigt.« Etwas nervös spiele ich mit meinen Fingern. Irgendwie macht mich das Thema unruhig und fast wünsche ich mir, ich hätte ihm doch nicht davon erzählt.

Monsieur Dupont räuspert sich, um meine Aufmerksamkeit zurückzuerlangen. »Miss Hailey«, sagt er dann. »Für Ihr Alter sind Sie schon sehr weise.«

Sein Kommentar bringt mich zum Lächeln und ich fühle mich ein klein wenig leichter als gerade eben noch.

»Lassen Sie mich Ihnen eines sagen«, fügt er dann noch hinzu. »Wenn Sie ganz fest an etwas glauben und diesen Glauben niemals verlieren – komme, was wolle – wenn Sie immer weitermachen, dann kann jeder Traum wahr werden.«

KAPITEL 6

Will

Der alltägliche Wahnsinn beginnt wieder, als ich meinen Fuß in die Metro setze. Es ist jeden Tag das Gleiche. Von montags bis freitags fahre ich morgens mit der Metro zur Praxis und abends wieder zurück. Dann esse ich schnell etwas und falle müde ins Bett, nachdem ich neue Backrezepte ausprobiert habe, falls ich es denn noch schaffe. Einzig und allein samstags und sonntags sieht der Zyklus anders aus, doch selbst an den Tagen komme ich nicht richtig zur Ruhe, denn Henry und ich müssen oftmals am Wochenende Papierkram erledigen und wichtige Dinge besprechen.

Momentan reicht es mir. Wirklich.

Ich mache es mir auf meinem Platz gemütlich, sofern das auf den unbequemen harten Sitzschalen geht, und zücke mein Buch aus dem Rucksack. *The Great Gatsby* ist seit ein paar Tagen mein treuer Begleiter durch die tristen Tage und anhand der gewellten und geknickten Seiten und der Risse im Einband ist unschwer zu erkennen, dass ich diese Geschichte schon unzählige Male gelesen habe. Sie gehört zu meinen ultimativen Favoriten und schafft es, mich wenigstens ein bisschen aufzuheitern. Gatsby und Daisy sind fest in meinem Kopf verankert und so bekomme ich kaum etwas von meiner Umwelt mit. Die übliche Geräuschkulisse bestehend aus kreischenden Kindern, telefonierenden Business-Leuten und Teenagern, deren Musik viel zu laut durch ihre Kopfhörer dröhnt, kann mir nichts anhaben. Ich habe keine Ahnung, wie ich es immer wieder schaffe, dabei in der Geschichte zu versinken. Aber aus irgendeinem Grund kann ich mich trotz all dem bestens konzentrieren.

Ein paar Minuten vergehen, in denen ich in Gatsbys Welt bin, dann spüre ich, wie sich Kopfschmerzen in meinen Schläfen ankündigen.

Verdammt. Mittlerweile passiert es mir oft, dass ich bereits am frühen Morgen davon geplagt werde, und ich weiß, dass das nicht gut ist. Aber all der Stress – innerlich und äußerlich – macht sich körperlich früher oder später bemerkbar. Das weiß ich in meiner Rolle als Psychologe nur allzu gut.

Das Buch lasse ich offen in meinem Schoß liegen. Ich weiß nicht, ob ich noch ein paar Seiten lesen werde, bevor ich nach wenigen Stationen aussteigen muss, oder ob es die Kopfschmerzen nur noch verschlimmert. Mein Blick wandert durch das Abteil, betrachtet die Menschen, die alle in ihrer eigenen kleinen Blase stecken und völlig in Gedanken sind.

Bis meine Augen auf *sie* treffen. Ein paar Reihen entfernt sehe ich sie wieder, die junge Frau mit den hellbraunen Haaren, die im Sonnenlicht, das gerade durch die Scheibe hineinscheint, rötlich schimmern. Auf ihrem Schoß liegt ein iPad, in den Fingern hält sie einen Apple Pencil und zeichnet etwas. Aus der Entfernung kann ich nicht erkennen, was, aber ich bin neugierig.

Es kommt ab und an vor, dass ich dieselben Menschen auf meinem Weg zur Arbeit treffe, da logischerweise täglich viele einen ähnlichen Weg zur selben Zeit wie ich vor sich haben. Doch in einer Großstadt wie Paris und mit der Anzahl an Bahnen, die stündlich fahren, ist das eher selten. Und die meiste Zeit achte ich auch nicht auf die Leute, die mich umgeben, da meine Nase in Büchern steckt oder meine Gedanken im Kopf zu sehr rasen, als dass ich irgendetwas von meiner Umwelt mitbekomme.

Die Frau wirkt so in ihrem Element, während der Stift über das Display gleitet, manchmal schnell, manchmal langsam. Dann hält sie inne und betrachtet, was sie gezeichnet hat, fast so, als wolle sie es auf sich wirken lassen, um festzustellen, ob es das ist, was sie erzeugen wollte. Ich bewundere Menschen, die mit einer kreativen Ader auf die Welt gekommen sind. Und sich trauen, diese offen auszuleben, einen kreativen Job ausüben und die Welt etwas bunter machen.

Da ich mir wie ein Stalker vorkomme, wenn ich sie die ganze Zeit so anstarre, wende ich meinen Blick ab, um aus dem Fenster zu sehen. Doch wieder und wieder wandert er wie von selbst zurück zu ihr und ich stelle fest, dass sie immer noch in ihr iPad vertieft ist. Ihre Haare trägt sie heute offen, leicht wellig reichen sie ihr bis zur Schulter. Ein paar Strähnen fallen ihr in die Stirn, während sie sich beim Zeichnen nach vorn beugt. Ich habe keine Ahnung, wieso es so faszinierend ist, sie dabei zu beobachten. Aber ich kann meine Augen nicht von ihr lassen.

Gedanken kommen in meinem Kopf auf und ich frage mich, als was sie wohl arbeitet. Ob sie gerade ein Projekt für die Arbeit vorbereitet oder ob das Zeichnen nur ihr Hobby ist. Hat sie schon jemand entdeckt oder ist sie vielleicht gar keine überragende Künstlerin? Wenn ich aufstehen und nachsehen würde, würde ich feststellen, dass sie bloß Strichmännchen zeichnet?

Na ja, Kunst ist ja bekanntlich subjektiv.

Ich schmunzele über meine eigenen Gedanken.

Auf einmal richtet sie sich auf, ihr Gesicht immer noch auf den Bildschirm gerichtet. Sie legt den Kopf schief, beißt sich auf ihre Lippe und scheint nachzudenken. Dann wandern ihre Augen vom Bildschirm hoch … bis sie auf meine treffen.

Geradewegs blicken wir uns in die Augen, an den Menschen vorbei, die inmitten des Gangs stehen. Ihre Lippen öffnen sich leicht, sie lässt den Pencil sinken, dann wendet sie ihren Blick auf den Bildschirm, sodass ihre Haare ihr erneut ins Gesicht fallen. Mein Mund verzieht sich zu einem Grinsen, als ich mich wegdrehe und aus dem Fenster sehe.

Normalerweise gehöre ich nicht zu den Männern, die in der Metro flirten, da mein Kopf die meiste Zeit voll mit Gedanken an die Arbeit ist oder ich lese und deshalb nichts mitbekomme. Aber dafür, dass meine Laune vorhin so übel war, als ich den Fuß in die Metro gesetzt habe, geht es mir jetzt deutlich besser.

Ein bisschen Flirten steigert meine Laune also um einiges.

Ich klappe mein Buch zu und stecke es in meinen Rucksack, da ich bald aussteigen muss. Wenn ich mich recht erinnere, muss *sie* jedoch vor mir aussteigen.

Damit soll ich nicht falsch liegen, denn wenige Sekunden später wird die nächste Station aufgerufen und die junge Frau packt ihr iPad und den Pencil hektisch in ihre Tasche. Sie steht auf und bahnt sich ihren Weg zur Tür, die gleich neben meiner Sitzreihe ist.

Als sie auf mich zuläuft, ist ihr Blick die ganze Zeit auf den Boden gerichtet, vermutlich, damit sie niemandem auf die Füße tritt. Je näher sie mir kommt, desto mehr kann ich von ihrem Gesicht erkennen, das voller

Sommersprossen ist. Eine leichte Röte liegt auf ihrer hellen Haut.

Dann steht sie direkt neben mir und ich kann einen Blick auf ihr Profil werfen. Ihre Hand umklammert ihre Umhängetasche, mit der anderen streicht sie sich ihre Haare hinters Ohr.

Schau ein letztes Mal zu mir, bevor wir uns vielleicht nie wiedersehen, bete ich innerlich.

Die Türen öffnen sich, eine noch lautere Geräuschkulisse von draußen dringt herein, Menschen fangen an zu drängeln und haben es eilig. Fast glaube ich, dass es das hier war. Vielleicht sehen wir uns ja wirklich nicht wieder. Wer weiß das schon?

Dann dreht sie ihren Kopf in meine Richtung und schaut mich aus eindringlichen, blauen Augen an. Und ich kann nicht anders, als sie anzulächeln.

Den Rest des Tages bekomme ich ihre blauen Augen nicht mehr aus dem Kopf. Und das Lächeln auf meinen Lippen ist wie festgeklebt. Ich muss sagen, dieser kleine Flirt hat meine Stimmung um einiges angehoben, und dementsprechend gut gelaunt laufe ich in der Praxis umher.

»Fehlt nur noch, dass du pfeifend durch die Gegend läufst«, merkt Henry an und schaut kopfschüttelnd zu mir, als wir uns wieder im Flur begegnen. Heute sind die Stunden mit unzähligen Terminen vollgestopft und wir hatten bislang kaum Zeit, uns richtig zu unterhalten.

»Wieso?«, frage ich grinsend.

»Na, du hast komischerweise echt gute Laune heute«, meint er und schaut mich skeptisch an. »Ist dein Mädchen dafür verantwortlich?«

Ich verdrehe die Augen. Henry weiß ganz genau,

dass ich es nicht mag, wenn er das sagt. Sie ist nicht *mein Mädchen*. Wir haben ein paar Monate lang unseren Spaß miteinander gehabt, aber mehr auch nicht. Die Fronten waren von Anfang an für uns beide geklärt. Sie war damit einverstanden. Auch wenn ich nach unserem letzten Gespräch vor ein paar Tagen glaube, dass auf ihrer Seite mehr Gefühle entstanden sind, als es mir lieb ist.

»Nein, Henry. Es hat nichts mit ihr zu tun. Als wir uns das letzte Mal getroffen haben, musste ich ihr mitteilen, dass es das für mich war. Ich habe keine Lust mehr auf diese lockeren Nummern. Eine Zeit lang war es entspannt, aber ich will gerade keine Frau in meinem Leben haben. Mein Kopf ist zu voll mit unserer Arbeit hier.«

Henry sieht immer noch skeptisch drein und verschränkt die Arme vor der Brust. »Also hast du keinerlei Gefühle für sie?«

Ich schüttele den Kopf. »Nein, und ich habe ihr auch nie Hoffnungen gemacht, dass in der Hinsicht je etwas zwischen uns laufen kann. Wir haben von Anfang an abgeklärt, was das zwischen uns ist.«

»Ich glaube, sie sieht das anders.«

Ich schlucke. Die beiden waren schon miteinander befreundet, bevor Henry und ich es waren. »Hat sie mit dir gesprochen oder wieso denkst du das?«

Henry atmet tief durch und legt seinen Kopf schief. »Ich soll dir das eigentlich nicht verraten, aber sie hat ein bisschen mehr Gefallen an dir gefunden als nur für eine schnelle Nummer, wenn du verstehst, was ich meine.«

Ich stöhne. Das hat mir gerade noch gefehlt. Ich kann mir zu all dem Arbeitsstress und Tumult in meinem Kopf nicht auch noch leisten, dass ich einer Frau das Herz breche, obwohl das niemals meine Intention war.

»Hey, vielleicht solltest du noch mal mit ihr sprechen, hm?«, redet Henry auf mich ein.

»Eigentlich dachte ich, wir hätten alles geklärt. Sorry, Henry, aber ich muss jetzt meinen nächsten Termin vorbereiten. Ich habe momentan echt keinen Kopf für das Ganze.«

Er nickt und ich laufe in Richtung meines Büros. Hinter mir schließe ich die Tür und atme tief durch. Verdammt noch mal, wieso muss sich momentan einfach alles so schwer anfühlen? Wie eine tonnenschwere Last, die auf meinen Schultern liegt und sich nicht bewegen lässt.

Ich setze mich auf meinen Schreibtischstuhl, lehne mich zurück und fahre mir mit den Händen durch meinen Bart. Leise seufze ich. Ich weiß nicht, wie lange ich das hier noch mitmachen kann. Das hier mit der Praxis, als Psychologe, gemeinsam mit Henry. Ich liebe die Psychologie, Henry ist mein bester Kumpel und ich bin ihm und seiner Familie für alles dankbar, was sie tun und getan haben. Doch je mehr Zeit vergeht, desto mehr spüre ich, dass das Ganze nicht das ist, was mich erfüllt. Und das ist ein ätzendes Gefühl. Es hat sich langsam, ganz unauffällig, bemerkbar gemacht. Leise ist es mir in die Knochen geschlichen, hat sich unter meiner Haut festgesetzt, bis ich es irgendwann nicht mehr loswerden konnte. Diese innere Unruhe, den Zwang, morgens aufzustehen und einen Fuß vor den anderen zu setzen. Jeden Tag der gleiche Weg zur Arbeit, mit klopfendem Herzen und Tausenden Gedanken, die mich niederringen.

Ich schließe die Augen, versuche, mich auf meine Atmung zu konzentrieren und diesen verfluchten Gedankenstrudel in mir wieder unter Kontrolle zu bekommen. Ich brauche meine bestmögliche Konzentration auf der Arbeit, kann es mir nicht leisten, unkonzentriert an die Sache zu gehen und Henry plus die Praxis, unser hart erarbeitetes Projekt, schlecht dastehen zu lassen.

Doch meine Gedanken schweifen ab und ich fange an, mir vorzustellen, wie mein Leben hätte verlaufen können. Wenn ich den Weg gegangen wäre, der zwar unvernünftig, aber der gewesen wäre, der schon die ganze Zeit in mir steckt. Nicht oft erlaube ich es mir, in diese Tagträume zu fliehen, aus Angst, dass dann alles nur umso schwerer wird. Die Last noch erdrückender wird, wenn ich mir vorstelle, was ich eigentlich aus meinem Leben machen will.

Aber wenn ich meine Augen schließe, dann sehe ich, wie ich meine eigene Bäckerei in Paris habe. Die Kunden stehen bis draußen Schlange, weil es sich in der Stadt herumgesprochen hat, dass es bei mir die besten Croissants und das beste Baguette gibt. In den Zeitungen ist mein Gesicht abgedruckt und mein Name prangt darunter.

Mein Herz flattert.

In dem Moment geht die Tür ruckartig auf. Erschrocken zucke ich zusammen.

»Oh, sorry«, meint Henry. »Ich habe vergessen, zu klopfen. Alles gut bei dir?«

Schnell richte ich mich auf meinem Stuhl auf. »Äh, ja klar, ich habe nur ein wenig Kopfschmerzen und habe mal kurz die Augen zugemacht.«

Mein Gesicht fühlt sich warm an und mit einem Mal bin ich zurück in der Realität und meine Tagträumerei ist wie eine Seifenblase zerplatzt.

»Ich wollte eben was mit dir besprechen. Hast du noch kurz eine Minute vor deinem Termin?« Er hält einen Stapel Blätter in die Höhe und ich deute auf den Stuhl mir gegenüber.

Als Henry sich hinsetzt und anfängt zu reden, bin ich wieder fokussiert und höre ihm zu. Ich kann mich nicht von irgendwelchen Tagträumereien oder Hirngespinsten ablenken lassen. Henry und ich haben eine Praxis zu führen und ich kann ihn nicht hängenlassen. Also reiße ich mich zusammen, spitze meine Ohren und konzentriere mich für den Rest des Tages so sehr wie schon lange nicht mehr.

PLACE POSTAGE STAMP HERE
CARTE POSTALE
ADRESSE
CORRESPONDANCE
Paris

KAPITEL 7

Hailey

Am nächsten Morgen habe ich verschlafen. Mein Wecker hat mich im Stich gelassen, weil ich vergessen habe, letzte Nacht das Handy ans Ladekabel zu stecken. Und das ist passiert, weil ich den ganzen Abend damit verbracht habe, meine Zeichnungen zu perfektionieren, die ich Amandine heute gerne vorstellen will.

Dementsprechend verwundert, verschlafen und neben der Spur wache ich auf. Nicht durch mein gewohntes Weckergeräusch, sondern ganz von selbst. Normalerweise schlafe ich wie ein Stein und nur das laute Klingeln kann mich aus meinem Schlaf reißen.

Ein Blick auf mein Handy ist zwecklos – der Akku ist immer noch leer – also schaue ich mich etwas verwirrt im Schlafzimmer um. Mein iPad liegt auf der anderen Seite des Bettes. Hastig greife ich danach und wie es der Zufall will, ist es auch leer. Denn genauso wenig wie mein Handy habe ich vor lauter Müdigkeit letzte Nacht nicht daran gedacht, das Tablet aufzuladen.

Ich springe mit wirren Haaren und klopfendem Herzen aus dem Bett, rausche aus dem Zimmer und starre auf die tickenden Zeiger über der Küchentür, die mir anzeigen, dass ich knapp über eine halbe Stunde zu lange geschlafen habe. Man könnte meinen *nur* eine halbe Stunde, aber hier in Paris sind die Straßen am frühen Morgen brechend voll, alle haben es eilig, zur Arbeit zu kommen, und die Metros können richtig vollgestopft sein. Vermutlich werde ich viel zu spät im Animationsstudio ankommen. Und das zu Beginn meiner Zeit hier.

In meinem Kopf rechne ich durch, wie viel Zeit mir bleibt, damit ich meine übliche Bahn noch bekomme. Normalweise brauche ich morgens nicht lange, um mich fertig zu machen, und stehe fünfundvierzig Minuten vorher auf, da die Station gleich um die Ecke ist. Dementsprechend bleiben mir noch circa zehn Minuten Zeit, bis die Metro abfährt, die ich erreichen muss, damit ich nicht zu spät komme und einen schlechten Eindruck bei Amandine hinterlasse.

»Verflucht noch mal!«, rufe ich, renne zurück ins Schlafzimmer und krame in meinem Koffer – denn ich bin ein kleiner Chaot und habe es immer noch nicht geschafft, meinen Kleiderschrank einzuräumen – nach einer Jeans und einem T-Shirt. Beides ist ein wenig zerknittert und trägt Falten, aber darüber muss ich jetzt hinwegsehen. Ich sprinte ins Badezimmer, ziehe auf dem Weg beides über und greife nach der Zahnpasta, die ich mir wohl oder übel nur schnell mit dem Finger auf meinen Zähnen verteilen kann. Meinen Haaren kann ich mich gar nicht widmen, obwohl sie nach meinem ausgiebigen Schlaf wild aussehen. Ich zähme sie im Laufen schnell mit meinen Fingern und binde sie zu einem Zopf zusammen, wobei mir einzelne Strähnen in die Stirn fallen.

Fast wäre ich zur Haustür hinaus, ohne mir meine Tasche zu schnappen, und renne nach der Erkenntnis zurück ins Schlafzimmer, um mein iPad, Handy und Ladekabel einzupacken. Laut fluchend verlasse ich schlussendlich mein Apartment.

Im Foyer begegne ich Monsieur Dupont, der auf der Bank sitzt, auf der wir uns gestern unterhalten haben, und mir freundlich zunickt. Hastig winke ich ihm und er lacht.

Draußen begrüßt mich die strahlende Sonne von Paris – wenigstens einer von uns hat gute Laune. Plus Monsieur Dupont natürlich, der immer so wirkt, als strahle die Sonne aus seinem Herzen. Glücklicherweise habe ich es bis zur Metrostation nicht weit und muss nur um die Straßenecke sprinten, doch das ändert nichts daran, dass ich verschwitzt und gehetzt am Bahnsteig ankomme. Mein Blick wandert zur Anzeigetafel und ich scanne sie nach der nächsten Abfahrt ab.

Das Universum meint es gut mit mir.

Meine Bahn fährt genau in dieser Sekunde ein und ich atme erleichtert auf. Gott sei Dank. Ich gehe mit den anderen Passagieren hinein und bete, dass ich wieder einen Sitzplatz ergattere, denn nach all dem Stress brauche ich eine kleine Verschnaufpause. Mein Puls rast immer noch, also sollte ich das Thema Sport wirklich wieder ein bisschen ernster nehmen, wenn mich ein so kurzer Sprint schon ausknockt.

Leider Gottes ist die Metro, in die ich einsteige, proppenvoll. Richtig voll. Kein einziger Sitzplatz ist mehr frei, stattdessen stehen die meisten Menschen in den Gängen und müssen sich zusammenquetschen. Ich widerstehe dem Drang, meine Augen zu verdrehen, denn ich kann es mir nicht erlauben, wieder auszusteigen und auf eine spätere Bahn zu warten. Also quetsche ich mich zu den anderen Fahrgästen, wenn auch widerwillig. Im Wagen ist es warm und stickig und ich vermisse den frischen Wind, der mir draußen entgegengeweht hat.

Die Metro fährt an und ich schlängele mich weiter durch die Menschenmassen, bis ich an der Tür auf der gegenüberliegenden Seite bin und mich an den Rand stellen kann, um aus dem Fenster zu blicken. Na ja, viel Platz bleibt mir hier auch nicht, denn hinter mir spüre ich bereits die anderen Fahrgäste. Glücklicherweise bin ich nicht klaustrophobisch, denn sonst hätte ich es hier drinnen keine Sekunde ausgehalten.

Die Metro fährt mit einem Ruck an und ich versuche, mich irgendwo festzuhalten, doch meine Hand findet nichts zum Greifen und so stolpere ich einen Schritt nach links.

»Attention!«, ertönt eine tiefe Männerstimme auf Französisch hinter mir und ich spüre eine große Hand an meinem unteren Rücken. Augenblicklich fühlt sich die Stelle ... warm an. Die Hand bleibt dort, bis ich wieder fest auf beiden Beinen stehe und mich vorsichtig umdrehe. Mit dem Rücken stehe ich an der Scheibe und vor mir ... steht *er*.

Mein Blick wandert nach oben und ich sehe in die dunkelbraunen Augen des Mannes, den ich bereits die letzten Tage in der Metro getroffen ... oder, na ja, beobachtet habe, wie man es halt nennen möchte.

Sonst sitzt er immer mit einem Buch in der Hand, heute aber scheint er genauso wenig wie ich einen Sitzplatz ergattert zu haben und muss sich mit den anderen Fahrgästen im Gang quetschen.

»Äh, danke ... merci«, stammele ich und spüre, wie ich augenblicklich rot werde.

Er lächelt mich an. »Gern geschehen.«

Mein Blick fällt auf seine Lippen, als er die Worte formt, und ich komme nicht umhin, zu denken, dass sie unfassbar weich aussehen. Als mir das auffällt, ermahne ich mich, ihm wieder in die Augen zu sehen, und spüre sogleich, dass das ein Fehler war, denn er blickt schelmisch zu mir herunter. Er ist gut einen halben Kopf größer als ich und wir stehen *verdammt* nah aneinander. Ich hätte nicht einmal die Möglichkeit, nach hinten auszuweichen, denn dort spüre ich bereits die Scheibe an meinem Rücken.

Sein Parfüm weht in meine Nase, ein holziger Duft, und die ganze Zeit über liegt sein Blick *fest auf mir*.

Ich schaffe es nicht, diesem Augenkontakt länger standzuhalten, und versuche, woanders hinzusehen, *irgendwo* anders hin. Mein Kopf dreht sich nach rechts, also starre ich auf die Jacke eines anderen Fahrgasts und versuche, meine Nervosität irgendwie unter Kontrolle zu bekommen. Ich habe keinen blassen Schimmer, warum mein Puls in Anwesenheit dieses Mannes so in die Höhe schießt. Ich kenne ihn ja nicht einmal.

Vielleicht liegt es an seinem eng anliegenden schwarzen Oberteil, das seine Oberarme bestens betont? Oder doch an seinem unwiderstehlichen Duft, den ich ab sofort vermutlich nicht mehr aus meiner Nase bekommen werde? Oder ist es die Art und Weise, wie sein Blick immer noch *fest auf mir liegt?*

Ich beiße mir auf die Zunge und verfluche meine innere Stimme, die sich genauso wenig wie mein Puls auch nur ansatzweise unter Kontrolle hat.

Normalerweise bin ich nicht so verdammt schüchtern oder verlegen wie im Augenblick, aber die ganze Fahrt über spüre ich seinen Unterarm an *meinem*. Es ist viel zu eng in der Metro, um seinem Körperkontakt auszuweichen.

Aber wenn ich ehrlich bin, stört es mich auch nicht sonderlich. Ich meine, er ist wahnsinnig attraktiv, riecht gut und hat mich davor bewahrt, dass ich in die anderen Fahrgäste hineinfalle. Nichtsdestotrotz wünsche ich mir, dass sich mein Gesicht weniger heiß anfühlen würde und ich ein wenig Luft zum Atmen hätte.

Die Metro hält nach und nach bei den einzelnen Stationen, doch meine scheint noch so weit entfernt zu sein, dass ich mich frage, wie ich es die restliche Fahrt über aushalten soll. Tausende Gedanken springen durch meinen Kopf.

Fahrgäste steigen aus und mit ihnen die Hoffnung, dass sich die Metro ein klein wenig leert, damit ich wieder ruhiger atmen kann. Denn sobald sie ausgestiegen sind, scheint die doppelte Menge dazuzukommen. Ich habe das Gefühl, die Bahn war noch nie so voll wie an diesem Morgen.

Mir ist heiß. Vermutlich schwitze ich gerade meine ganzen Klamotten voll, wenn ich es nicht schon auf meinem Sprint zur Metro getan habe. Und der Tag heute soll noch viel heißer werden, als es jetzt am frühen Morgen ist. Na super. Besser hätte es nicht laufen können.

Die Metro bremst urplötzlich ab, nicht stark, aber doch genug, um die stehenden Menschen zum Wackeln zu bringen und den gut aussehenden Mann vor mir dazu, dass er mit seiner *harten* Brust gegen mich stößt. Seine Hand landet auf der Scheibe hinter mir, um sich abzustützen.

Gott im Himmel. Sein Gesicht ist meinem auf einmal so nahe, dass mein Mund sich wie ausgetrocknet anfühlt, während mein Körper verschwitzt an ihn gedrückt ist.

»Pardon«, murmelt er etwas verlegen, lässt sich aber alle Zeit der Welt, um seine Hand von der Scheibe hinter mir zu entfernen. Als seine Finger dabei meine Schulter streifen, frage ich mich, ob es versehentlich geschehen ist oder aus *purer Absicht*. Seinem Blick zufolge ist Letzteres der Fall. Ich sehe, wie seine Mundwinkel leicht nach oben zucken, als er von mir weg den Gang hinuntersieht.

Er scheint mit mir zu flirten und verflucht, er weiß, was er tun muss, um mich mit subtilen Berührungen komplett aus der Bahn zu werfen. Während ich innerlich immer noch am Glühen bin, kann ich nicht anders, als mir erneut auf die Zunge zu beißen, um nicht anzufangen, zu grinsen. Normalerweise gehöre ich nicht zu der Sorte Frauen, die im Alltag großartig flirtet. Ich kann mich generell nicht daran erinnern, wann ich das letzte Mal in einem anderen Setting als einer Bar oder einem Club geflirtet habe. Eigentlich ist so etwas hier das Spezialgebiet meiner Schwester. Sicherlich hat sie schon mit Hunderten gut aussehender Männer geflirtet, während sie in der Metro sitzt. Und vermutlich weiß sie auch viel eher als ich, wie man in solch einer Situation zurückflirtet. Nicht dass es mir an Selbstbewusstsein oder Selbstliebe mangelt, doch in der Gegenwart meines Flirtpartners fühle ich mich so verlegen wie sonst nie. Vielleicht liegt es aber auch wirklich nur daran, dass ich normalerweise nicht mit Männern flirte, die wortwörtlich *gegen meine Brust gepresst stehen*.

Er macht nach wie vor keine Anstalten, weiter nach hinten zu gehen, obwohl ich erkenne, dass die Person hinter ihm so viel Platz lässt, dass er sehr wohl einen Schritt zurücktreten könnte. Zögerlich lasse ich meinen Blick nach oben schweifen, langsam, ganz langsam, bis unsere Augen wieder aufeinandertreffen. Ich habe das Gefühl, dass die Hitze in meinem Körper um ein Dreifaches ansteigt. Einzig und allein die Art und Weise, wie er zu mir heruntersieht, während er so dicht an mir steht, sorgt für diesen Temperaturschub in meinem Inneren.

Was für ein Spiel spielen wir hier, frage ich ihn stumm mit meinem Blick. Seine Augen sind leicht zusammengekniffen und ich wünschte, ich wüsste, was ihm in diesem Augenblick durch den Kopf geht.

Er öffnet seinen Mund, seine Lippen scheinen Worte formen zu wollen, die es dann doch nicht hinausschaffen. Stattdessen schließen sie sich wieder und lassen mich ratlos zurück.

Während unseres Blickduells habe ich gar nicht mitbekommen, an welchen Stationen wir bereits gehalten haben. Ein schneller Blick auf die Anzeigetafel im Inneren der Metro zeigt mir, dass meine Station die nächste ist. Meine Hand umklammert den Gurt der Tasche über meiner Schulter und meine Augen sind vertieft in die dunkelbraunen Augen vor mir, die mich einfach nicht in Ruhe lassen wollen.

Als der Name meiner Station aus den Lautsprechern ertönt und die Metro anhält, schaue ich ein letztes Mal tief in seine Augen. Fast bin ich versucht, ihm einen schönen Tag zu wünschen, überhaupt irgendetwas zu sagen, aber dann tue ich es doch nicht. Soll er doch den ersten Schritt machen. Und wenn er es nicht tut, werde ich auch nicht schlau aus dem, was die letzten Minuten hier vor sich ging.

Er sagt nichts und lächelt mir lediglich zu, jedoch so charmant und hinreißend, dass sich Grübchen um seine Mundwinkel bilden und mir die Luft zum Atmen knapp wird.

Halleluja.

Die Türen öffnen sich, laute Geräusche von außen tönen ins Wageninnere, Menschen strömen hinaus. Monsieur Schweigsam mir gegenüber tritt zur Seite, um mir

Platz zu machen. Der Griff um den Gurt meiner Tasche wird fester, als ich einen Schritt vor den anderen setze und zügig die Metro verlasse. Die ganze Zeit über spüre ich seinen Blick in meinem Rücken. Das Tiefbraun seiner Augen lässt mich den restlichen Tag nicht mehr los. Es hat sich in meinen Kopf eingebrannt. So wie er.

CARTE POSTALE
Correspondance
Adresse
PLACE POSTAGE STAMP HERE
Paris

KAPITEL 8

Will

»Wer ist sie?« Henry ordnet ein paar Akten, während ich es mir auf seinem Drehstuhl bequem gemacht habe. Gerade haben wir Mittagspause und ein wenig Luft zum Atmen. Henry, der Musterjunge, hat darauf bestanden, nicht essen zu gehen, sondern in der Praxis zu bleiben, um ein wenig für Ordnung zu sorgen. Ehrlich gesagt *ist* hier alles bereits in bester Ordnung – zumindest aus meiner Sicht – doch Henry findet immer etwas, das er noch besser sortieren kann. Heute hat er sich die Aktenordner zur Brust genommen.

»Mh?« Verwirrt blinzele ich ihn an. Ich habe gar nicht mitbekommen, was er gesagt hat. Im Stuhl bequem zurückgelehnt starre ich jetzt zu ihm und bitte ihn stumm, seine Worte noch einmal zu wiederholen.

Henry grinst und lässt den Ordner in seiner Hand auf den Tisch sinken. Ich habe keine Ahnung, wie lange er schon Akte für Akte durchgeht. Ich habe ihm meine Hilfe angeboten, doch Henry macht so etwas lieber allein, wie ich in den letzten Jahren schon des Öfteren festgestellt habe. Selbst wenn ich die Akten durchgehen würde – er würde es nach mir *noch einmal* tun, um alles mit eigenen Augen zu überprüfen. So ist er nun einmal.

»Du schwebst echt auf Wolke sieben, was?«, fragt er und hat jetzt meine Aufmerksamkeit sicher.

Ich richte mich im Stuhl auf und lege den Kopf schief. »Äh, wovon sprichst du?«, will ich wissen.

Ja, ich tue so, als hätte ich keinen blassen Schimmer, wovon er spricht. Ich habe ihm in der letzten Zeit von keiner Frau erzählt.

Er grinst mich immer noch an, kommt zu mir herüber und lässt sich auf dem Stuhl auf der anderen Seite des Schreibtischs nieder, auf dem sonst unsere Patienten sitzen. Meist sind es nur neue Patienten, mit denen man noch Papierkram erledigen muss. Für die intensiveren Sitzungen nehmen sie auf der Couch Platz, auf der sie es noch gemütlicher und leichter haben, sich zu öffnen. So kommen sie sich nicht wie in einer Arztpraxis vor, sondern wie in ihren eigenen vier Wänden.

»Kannst du mich jetzt mal aufklären, worauf du anspielst?« Herausfordernd blicke ich ihn an.

Henry verschränkt bloß die Arme vor der Brust und grinst immer noch. Verflucht, er macht mich noch ganz nervös damit, wenn er nicht endlich mit der Sprache herausrückt.

»Na, wer ist die Dame, die dich so in den Wolken hängen lässt? Lass mich raten: Du und Ellie habt euch wieder zusammengetan und euer letzter Sex hat dir gezeigt, dass du unsterblich in sie verliebt bist und es ein Fehler war, die Sache mit ihr zu beenden?«

Abrupt lehne ich mich nach vorn und stütze die Arme auf der Tischplatte ab. Mit miteinander verschränkten Fingern starre ich ihn an. »Wie kommst du darauf, dass ich jetzt auf einmal mit Ellie zusammen sein will? Ich habe dir doch letztens erst erzählt, dass ich mit ihr gesprochen habe. Seitdem haben wir uns auch nicht mehr getroffen, nur hier und da ein paar Nachrichten ausgetauscht, das war's aber auch.«

»Hm. Okay.« Henry verschränkt die Hände hinter dem Kopf. »Ich glaube ja nach wie vor, dass sie das alles nicht so verstanden hat, wie du es gemeint hast.«

»Wieso?« Ich atme tief durch und wappne mich innerlich für das, was jetzt kommt. Bei unserem letzten Gespräch hat Henry ja bereits angedeutet, dass sie mehr für mich empfindet. Da die beiden gut miteinander befreundet sind, gehe ich davon aus, dass Ellie Henry noch mehr erzählt hat, sonst würde er jetzt nicht so vor mir sitzen.

»Na, ich habe gestern noch einmal mit ihr gesprochen. Wir haben uns abends zum Essen getroffen«, erzählt er und ich schmunzele. »Sie meinte, dass sie dich vermisst. Aber sie traut sich nicht, dir offen zu sagen, was sie empfindet, weil sie nach eurem letzten Aufeinandertreffen Angst vor deiner Reaktion hat.«

Ich widerstehe dem Drang, die Augen zu verdrehen, und presse meine Zähne aufeinander. »Wieso erzählst du mir das Ganze erst jetzt?«, frage ich.

Henry runzelt die Stirn. »Wie ich gerade gesagt habe, haben wir uns erst gestern getroffen. Eigentlich sollte ich vermutlich lieber meinen Mund halten, denn sie hat es mir im Vertrauen erzählt. Aber ich dachte, es ist besser, wenn ich dir sage, wie es in ihr aussieht. Ich glaube, du solltest noch einmal mit ihr reden. Wenn du nichts von ihr willst, solltest du das deutlich klarstellen.«

Genervt stoße ich mich mit meinen Händen von der Tischplatte ab, sodass der Drehstuhl ein wenig nach hinten rollt. Mit den Füßen stoppe ich die Bewegung und kneife die Augen zusammen. »Ich *habe* ihr gesagt, dass ich das Ganze beenden will. Wie deutlich soll ich denn noch werden? Wir haben die Fronten von Anfang an geklärt!«

Henry schüttelt den Kopf und starrt mich verwirrt an. »Will, ich habe keine Ahnung, wieso du so angespannt reagierst, aber ich meine es nur gut. Ich bin hier auf keiner Seite, sondern versuche einfach, zwischen meinen zwei Freunden zu vermitteln. Aber dann mische ich mich lieber nicht mehr ein, wenn du so angepisst reagierst.« Er steht von seinem Platz auf. »Ich muss jetzt weiterarbeiten.«

Entschuldigend hebe ich die Hände. »Hey, Henry, es tut mir leid. Ich wollte dich nicht so anfahren. Ich bin momentan einfach ein wenig ... angespannt. Wegen der Arbeit und der Situation mit Ellie.«

Henry atmet tief durch und widmet sich wieder den Aktenordnern. »Alles klar.«

Ihm ist anzumerken, dass ihm mein Verhalten gegen den Strich geht. Ich streiche durch meinen Bart und wende mich ihm zu. »Ich rede noch einmal mit Ellie, okay? Ich rufe sie heute Abend an und kläre das mit ihr. Ich will nicht, dass die Sache zwischen ihr und mir unsere und eure Freundschaft beeinträchtigt.«

»Na schön.« Henry schaut zu mir und ein Lächeln umspielt seine Lippen, doch es erreicht seine Augen nicht. Wieder einmal fällt mir auf, wie unglaublich müde er aussieht. So wie auch ich mich innerlich die ganze Zeit über fühle. Dunkle Schatten liegen unter seinen Augen. Ich frage mich, wie lange wir beide noch gute Miene zum bösen Spiel machen können. Lange kann das Ganze hier nicht mehr gut gehen.

»Ich lasse dich dann mal allein und bereite mich auf meinen nächsten Patienten vor.«

Henry nickt bloß und sortiert die Ordner zurück in den Schrank. Ich schaue ein letztes Mal zu ihm, bevor ich mit schnellen Schritten den Raum verlasse und mich spontan dafür entscheide, einen kurzen Spaziergang zu unternehmen, bevor mir hier drinnen noch der Schädel platzt.

Ich bin heilfroh, als der Arbeitstag vorüber ist. Viele Patiententermine und stark pochende Kopfschmerzen später lasse ich mich müde auf einem Sitzplatz in der Bahn nieder. Es ist warm draußen und auch in der Metro spüre ich die drückende Luft. Gott sei Dank sind ein paar der Fenster gekippt, sodass etwas Wind hereinweht. Die Sonne strahlt nach wie vor hell, es dauert noch einige Stunden, bis sie langsam untergehen wird.

Ich liebe Sonnenuntergänge. Sie haben etwas Meditatives an sich und diese Wirkung könnte ich gerade gut gebrauchen. Doch noch ist es nicht so weit und ich starre daher aus dem Fenster und betrachte den Himmel, bevor die Metro in den Untergrund fährt und nur noch Schwarz zu sehen ist.

Langsam schließe ich die Augen und massiere mit den Fingern meine Schläfen. Vermutlich ist es nicht gut, dass mich mehrmals die Woche starke Kopfschmerzen plagen, aber ich wäre naiv, wenn ich nicht wüsste, woher diese Signale meines Körpers stammen. Wie kann ich erwarten, mich gesund und fit zu fühlen, wenn meine Gedanken voller Angst, Sorge und Stress sind?

Da ich keine Kopfschmerztabletten parat habe, lehne ich mich im Sitz zurück und lasse meinen Blick durch den Wagen wandern. Glücklicherweise ist dieser nicht so vollgestopft wie heute Morgen. Ich muss grinsen, als ich an die Fahrt in den frühen Stunden denke, und beiße mir auf die Unterlippe. Bilder der wunderschönen Frau mit den Sommersprossen tauchen vor meinem inneren Auge auf. Ich habe den ganzen Tag nicht mehr an sie gedacht, zu sehr musste ich mich auf die Arbeit konzentrieren, aber sobald ich in der Metro sitze, kann ich sie nicht aus meinem Kopf vertreiben. Bislang habe ich sie nie auf meinem Rückweg getroffen und ich frage mich, wann sie ihre Heimreise antritt, wo sie arbeitet, was sie den ganzen Tag lang tut. Und was in ihrem Kopf vorgeht, hinter diesen unglaublich blauen Augen, die mich vor Stunden noch so intensiv angeblickt haben. Ich erinnere mich an ihren Duft, als sie mir so nahe stand, fruchtig, leicht, nach Pfirsich.

Als sie sich zu mir gedreht hat, konnte ich sie zum ersten Mal von Nahem bewundern. Ihre blasse Haut, die Sommersprossen, die sich deutlich darauf hervorheben, den Schwung ihrer Lippen. Sie war ungeschminkt, soweit ich das beurteilen kann, und irgendwie hat sie das noch ... schöner gemacht. Es gab nichts, hinter dem sie sich verstecken konnte.

Fast fühle ich ein dumpfes Gefühl in meiner Brust, während ich mich in der Metro umsehe und sie nirgends ausfindig machen kann. Vielleicht bilde ich mir dieses Gefühl aber auch bloß ein. Schließlich kenne ich sie nicht. Sie könnte längst vergeben sein oder aber sie hat absolut kein Interesse an mir und nimmt ab sofort eine Bahn, die früher oder später fährt. Die Vorstellung, sie morgen vielleicht gar nicht mehr zu sehen, gefällt mir nicht. Vielleicht hätte ich sie heute einfach ansprechen sollen, als wir uns so nahe waren. Doch es erschien mir nicht der richtige Zeitpunkt. Und überhaupt, wie hätte ich das geschickt anstellen sollen, ohne zu aufdringlich zu wirken? Sie wäre die erste Frau, die ich in der Öffentlichkeit ansprechen würde. Normalerweise lerne ich Frauen beim Ausgehen oder aber durch Freunde kennen wie zum Beispiel Ellie.

Die ganze Fahrt über zerbreche ich mir den Kopf, was ich tun soll, wenn ich sie das nächste Mal sehe. *Falls* es denn überhaupt ein nächstes Mal geben wird. Ich weiß nichts über sie. Sie könnte längst nicht mehr im Land sein. Ich habe keine Ahnung, wo sie herkommt, wie lange sie schon in Paris ist oder ob sie schon längst verheiratet ist und zwei Kinder hat. Ihr Akzent lässt vermuten, dass sie aus den USA kommt.

Aber dieses Mysterium, das sie umgibt, macht sie nur umso attraktiver für mich.

Als ich aus der Metro steige und mich die schwülwarme Sommerluft umgibt, fühle ich mich wieder ein wenig leichter als noch zu dem Zeitpunkt, als ich die Bahn betreten habe. Ich laufe durch das Quartier Latin bis zu meinem Apartment und irgendwie weiß ich in diesem Augenblick, dass ich sie morgen wiedersehen werde. Und die darauffolgenden Tage. Denn sie ist mein Lichtblick an den Tagen, an denen sich das Leben schwer anfühlt. Das Universum hat sich unsere Wege aus einem bestimmten Grund kreuzen lassen. Anders kann ich es mir nicht erklären, dass sich ihre blauen Augen so sehr in meine Gedanken eingebrannt haben.

In meinem Apartment angekommen, ist das Gespräch mit Henry von heute Mittag schon in weite Ferne gerückt. Erst als ich den Teig für ein neues Apfelkuchen-Rezept knete, das ich momentan kreiere, muss ich wieder an seine Worte denken.

Mist, vermutlich komme ich nicht darum herum, noch einmal mit Ellie zu reden. Früher oder später werden wir ohnehin noch einmal aufeinandertreffen. Es ist gar nicht zu vermeiden, wenn Henry und sie so gut miteinander befreundet sind. Außerdem ist es gut, wenn wir freundschaftlich auseinandergehen können, damit es in Zukunft nicht zu irgendwelchen Reibereien kommen kann.

Ich widme mich wieder voll und ganz meinem Kuchen und entschließe mich dazu, sie morgen Abend nach der Arbeit einfach anzurufen. Heute habe ich nicht den Kopf dafür und muss einfach abschalten. Das kann ich beim Backen am besten.

In Gedanken bin ich wenige Sekunden später schon wieder in Tagträumereien versunken und erlaube es mir, ein wenig darüber zu fantasieren, wie es wäre, wenn ich meine eigene kleine Bäckerei hätte ...

KAPITEL 9

Hailey

Obwohl ich letzte Nacht wieder viel zu lange wach war, habe ich penibel darauf geachtet, mir für diesen Morgen meinen Wecker zu stellen. Dass ich erst so spät eingeschlafen bin, ist zwei Dingen geschuldet: Zum einen war ich wieder einmal in meine Zeichnungen auf meinem iPad vertieft. Zum anderen habe ich mich endlich bei einem Französisch-Sprachkurs für Anfänger angemeldet. Zwar hatte ich bereits Französisch in der Highschool, doch meine Kenntnisse sind so eingerostet, dass ich mir nicht zutrauen würde, in einen fortgeschrittenen Kurs zu gehen.

Der jeweils einstündige Anfängerkurs findet gleich hier um die Ecke statt, also habe ich es glücklicherweise nicht weit. Zweimal in der Woche trifft sich eine bunt gemischte Gruppe Menschen aus allen Ländern, um sprachlich mit den Franzosen mithalten zu können. Es hat mich Überwindung gekostet, aber je mehr Zeit verstrich, desto lockerer wurde ich und tatsächlich fielen mir wieder Wörter und Sätze ein, die ich in meiner Highschool-Zeit gelernt hatte.

Statt einem habe ich mir heute sogar gleich vier Wecker gestellt, damit ich auf gar keinen Fall in den gleichen

Stress gerate, den ich gestern Morgen durchlebt habe. So hatte ich zwar nur wenige Stunden Schlaf, weil ich heute noch etwas früher als sonst aufstehe, aber meine Panik, zu spät zu kommen, trägt meine Füße von ganz allein aus meinem Bett.

Durch das frühe Aufstehen habe ich sogar noch genug Zeit, mich etwas zu schminken und mir einen Kaffee zuzubereiten. Normalerweise ist die Zeit morgens knapp, da ich lieber länger im Bett liege, aber heute sieht es anders aus.

Ich ziehe die hellen Vorhänge im Wohnzimmer zur Seite, durch die bereits die Morgensonne schimmert, und öffne das Fenster weit. Nach draußen gelehnt stehe ich mit meiner Kaffeetasse in der Hand am Fenster, nippe an ihr und lasse das französische Ambiente auf mich wirken. Obwohl es früh am Morgen ist, ist die Großstadt längst erwacht. Autos jagen durch die Straßen und Passanten huschen über die Gehwege. Ich bin froh, dass ich mich nicht mit einem Auto durch den Verkehr schlagen muss, denn die Franzosen haben eindeutig wildere und unbekümmertere Fahrweisen, als ich es gewohnt bin.

Nachdem ich mich fertig gemacht und meine Tasse Kaffee bis auf den letzten Schluck geleert habe, mache ich mich auf den Weg und schlendere zur Station. Meine Laune ist gut und ich recke mein Gesicht gen Sonne, um die leichte Wärme, die bereits jetzt zu spüren ist, aufzufangen. Meine Sommersprossen werden sich freuen, denn jetzt beginnt ihre Hochsaison, auch Sonnencreme kann mich davor nicht bewahren. Früher habe ich mein Gesicht mit Foundation zugekleistert, um meine Sommersprossen zu übertönen. Aber mittlerweile habe ich mich mit ihnen angefreundet und sie gefallen mir sogar richtig gut. Sie gehören einfach zu mir, so wie der Rest meines Körpers.

Als ich an der Station angekommen bin, ohne nass geschwitzt zu sein und schwer zu atmen, entschließe ich mich dazu, meinen Wecker immer etwas früher zu stellen. Vielleicht sollte ich doch lieber Schlaf opfern, denn im Tausch bekomme ich einen viel entspannteren Morgen.

Die Metro trifft ein und mit ihr beginnt mein Herz schnell zu klopfen. Ich versuche, mich zu beruhigen. Meinen Puls zu entspannen, ruhiger zu atmen und locker zu bleiben. Doch sobald die Bahn anhält, die Türen sich öffnen und Menschenmassen anfangen, heraus- und hineinzuströmen, ist es vorbei mit meiner versuchten Ruhe. Ich umklammere den Gurt meiner Tasche, der über meiner Schulter hängt, mit meiner Hand, trete in die Metro und scanne den Gang nach einem freien Platz ab.

Vor meinem inneren Auge tauchen Bilder von der gestrigen Fahrt auf. Ich, wie ich gegen ihn stoße. Sein Körper dicht an meinen gepresst, Wärme an Wärme. Er, wie er mich auffängt, seine Hände an meiner Taille, ein starker Griff, der mich sicher hält. Sein Duft, der zu mir herüberweht. Diese Augen, die mich so unergründlich ansehen. Und nicht damit aufhören. Selbst als ich wegsehe.

Ich habe einen Tunnelblick, als ich endlich einen freien Platz ausfindig mache und mich niederlasse. Nicht weil ich ihn *nicht* sehen will, sondern weil ich genau *das* tue. Ich *will* ihn sehen. Und das ist es, was mich so unglaublich nervös macht. Gleichzeitig muss ich mir immer wieder in Erinnerung rufen, dass die hohe Wahrscheinlichkeit besteht, dass ich ihn niemals wiedersehen werde. Nie. Schließlich könnte er längst nicht mehr in der Stadt sein. Vielleicht sogar gar nicht mehr im Land. Auf dem Kontinent. Alles ist möglich.

Ich hole tief Luft, lege die Tasche auf meinen Schoß,

hebe den Kopf und ... schaue geradewegs in seine Augen. Dort sitzt er. Ein paar Reihen von mir entfernt, sein Körper zu mir gedreht. Und er sieht mich an. Tut er das schon die ganze Zeit? Hat er gesehen, wie ich eingestiegen bin?

Kurz stockt mir der Atem, als ich bemerke, wie sich auf seinem Mund ein Lächeln bildet. Langsam, ganz langsam, aber ich erkenne es. Auch über die Distanz, die uns voneinander trennt.

Meine Mundwinkel zucken und ich lächele zurück. Wende meinen Blick wieder ab und beiße mir fest auf die Zunge, um nicht *zu sehr* zu grinsen.

O Mann, ich kenne diesen Typen nicht einmal und trotzdem geht mir sein Lächeln so sehr ... unter die Haut. Ich habe das Gefühl, alles fängt an zu kribbeln, als ich wieder hochsehe und er *mich immer noch ansieht*. Sein Kopf ist schräg gelegt, das unfassbar anziehende Lächeln immer noch auf seinen Lippen. Ich wünschte, ich könnte ihm näher sein.

Also, ich meine, ihn näher ... ansehen.

So wie gestern.

Noch einmal in seine Augen schauen, in dieses dunkle Schokobraun, meinen Blick über seine Gesichtsstruktur wandern lassen, über seinen Dreitagebart, die weich aussehenden Lippen ...

Wir liefern uns tatsächlich ein Blickduell, mitten in der Metro, umgeben von unzähligen anderen Passagieren, die nicht mitbekommen, was hier gerade zwischen uns vorgeht. Auch ich weiß nicht, was genau das ist. Seit Tagen ... flirte ich mit demselben Mann, demselben Unbekannten, über den ich absolut nichts weiß bis auf, dass er mich einfach nicht mehr loslässt – und meine Augen schon beim Einsteigen die Metro nach ihm absuchen.

Heute ist er der Erste, der dem Blickkontakt nicht

mehr standhalten kann. Ein triumphierendes Gefühl macht sich in meiner Brust breit und ich beiße mir auf die Lippe, als ich sehe, wie er seinen Kopf zur Seite dreht und so sehr grinst, dass es von Weitem aussieht, als beiße er sich auf die Innenseite seiner Wange.

Hal-le-lu-jah.

Erst jetzt fällt mir auf, dass er wieder einen geöffneten Roman in seinem Schoß liegen hat. Ich glaube, es handelt sich immer noch um denselben, den er schon die letzten Male dabeihatte.

Als er seinen Kopf wieder mir zuwendet, treffen sich unsere Blicke ein weiteres Mal und ich habe das Gefühl, alles in mir ... wird von Wärme erfüllt. Jede Faser meines Körpers.

Er greift nach seinem Buch. Allem Anschein nach will er weiterlesen. Ich beobachte ihn ein paar Sekunden lang, weiß nicht, ob er unseren Flirt hiermit unterbrechen will oder was seine Intention ist. Um ihn nicht zu lange anzustarren, zücke ich mein iPad und den Apple Pencil aus meiner Tasche, öffne die Datei, an der ich letzte Nacht gearbeitet habe, und führe die Zeichnung fort. Doch ich kann nichts dafür, dass mein Blick immer wieder wie von selbst nach oben wandert, zu ihm. Manchmal sehe ich ihm ein, zwei Sekunden zu, wie er mit leicht geöffneten Lippen und einer steilen Falte zwischen seinen Augenbrauen in sein Buch vertieft ist. Dann gibt es Momente, in denen ich hochsehe und er bereits in meine Richtung blickt. Und zu der Wärme in meinem Körper gesellt sich eine leichte Gänsehaut, weil ich weiß, dass er *zuerst* zu mir gesehen hat. Die ganze Zeit über frage ich mich, was ihm durch den Kopf geht. Was er sich denkt, was er fühlt, was er *will*.

Ich habe keine Ahnung, an wie vielen Stationen wir bereits vorbeigefahren sind. Das Einzige, was ich in diesen Minuten noch wahrnehme, ist mein immer schneller klopfendes Herz und unsere Blicke, die wieder und wieder aufeinandertreffen. Mittlerweile frage ich mich, ob andere Fahrgäste unseren Flirt mitbekommen, doch als ich mich umsehe, sind alle selbstverständlich viel zu sehr mit sich selbst beschäftigt, um auch nur in unsere Richtung zu sehen. Niemand scheint Notiz von dieser Verbindung zwischen uns beiden zu nehmen und irgendwie macht es das Ganze umso besonderer.

Als ich das nächste Mal vorsichtig zu ihm blicke, ist er wieder in sein Buch vertieft. Doch auf seinen Lippen liegt ein Grinsen und irgendwie weiß ich ganz genau, dass es nicht an Gatsby oder Daisy liegt. Ich kenne zwar bloß die Filmversion der Geschichte mit Leonardo DiCaprio, aber ich wüsste nicht, was so amüsant sein sollte. Die Vorstellung, dass er meinetwegen, wegen unserer Schäkerei, so schmunzelt, treibt die Hitze in meinen Wangen umso mehr an. Ich starre wieder auf mein iPad und stelle fest, dass ich so gut wie gar nichts gezeichnet habe. Viel zu sehr war ich abgelenkt und das iPad hat eher dazu gedient, mich so wirken zu lassen, als hätte ich etwas zu tun und würde nicht jede Gelegenheit nutzen, um zu ihm zu sehen.

Auf einmal klingelt mein Handy in der Tasche. Ich krame darin herum, bis ich es ganz unten entdecke und sehe, dass meine Schwester versucht, mich zu erreichen.

»Hey«, begrüße ich sie.

»Bonjour«, erklingt ihre Stimme auf der anderen Seite.

»Was gibt's?« Wie von selbst wandert mein Blick ein paar Reihen weiter nach vorn, doch ich zwinge mich, überallhin zu sehen, nur nicht zu ihm, denn sonst kann ich mich womöglich gar nicht auf die Worte meiner Schwester konzentrieren.

»Darf man seine liebe Schwester nicht einfach mal so anrufen?«, fragt sie und ich runzele die Stirn, als ich den leicht genervten Unterton in ihrer Stimme heraushöre.

»Ist alles in Ordnung?« Verwirrt kneife ich die Augen zusammen und frage mich, wieso Elara so gereizt ist.

»Sorry, momentan bin ich einfach etwas genervt. Und ich brauche jemanden zum Reden. Hast du noch ein paar Minuten Zeit, bevor du auf der Arbeit bist?«

»Ja, klar. Ich sitze gerade noch in der Metro. Schieß los.« Ich ignoriere die leise Stimme in meinem Kopf, die sich wünscht, dass ich den Anruf nicht angenommen hätte. Ja, das ist möglicherweise sehr gemein, denn Elara ist meine Schwester und ich will für sie da sein, wenn sie jemanden zum Reden braucht. Trotzdem wünsche ich mir insgeheim, dass unser Telefonat nicht allzu lange dauert. Es sind nicht mehr viele Stationen, bis ich aussteigen muss. Das bedeutet, es sind auch nicht mehr viele Minuten, die mir mit diesem unfassbar heißen und mysteriösen Mann bleiben, der mich einfach nicht mehr loslässt.

»O Mann, ich bin froh, dass du jetzt auch hier in Paris bist. Wegen der Zeitumstellung und so. Also, es geht um einen Typen.«

Innerlich denke ich: *Habe ich es mir doch gedacht*. Aber das spreche ich lieber nicht laut aus. Es ist nicht das erste Mal, dass Elara schlecht gelaunt anruft oder schreibt, weil es wieder Ärger mit irgendeinem Mann gibt. Ich bin gespannt, was dieses Mal vorgefallen ist.

»Was ist passiert?«, frage ich also.

»Na ja, wir haben uns ein paar Monate lang getroffen, sind uns nahegekommen und hatten eine gute Zeit. Und, ja, vielleicht habe ich währenddessen Gefühle für ihn entwickelt.«

»Und er nicht für dich?«, hake ich plump nach und

bereue es fast, so direkt gewesen zu sein. Doch Elara scheint es nicht falsch aufzunehmen.

»Wir hatten am Anfang ausgemacht, dass es nur beim Sex bleibt und nichts weiter. Aber mal ehrlich, so etwas kann man doch nicht planen. Man weiß doch nie, in wen man sich verliebt. Wie auch immer, wir haben uns getroffen und er meinte, dass er das zwischen uns beenden will. Aber das kann ich nicht. Ich will ihn nicht verlieren.«

»O Mann, du Arme.« Ich seufze. Meine Schwester tut mir leid. Sie hat schon immer zu den Frauen gehört, die sich viel zu schnell in einen Mann verlieben. Dabei ist ihr Herz schon viel zu oft gebrochen worden. Ich ahne, dass es jetzt erneut dazu kommen wird. »Also hat er dir deutlich gemacht, dass er keine Gefühle für dich hat?«, will ich wissen.

Elara überlegt einen Moment, bevor sie antwortet. »Nun ja, ich habe es nicht so empfunden, dass er keine Gefühle für mich hat. Ich glaube, die Arbeit ist ihm momentan einfach zu viel und deshalb glaubt er, dass er keine Zeit für eine Beziehung hat. Aber in den letzten Monaten haben wir es auch hinbekommen, uns zu sehen.«

Ich lehne mich im Sitz zurück und überlege. »Vielleicht kannst du ja noch ein letztes Mal versuchen, mit ihm zu reden? Aber wenn er wirklich nichts für dich empfindet, dann soll es einfach nicht sein. Du hast einen Mann verdient, der dir die Welt zu Füßen legen will.«

»Oh, Hails, du bist echt die Süßeste. Das werde ich machen. Danke für deine Aufmunterung am Morgen.«

Ich lächele. »Gern geschehen.«

Ein Blick auf die Anzeigetafel zeigt mir, dass ich bald aussteigen muss. »Hey, du, ich muss langsam auflegen, weil ich gleich aussteige«, sage ich und höre, wie Elara protestiert.

»Och Mann, ich wollte dich gerade noch fragen, ob du schon einen hübschen Franzosen kennengelernt hast. Oder eine sexy Französin. Wobei du nach deiner letzten Beziehung ja meintest, dass du von Frauen erst mal die Nase voll hast.«

Ich seufze genervt und hebe dann wie automatisch meinen Kopf in die Richtung, in die ich heute schon viel zu oft gesehen habe. Und verdammt noch mal, er sieht mich an. Mit solch einer Intensität, dass mir für eine Sekunde die Worte im Hals stecken bleiben.

»Hails?«, hakt Elara nach.

»Äh«, krächze ich und schaffe es nicht, meine Augen von ihm abzuwenden. Wie ein Magnet werden sie von ihm angezogen. Ich komme einfach. Nicht. Davon. Los.

»Ne, ich habe hier niemanden kennengelernt. Ich meine, ich bin ja auch erst eine kurze Zeit hier. Abgesehen davon habe ich momentan weder auf Frauen noch auf Männer Lust. Ich habe gar nicht die Intention, hier jemanden kennenzulernen. Ich bin ja bald wieder weg«, plappere ich drauflos und versuche, zu lachen, was mir misslingt und mehr nach einem Hüsteln klingt. Gelogen ist das nicht einmal. »Ich muss jetzt aber wirklich auflegen.«

Wir verabschieden uns voneinander, nicht jedoch, ohne vorher noch einmal sicherzugehen, dass wir uns am Wochenende für unseren Sightseeing-Trip treffen.

Noch zwei Stationen, bis ich aussteigen muss, um zum Animationsstudio zu kommen. Ich beiße mir auf meine Unterlippe, sehe auf und verfluche mich innerlich ein wenig dafür, dass ich mich so schwach fühle und ihn einfach die ganze Zeit ansehen *muss*.

Doch in diesem Moment schaut er nicht zu mir. Er ist

auch nicht mehr in seinen Roman vertieft, der zerknittert ist, weil er ihn vermutlich schon hundertfach gelesen hat. Stattdessen schnappt er sich seinen Rucksack und setzt ihn sich auf den Schoß. Sein Blick ist aus dem Fenster gerichtet und er rutscht auf dem Sitz weiter nach vorn, sodass eine Lücke zwischen ihm und dem Fahrgast neben ihm entsteht. Darin liegt nun sein Roman.

Verwirrt ziehe ich eine Augenbraue in die Höhe. Normalerweise steige ich vor ihm aus. Bis jetzt war er immer derjenige, der noch in der Bahn sitzen geblieben ist, während ich sie verlassen habe. Doch als die Metro die nächste Station anfährt, langsamer wird und sich die Passagiere an den Türen tummeln, steht auch er auf und schwingt sich den Rucksack lässig über eine Schulter. Mit einer Hand hält er den Griff fest in der Hand, die andere ist in seiner Hosentasche vergraben. Er gesellt sich zu den anderen, die versuchen, sich einen Weg durch die volle Metro zu bahnen, um auszusteigen.

Warum steigst du jetzt schon aus, frage ich mich. Ich habe keine Ahnung, wieso mich die Situation so nervös macht, aber aus irgendeinem Grund bereitet es mir Sorge, dass er von seiner gewohnten Route abweicht und früher aussteigt.

Weil ich Angst habe, dass ich ihn nicht wiedersehe. Weil es mir nicht garantiert ist, dass er jeden Tag den gleichen Weg nimmt und sich unsere Wege immer und immer wieder kreuzen.

Ein dumpfes Gefühl macht sich in meiner Brust breit und ja, verdammt noch mal, ich kann ihn nicht aus dem Blick lassen, denn irgendwie fühle ich mich so, als müsse ich mir alles an ihm so schnell wie möglich einprägen. Falls es das letzte Mal ist, dass wir uns sehen. Denn, Gott im Himmel, ich bin sicherlich nicht mutig genug, um jetzt zu ihm zu gehen und ihn anzusprechen. Obwohl das so verflucht einfach sein könnte. Wäre ich Elara, würde ich selbstbewusst auf ihn zugehen und das Ding regeln. Ach, wäre ich Elara, wäre gar nicht erst so viel Zeit vergangen und ich hätte längst ein Date mit ihm.

Aber ich bin … ich.

Und ich bleibe auf meinem Platz sitzen und beobachte ihn, während er sich dem Ausgang immer weiter nähert. Meine Augen fixieren sein Profil, seine dunklen Haare, die nach hinten gestylt sind, den Dreitagebart, der die Lippen umrandet, die *so unfassbar weich* aussahen, als er mir so nahe war. Heute trägt er eine graue Stoffhose und ein dunkles Oberteil, das sich an seinen Oberkörper schmiegt und betont, dass er Sport eindeutig mehr liebt, als ich es tue.

Sieh mich an, bitte sieh mich noch einmal an, bevor du diese Metro verlässt und sich unsere Wege vielleicht niemals wieder kreuzen. Verdammt, in meinen Gedanken klinge ich so armselig, aber es kann doch kein Zufall sein, dass wir uns bereits so oft begegnet sind, oder doch? Gibt es Zufälle überhaupt? Denn ich glaube nicht daran. Ich glaube an Schicksal und dass ich das gerade in meinem Kopf denke, lässt das Ganze hier nur noch armseliger wirken. Ich sollte damit aufhören.

Ich presse meine Zähne fest aufeinander und verfluche meinen Kopf und die endlosen Gedanken, die einfach nicht verschwinden. Gleichzeitig fühlt sich gerade jede Sekunde so an, als würde sie in Zeitlupe vergehen. Als er an der Tür angekommen ist, zeigt er mir immer noch sein Profil. Enttäuschung macht sich in mir breit, obwohl das vielleicht übertrieben ist. Aber ich kann nicht anders, ich balle meine Hand zu einer Faust und drücke die Fingernägel in meine Handinnenfläche. Eine Taktik, die ich immer anwende, wenn ich zu nervös bin und runterkommen muss. Doch gerade scheint sie einfach nicht zu wirken.

Mein Blick fällt von ihm ab. Vielleicht ist es besser, wenn ich ihn nicht die ganze Zeit wie eine Irre beobachte. Vermutlich haben andere Passagiere mein Starren mitbekommen und fragen sich, was eigentlich nicht mit mir stimmt. Meine Augen wandern durchs Abteil, zurück zu seinem Platz, an dem er bis vor wenigen Sekunden noch gesessen und sich dieses Blickduell mit mir geliefert hat, das jetzt noch heiße Schauer durch meinen Körper jagt.

Und dort liegt er. Sein zerknitterter Roman liegt an derselben Stelle, an der ich ihn zuletzt gesehen habe. Er hat das Buch nicht in seinen Rucksack gepackt, sondern es dort *vergessen*.

Niemand anderes scheint davon Notiz genommen zu haben bis auf mich.

Und dann geht alles ganz schnell. Ich schiebe meine Tasche beiseite, springe von meinem Platz auf und gehe mit schnellen Schritten auf seinen ehemaligen Sitzplatz ein paar Reihen von meinem entfernt zu. Meine Finger greifen nach dem Buch und ich drehe mich zur Tür, aus der er gerade steigt. Und dann sprinte ich auf ihn zu.

»Hey!«, rufe ich. »Du hast dein Buch hier liegen lassen!«

Doch er hört mich nicht, denn er ist ausgestiegen und geht bereits über den Bahnsteig davon.

Ich Wahnsinnige mache sogar noch ein paar Schritte auf die Türen zu, als wolle ich ihm hinterherlaufen *und meine eigenen Wertsachen auf meinem Platz lassen*, doch da schließen sie sich bereits. Zwei Sekunden lang bleibe ich mit dem Buch in meiner Hand stehen, dann fährt die Metro wieder an.

Durch die ruckartige Bewegung stolpere ich und

muss mich an einer Stange festhalten, um nicht gegen andere Passagiere zu stoßen. Mein Herz pocht viel zu schnell in meiner Brust. Das Blut rauscht in meinen Ohren. Ich richte meinen Blick auf den Roman in meinen Fingern.

The Great Gatsby.

Langsam streichen meine Finger darüber, behutsam, wohl wissend, dass ich etwas in der Hand halte, das diesem gut aussehenden, mysteriösen Mann gehört, von dem ich nicht einmal weiß, ob ich ihn wiedersehen werde. Ob er am nächsten Tag noch einmal in dieselbe Metro einsteigt, wie ich es tue.

Ich will zu meinem Platz zurücklaufen, als ich die Stimme einer älteren Dame wahrnehme.

»Excusez-moi«, sagt sie und stupst mich an meinem Ellenbogen an.

Ich halte in meiner Bewegung inne und schaue nach rechts. Dort sitzt die Frau, die mich mit großen Augen aus ihrer Brille ansieht, noch etwas auf Französisch sagt und auf den Boden deutet.

Ich runzele die Stirn und folge der Richtung, in die ihre Finger zeigen. Tatsächlich: Dort liegt ein Zettel, ein viereckiges, gelbes Blatt Papier.

Sie spricht grinsend in schnellem Französisch weiter, zwinkert mir zu und sorgt dafür, dass mein Gesicht rot anläuft, obwohl ich kein Wort verstanden habe.

Mit glühenden Wangen bedanke ich mich bei ihr und laufe zu meinem Platz zurück. Mir bleibt keine Zeit, um herauszufinden, was es mit diesem Blatt Papier auf sich hat, denn wir fahren in die Station ein, an der ich aussteigen muss. Schnell schnappe ich mir meine Tasche, sprinte aus der Metro heraus und suche mir die nächstbeste Bank, um mich hinzusetzen.

Die Sonne strahlt warm auf mein bereits glühendes

Gesicht und meine Finger zittern, als ich den Zettel umdrehe, den ich fest in meiner Hand gehalten habe. Als hätte ich Sorge, dass er wegfliegen könnte und ich dann niemals herausfinde, was es damit auf sich hat.

Die Rückseite ist in krakeliger, kleiner Schrift beschrieben. Ich habe ein wenig Mühe, sie zu entziffern. Doch als ich lese, was dort steht, habe ich das Gefühl, dass mein Herz aus meiner Brust fliegt und sich die Hitzewellen verzehnfacht haben.

Es ist seine Schrift.

Seine, seine, seine.

Hallo du,

ich hoffe, diese Nachricht erwischt die richtige Person. Die Frau mit den Sommersprossen, auf deren Anwesenheit ich die letzten Tage gehofft habe, sobald ich die Metro bestiegen habe. Ich bin nicht sonderlich gut in so was. Aber ich dachte mir, es gibt Momente im Leben, in denen man mutig sein muss. Und das hier ist so einer. Die Wahrheit ist … ich kann nicht aufhören, dich anzusehen. Und mich zu fragen, wieso sich unsere Wege immer und immer wieder kreuzen. Wenn es dir genauso geht wie mir, kannst du mir das Buch zurückgeben und deine Antwort auf die Rückseite des Zettels schreiben. Oder auch nicht. Ich weiß, dass wir uns morgen wiedersehen. Gleiche Zeit, gleiche Metro. Okay?

Das Papier knistert unter den zittrigen Bewegungen meiner Finger.

Oh. Mein. Gott.

Das Erste, was mir an seiner Nachricht auffällt, ist, dass er sie auf Englisch geschrieben hat. Also ist er entweder kein Franzose oder aber er *ist* Franzose, wusste aber natürlich nicht, welche Sprache ich spreche.

Noch mal: Oh. Mein. Gott.

Also war nichts von dem, was ich zwischen uns gespürt habe, bloße Einbildung. Er hat mir geschrieben. Mir.

Der Frau mit den Sommersprossen.

Mein unfassbar verwirrter, aufgeregter Kopf fragt sich dennoch, ob *ich* wirklich die Frau mit Sommersprossen bin, die er meint.

Während eine Hälfte meines Gehirns mir mitteilt, dass es auch eine andere Frau mit Sommersprossen in der Metro gegeben haben kann, erinnert mich die andere Hälfte an diesen krassen Hitzewellen auslösenden Blickkontakt, den wir die ganze Zeit über hatten.

Diese Nachricht hier ist an mich geschrieben. Er wartet auf meine Antwort. Und er weiß ganz genau, dass wir uns morgen wiedersehen.

Ich beiße fest auf meine Lippe, denn sonst würde ich wie ein Vollidiot hier sitzen und vor mich hin grinsen.

Als mir bewusst wird, dass ich eigentlich ein Ziel habe und in diesem Augenblick zur Arbeit laufen sollte, stehe ich schnell von der Bank auf, stecke die Notiz in meine Hosentasche und laufe mit dem glücklichsten Lächeln, mein Gesicht gen Himmel gerichtet, in Richtung

Animationsstudio. Es kribbelt mir in den Fingern, meine Antwort auf den kleinen Zettel zu kritzeln. Aber erst einmal muss ich mir die passenden Worte überlegen. Auf Papier fühle ich mich jedoch viel selbstbewusster und freier, als wenn ich sie ihm ins Gesicht sagen müsste.

Während meines kleinen Spaziergangs bis zum Studio überlege ich mir gute Formulierungen und komme aus dem Grinsen nicht mehr heraus. Ich freue mich schon auf meine Mittagspause, in der ich meine Antwort schreiben werde. Aber viel mehr noch freue ich mich auf meine morgige Metrofahrt. Denn dann wird es ernst.

KAPITEL 10

Will

Fuck, fuck, fuck.

Die Worte laufen wie eine Endlosschleife in meinem Kopf ab, als ich die Metro mit schnellen Schritten verlasse und an einer Station aussteige, an der ich bislang noch nie ausgestiegen bin.

Ich habe meinen heiß geliebten Roman in der Metro liegen gelassen. *Mit Absicht. Damit* sie *ihn nimmt und den Zettel darin findet.*

Ich hätte jedes andere Buch nehmen können, klar, und nicht eins, das ich so sehr liebe, doch ich hatte den Roman immer dabei, wenn ich sie gesehen habe. Und irgendwie ... hatte ich so die Hoffnung, dass sie ihn auf keinen Fall übersehen würde.

Ahhh!

Mein Kopf gibt keine Ruhe. Ich streiche mit einer Hand durch meine Haare, zerstöre dabei vermutlich die gegelten Strähnen, aber das könnte mich gerade nicht weniger interessieren. Ich verlasse die Metrostation, begebe mich auf die Straßen Paris ohne blassen Schimmer, wohin ich gerade laufe. O Mann, eigentlich müsste ich auch langsam zur Arbeit, aber glücklicherweise ist mein erster Patiententermin erst am späten Vormittag, also wird Henry es mir verzeihen, wenn ich nicht pünktlich erscheine.

Die Sonne scheint in mein Gesicht, ich muss grinsen, so breit, und lache kurz auf.

Hoffentlich habe ich mir nicht bloß eingebildet, wie intensiv *unser Blickkontakt war. Hoffentlich hat sie es genauso empfunden und hoffentlich, hoffentlich, hoffentlich hat sie mitbekommen, dass ich meinen Roman liegen gelassen habe.*

Ansonsten schnappt sich jetzt eine andere Person mein geliebtes Buch. Aber mit der Nachricht darin kann wenigstens niemand anderes etwas anfangen bis auf sie. *Die Frau mit den Sommersprossen.*

Ihr Gesicht hat sich so in meinen Kopf gebrannt, dass es alles ist, an das ich denken kann, als ich umdrehe und mir einen Weg zurück zur Metro bahne. In der ganzen Aufregung bin ich ziellos umhergelaufen, musste jedoch relativ schnell feststellen, dass ich zurück zur Haltestelle muss, um auf die nächste Bahn zu warten, die mich dann zu meiner *richtigen* Station fährt.

Als ich wieder in der Metro sitze, tippe ich schnell eine Nachricht an Henry, in der ich ihn wissen lasse, dass ich heute ein wenig später aufkreuze, ihm aber dafür ein Schokocroissant mitbringe.

Wenig später betrete ich eine Bäckerei, die gleich auf dem Weg zur Arbeit liegt, und schlucke, als ich sehe, wie viele Kunden sich vor der Theke tummeln. Im ganzen Raum duftet es köstlich nach allerlei Gebäck, der süße Duft weht in meine Nase und ich presse meinen Kiefer aufeinander.

Das hier könntest du auch haben, spottet meine innere Stimme, *wenn du nicht so ein verdammtes Weichei wärst.*

Meine Zähne knirschen und ich verfluche mich dafür, dass ich immer noch nicht damit abgeschlossen habe, dass ich niemals eine eigene Bäckerei haben werde. Dieser Traum ist an mir vorbeigezogen und das ist auch in Ordnung so, auch wenn mir mein Inneres das nicht wirklich abkauft. Ich bin zu alt für solche Träumereien. Ich habe eine eigene Praxis gemeinsam mit meinem besten Freund und auch wenn momentan alles etwas hart ist, muss ich einfach weiter die Zähne zusammenbeißen und mich auf das Wesentliche konzentrieren. Ich kann mich nicht jedes Mal, wenn ich eine Bäckerei betrete, wie ein kleines Kind aufführen, mit einem Kopf voller Träume. Ich habe mir Gedanken in diese Richtung eigentlich verboten.

Denn ich habe bereits einen sicheren Job. Eine gut besuchte, beliebte Praxis. Hoch angesehen. Ich kann das alles nicht aufs Spiel setzen für eine Träumerei, mit der ich nicht einmal ansatzweise genug Geld verdienen werde.

»Jeune homme, was darf es denn jetzt für Sie sein? Wenn Sie so verträumt sind, muss ich erst einen anderen Kunden bedienen«, neckt mich die ältere Dame hinter der Theke und reißt mich damit aus meinen Gedanken.

Ich schüttele kurz meinen Kopf, presse meine Lippen aufeinander und bin dann wieder im Hier und Jetzt. »Tut mir leid«, antworte ich schnell. »Ich hätte gerne zwei Schokocroissants.«

Die Dame nickt freundlich, schnappt sich eine Tüte und befördert die köstlich aussehenden Croissants hinein. Die ganze Zeit über starre ich steif auf einen Punkt auf der Theke, damit meine Gedanken nicht wieder abschweifen. Damit ich in der Gegenwart bleibe und nicht in Träumen versinke, die nur in der Vergangenheit bleiben dürfen, um die tiefe Wunde in mir nicht weiter aufzureißen, wenn ich sie doch gerade erst notdürftig geflickt habe. Mit Verdrängen. Überspielen. Ignorieren.

Sobald die Dame fertig ist, lege ich das Geld auf die Theke, schnappe mir die Tüte und verlasse mit schnellen Schritten den Laden. Als ich die warme Sommerluft draußen einatme, beiße ich mir auf die Zunge und hoffe, dass mein schneller Abgang und das hastige »Schönen Tag noch«, das ich beim Hinausgehen gerufen habe, nicht unhöflich waren.

Ich laufe den Gehweg in Richtung Praxis entlang und merke, wie ich mich wieder weniger unter Kontrolle habe. Es ist fast schon ironisch, denke ich mir und könnte laut auflachen, als ich die Praxis betrete.

Hierher komme ich, um andere Menschen zu therapieren. Dabei bin ich *derjenige, der erst einmal mit seinem eigenen Leben zurechtkommen sollte, bevor er anderen dabei hilft.*

»Da bist du ja endlich. Welche hübsche Frau hat dich heute auf deinem Weg aufgehalten?«

Ich ziehe eine Augenbraue nach oben und mustere Henry, weiß aber, dass Leugnen keinen Sinn macht.

»Will, das fette Lächeln auf deinen Lippen spricht für sich. Und du vergisst, dass ich dich schon seit Jahren kenne. Ich kann dich lesen wie ein Buch.« Er legt seinen Kopf schief, grinst und klopft mir dabei auf die Schulter.

Ich kann mir mein Lächeln auch nicht verkneifen und reiche ihm eins der beiden Schokocroissants, in das er hineinbeißt, während wir durch den langen Flur schreiten. »Na schön. Du hast recht. Es *hat* mit einer Frau zu tun. Zufrieden?« Ich zwinkere ihm zu.

Wir laufen geradewegs in mein Büro und setzen uns auf die breite Couch, die vor dem Fenster steht. Uns bleibt noch eine halbe Stunde Luft, bevor der erste Termin für Henry ansteht.

»Also, wer ist die Geheimnisvolle? Habt ihr miteinander geflirtet? Wie sieht sie aus? Wann trefft ihr euch?«, löchert Henry mich mit seinen unzähligen Fragen. Theatralisch verdrehe ich die Augen, was ihn nur zum Lachen bringt.

»Ich sehe sie jeden Morgen in der Metro. Tag für Tag. Bislang hat unser Kontakt eigentlich nur über Blicke stattgefunden, keiner von uns hat sich dazu durchgerungen, den nächsten Schritt zu machen. Na ja, ich kann auch nicht wissen, ob sie das überhaupt möchte. Aber ich habe heute all meinen Mut zusammengenommen und ihr eine Nachricht geschrieben, sie in mein Buch gesteckt und es auf meinem Platz liegen gelassen, damit sie es an sich nimmt und den Zettel findet.«

Henry reißt seine Augen weit auf und klopft sich vor Aufregung auf die Oberschenkel, sobald ich mit Reden fertig bin. »Das hast du nicht gemacht! Du Romantiker! Ich wusste ja nicht, dass so eine Seite in dir steckt. Aber denkst du, sie wird den Zettel auch finden? Nachher fällt er aus dem Buch heraus oder jemand anderes greift danach ... Und überhaupt, woher soll sie wissen, dass sie es nehmen soll?«

Henrys Fragen überfordern mich und ich zucke mit den Schultern. Wenn er so weitermacht, ist das Adrenalin ganz schnell aus meinen Adern verschwunden und wird durch Angst ersetzt. »Keine Ahnung, so weit habe ich auch nicht gedacht. Wenn es sein soll, soll es sein. Entweder findet sie also den Zettel oder nicht. Wenn ja, gibt sie mir das Buch mitsamt ihrer geschriebenen Antwort morgen in der Metro zurück. Wenn nicht, dann nicht.«

Henry schmunzelt. »Was denkst du, wie wird Ellie darauf reagieren, wenn sie erfährt, dass du dich womöglich mit einer anderen Frau auf ein Date triffst?«

Augenblicklich runzele ich die Stirn, als der Name *Ellie* fällt. »Was hat Ellie mit dem Ganzen zu tun?«, will ich wissen. Meine Stimme klingt genervter als beabsichtigt.

Henry zieht eine Augenbraue hoch. »Wolltest du nicht noch einmal mit ihr reden?«, erkundigt er sich. Er hat sein Croissant bereits aufgegessen und reibt die Hände aneinander, um die Krümel loszuwerden.

Tief durchatmend fahre ich mir durch die Haare. »Ja ja, ich wollte noch mal mit ihr reden oder ihr schreiben oder was auch immer. In den letzten Tagen hat sie mich bereits mehrfach angeschrieben, aber momentan ist einfach so viel los.«

Henry nickt langsam. »Das verstehe ich. Aber vergiss es nicht. Wenn sie noch einmal ein klärendes Gespräch braucht, dann Augen zu und durch. Dann ist das Thema wenigstens ganz abgeschlossen und sie hängt dir nicht mehr am Bein.«

Ich stimme ihm nickend zu und hoffe, dass das Thema jetzt erst einmal abgeschlossen ist. Das brauche ich Henry gar nicht zu sagen, denn er spricht direkt weiter.

»Du wirst schon wissen, was du tust. Und jetzt bin ich gespannt, wie es mit Metro-Girl weitergeht.«

»*Metro-Girl*?«, hake ich lachend nach. Wie kommt er jetzt auf so eine Bezeichnung?

Henry zuckt bloß mit den Schultern. »Nun ja, du hast doch keinen blassen Schimmer, wie sie heißt. Deshalb sollten wir sie so lange Metro-Girl nennen, bis sie Licht ins Dunkle gebracht hat.«

»Metro-Girl«, wiederhole ich und sehe ihr sommersprossiges Gesicht, ihre geröteten Wangen, die Haarsträhnen, die ihr sanft in die Stirn fallen, vor mir.

Henry klopft mir auf die Schulter. »Dafür, dass du so gut wie nichts – oder besser gesagt gar nichts – über sie weißt, scheint sie es dir aber angetan zu haben. Ich drücke dir auf jeden Fall die Daumen, dass sie dir etwas genauso Romantisches auf den Zettel kritzelt.«

Ich verziehe den Mund zu einem schiefen Lächeln und seufze. »Ich hoffe es auch. Wenn mich mein Gefühl nicht trügt, wird sie morgen mit dem Buch in der Metro sitzen. Aber das wird sich wohl noch zeigen.«

»Auweia«, sagt Henry, wuschelt mir wie einem kleinen Jungen durch die Haare und sorgt dafür, dass ich genervt auflache. »Diese Frau muss echt der Wahnsinn sein, wenn sie so etwas mit dir anstellt.«

Ich richte meine Haare, die sich jetzt ganz wuschelig anfühlen. Vor dem ersten Termin muss ich auf jeden Fall vor den Spiegel, um nicht wie ein gerupftes Huhn auszusehen. Aber Henry hat recht.

Jetzt hängt es von dir ab, Metro-Girl. Und ich bin gespannt, wie du dich entscheiden wirst. Ehrlich gesagt sitzt mir das Herz in der Hose. Denn du gehst mir nicht mehr aus dem Kopf. Auch wenn ich nichts über dich weiß, nicht einmal deinen Namen. Ich kenne nur diese blauen Augen, die mich intensiv anblicken, die Sommersprossen, die dein Gesicht zieren, deinen Duft, der mich umhüllt hat. Die Art und Weise, wie dein iPad in deinem Schoß liegt und du voller Konzentration zeichnest. Ist es deine Leidenschaft? Ich will alles erfahren, was dich ausmacht. Macht mich das zu einem verfluchten blinden Romantiker? Ich bin das Risiko eingegangen, von dir abgewiesen zu werden. Denn die Vorstellung, es niemals probiert zu haben, morgen in die Metro zu steigen und dich niemals wiederzusehen, raubt mir die Luft zum Atmen.

CARTE POSTALE
CORRESPONDANCE
ADRESSE
PLACE POSTAGE STAMP HERE
Paris

KAPITEL 11

Hailey

Als ich am Abend das Foyer meines Wohngebäudes betrete, habe ich nicht das getan, was ich mir für die Mittagspause vorgenommen hatte: eine Antwort auf die Rückseite des Zettels zu schreiben. Warum? Ich weiß es nicht. Vielleicht liegt es daran, dass mir die Worte fehlen, dass ich den Stift immer wieder habe sinken lassen, wenn ich mir gerade einen Satz zurechtgelegt hatte.

Seufzend schlendere ich durch die Halle und begrüße Monsieur Dupont, der an seinem gewohnten Platz auf der Bank sitzt. Er nickt mir zu und wünscht mir einen guten Abend.

»Miss Hailey«, höre ich ihn sagen, bleibe stehen und sehe, wie er mich mustert. »Ist alles in Ordnung bei Ihnen? Sie wirken so bedrückt.«

Fast bin ich versucht, alles zu verneinen und ein breites Lächeln aufzusetzen, um schleunigst in meinem Apartment zu verschwinden. Aber irgendetwas an der Art und Weise, wie er mich aus seinen treuen Augen ansieht und mir auffordernd zulächelt, hält mich davon ab. Ich habe bislang keine weiteren Kontakte in Paris bis auf meine Arbeitskollegen, mit denen ich mich oberflächlich gut verstehe, und Elara. Doch da meine Schwester mich heute noch wegen ihrer eigenen Männerprobleme angerufen hat, will ich ihr nicht ein paar Stunden später in den Ohren liegen mit Problemen, die eigentlich gar keine sind. Das ist mir ja selbst bewusst.

»Ach, irgendwie war heute ein … aufregender Tag«, antworte ich.

Monsieur Dupont schmunzelt. »Das könnte etwas Gutes, aber auch etwas Schlechtes bedeuten. Wollen Sie sich zu mir setzen und mir ein wenig Gesellschaft leisten?«

Ich ziehe einen Mundwinkel nach oben und lächele ihm zu. Irgendwie schafft es der alte Mann, mir das Gefühl zu geben, dass es in Ordnung ist, mich ihm zu öffnen. Seine Anwesenheit beruhigt mich. Ich folge seiner Aufforderung und nehme auf der Bank neben ihm Platz.

»So, und jetzt erzählen Sie mal. Was liegt Ihnen auf dem Herzen?«, hakt er nach.

Ich atme einmal tief durch, dann erzähle ich Monsieur Dupont von *ihm*. Dem Mann, dem ich bereits seit mehreren Tagen immer wieder in der Metro begegne. Die Art und Weise, wie wir uns ansehen. Anlächeln. Ich lasse fast kein Detail aus, bis auf das, wie sehr mein Herz rast, wie meine Haut glüht und wie sehr ich es will, dass mich dieser mysteriöse Mann mit seinen Blicken gefangen hält.

Doch Monsieur Dupont muss das nicht von mir hören, um es zu verstehen. Wissend lächelt er mir zu. »Miss Hailey«, fängt er an, nachdem ich ihm berichtet habe, wie ich heute den Zettel in dem Buch gefunden habe und nun mit mir hadere, was ich darauf antworten soll. »Das klingt für mich nicht nach Zufall. Es gibt keine Zufälle. Das hier ist ganz eindeutig Schicksal. Wissen Sie, wie groß Paris ist? Hier läuft man sich nicht zufällig jeden Tag über den Weg.«

Meine Wangen fühlen sich warm an und ich hoffe, dass Monsieur Dupont nicht sieht, wie ich rot werde.

»Für mich klingt es ganz so, als habe Ihnen der junge Herr ganz schön den Kopf verdreht«, fügt er noch hinzu und ich reiße die Augen auf.

»Nein, ich kenne ihn doch nicht einmal«, sprudelt es nur so aus mir heraus.

Daraufhin lacht Monsieur Dupont bloß. »Meine Liebe, ich kannte meine Madeleine auch nicht, als ich mich in sie verliebt habe. Ich habe sie zum ersten Mal gesehen, als ihre Familie neben meine gezogen ist. Als ich aus meinem Fenster geblickt habe und sie sah, da war es bereits um mich geschehen. Ein Augenblick hat gereicht, damit sie mein Herz erobert. Wie sie hieß, wer sie war, all das war für mich in diesem Moment nebensächlich. Ich wusste bloß, dass ich sie in meinen Armen halten wollte.« Monsieur Dupont blickt in die Ferne, fokussiert einen Punkt und wirkt mit seinen Gedanken ganz weit weg. Ich habe Angst, dass ihn die Erinnerungen an seine Frau traurig stimmen, doch im Gegenteil: Ein Lächeln liegt auf seinen Lippen und als er wieder zu mir blickt, ist sein Blick ganz warm und voller Liebe. Mein Herz geht auf bei den Worten über seine Frau.

»Das klingt unglaublich romantisch, Monsieur«, antworte ich und kann nicht anders, als breit zurückzulächeln. »Aber ich weiß nicht, ob die Menschen heutzutage auch noch so romantisch sind, wie Sie es sind. Madeleines und Ihre Geschichte klingt wie aus einem Liebesroman entsprungen.«

»Wir sind die Schöpfer unserer eigenen Welt«, sagt er nach einer kurzen Pause. »Sie können Ihr Leben genauso romantisch und wundervoll gestalten, wenn Sie es denn zulassen. Sie müssen Ihr Herz öffnen, Miss Hailey. Sie müssen zulassen können und bereit sein, zu geben. Können Sie das?«

Seine Worte berühren mich zutiefst. Meine Lippen öffnen sich leicht, ich denke daran zurück, wie der Unbekannte und ich uns in der Metro angesehen haben, wie es war, ihm nahe zu sein, seinen Duft einzuatmen, seinen Blick auf mir zu spüren. Er hat den Roman für mich liegen lassen, er wollte, dass ich ihn finde und der Zettel mich erreicht. Mit einem Mal fühlt sich alles viel klarer an.

»Ich hoffe es«, antworte ich und beiße mir auf die Unterlippe. »Ich hoffe es wirklich.«

Monsieur Dupont legt den Kopf schief. »Na dann, worauf warten Sie noch? Setzen Sie sich an Ihren Schreibtisch und antworten Sie dem jungen Herrn. Ich erinnere Sie gerne an Folgendes: Sie sind in Paris, der Stadt der Liebe. Und wenn man in Paris ist, dann muss man alles erleben. Jede Emotion, in all ihren Farben.«

Ich springe von der Bank auf, als mit einem Mal ein Gefühl der Euphorie meine Adern durchläuft und ich es fast nicht mehr erwarten kann, einen Stift in die Hand zu nehmen. »Ich danke Ihnen, Monsieur Dupont«, sage ich hastig und trete aufgeregt von einem Bein aufs andere.

Er holt tief Luft und schenkt mir ein letztes breites Lächeln, bevor ich die Eingangshalle verlasse. »Sie wissen aber, dass Sie mich jetzt auf dem Laufenden halten müssen, wie es zwischen Ihnen und dem Herrn weitergeht, oder?«

Ich lache. »Das werde ich, keine Sorge, Monsieur Dupont.«

»Wissen Sie, ich vermisse meine Madeleine sehr. Jeden einzelnen Tag denke ich an meine Geliebte und es vergeht keine Sekunde, in der ich nicht dankbar bin für das, was wir beide hatten. Ich wünsche mir für Sie, dass Sie auch jemanden finden, der Sie so fühlen lässt, meine Liebe.«

Ich lasse seine Worte auf mich wirken, nicke ihm zu und bedanke mich ein weiteres Mal für das Gespräch mit ihm. Dann sprinte ich aus dem Foyer und renne die Treppenstufen hinauf, statt den Aufzug zu nehmen, da ich es nicht erwarten kann, endlich in meinem Apartment anzukommen.

CARTE POSTALE
Correspondance
Adresse
PLACE POSTAGE STAMP HERE
Paris

KAPITEL 12

Hailey

Hibbelig sitze ich auf der Bank an der Metrostation und warte. Ich war noch nie so früh hier. Normalerweise hechte ich entweder auf die Metro zu, weil ich sie fast verpasse, oder ich bin bloß wenige Minuten früher da. Heute bin ich jedoch eine Viertelstunde eher eingetroffen, um ja kein Risiko einzugehen. Obwohl es früher Morgen ist und bereits eine angenehme Temperatur herrscht, zittere ich. Am Wetter kann es nicht liegen, krank werde ich auch nicht. Nein, es liegt ganz allein an dem Inhalt meiner Tasche, die ich mit festem Griff auf meinem Schoß halte: dem Roman und dem darin enthaltenen Notizzettel.

Ich spiele mit meinen Fingern, zupfe an den Nägeln herum, dann kaue ich wie verrückt auf meiner Unterlippe, nur um als Nächstes die Zähne aufeinanderzupressen, bis sie knirschen. Ja, ich bin aufgeregt. Nervös. Am Durchdrehen. Aber kann man mir das verübeln?

Nach Monsieur Duponts Worten wusste ich gleich, was ich auf diesen kleinen Zettel kritzeln würde. Ich habe mich mutig und selbstbewusst gefühlt, wie ich in meinem Apartment saß mit dem Stift in der Hand. Doch jetzt, am nächsten Tag, nach einer Nacht Schlaf und viel zu viel

Zeit, mir in den Morgenstunden unzählige Gedanken zu machen, fühle ich diesen Mut so gar nicht mehr durch meine Adern fließen. Stattdessen scheint er durch Angst ersetzt worden zu sein, die sich langsam, aber sicher ihren Weg durch meine Blutbahn sucht.

Reiß dich zusammen, ermahne ich mich. *Den ersten Schritt und damit das Risiko, abgelehnt zu werden, war sein Verdienst, jetzt liegt es an dir, wie es weitergeht.*

Mein kleiner innerer Monolog scheint Wirkung zu zeigen und ich beruhige mich allmählich. Nichtsdestotrotz schießt mein Puls wie wild in die Höhe, als die Metro einfährt. Ich fühle mich ein wenig, als stände ich neben mir, als ich durch die Türen trete und wie mechanisch die Augen nach einem freien Platz offen halte. Bislang traue ich mich nicht, nach links oder rechts zu sehen. Zu groß ist die Aufregung, geradewegs in seine dunkelbraunen Augen zu blicken.

Die Metro setzt sich bereits in Bewegung, bevor ich mich hinsetzen kann. Ich blicke mich um, halte mich an der Stange über mir fest, um nicht hinzufallen, und muss zu meiner Nervosität feststellen, dass ich *ihn* nirgends ausfindig machen kann. Die Metro ist voll wie an den anderen Tagen auch, doch weit und breit scheint keine Spur von ihm zu sein. Bis ich eine Berührung an meinen Fingern spüre. Und es fühlt sich so an, als sei ich vom Blitz getroffen worden. Mein Kopf ruckt nach oben zu meiner Hand, sieht, wie meine Finger die eines anderen berühren, der sich genauso an der Stange festhalten muss. Mein Blick wandert langsam den Arm entlang und direkt hinter mir steht er.

Das ist doch ein Scherz, denke ich und will am liebsten laut auflachen. Ja, dort steht er, in voller Pracht, gleich hinter mir. Seine Haare sind wieder perfekt gestylt, seine Lippen sehen so weich wie eh und je aus, umrahmt von diesem umwerfenden Dreitagebart. Seine Beine stecken in einer Jeans, ein schwarzes Shirt schmiegt sich an seinen Oberkörper. Und … mein Gott. Die kurzen Ärmel zeigen mir seine Oberarme, die definierten Muskeln, und ich habe das Gefühl, mein Mund sei ausgetrocknet.

»Hey. So trifft man sich wieder.« Seine tiefe, raue Stimme dringt in mein Ohr. Sie verleitet mich dazu, mehr von ihr hören zu wollen.

Selbst in diesen wenigen Worten ist der amerikanische Akzent nicht zu überhören. Fast schon erleichtert geht mein Herz auf. Anhand seiner Nachricht habe ich mir schon erhofft, dass er Englisch sprechen kann.

Tief blickt er in meine Augen, sieht zu mir herunter, ein leichtes Lächeln umspielt seine Mundwinkel.

»Hey«, antworte ich. Meine Stimme klingt heiser und ich räuspere mich schnell. Es ist unmöglich, meine Augen von ihm abzuwenden. Viel zu sehr bin ich von diesem Dunkelbraun der seinen fasziniert.

Und ihm scheint es nicht anders zu gehen.

Unsere Finger berühren sich immer noch. Mittlerweile fühlt sich meine Hand an, als stände sie in Flammen.

Und ich will nicht, dass er seine wegnimmt.

Fast so, als könne er meine Gedanken lesen, spüre ich, wie sein Zeigefinger sanft über meinen Daumen streicht. So hauchzart, dass ich mich frage, ob ich mir das gerade bloß einbilde. Dem, wie seine Mundwinkel leicht zucken, entnehme ich jedoch, dass er sich sehr bewusst ist, was er da gerade tut.

»Ich glaube, du hast etwas, was mir gehört«, sagt er dann.

Seine Stimme hat mich so in ihren Bann gezogen, dass es mir schwerfällt, mich auf irgendetwas anderes zu konzentrieren. Vermutlich verpasse ich noch die Station, an der ich aussteigen muss, aber das ist mir gerade egal. Ich glaube, ihn als New Yorker einstufen zu können. Er hat diesen typischen markanten Akzent, bei dem die Vokale abgerundet werden. Und ja, es klingt irgendwie süß.

»Habe ich das?« Ich ziehe eine Augenbraue nach oben, herausfordernd, unschuldig, ein Mix aus beidem. Ich frage mich, wo mein Selbstbewusstsein auf einmal herkommt. Vielleicht versetzt mich seine Berührung in einen Rausch von Gefühlen und lässt mich nicht mehr klar denken.

Meine Aussage scheint ihn für einen Moment aus dem Konzept zu bringen. Eine kleine Falte bildet sich zwischen seinen Augenbrauen. Ich frage mich, was in seinem Kopf vorgeht. Hat er Angst, dass ich sein Buch niemals erhalten habe?

Bevor er etwas sagen kann, befeuchte ich meine Lippen, sehe, wie sein Blick nach unten wandert und sie für eine Sekunde fixiert, bevor er mir wieder in die Augen sieht.

»Ach, du hast recht«, sage ich dann. »Ich habe tatsächlich etwas, was dir gehört.«

Er scheint sich wieder zu fassen und setzt ein schräges Grinsen auf, das mich innerlich dahinschmelzen lässt. Vermutlich ist mein Gehirn am Ende dieser Fahrt nur noch Brei.

»Da bin ich aber mal gespannt.«

Er beobachtet, wie ich meine Hand von der Stange löse, um in meiner Tasche zu kramen. Als die Metro abbremsen muss und ich ins Stolpern gerate, legt er blitzschnell einen Arm um meine Taille, um mich festzuhalten. Nach Luft schnappend sehe ich zu ihm auf. Unsere Gesichter sind sich so nahe, dass ich seinen Atem auf meiner Haut spüre, den Duft nach Pfefferminze einatme. Nur langsam lässt er von mir ab und ich habe das Gefühl, seine Berührung habe sich durch meine dünne Jacke bis auf meine Haut gebrannt. Dieser Moment fühlt sich so an, als würde er in Zeitlupe ablaufen. Doch als er vorbei ist, ist er viel zu schnell vergangen.

Meine Wangen brennen, als ich das Buch heraushole und in meinen Händen halte. So habe ich mir die Situation nicht ausgemalt. In meiner Vorstellung war eine gewisse Distanz zwischen uns, ein paar Reihen, die uns voneinander trennten. Ich hätte das Buch wie er auf meinem Platz liegen lassen, sobald ich die Metro verlasse, und er hätte es an sich genommen, so wie ich es am Vortag getan habe. Doch nichts davon entspricht der jetzigen Situation. Stattdessen stehen wir uns direkt gegenüber, das Gefühl seiner Haut an meiner hat sich so tief eingebrannt, dass mir ganz schummrig wird, und ich halte das Buch wie einen Pokal in die Höhe und werde dabei grinsend von ihm beobachtet.

»Tada!«, verkünde ich tatsächlich so, als hätte er gerade einen Preis gewonnen.

Kann ich mich noch merkwürdiger verhalten, peinigt mich meine innere Stimme, aber so bin ich nun einmal. Sobald ich aufgeregt bin, habe ich keine Kontrolle mehr über das, was ich sage. Erstens das und zweitens plappere ich dann immer viel zu schnell drauflos.

»Ähm, also, ich glaube, das ist deins.« Ich rudere wenig galant zurück und versuche, meine Stimmlage zu kontrollieren. Sie soll weder heiser noch zu euphorisch klingen. Am besten neutral, damit er nicht denkt, ich wäre gerade komplett am Durchdrehen – auch wenn ich das innerlich so was von bin. O Mann.

»Danke schön.« Er nimmt den Roman entgegen und schaut ihn so an, als hätte ich ihm geradewegs einen Schatz überreicht.

Also bin ich vielleicht doch nicht die Einzige, die am Durchdrehen ist.

Dann sagt keiner von uns ein Wort. Seine Finger streifen über den Einband des Buches und ich beobachte ihn dabei.

»Ist das dein Lieblingsbuch?«, frage ich.

Sein Gesichtsausdruck wird weicher, ein Lächeln stiehlt sich auf seine Lippen. »Ja.« Er seufzt. »Meine Mutter hat es mir geschenkt, als ich zehn Jahre alt war.«

Ich ziehe die Stirn kraus und lache. »Mit zehn hast du bereits solche Klassiker gelesen? Da habe ich vermutlich noch im Sandkasten und mit Barbies gespielt.«

Meine Aussage bringt ihn zum Grinsen. Er nickt. »Ja, ich habe schon immer gerne gelesen, aber das Buch hat meine Liebe zur Literatur entfacht.« Er wedelt mit dem Buch in der Hand und deutet auf den knittrigen Einband. »Es ist wohl nicht zu übersehen, dass ich den Roman bereits unzählige Male gelesen habe.«

Ich lege den Kopf schief. Es ist schön, seine Stimme so lange am Stück zu hören. Dieser raue, tiefe Ton bahnt sich geradewegs einen Weg in meinen Körper. »Jap, das hat es hergegeben.« Ich schmunzele.

Einen Moment lang sehen wir uns wieder nur in die Augen. Dann ist er derjenige, der die Stille zwischen uns durchbricht. Nicht dass es eine dieser unangenehmen Lücken gewesen wäre, in der keiner weiß, was er sagen soll, und die man versucht, mit unnötigen Worten zu füllen. Nein, es war eher diese Stille zwischen zwei Menschen, die man genießt. Abgesehen davon ist das Abteil um uns herum mörderisch laut.

»Willst du, dass ich das Buch in der Metro öffne?«, fragt er.

Ich beiße mir auf die Zunge. Die Vorstellung, dass er

liest, was auf dem Zettel steht, während ich hier bei ihm stehe, lässt meine Ohren rot werden.

Um Himmels willen, das habe ich mir so aber ganz und gar nicht vorgestellt.

»Äh, vielleicht öffnest du es lieber erst, wenn ich ausgestiegen bin«, antworte ich hastig.

Er presst die Lippen aufeinander und lässt mich nicht aus dem Blick. In seinen Augen flackert eine Emotion auf, die ich nicht zuordnen kann, dann kneift er sie leicht zusammen, bis sein Blick wieder weicher wird. Denkt er, ich erteile ihm auf dem Zettel eine Abfuhr?

»Oh, nein, keine Sorge«, füge ich schnell hinzu. »Auf dem Zettel steht nicht ... Also ich ... Ach, du wirst es gleich schon sehen.«

Er grinst vor sich hin, während ich um die richtigen Worte kämpfe. O Mann, wieso kann ich mich so unglaublich schlecht artikulieren, sobald ich nervös bin? Wie kann es sein, dass er vor mir steht, die Ruhe selbst zu sein scheint, während ich mich wie ein emotionales Wrack fühle, weil ich ihm einen *Zettel* überreiche?

»Okay. Dann werde ich das tun. Willst du mir deinen Namen verraten?«

»Hailey. Ich heiße Hailey. Und du?«

»Will.«

Will. Das ist also sein Name. Bis jetzt habe ich ihn mir einfach namenlos vorgestellt, denn irgendwie fiel mir keiner ein, der zu ihm passen würde. Doch Will scheint ... perfekt zu sein. Er sieht aus wie ein Will mit seinen dunklen Haaren und dunklen Augen.

»Ich bin schon fast erleichtert, dass du kein Franzose bist«, sage ich und er lacht.

»Wieso das denn?«

»Weil meine Französischkenntnisse nicht gerade ... die Besten sind.«

Er schmunzelt. »Also bist du neu hier in Paris?«

»Jap. Ich bin noch nicht allzu lange hier.«

Und wir sind uns direkt über den Weg gelaufen.

Er sieht mich lange an. »Und wie gefällt es dir hier in Paris?«

Ich atme einmal tief durch. »Gut. Bislang habe ich noch nicht allzu viel gesehen, aber meine Schwester will eine typische Touristen-Sightseeing-Tour mit mir machen.«

Er nickt. »Das klingt gut. Ich bin zwar kein Einheimischer, aber schon viele Jahre hier. Ich kann dich auch ein wenig herumführen, wenn du magst. Dir die Spots zeigen, die du nicht auf einer *typischen Touristen-Sightseeing-Tour* siehst.« Seine Augen funkeln mich gefährlich an. Springt er gerade wieder in den Flirtmodus? Ich beiße mir auf die Unterlippe.

Genau in dem Moment ertönt die Durchsage, dass wir an der Station angekommen sind, an der ich aussteigen muss.

»Schau erst mal nach, was ich als Antwort auf die Rückseite des Zettels geschrieben habe«, erwidere ich auf seinen Vorschlag, zwinkere ihm dann zu und verlasse die Metro.

Ich spüre seinen Blick in meinem Rücken, als ich mir meinen Weg durch die Menschenmassen bahne, und kann nicht anders, als dämlich vor mich hin zu grinsen. Zum Glück lässt mich mein Selbstbewusstsein doch nicht im Stich, wenn ich es brauche.

KAPITEL 13

Will

Ich starre ihr hinterher, als sie die Metro verlässt. Und mein Herz schlägt mit jedem Schritt, den sie sich von mir entfernt, schneller und schneller. Die Metro fährt wieder an, verlässt die Station, doch meine Augen verfolgen sie so lange, bis sie außer Sichtweite ist. Erst dann wird mir bewusst, dass ich mein Buch immer noch fest umklammert halte.

Schau erst mal nach, was ich als Antwort auf die Rückseite des Zettels geschrieben habe.

Ich hole tief Luft und muss schmunzeln. Wie kann es sein, dass sie einerseits so zurückhaltend und schüchtern ist, ihre Wangen glühen, wenn sie mich ansieht, und in anderen Momenten ist sie herausfordernd, mutig und bringt mich um alle Worte?

Ich halte das Buch weiterhin fest in meinen Händen, vermutlich aus Angst, dass der Zettel noch herausfällt, bevor ich die Metro verlassen habe und überhaupt eine Chance hatte, ihn zu lesen.

Meine Station wird aufgerufen, also quetsche ich mich an allen Menschen vorbei und ernte genervte Blicke, die jedoch nur an mir vorbeiziehen. Sobald ich an der frischen Luft angekommen bin, auf den Straßen von

Paris stehe, den typischen Verkehrslärm im Ohr habe, lehne ich mich an eine Hauswand, öffne das Buch und sehe auf der ersten Seite sogleich den Zettel, den ich dort für sie hinterlegt hatte. Ich warte eine Sekunde, wappne mich darauf, dass es immer noch sein kann, dass sie mir eine Abfuhr erteilt. Vielleicht bin ich ihr zu aufdringlich und ich habe alles falsch gedeutet. Doch sobald meine Augen ihre Worte scannen, rast mein Puls noch schneller und ich grinse wie ein Vollidiot vor mich hin.

Hallo Unbekannter,

ich hoffe, dass ich die richtige Person bin, die diese Nachricht erwischen sollte. Sommersprossen habe ich auf jeden Fall, eine Frau bin ich auch, aber trotzdem bleibt da dieser Funke Angst in mir, dass ich mich gerade blamiere und du eigentlich jemand ganz anderen meinst. Wenn jemand nicht sonderlich gut in so was hier ist, dann bin das wohl ich. Immerhin bist du derjenige, der den ersten Schritt gemacht hat. Auch wenn ich diejenige bin, die zuerst ein Auge auf dich geworfen hat. Ein weiser Mann hat mal zu mir gesagt, dass wir die Schöpfer unserer eigenen Welt sind. Wir können unser Leben so wundervoll gestalten, wie wir es wollen - wenn wir es zulassen. Also öffne ich mich dem Ganzen hier und gebe dir meine Nummer. Ich hoffe, wir sehen uns mal außerhalb des Metro-Settings. Hailey

Sie hat klein geschrieben, damit alles auf den Zettel passt, jedoch in einer so fein säuberlichen Handschrift, dass ich es mühelos lesen kann. Ganz unten hat sie ihre Handynummer notiert.

Meine innere Stimme triumphiert. Ich lese ihre Zeilen wieder und wieder, bis ich sie mir ganz in mein Gedächtnis eingeprägt habe. Sie will mich sehen. Treffen. Wir können auf ein Date gehen. Ich grinse, widerstehe dem Drang, laut zu jubeln, denn die Straße ist voller Passanten. Aber irgendwie schenkt das Ganze hier mir gerade einen Lichtblick. Den verdammten Lichtblick, den ich schon die ganze Zeit über brauche, um wieder ein wenig Farbe in mein tristes Leben zu geben.

Ich ziehe mein Handy aus der Hosentasche, speichere ihre Handynummer ein und überlege auf dem Weg zur Arbeit, was ich ihr für eine Nachricht schreiben möchte. Am liebsten würde ich sie gleich wiedersehen. Direkt heute Abend mit ihr ausgehen, aber ich weiß nicht, ob ich es zu hastig angehe. Andererseits sind so viele Tage vergangen, seit wir uns zum ersten Mal in der Metro gesehen haben. Ich kann es gar nicht mehr abwarten, mehr über sie zu erfahren.

Als ich in der Praxis aufkreuze, ist meine gute Laune jedoch mit einem Wisch dahin. Am liebsten würde ich direkt wieder umkehren, was ich selbstverständlich nicht kann. Und es gibt Dinge, denen ich mich früher oder später stellen muss.

An die Eingangstür gelehnt steht Ellie. Mit verschränkten Armen und zusammengepressten Lippen. Sobald sie mich sieht, hellt sich ihr Gesicht ein wenig auf, doch sie fängt sich schnell wieder.

Augenblicklich verkrampfe ich die Hand, mit der ich den Träger meines Rucksacks festhalte. »Ellie«, stoße ich hervor und bleibe ein paar Schritte von ihr entfernt stehen.

Sie stößt sich von der Tür ab und überbrückt die Distanz zwischen uns, bis sie direkt vor mir zum Stehen kommt. »Will.«

»Ähm, was machst du hier?«, frage ich. Auf einmal fehlen mir die Worte. Ich runzele die Stirn und warte darauf, dass sie ihr Erscheinen am frühen Morgen erklärt.

Muss sie nicht arbeiten? Und warum will sie mich morgens vor der Arbeit abfangen?

Sie lacht kurz, ein schrilles Geräusch kommt über ihre Lippen. »Was ich hier mache? Irgendwie muss ich dich ja erreichen, wenn du meine ganzen Nachrichten ignorierst.«

Ich schüttele den Kopf. »Ich ignoriere dich nicht. Momentan ist einfach viel los in der Praxis und …«

»Erspar mir deine Lügen, Will«, fordert sie. »Ich habe mit Henry geredet und er meinte, du hast noch genug Zeit bis zu deinem ersten Termin.«

Innerlich verfluche ich Henry dafür, dass er sich andauernd mit ihr austauscht. Andererseits kann ich ihm keinen Vorwurf machen, da die beiden gut miteinander befreundet sind. Aber wieso muss er ihr erzählen, wann ich wie arbeiten muss?

»Ellie, ich lüge dich nicht an. Aber jetzt ist nicht der

richtige Zeitpunkt.«

»Und wann wird dann jemals der richtige Moment sein?« Ihre Arme sind vor der Brust verschränkt. Sie tritt noch weiter auf mich zu, bis ihre Ellenbogen meinen Oberkörper berühren.

Ich schaue zu ihr hinunter. Ihre hellbraunen Augen fixieren mich.

»Ich will bloß endlich einmal mit dir reden ... über uns.« Ihre Stimme klingt sanfter und nicht mehr so zickig wie gerade noch.

Ich seufze. »Ellie, wir haben doch schon darüber gesprochen«, sage ich, doch sie schüttelt bloß den Kopf.

»*Du* hast es dir einfach gemacht und geglaubt, ein kurzes Gespräch würde alles klären, was in den letzten Monaten zwischen uns entstanden ist. Aber für mich ist das Thema nicht so einfach geklärt. Ich ... Du ... du bist mir wichtig geworden, Will. Ich will dich nicht verlieren.«

Ich atme die morgendliche Sommerluft tief ein und habe keinen blassen Schimmer, wie ich mit der Situation fertig werden soll. Eigentlich dachte ich, ich hätte ihr alles, was gesagt werden müsste, bereits gesagt, aber allem Anschein nach will sie mit dem Thema nicht so leicht abschließen.

»Ich mache mir nichts einfach. Wir zwei haben gesprochen, als du bei mir in der Wohnung warst. Ich dachte, damit wäre alles geklärt gewesen.«

Ihre Augen fangen an zu schimmern. Ich bete, dass sie nicht anfängt zu weinen, denn sonst würde ich mich verdammt schlecht fühlen. Doch sie scheint sich zu fassen und presst ihren Kiefer aufeinander. »Können wir nicht noch einmal über alles reden? Ein letztes Mal?«

Ich seufze wieder und fahre mit der Hand über meinen Bart. Ellie lässt mich einfach nicht aus den Augen. Ich schaue über sie hinweg in Richtung Praxis und denke nach.

»Will«, flüstert sie und legt ihre Hand an meinen Unterarm. Sobald ich ihre Berührung spüre, reißt sie mich aus meinen Gedanken.

»Okay«, sage ich und trete einen kleinen Schritt nach hinten. »Dann reden wir noch mal. Aber jetzt muss ich wirklich arbeiten.«

Augenblicklich hellt sich ihr Gesicht auf und ich frage mich, ob ich gerade einen gewaltigen Fehler begangen habe. Dann wiederum rufe ich mir in Erinnerung, dass die Fronten von Anfang an geklärt waren und ich ihr erst letztens erklärt habe, wie es für mich aussieht. Ich habe ihr keine Hoffnungen gemacht und tue es jetzt auch nicht. Vielleicht kann ein letztes klärendes Gespräch dafür sorgen, dass kein böses Blut zwischen uns steht, besonders in Bezug auf ihre Freundschaft mit Henry.

»Sollen wir heute Abend essen gehen?«, hakt sie mit einem Lächeln auf den Lippen nach.

»Heute Abend ... geht nicht«, antworte ich zögerlich.

Ellies Stirn legt sich in Falten. Bislang habe ich Hailey noch nicht geschrieben, aber ich habe die große Hoffnung, dass wir uns bereits am Abend wiedersehen können.

»Wie wäre es mit morgen Abend? Heute muss ich noch ... einiges erledigen.«

Ich spüre, dass sie misstrauisch wird. Andererseits hat sie kein Recht darauf, sich so zu verhalten. Ich sehe, dass es in ihrem Kopf rattert, sie sich aber zurückhält, etwas zu sagen. Vielleicht merkt sie, dass es besser so ist, als wenn wir uns jetzt hier auf dem Bürgersteig streiten würden.

»Okay. Dann treffen wir uns morgen Abend. Wir schreiben noch mal wegen der Details.« Sie schenkt mir ein letztes Lächeln und schaut mich mit klimpernden Wimpern von unten herauf an.

Ich nicke, verabschiede mich von ihr und gehe mit schnellen Schritten an ihr vorbei. Als ich endlich die Praxis betrete und die Tür hinter mir schließe, lehne ich meinen Rücken dagegen und atme die unbewusst angestaute Luft aus.

Unbemerkt ist Henry in den Flur getreten und schaut mich aus großen Augen an. »Wieso habe ich das Gefühl, dass dein Liebesleben momentan der reinsten Achterbahnfahrt gleicht?«, fragt er nach.

Ich schaue ihn schräg an und schüttele bloß den Kopf. »Frag nicht, Henry«, antworte ich. »Frag lieber nicht.«

PLACE POSTAGE STAMP HERE
CARTE POSTALE
Adresse
Correspondance
Paris

KAPITEL 14

Hailey

Aufgeregt trete ich von einem Bein aufs andere. Es ist Abend und ich habe einen erfolgreichen Arbeitstag hinter mich gebracht. Ich liebe meine neue Stelle und arbeite gut mit meinen Kollegen zusammen. Meine Charakterskizzen habe ich eingereicht und konnte damit alle zufriedenstellen, besonders auch die Künstlerin des Comics – ein Punkt, der mir von Anfang an besonders wichtig war. Sie hat eine Vision in ihrem Kopf, der ich gerecht werden will. Doch als mich am Mittag die Nachricht von Will erreicht hat, dass er sich bereits heute Abend mit mir treffen will, musste ich mich sehr zusammenreißen, um meine Konzentration am Arbeitsplatz aufrechtzuerhalten.

Amandine hat mir trotzdem wissend zugelächelt, als ich in der Mittagspause eine Antwort an ihn getippt habe. »Pass auf«, hat sie gesagt, »Pariser Männer wickeln dich schnell um den Finger. Auch Nicht-Franzosen. Es braucht nicht lange, um sich der Stadt anzupassen. Viele wollen nur ihren Spaß haben. Aber das bedeutet nicht, dass du ihn nicht auch haben kannst.«

Ich wusste nicht recht, was ich darauf antworten sollte. Amandine scheint eine Frau zu sein, die lockere

Beziehungen bevorzugt. Immerhin habe ich bis jetzt noch nichts davon mitbekommen, dass sie einen Mann oder eine Frau an ihrer Seite hat.

Ich frage mich, wie es sein wird, Will das erste Mal in einem anderen Setting als der Metro zu treffen. Kommt er direkt von seiner Arbeit? Hat er sich umgezogen? Ich schaue an mir herunter und trage nach wie vor dasselbe Outfit, das ich heute Morgen getragen habe: Jeans, T-Shirt und Jeansjacke. Amandine hat schnell durchschaut, dass ich ein Date habe, und mir, ohne dass ich sie gefragt habe, ihren roten Lippenstift ausgeliehen. Dann hat sie mir erklärt, dass man immer ein kurzes, schwarzes Kleid in seiner Handtasche haben sollte, just in case. Bei dieser Aussage musste ich schmunzeln, aber Pariser Frauen sind wohl immer für den Fall der Fälle gerüstet. Gut vorbereitet zu sein, kann ja bekanntlich nie schaden.

Ich stehe vor dem Louvre, dem weltbekannten Kunstmuseum mit dem Haupteingang durch die Glaspyramide, die vermutlich jedem ein Begriff ist. Will wollte sich hier mit mir treffen, vielleicht, weil er weiß, dass ich diesen Platz auf jeden Fall finden würde. Bislang finde ich mich immer noch mit Google Maps in Paris zurecht.

Die Sonne scheint auch noch am Abend auf mich herab, untergehen wird sie erst in ein paar Stunden. Sie spiegelt sich in dem gläsernen Dach der Pyramide und ich kann es gar nicht abwarten, bald all die wundervollen Gemälde im Museum bestaunen zu können – vielleicht ja schon am Wochenende, wenn meine Schwester und ich unsere Sightseeing-Tour machen werden.

Immer wieder werfe ich einen Blick auf mein Handy, um nachzusehen, wie viel Uhr es ist, denn langsam werde ich ungeduldig. Vielleicht hat Will mir auch schon längst abgesagt, weil er denkt, dass es doch eine schlechte Idee ist, sich mit mir zu treffen.

Wie positiv meine Gedanken sind, sobald ich in eine nervöse Situation gerate, scherze ich innerlich und versuche, mich zur Vernunft zu rufen.

»Hailey.« Eine tiefe Stimme ertönt hinter mir und sorgt dafür, dass ich mich ruckartig umdrehe und gleich in diese unglaublichen braunen Augen blicke, die zu Will gehören. »Wartest du schon lange?«

Die Sonne fällt auf sein Gesicht, strahlt es an, und er sieht noch besser aus als am Morgen. Besser als an allen Tagen, an denen ich ihn bis jetzt gesehen habe. Er trägt zwar immer noch eine Jeans, dafür hat er sein dunkles Shirt durch ein Jeanshemd getauscht und ... Verdammt, es schmiegt sich nicht nur perfekt an seinen Oberkörper, sondern lässt ihn auch noch viel hinreißender aussehen, als er es ohnehin schon ist. Ich muss mich vom Anblick seiner Oberarme losreißen, bevor es noch peinlich wird, doch der Blick in seine Augen lässt mich nicht gerade ruhiger werden.

»Hey«, sage ich und lächele ihn an. »Nein, nur ein paar Minuten. Die Zeit habe ich genutzt, um mich ein bisschen umzusehen. Ist das erste Mal, dass ich den Louvre bestaunen kann. Es sieht einfach wahnsinnig schön aus hier.«

Will folgt meinem Blick zu der Glaspyramide und nickt. »Du musst das Museum unbedingt besuchen. Nicht nur, um die berühmte Mona Lisa zu bestaunen, sondern auch, um all die anderen Kunstwerke zu sehen. Dort drinnen gibt es so viel mehr als bloß dieses eine Gemälde.«

Unsere Blicke treffen wieder aufeinander.

»Sollen wir ... ein wenig spazieren gehen?«, fragt er nach.

Ich nicke so schnell, dass mir Haarsträhnen ins Gesicht fallen, die ich rasch hinter mein Ohr streiche.

Will lacht, setzt sich in Bewegung und ich tue es ihm nach. Wir laufen still nebeneinander her. Beiläufig werfe ich ihm einen Seitenblick zu. Es fühlt sich so surreal an, jetzt hier mit ihm auf den Straßen von Paris spazieren zu gehen, denn bis heute Morgen haben wir nicht mehr als ein paar Worte miteinander gewechselt. Wir waren bloß Fremde und dann ging alles irgendwie ganz schnell. Mein Kopf kommt noch gar nicht hinterher mit dieser neuen Wendung, doch in seiner Gegenwart zu sein, fühlt sich ... gut an. Gut und aufregend.

Unser Weg führt uns vom Platz des Louvre in Richtung Seine. Unzählige Menschen spazieren auf den Gehwegen, unter ihnen tummeln sich viele Touristen mit Kameras und Selfiesticks in der Hand.

»Wie lange bist du schon in Paris?«, frage ich, als wir uns zu ihnen gesellen.

Will hat die Hände in die Hosentaschen gesteckt. Ich spüre, wie er mich von der Seite ansieht. »Ein paar Jahre. Ich bin für ein Auslandssemester nach Paris gekommen und habe mich gleich in die Stadt verliebt. Nach meinem Psychologie-Studium habe ich hier mit einem Freund eine Praxis eröffnet, die wir bis heute gemeinsam leiten.«

»Wow, das klingt beeindruckend«, sage ich und frage mich, was für einen Job ich ihm zugeordnet hätte. Im Nachhinein ergibt es fast schon Sinn, dass er Psychologe ist. So ruhig und gefasst, wie er spricht und wie er sich ausdrücken kann, kann ich ihn mir gut in dieser Rolle vorstellen.

»Ja.« Seine Antwort ist kurz angebunden. Er starrt auf den Boden, während wir über die Brücke laufen, die das erste Arrondissement, in dem sich der Louvre befindet, mit dem siebten Arrondissement verbindet. Hier steht auch der weltberühmte Eiffelturm, den ich bislang nur von Weitem bestaunen durfte.

Fast will ich nachhaken, was es damit auf sich hat, dass er plötzlich so bedrückt wirkt, aber ich beiße mir auf die Zunge. Wir kennen uns noch nicht wirklich und ich weiß nicht, ob ich mir das Ganze nicht vielleicht nur einbilde. Bevor ich etwas Falsches sagen kann, ergreift er schon wieder das Wort.

»Und wieso hat es dich nach Paris verschlagen?«

Ich schaue zu ihm und sehe, dass er wieder lächelt und lockerer wird. Vielleicht war es also wirklich bloß Einbildung und sonst nichts.

»Ich komme eigentlich aus San Francisco und bin beruflich eine Zeit lang in Paris«, erkläre ich.

Sichtlich interessiert nickt Will, während ich ihm das erzähle. »Als was arbeitest du denn? Lass mich raten: etwas Kreatives?« Sein schräges Grinsen lässt mich ganz warm werden.

»Jap«, antworte ich. »Ich arbeite als Concept Artist in einem Animationsstudio.«

»Wow.« Er reißt die Augen auf. »Das klingt ja mega. Du produzierst Animationsfilme? Das ist echt der Wahnsinn.«

Seine Worte sorgen dafür, dass sich meine Wangen erhitzen. Die Aufmerksamkeit und das ehrliche Interesse, das er mir entgegenbringt, lassen mich von innen erstrahlen.

»Als Concept Artist entwickele ich Ideen für das Aussehen einer Animation. Dafür zeichne ich zuerst Skizzen und diese Entwürfe dienen dann den Animatoren, Hintergrund- und Charakterdesignern als Referenz.«

Will bleibt stehen und lehnt sich an die hüfthohe Steinmauer, hinter der die Seine fließt. In ihrem Wasser schimmert die Abendsonne.

»Und an was für einem Film arbeitet ihr momentan? Oder ist das geheim?«, hakt er schräg grinsend nach.

»Dir verrate ich es«, antworte ich zwinkernd. »Wir animieren den Comic *Nightfall*, in dem es um Monster, tiefe Freundschaften und dunkle Geheimnisse geht. Das Ganze spielt an der Monster Academy, es geht also um junge Charaktere, die sich noch finden müssen. Ich bin jetzt schon ganz verliebt in das Projekt.«

»Das klingt ganz danach, als sei die Kunst deine Leidenschaft«, meint er ernst.

Ich nicke und schirme meine Augen mit der Hand ab, um ihn im Sonnenlicht ansehen zu können. »Und die Psychologie deine.«

Es klingt mehr nach einer Frage als nach einer Aussage und ich bereue es augenblicklich, als ich es ausgesprochen habe. Gerade noch habe ich mich gefragt, wieso er so kurz angebunden darüber gesprochen hat, und ein paar Minuten später treffe ich diese Aussage.

Sein Blick verdunkelt sich für einen Moment, so kurz, dass man es fast übersehen könnte. Sein Kiefer zuckt, dann setzt er wieder ein Lächeln auf. Doch es wirkt nicht ... echt. Eher gespielt.

»Ja. Man kann damit gutes Geld verdienen.«

Das klingt nach einer Standardantwort, die er jedem gibt. Ich habe keine Ahnung, ob ich damit richtig liege, aber ich weiß, wie ich von meinem Job spreche, wenn mich jemand danach fragt. Die gleiche Euphorie spüre ich bei ihm nicht, wenn er von seiner Praxis spricht. Andererseits ist das der erste Abend, den wir miteinander verbringen, muss ich mir immer wieder ins Gedächtnis rufen. Noch kennen wir uns kaum.

Auf der anderen Seite habe ich nie gedacht, dass ich im Animationsbereich arbeiten will, weil ich mir erhoffe, damit viel Geld zu verdienen ... Eher *wollte ich es unbedingt*, weil es meine Leidenschaft ist, weil ich ohne die Kunst nicht leben will. Ich kann mir einfach nicht vorstellen, dass das die Antwort einer Person ist, die ihren Job wirklich liebt.

Ich schmunzele, sage aber nichts. Stattdessen versuche ich, das Gespräch auf ein anderes Thema zu lenken. »Und wo wohnst du hier in Paris?«

»Im Quartier Latin. Das ist das traditionelle Studentenviertel in Paris.«

»Ehrlich? Ich wohne auch dort!«

Will lacht und schüttelt den Kopf. »Wie viele Zufälle kann es eigentlich noch geben?«, fragt er. »Erst sehen wir uns jeden Tag in der Metro und dann wohnen wir auch noch im selben Stadtteil?« Seine Stimme klingt atemlos, als er die letzten Worte ausspricht.

»Ja, das frage ich mich auch.« Meine Stimme klingt ebenso atemlos. Heiser.

Wie kann es sein, dass ich ihn nicht kenne, kaum etwas über ihn weiß bis auf die paar Dinge, die er mir erzählt hat, und trotzdem ... fühle ich mich so, als sei heute nicht der erste Abend, den wir miteinander verbringen?

»Sollen wir weitergehen?«, fragt er. »Bestimmt hast du noch nichts zu Abend gegessen, oder?«

»Stimmt, das habe ich noch nicht«, antworte ich.

Wir setzen uns wieder in Bewegung und die Seine fließt neben uns entlang. Ich könnte den ganzen Tag hier stehen bleiben und das Wasser beobachten. Oder ihn. Beides hat einen beruhigenden Effekt auf mich. Auch wenn mein Körper in seiner Nähe verrückt spielt, schafft er es gleichzeitig, mich durch einen Blick wieder entspannter werden zu lassen.

»Es gibt ein paar ziemlich gute Restaurants in Paris«, erklärt er mir, während wir den Bürgersteig entlang schlendern. »Hast du Lust auf etwas Bestimmtes?«

Ich zucke mit den Schultern. »Eigentlich habe ich keinen großen Hunger«, gebe ich ehrlich zu. »Heute hatte eine Arbeitskollegin Geburtstag und hat eine Schokotorte mit zur Arbeit gebracht. Wir können also auch nur … eine Kleinigkeit essen?«

»Klingt gut für mich«, meint Will. »Wie wär's, wenn wir uns ein belegtes Baguette to go holen und uns an die Seine setzen?«

»Das klingt perfekt.«

Das tut es wirklich. Ich gehöre nicht zu den Frauen, die man mit teuren Restaurants und schicken Anzügen beeindrucken muss. Die Vorstellung, ein simples Baguette mit ihm zu essen und dabei das Wasser zu beobachten, klingt für mich nach dem besten ersten Date, das ich mir vorstellen kann.

Wir laufen so lange, bis wir eine Bäckerei erblicken. Will bestellt zwei Baguettes, selbstverständlich auf Französisch, und meines vegan, nachdem ich ihm von meiner Ernährungsweise erzählt habe.

Ich komme nicht darum herum, ihn bewundernd anzusehen, als er problemlos von Englisch auf Französisch switcht. Als die Dame hinter der Theke unsere Baguettes zubereitet, dreht Will sich zu mir und schaut mich mit hochgezogener Augenbraue verwundert an.

»Du sprichst echt gut Französisch«, merke ich an. Zwar kann man seiner Aussprache entnehmen, dass er Amerikaner ist – wahrscheinlich wird man seinen Akzent nie wirklich los – doch die Worte klingen so geschmeidig aus seinem Mund, dass es wirklich … anziehend ist.

Will zuckt daraufhin bloß mit den Schultern. »Ich lebe ja auch schon eine ganze Weile hier. Wie du vielleicht mitbekommen hast, verständigen sich die Franzosen lieber in ihrer eigenen Sprache statt auf Englisch.«

Grinsend nicke ich. »Ja, das ist mir schon das ein oder andere Mal aufgefallen. Ich probiere es momentan noch mit Englisch oder mit Händen und Füßen, aber meine

Französischkenntnisse werden Woche für Woche besser.«

»Besuchst du einen Kurs?«, fragt er.

»Jep. Zweimal die Woche.«

»Dann schieß mal los.«

»Wie?«

»Alors parle en français.«

Die Röte schießt mir ins Gesicht. »So gut bin ich jetzt auch noch nicht.«

In unserem Sprachkurs mussten wir schon mehrfach vor der Klasse sprechen, doch vor Will ... traue ich mich es irgendwie nicht. Vielleicht liegt es daran, dass er mir gerade erst seine blendenden Sprachkenntnisse gezeigt hat, oder auch an dem durchdringenden Blick, den er mir zuwirft. Mir wird innerlich ganz warm dabei.

»Einen Satz. Komm schon.«

»Okay.« Fieberhaft überlege ich mir etwas, das ich sagen kann, und versuche, einen Satz zusammenzustückeln. »*Tu as un très beau ... sourire.*«

Schnell wende ich meinen Blick von ihm ab. Aus dem Augenwinkel erkenne ich, dass Will mich eine Sekunde lang anschaut, dann langsam nickt. Als ich hochsehe, hat er ein schräges Grinsen aufgesetzt.

»Ich habe ein schönes Lächeln? Merci beaucoup. Toi aussi.«

Ich frage mich, wieso mich die ganze Situation gerade so verlegen macht. Vielleicht hätte ich einfach etwas anderes sagen sollen, irgendetwas, aber aus irgendeinem Grund ist mir genau dieser Satz in den Kopf geschossen.

»Wofür lernt ihr, solche Komplimente zu geben?«, hakt er nach und tritt einen Schritt auf mich zu, bis kaum noch Distanz zwischen uns besteht.

Meine Kehle fühlt sich trocken an, als er seinen Kopf langsam nach unten bewegt, bis er an meinem Ohr angekommen ist. Sein Flüstern sorgt für eine prickelnde Gänsehaut auf meinem Körper.

»Ich hoffe doch, dass nicht jeder dieses Kompliment von dir hören darf.« Wie in Zeitlupe bewegt er seinen Kopf von mir weg, zögert jedoch genau vor meinem Gesicht.

Mein Blick fällt auf seine Lippen, die so weich aussehen, dass sie nur darum flehen, geküsst zu werden.

Doch genau in dem Augenblick räuspert sich die Dame hinter der Theke und hält uns die Papiertüte mit den Baguettes entgegen. Ich nicke mechanisch und will gerade nach meinem Portemonnaie greifen, da schüttelt Will seinen Kopf.

»Ich bestehe darauf, dir dein erstes französisches Baguette auszugeben.«

Ich muss lächeln, beiße mir auf die Unterlippe und bedanke mich bei ihm. Er ist wirklich verdammt süß. Und heiß. Ich habe das Gefühl, seinen warmen Atem immer noch auf meiner Haut zu spüren.

Als wir die Bäckerei verlassen, merke ich, dass ihn wieder etwas bedrückt. Ich kann nicht genau sagen, was es ist, aber es hängt in der Luft.

»Die Bäckereien in Paris sind wirklich supersüß«, sage ich, um wieder ein Gespräch aufzubauen. »In San Francisco haben wir sicherlich nicht an jeder Straßenecke Bäckereien mit solch köstlich duftendem Gebäck.«

Will nickt bloß. Wieder ist er so kurz angebunden und emotionslos wie vorhin, als wir von seinem Job gesprochen haben.

»Ist alles in Ordnung?«, hake ich vorsichtig nach.

Er blickt vom Boden auf und schaut mich geradewegs an. »Klar, ich war bloß ein wenig in Gedanken. Tut mir leid.«

»Okay.« Ich weiß nicht so recht, was ich darauf erwidern soll.

Wir schlendern zur Seine zurück und setzen uns auf die Steinmauer, unsere Baguettes zwischen uns. Ich greife in die Tüte, um meines herauszuziehen.

»Es tut mir leid, wenn ich gerade ein wenig ... abwesend war. Das passiert mir manchmal. Momentan ist einfach so viel los in meinem Leben. Die Arbeit ist stressig ... Na ja, eigentlich ist die Arbeit in Ordnung, aber sie stresst *mich* trotzdem. Also ... Ach, keine Ahnung, wieso ich gerade so wirres Zeug vor mich hin fasele.« Er stoppt abrupt und schenkt mir ein schiefes Lächeln.

»Oh, das tut mir leid.« Ich lasse das Baguette sinken, von dem ich gerade einen Bissen nehmen wollte. »Wenn du über irgendwas reden willst ... Ich meine, wir kennen uns noch nicht sonderlich gut, aber vielleicht hilft es dir ja, wenn du etwas loswerden kannst.«

Dankend lächelt er mich an, schüttelt dann aber den Kopf. »Das ist etwas, was ich für mich allein klären muss. Jetzt probier aber mal dein Baguette. Es ist doch dein erstes in Paris?«

Grinsend nicke ich. Als ich abbeiße, stöhne ich genussvoll auf. »Hm, das ist echt gut«, antworte ich mit vollem Mund und halte mir dann schnell die Hand davor.

Will lacht bloß und beißt ebenfalls von seinem ab.

Und dann vergeht die Zeit ganz schnell: wir, wie wir auf der Mauer sitzen, das fließende Wasser beobachten, unsere französischen Baguettes essen und lachen, lachen, lachen. Irgendwie ist es einfach, Zeit mit ihm zu verbringen, obwohl wir uns ja gar nicht wirklich kennen. Aber mit jeder Stunde, die vergeht, habe ich das Gefühl, mir ein besseres Bild von ihm machen zu können.

Er erzählt mir, dass er mit vollem Namen Will Barnes

heißt und tatsächlich aus New York kommt, so wie ich es aufgrund seines Akzents vermutet habe. Dass er ein Einzelkind ist und seine Eltern immer noch in New York City leben. Den einzigen Sport, den er treibt, ist Joggen, denn er liebt es, an der frischen Luft zu sein, und kann sich nichts Langweiligeres und Zeitverschwenderischeres vorstellen, als sich in ein Fitnessstudio zu schleppen, um dort an den Geräten zu trainieren. Seine Eltern hatten nie sonderlich viel Geld und er hat immer sein Bestes in der Schule gegeben, da er unbedingt hinaus in die Welt wollte. So hat er auch ein Auslandsstipendium ergattert, um in Frankreich studieren zu können. Er arbeitet als Psychologe, weil er gerne anderen Menschen hilft.

Zu guter Letzt erzählt er mir, dass er backt. Fast kann ich es nicht glauben – nicht, weil er ein Mann ist, sondern weil ich mir einfach nicht vorstellen kann, wie er nach der Arbeit Rezepte ausprobiert. Aber er sagt, es sei wie eine Art Meditation für ihn. Seine Oma, von der er auch viele Rezepte hat, hat ihm das Backen beigebracht. Für ihn gibt es nichts Schöneres und Beruhigenderes, als zu backen. Und als er mir davon erzählt, leuchten seine Augen zum ersten Mal in unserem Gespräch richtig auf. Ich glaube, dann habe ich es verstanden.

KAPITEL 15

Will

Wir sitzen so lange an der Seine, bis sich der Himmel über ihr zu einem orange-violetten Farbenspiel verfärbt. Der Himmel spiegelt den rötlichen Stich von Haileys Haaren wider, der jedes Mal zu sehen ist, wenn die Sonne darauf schimmert. Ich kann nicht aufhören, sie anzusehen. Seit Stunden sitzen wir hier und ich liebe es, mehr über sie zu erfahren, das Puzzle von ihr, das ich in meinem Kopf begonnen habe, endlich weiter zusammenzusetzen und mit den passenden Teilen zu füllen.

»Warum siehst du mich so an?« Hailey hat die Beine auf der Mauer angewinkelt an ihre Brust gezogen. Ihr Kopf ist auf den Knien abgelegt. Sie lächelt verlegen, beißt sich auf die Lippe und wendet den Blick von mir ab. Vielleicht ist ihr der Augenkontakt zu viel geworden, dabei haben wir uns in der Metro ewig ansehen können, bis einer von uns beiden weggesehen hat.

»Ich schaue dich einfach gerne an«, sage ich, bevor mich der Mut verlässt und ich den Satz überdenken kann. Aber es entspricht der Wahrheit. Ich könnte ewig so sitzen bleiben, sie betrachten, die unzähligen Sommersprossen, die überall auf ihrem Gesicht verteilt sind. Die

Art und Weise, wie sich ihre Mundwinkel kräuseln, wenn sie verlegen ist. Nichts an ihr hat mich bis jetzt davon abgehalten, sie nicht ansehen zu wollen. Immerzu.

»Was ist deine liebste Tageszeit?«, fragt sie mich, den Blick immer noch auf das Wasser gerichtet.

Ich muss schmunzeln, denn ich weiß, dass sie das Gespräch bloß von sich auf etwas anderes lenken will.

»Die Nacht«, antworte ich und recke meinen Kopf gen Himmel. »Wenn sich die Sterne endlich am Himmel zeigen.«

Ich spüre, wie sie mich wieder ansieht. »So geht es mir auch.«

Wir schauen uns an, lächeln, und ich frage mich, ob sie es auch spürt. Diese Wärme im Körper. Dieses Gefühl, dass man die andere Person schon ewig kennt, obwohl das gerade der erste Abend ist, den wir zusammen verbringen.

»So langsam muss ich mich wohl auf den Weg nach Hause machen«, spricht sie dann das Unvermeidbare aus, den Satz, von dem ich gehofft habe, er würde so spät wie möglich fallen. Aber die Sonne geht bereits unter und der Himmel verdunkelt sich. Lichter leuchten wie Glühwürmchen in der Ferne auf. Es war klar, dass wir nicht ewig hier sitzen bleiben können.

»Okay. Wir haben ja dieselbe Richtung vor uns.« Ich springe von der Mauer und reiche ihr meine Hand, um ihr herunterzuhelfen.

Sobald ich ihre Haut auf meiner spüre, habe ich das Gefühl, ein Blitz durchfährt mich, angefangen bei meinen Fingerspitzen und den ganzen Arm hinauf.

Sie steigt von der Mauer herunter, ihre Hand immer noch in meiner, und kommt vor mir zum Stehen. Sie ist mir so nahe, dass mein Oberkörper fast den ihren berührt. Bloß ein Blatt Papier würde noch zwischen uns passen.

Doch selbst diese Distanz ist schon zu groß für das Verlangen, das in mir wächst.

Mein Blick fällt auf ihre Lippen, die so unglaublich weich aussehen, so zart, dass ich am liebsten mit den Fingern darüberstreichen würde und sie dann ganz langsam küssen würde ...

Bilde ich es mir bloß ein oder ist sie noch ein Stück näher an mich herangetreten? Ich hebe meinen Arm, um ihr eine Haarsträhne hinters Ohr zu streichen, als sie mich unterbricht.

»Äh, dann lass uns mal losgehen«, krächzt sie und setzt sich in Bewegung.

Für ein paar Sekunden bleibe ich stehen, dann jogge ich hinter ihr her, um mit ihr Schritt zu halten. Sie wirkt ein wenig durch den Wind und ich frage mich, wie es gerade in ihr aussieht. Was sie fühlt, was sie denkt.

Bis zur nächsten Metrostation ist es nicht weit und mit jedem Meter frage ich mich, wie es weitergeht. Werden wir uns wiedersehen – abgesehen von unseren regelmäßigen Treffen in der Metro? Oder war es das?

Wir überqueren die Straße, um auf den anderen Bürgersteig zu gelangen, der uns zur nächstgelegenen Haltestelle bringt. Selbst um diese späte Uhrzeit ist Paris noch voller Leben. Autos hupen, Menschen tummeln sich um uns herum und über allem zeigt sich der klare Sternenhimmel heute von seiner besten Seite.

Ich strecke meine Hand aus und halte Hailey an ihrer Schulter fest. Sie bleibt stehen, wendet sich mir zu und fast glaube ich, Sehnsucht in ihren Augen zu erkennen. Auf ihren Lippen zu lesen.

Es gibt immer wieder diese Momente zwischen uns, in denen unsere Blicke miteinander zu sprechen scheinen. In denen keiner von uns beiden auch nur ein Wort sagen muss, damit wir uns verstehen.

Und jetzt, hallt es durch meinen Kopf. *Wie geht es weiter? Wenn du das Gleiche wie ich empfindest, musst du es mir zeigen. Warst du nicht diejenige, die mir geschrieben hat, dass wir Dinge zulassen müssen? Außer du willst es nicht. Außer ich bilde mir das hier ... bloß ein.*

Sie muss meine Gedanken lesen können. Anders kann ich es mir nicht erklären, dass sie einen Schritt auf mich zu macht, ihren Oberkörper gegen meinen gepresst. Sie stellt sich auf die Zehenspitzen, ihre zarten Hände umschlingen meinen Nacken und dann geht alles ganz schnell.

Ich seufze, als ihre Lippen meine berühren, erst sanft, dann fester. Eine Hitzewelle durchfährt meinen Körper, sorgt dafür, dass alles in mir kribbelt. Meine Hände fahren wie von selbst um ihre Taille, um sie noch enger an mich zu ziehen. Um noch mehr von ihr zu spüren. Ihre Lippen sind so weich und dieser Kuss so himmlisch, dass ich eine Hand über ihren Rücken wandern lasse und sie in ihren Haaren vergrabe. Leise stöhnt sie und das Geräusch sorgt dafür, dass Blut in meinen Lendenbereich schießt.

Wow. Ich weiß nicht, wann mich ein Kuss das letzte Mal derartig erwischt hat, aber als sie ihre Lippen langsam von meinen löst, fühle ich mich wie benebelt und komplett neben der Spur.

Aus großen Augen sieht sie mich an. Zärtlich fahre ich mit dem Daumen über ihre Wange, die sich ganz warm anfühlt. Und dann lächelt sie.

Erst als wir von einem Passanten angerempelt werden, versetzt uns das ins Hier und Jetzt zurück, auch wenn ich am liebsten noch länger in unserer Blase geblieben wäre.

»Ich ... Also ...«, stottere ich, frage mich, wo all die Worte in meinem Kopf mit einem Mal hin sind. Das Blut in meinem Körper rauscht und die Konzentration ist dahin.

Es ist lange her, dass sich ein Kuss so ... intensiv angefühlt hat.

»Sehen wir uns bald wieder?« Sie streicht ihre Haare mit den Fingerspitzen zurecht, die ein bisschen zerzaust aussehen, nachdem ich meine Hand darin vergraben hatte.

Jetzt ist sie diejenige, die mutig ist. Anscheinend wechseln wir uns immer damit ab, wer den nächsten Schritt macht.

»Gerne. Sehr, sehr gerne.«

Wir setzen uns wieder in Bewegung, um den anderen Passanten nicht länger im Weg zu stehen, und fahren mit der Metro in Richtung Quartier Latin, in dem wir beide *zufälligerweise* wohnen.

Während wir in der Bahn sitzen, vibriert mein Handy in der Hosentasche. Rasch werfe ich einen Blick darauf und sehe, dass ich eine neue Nachricht von Ellie habe.

Ich freue mich auf morgen Abend, Will.

Die Zähne aufeinandergepresst stecke ich das Handy zurück. Wieso habe ich das Gefühl, die Sache zwischen uns beiden wird morgen immer noch nicht endgültig geklärt sein?

Hailey schaut mich von der Seite an und ich lächele ihr zu, doch irgendwie setzt sich ein komisches Gefühl in meiner Magengegend fest und ich habe keinen blassen Schimmer, wieso.

PLACE
POSTAGE
STAMP
HERE
CARTE POSTALE
CORRESPONDANCE
Paris

KAPITEL 16

Hailey

Ich fühle mich ein klein wenig ... verzaubert, als ich an diesem Abend zurück zu meinem Apartment schlendere. Sobald ich das Foyer betrete, sehe ich Monsieur Dupont. Er blättert gerade in einer Zeitung, blickt aber auf, sobald er meine Schritte auf dem Marmorboden klackern hört.

»Guten Abend, Miss Hailey. Sie sind aber heute spät zurück von der Arbeit.« Er zwinkert mir zu mit diesem Blick, der sagt, dass er mich längst durchschaut hat. Es hat keinen Sinn, irgendetwas zu leugnen, stattdessen lache ich.

»Ich hatte heute Abend ein Date.«

Jetzt faltet er die Zeitung zusammen und legt sie beiseite. Er scheint ganz Ohr zu sein. »Mit dem jungen Mann aus der Metro?«

Ich nicke, beiße mir auf die Lippe und spüre, wie sich meine Wangen rosig färben, sobald ich an Will und unser Date denke. Wie wir am Wasser saßen, wie sich der Himmel orange-violett verfärbt hat. Und wie wir uns dann geküsst haben. Ich habe das Gefühl, den Geschmack seiner Lippen immer noch auf meinen zu spüren.

»Was haben Sie Schönes unternommen?«, hakt Monsieur Dupont nach.

Ich gehe ein paar Schritte auf ihn zu und verschränke meine Hände ineinander. »Wir waren an der Seine, bis die Sonne untergegangen ist. Es war ... als würden wir uns schon ewig kennen. Dabei haben wir heute das erste Mal so richtig miteinander gesprochen.«

Monsieur Dupont lächelt mich warmherzig an und legt den Kopf schief. »Das klingt nach einem wahrlich gelungenen Abend. An der Seine, sagen Sie? Dort sind meine Madeleine und ich oft spazieren gewesen. Bis der Nachthimmel mit lauter Sternen überzogen war.«

Ich liebe es, ihm zuzuhören, wenn er von seiner Frau erzählt. Seine Stimme nimmt dann immer einen so warmen, so liebevollen Klang an, dass es einem das Herz erfüllt.

»Und am Ende haben wir uns sogar ... geküsst.« Jetzt färbt sich mein Gesicht sicherlich komplett rot und ich kann nichts dagegen tun.

Monsieur Duponts Lächeln vertieft sich und ich frage mich, ob ich ihm solche intimen Details lieber nicht anvertrauen sollte. Andererseits habe ich bis auf meine ältere Schwester keine weiteren engen Kontakte in Paris. Amandine wird mich schon auf der Arbeit über alles ausquetschen, denn sie hat einen genauso guten Riecher wie Monsieur Dupont, und meine Schwester muss erst mal mit ihren eigenen Männerproblemen zurechtkommen, bevor ich sie damit noch trauriger stimme.

»Das klingt sehr romantisch, meine Liebe«, antwortet er daraufhin. »Sie werden ihn also wiedersehen wollen?«

»Ja.« Die Antwort kommt schnell.

Will musste ein paar Stationen vor mir im Quartier Latin aussteigen und die restliche Fahrt und den Fußweg zu meinem Apartment über habe ich mir überlegt, wie es ab jetzt mit uns beiden weitergehen wird. Denn mit jedem Schritt hat sich ein Gedanke in mir eingepflanzt, weiter und weiter, der sich nicht mehr vertreiben lässt. Darüber habe ich schon in dem Augenblick nachgedacht, als Will mich küssen wollte. Deshalb wollte ich vorhin so abrupt weitergehen, um es gar nicht erst so weit kommen zu lassen. Doch als ich ihm dann noch einmal in die Augen gesehen habe ... konnte ich einfach nicht anders. Ich wollte – musste – seine Lippen auf meinen spüren. Um jeden Preis.

»Aber es macht ... sowieso keinen Sinn«, füge ich hinzu.

Über meinen Sinneswandel verwundert runzelt Monsieur Dupont seine faltige Stirn. »Wieso denken Sie das?«

»Na ja, ich bin nur für eine Weile hier in Paris. Und Will arbeitet als Psychologe und hat eine Praxis hier. Wenn ich wieder nach San Francisco zurückgehe, trennt uns gefühlt die halbe Welt. Und selbst wenn er zurück in den Staaten sein sollte, liegt immer noch das ganze Land zwischen uns, da er aus New York kommt.« Nachdem ich all das gesagt habe, bin ich ganz außer Atem und muss erst einmal tief Luft holen.

Monsieur Dupont hat mir ruhig zugehört, schüttelt dann aber seinen Kopf. »Miss Hailey, Sie können das Leben nicht planen. Das wissen Sie, oder? Am Ende kommt immer alles so, wie es kommen soll, aber wir können im Voraus nicht wissen, wie es sein wird. Wenn Sie sich jetzt schon die Chance auf das Glück verbieten, bevor es überhaupt richtig in ihrem Leben landen konnte ... woher wollen Sie wissen, wie es am Ende ausgehen wird?«

Die gutgläubige Seite in meinem Gehirn glaubt jedes seiner Wörter, saugt sie auf wie ein Schwamm. Doch die andere, logische Seite sträubt sich dagegen. »Aber am Ende werden uns immer viel zu viele Kilometer voneinander trennen. Ich überlege nur, ob es nicht Sinn macht, mich gar nicht erst auf etwas einzulassen, damit mein Herz am Ende nicht unnötig gebrochen wird.«

»Aber, meine Liebe«, sagt Monsieur Dupont dann. »Herzen werden niemals unnötig gebrochen. Denn wenn es so weit kommt, heißt das, Sie haben geliebt mit allem, was Sie haben. Und ist das nicht das, worauf es im Leben wirklich ankommt?«

Seine Worte hängen mir noch lange nach. Ich weiß nicht, wann ich das letzte Mal einem Menschen begegnet bin, der so viel Weisheit in sich getragen hat. Vielleicht noch nie.

Der letzte Arbeitstag vor dem wohlverdienten Wochenende zieht schnell an mir vorbei und Amandine wirft mir die ganze Zeit über wissende Blicke zu. Die Mittagspause verbringe ich mit Kollegen und wir besprechen ein paar weitere Ideen für den Film, sodass Amandine mich nicht in ein Lokal entführen kann, um alles aus mir herauszuquetschen. Früher oder später, das weiß ich, wird sie aber alles erfahren wollen, doch je länger ich es hinauszögern kann, desto besser.

Den Freitagabend verbringe ich allein in meinem Apartment, denn ich bin froh über das bisschen Ruhe. Ich kuschele mich auf meine Couch, zappe durch Netflix und schalte irgendeine Komödie an. Die meiste Zeit verbringe ich ohnehin am Handy, denn Will und ich sind seit heute Morgen durchgehend am Schreiben. Ich war diejenige, die sich bei ihm für den schönen Abend bedankt hat, und so hat es angefangen, dass wir uns quasi im Minutentakt kurze Nachrichten hin- und herschreiben. Das Grinsen auf meinen Lippen wird mit jeder Nachricht, die von ihm eingeht, größer und größer.

Auch jetzt flattert mein Herz wieder wie wild in der Brust, als sein Name auf meinem Sperrbildschirm erscheint. Hastig überfliegen meine Augen die Worte, die dort stehen. Will schreibt mir, dass er heute Abend verabredet ist, sonst hätte er gerne Zeit mit mir verbracht. Mir geht es nicht anders. Am liebsten wäre ich gleich heute wieder mit ihm durch die Straßen von Paris gewandert, auch wenn mir die Ruhe nach der Arbeitswoche ziemlich guttut.

Ich antworte und wünsche ihm einen schönen Abend. Doch ich kann nichts gegen das dumpfe Gefühl in meiner Brust tun, als ich mir seine Nachricht ein weiteres Mal durchlese. Er ist heute Abend verabredet. Mit wem wohl? Mit einer Frau? Na ja, es könnte sein. Immerhin haben wir uns erst ein einziges Mal getroffen und ja, wir haben uns geküsst, aber wir kennen uns kaum und etwas Festes ist das zwischen uns beiden ganz sicher nicht. Trotzdem spüre ich ein leichtes Gefühl der Eifersucht durch meine Adern fließen und das gefällt mir ganz und gar nicht.

Schnell lasse ich das Handy auf den Couchtisch sinken und lehne mich zurück. Dann zuckt meine Hand wieder nach vorn und dreht den Handybildschirm nach unten, damit ich es gar nicht sehe, wenn eine neue Nachricht eingeht. Abgesehen davon, dass Will mir heute Abend vermutlich ohnehin nicht mehr schreiben wird, will ich mich nicht jetzt schon verrückt machen und durchgehend auf mein Handy starren. Das habe ich heute schon den ganzen Tag gemacht. Kein Wunder, dass ich Amandine damit neugierig gemacht habe.

Am nächsten Tag treffe ich mich endlich wieder mit Elara. Sie holt mich an meinem Apartmentgebäude ab und wir treffen uns draußen vor der Eingangstür.

»Guten Morgen«, begrüßen wir uns und sie zieht mich in eine Umarmung. Heute trägt sie ein weißes Tube-Top mit einer kurzen Hose, während ich mich an diesem – laut Wetter-App – wieder sehr warmen Tag für ein geblümtes Kleid mit Spaghettiträgern entschieden habe.

»Wieso kannst du mich eigentlich direkt bei mir zu Hause abholen?«, hake ich nach, während wir in Richtung Metrostation schlendern. Heute wollen wir das typische Touristen-Sightseeing-Programm durchziehen und dafür wollen wir als allererstes Richtung Eiffelturm fahren.

»Ich war in der Gegend«, antwortet Elara schulterzuckend. Sie hat ihre Wohnung im zehnten Arrondissement, in dem hippe Bars und Lokale zu finden sind. Normalerweise beträgt die Metrofahrt von dort aus bis zum Quartier Latin rund dreißig Minuten und ist eigentlich ein Umweg für sie, wenn wir zum Eiffelturm wollen.

»Lass mich raten: Du hattest letzte Nacht ein Date und hast dort übernachtet. Trägst du also noch dieselben Sachen wie gestern?« Ich rümpfe meine Nase und Elara streckt mir grinsend die Zunge raus.

»Ja, so in der Art. Also das mit dem Date, meine ich. Aber so raffiniert, wie ich bin, habe ich mir natürlich Wechselklamotten eingepackt und bereits im Voraus an alles gedacht.« Mit der Hand klopft sie auf ihre große, rote Tasche, die sie über der Schulter trägt und in der sicherlich einiges Platz findet.

»Aha, du schmiedest also schon Pläne im Voraus. Du bist zu einer richtigen Pariserin geworden«, sage ich grinsend.

Mittlerweile sind wir an der Metrostation angekommen und warten auf die nächste Bahn, die uns zum siebten Arrondissement bringen wird. Dieses ist für seine Touristenattraktionen wie den Eiffelturm bekannt, aber auch für viele Museen.

Wir steigen in die Metro ein, die glücklicherweise nicht so voll ist wie die, in die ich unter der Woche einsteigen muss. So finden wir auch leicht einen Sitzplatz am Fenster.

Als Elara ihre Tasche auf ihren Schoß stellt, muss ich noch einmal grinsen, was ihr nicht entgeht.

»Man muss halt auf alles vorbereitet sein«, meint sie.

»Willst du mir mehr von dem Typen erzählen, der dir den Kopf verdreht hat? Oder war das mehr so eine einmalige Sache? Oder geht es immer noch um den Mann, von dem du mir das letzte Mal erzählt hast?«

Elara beißt sich auf ihre Lippe, bevor sie weiterspricht: »Ja, es geht noch um denselben Typen. Gestern haben wir noch mal miteinander gesprochen und er hat mich sogar bei sich schlafen lassen.«

Ich ziehe eine Augenbraue hoch. »Will er denn jetzt auch was Festes oder wie sieht es aus?«

Elara zuckt mit den Schultern und wendet ihren Blick ab. »Nun ja, er ist momentan nicht ganz auf eine Beziehung aus, aber ich weiß, was wir beide in den letzten Monaten hatten. Ich gebe das nicht so einfach auf, weißt du? Wir waren ziemlich lange im Restaurant und da es so spät war und wir im Quartier Latin essen waren, hat er mir angeboten, dass ich bei ihm schlafen kann. Ich meine, das würde er doch auch nicht vorschlagen, wenn er mich loswerden will, oder?«

Die ganze Geschichte mit diesem Mann hat mich von Anfang an skeptisch gemacht, aber ich sehe, wie die Augen meiner Schwester leuchten. Er muss ihr ganz schön den Kopf verdreht haben. Doch ich habe Angst, dass sie sich an der Sache verbrennt, wenn er es vielleicht nicht ganz so ernst meint wie sie. »Pass einfach auf, okay?«

»Das tue ich. Du musst dir keine Sorgen machen. Wenn, muss sowieso *ich* so etwas zu dir sagen, weil ich die ältere Schwester bin.«

Spielerisch verdrehe ich die Augen bei ihren Worten. »Das mag sein, aber manchmal muss auch ich ein Auge auf dich haben. Du weißt ganz genau, dass unsere Dads das wollen würden.«

Elara zieht einen Mundwinkel nach oben und lächelt mich schief an. »Denkst du, sie vermissen uns sehr? Oder sind sie froh, endlich mal eine freie Bude zu haben ohne zwei anstrengende Weiber?«

Ich lache. »Das kann natürlich sein. Aber ich glaube, sie vermissen uns schon sehr. Ich meine, es ist Monate her, dass du das letzte Mal in den Staaten warst. Uns trennt gefühlt die halbe Welt voneinander.«

Elara nickt, dann legt sie ihren Arm um meine Schulter und zieht mich in eine halbe Umarmung. »Deshalb bin ich froh, dass ich meine kleine Schwester jetzt hier bei mir habe. Es ist viel cooler, mit dir gemeinsam die Stadt zu erkunden, statt nur per Facetime zu sprechen. Und sei ehrlich, Paris ist doch eine ganz andere Welt als San Francisco, habe ich recht?«

Nickend stimme ich ihr zu. »Es ist ganz anders als in Kalifornien. Und ich muss zugeben, dass es mir mit jedem Tag immer mehr und mehr gefällt.«

»Ich hoffe, deine Arbeit trägt einen großen Teil dazu bei?«, hakt sie nach.

»Oh, ja. Ich habe echt Glück mit meinen Arbeitskollegen und meiner Chefin. Wir haben alle einen sehr guten Draht zueinander, besonders Amandine – also meine Chefin – und ich. Sie ist ziemlich offen und will in mir wie in einem offenen Buch lesen. Gestern hing sie mir auch die ganze Zeit an den Fersen, weil sie immer alle Details aus mir herausquetschen will.« Ich realisiere erst, was ich gesagt habe, als die Worte meinen vorlauten Mund bereits verlassen haben. Schnell beiße ich mir auf die Zunge, doch es ist zu spät. Ich habe Elaras Neugierde bereits geweckt.

Sie reißt ihre hellbraun schimmernden Augen auf und bedenkt mich mit einem gespielt geschockten Blick. »Sag nicht, ein Typ ist der wahre Grund, dass du dich hier Tag für Tag wohler fühlst!«

Ihre Stimme quietscht und ich ziehe die Stirn in Falten aus Sorge, sie unterhalte die ganze Metro mit ihrer lauten Reaktion.

»Elara ...«, versuche ich, sie zu besänftigen, doch was erwarte ich, wenn ich meiner älteren Schwester solche Brotkrümel vor die Füße werfe? Dass sie nicht neugierig nachhakt und genau wie Amandine alle Details hören will?

»Jetzt erzähl schon! Wer ist es, woher kennt ihr euch, habt ihr schon miteinander geschlafen, wie war es, wie geht es jetzt weiter ...?«, rattert sie herunter und mir wird es bereits schummrig im Kopf bei all ihren Fragen.

Ich kann natürlich nichts dagegen tun, dass mein Gesicht rot anläuft, sobald das Thema auf Will gelenkt wird.

Heute Morgen hat er mir wieder geschrieben und gefragt, ob wir uns am Sonntag treffen wollen. Und nein, ich zähle nicht die Stunden, bis zu unserem nächsten Date. Nur ... vielleicht.

»Wie oft soll ich dir noch sagen, dass ich nicht auf der Suche nach einer festen Beziehung bin?«, versuche ich, meine Schwester daran zu erinnern, doch sie schüttelt bloß lachend den Kopf. »Ich bin nur für eine Weile hier.

Und ja, es gibt da vielleicht jemanden. Aber wir haben uns erst einmal getroffen. Ich weiß gar nicht, wo das Ganze mit uns hinlaufen soll. Ich meine, es macht ja nicht einmal Sinn, wenn man bedenkt, dass ich bald wieder zurück in die USA gehe …« Mein Mund plappert wild drauflos, ohne über etwas nachzudenken, wie jedes Mal, wenn die Nervosität die Oberhand in meinem Körper gewinnt.

Elara lässt mich alles herunterrattern, bevor sie den Kopf schief legt. »Ernsthaft? Wieso willst du dir direkt alles verbauen, bevor überhaupt etwas entstanden ist, bloß weil du Angst hast?«

»Ich habe überhaupt keine Angst«, platzt es aus mir heraus.

Sie zieht ihre perfekt gezupften Augenbrauen in die Höhe und lehnt sich näher zu mir. »Ich würde sagen, du lässt es dir ordentlich gut gehen mit diesem heißen Typen und lebst einfach mal im Moment. Du bist jung, du bist in Paris, der verdammten *Stadt der Liebe,* und du willst mir ernsthaft sagen, dass du dich dagegen sperren willst, so etwas hier zu erleben? Dein Leben kann wie in einem dieser verfluchten Netflix-Liebesfilme sein, während du hier bist. Also reiß dich mal zusammen und *lass dich diese Dinge auch erleben.*« Mehrfach nickt sie mir bestätigend zu, bis ich nach ein paar Sekunden einknicke.

»Ja ja, ich habe es schon verstanden. Können wir jetzt mal von etwas anderem reden als von Männern?«

Genervt lehnt sich Elara auf ihrem Platz zurück und verdreht die Augen. »Du bist in Paris und willst dich nicht auf einen Mann einlassen, geschweige denn über Männer reden. Bist du sicher, dass wir zwei überhaupt miteinander verwandt sind?«

Ich räuspere mich empört und schlage ihr leicht auf die Schulter, doch tief in mir lösen all ihre Worte etwas aus. Sie ist nicht die erste Person, die mir sagt, dass ich mich öffnen soll. Bin ich etwa so ein verklemmter Mensch, dass ich mich gegen alle Emotionen sperre?

Die restliche Fahrt über lasse ich meinen Blick aus dem Fenster schweifen und versinke in meinen Gedanken.

Ich treffe mich morgen mit Will und ich werde zulassen, dass er mir noch mehr den Kopf verdreht, als er es in dieser viel zu kurzen Zeit ohnehin schon getan hat. Trotzdem bleibt da diese Angst in mir: ein kleiner Teil in meinem Herzen, der sich darum sorgt, was noch passieren wird. Denn wenn ich ihn jetzt schon so gut finde, wie wird es dann erst in der nächsten Zeit sein? Und wie wird es erst meinem Herz ergehen, wenn ich alles zulasse, was ab jetzt auf mich zukommt?

Der Eiffelturm ragt imposant vor uns auf, dreihundertdreißig Meter hohes Eisen, inmitten des siebten Arrondissements.

»Wow«, entfährt es mir, als wir die Gärten des Champs de Mars durchqueren, einer großen Grünfläche, die sich vor dem Turm befindet. Es ist ein warmer, sonniger Sommertag und so verbringen viele Franzosen und Touristen ihren Tag auf den Wiesen. Sie picknicken auf bunten Decken, spielen mit ihren Hunden oder posen vor dem gigantischen Eiffelturm.

»Na, gefällt es dir?«, fragt Elara, die meine Reaktion stumm beobachtet hat.

»Es ist einfach Wahnsinn, den Eiffelturm mal in natura zu sehen«, erkläre ich.

»Sollen wir ein Foto für unsere Dads schießen?« Elara zückt ihr Handy aus der Hosentasche und greift nach meinem Arm, um mich näher an sich heranzuziehen.

Wir grinsen über beide Backen in die Kamera, machen ein paar Posen und Grimassen, bevor Elara sich von mir löst und Erinnerungsfotos von mir schießt, wie ich vor dem Turm stehe.

Wir wollen gerade weitergehen, da wir uns vorgenommen haben, den Eiffelturm zu besteigen – Elara hat die Aussicht von ganz oben bislang auch noch nicht erlebt – da vibriert ihr Handy. Keine Sekunde später ziert ein breites Lächeln ihre Lippen.

»Von wem ist die Nachricht?«, frage ich neugierig nach und trete einen Schritt auf sie zu.

»Ach, von niemandem«, lügt sie und tippt eifrig auf dem Bildschirm herum.

Als ich noch näher zu ihr gehe, um ihr über die Schulter zu sehen, erkenne ich oben den Absender der Nachricht, die sie gerade erhalten hat.

Ein *W* mit einem orangen Herzen daneben.

»W?«, frage ich.

Elara zuckt erschrocken zusammen und dreht sich zu mir um. »Hey, sei nicht so neugierig«, meint sie, lacht aber dabei.

»Du bist aber doch genauso neugierig, wenn es um mein Liebesleben geht.« Ich strecke ihr die Zunge heraus.

»Ja, da hast du recht. Er hat mir gerade geschrieben, dass ich mein Ladekabel bei ihm vergessen habe. Dann habe ich wohl einen Grund, noch mal bei ihm vorbeizuschauen.« Sie wackelt mit ihren Augenbrauen und bringt mich damit zum Lachen.

»Bist du sicher, dass du es nicht mit Absicht dort liegen lassen hast?«

Empört stemmt sie die Hände in die Hüfte. »Was denkst du bloß von mir?«

Sie kommt auf mich zu, hakt sich bei mir unter und wir gehen auf den Eiffelturm zu, damit wir wie alle anderen Touristen die sagenhafte Aussicht von ganz oben bestaunen können. Als wir dann aber sehen, wie lang die Schlange bereits ist, entscheiden wir uns doch dagegen, den Turm zu erklimmen. Ein wenig enttäuscht bin ich schon, erinnere mich aber innerlich daran, dass in meiner Zeit hier sicher noch der Moment kommen wird, in dem ich die Stadt von ganz oben betrachten werde.

»Wie wäre es dann mit einer Führung zu den besten Geschäften der Stadt?«, fragt Elara mit einem breiten Grinsen. Sie ist der Shopaholic von uns beiden und liebt es, in Geschäften zu stöbern, wohingegen ich schnelles Onlineshopping bevorzuge. Doch ihrem fröhlichen Gesicht kann ich einfach nichts abschlagen.

»Na schön«, antworte ich lachend und Elara klatscht freudestrahlend in die Hände. »Dann zeig mir mal, was Paris noch so zu bieten hat, abgesehen von wunderschönen Sehenswürdigkeiten.«

PLACE POSTAGE STAMP HERE
CARTE POSTALE
ADRESSE
CORRESPONDANCE
Paris

KAPITEL 17
Will

Ich liebe die Wochenenden. Die Tage, an denen ich endlich den Kopf abschalten kann, fernab von der Praxis und all dem Stress, der damit einhergeht. Ich liebe es, Zeit in meinem Apartment zu verbringen, insbesondere in der Küche. Mehl an meinen Fingern, die Arbeitsplatten voller Gebäck und aus dem Ofen dringt der süßliche Duft meiner Kreationen in meine Nase. Das sind die Momente, in denen sich mein Herz leicht anfühlt, keine schwere Last auf meinen Schultern liegt, die droht, mich niederzureißen. Ich bin einfach ... ich. Ohne Hemd und Stoffhose wie in der Praxis, wenn ich einen Patiententermin habe. Ohne all den Stress, den ich habe, wenn ich mich dorthin begebe und wünschte, ich hätte an dem Tag einfach im Bett liegen bleiben können. Nein, stattdessen fühle ich mich leicht und gut und unbeschwert. Das Radio steht auf dem Küchenregal und französische Musik dringt an mein Ohr. Ich summe leise mit, obwohl ich den Text nicht kenne. Obwohl ich mich besser als sonst fühle, sind da manchmal diese Augenblicke, in denen ich innehalte und aus dem Fenster blicke. Denn ich weiß, dass das Ganze hier nicht von Dauer ist. Früher oder später holt mich die Realität wieder ein und dann heißt es: Maske aufsetzen, der Ernst des Lebens beginnt erneut.

Man kann kein Geld mit seinem ... Hobby verdienen.

Mit einer Bäckerei hat man keine Freizeit mehr und erst recht nicht genügend Geld, um im harten Leben zurechtzukommen.

Man braucht Sicherheiten und kreative Jobs sind alles andere als sicher.

Solche Sätze haben mir meine Eltern von klein an eingetrichtert, als ich ihnen in jungen Jahren erzählt habe, dass ich mal eine Bäckerei haben werde, wenn ich groß bin. Und ganz ehrlich? Es ist verdammt schwer, diese Glaubenssätze wieder aus seinem Kopf zu bekommen.

Genervt presse ich die Zähne aufeinander, mein Kiefer zuckt dabei. Ich lasse das Backblech mit den frisch gebackenen Zimtschnecken auf die Küchenzeile fallen und fahre mir mit den mehligen Händen über meinen Bart. Wie um alles in der Welt schaffe ich es, diese verfluchten Gedanken aus meinem Kopf zu verbannen? Ich meine nicht die, dass es ohnehin keinen Sinn macht, sein Hobby zu seinem Job zu machen, erst recht, wenn es etwas Kreatives ist. Ich meine diese Gedanken, die ganz tief in meinem Kopf verankert sind, diese leisen Stimmen, die mir nachts zurufen und mich fragen: *Aber was, wenn es doch funktionieren würde?*

»Fuck!« Ich schlage mit der Hand auf die Arbeitsplatte, fluche danach noch lauter, weil das ziemlich wehtut, und steuere das Badezimmer an, um mich sauber zu machen.

Ich bin heute mit Hailey verabredet und ich muss zugeben, dass ich es kaum erwarten kann, sie wiederzusehen. Wie ich schon oft gedacht habe, ist sie momentan der einzige Lichtblick, der mich all das hier aushalten lässt.

Ich habe ihr vorgeschlagen, dass sie heute bei mir vorbeikommt und wir danach entscheiden können, ob wir in die Stadt gehen wollen. Sie hat es nicht weit bis zu meinem Apartment. Ich kann es immer noch nicht glauben, dass sie genau wie ich im Quartier Latin wohnt. Paris ist riesig, aber erst sehen wir uns jeden Tag in der Metro und dann lebt sie auch noch bei mir in der Nähe?

Ein Blick auf die Uhr zeigt mir, dass ich mich ein wenig mit der Zeit verschätzt habe und sie jeden Moment hier aufkreuzen wird.

Hastig sprinte ich zurück in die Küche, um in dem ganzen Chaos ein wenig Ordnung zu schaffen, aber als ich gerade nach einem Lappen greifen will, um die mehligen Oberflächen abzuwischen, klingelt es bereits an der Tür.

Ich atme tief durch, spüre, wie sich mein Herzschlag augenblicklich verdoppelt, und steuere dann die Wohnungstür an. Als ich sie öffne und Hailey davor stehen sehe, bleibt mir für eine Sekunde der Atem weg. Sie sieht ... wunderschön aus.

Ihre Haare hat sie zusammengebunden, wellige Strähnen umrahmen ihr Gesicht. Sofern ich das beurteilen kann, ist sie leicht geschminkt, ihre Lippen schimmern in einer rötlichen Farbe, ihre blauen Augen funkeln mich an. Sie gehört nicht zu den Frauen, die ihr Gesicht mit Make-up vollklatschen. Stattdessen sind ihre Sommersprossen deutlich sichtbar und mir wird einmal mehr bewusst, wie sehr mir das an ihr gefällt. Sie trägt ein schwarzes, langärmliges Oberteil aus einem durchsichtigen Stoff, darüber ein geblümtes Kleid mit dünnen Trägern, das sich an ihren Körper schmiegt. Meine Augen wandern einmal von oben nach unten, bis sie wieder ihren Blick treffen und meine Lippen sich leicht öffnen. Zu meinem schnellen Herzschlag gesellt sich nun auch ein trockener Mund.

»Hey«, ergreift sie als Erste das Wort und umgreift den Gurt ihrer Handtasche fester, den sie um eine Schulter trägt.

»Hi.« Meine Stimme klingt viel zu leise und erst, als sie sich in Bewegung setzt, räuspere ich mich und mache ihr Platz, damit sie eintreten kann.

Gott im Himmel, wie kann sie mich schon dermaßen aus dem Konzept bringen, wenn sie einfach bloß vor mir steht?

Sie steht in meinem Flur und ich deute auf die offene Tür zum Wohnzimmer. Dort bleibt sie inmitten des Raumes stehen und dreht sich einmal um die eigene Achse, um sich alles anzusehen. Ich bleibe im Türrahmen stehen, lehne mich an ihn und beobachte sie mit den Händen in der Hosentasche.

»Wow, schön hast du es hier«, sagt sie dann, bleibt stehen und sieht mich an. »Hast du die Bücher alle gelesen?«

Sie deutet auf die deckenhohen Regale, die fast zwei Drittel des Raumes einnehmen und komplett mit Büchern bestückt sind. Da der Platz nicht mehr ausreicht, stehen ein paar Bücherstapel neben dem hellen Sofa, das vor dem Fenster steht.

»So gut wie alle.«

Anerkennend nickt sie. »Ich lese viel zu selten, aber du kannst mir bestimmt ein gutes Buch empfehlen, damit ich wieder damit anfange, habe ich recht?«

Schmunzelnd trete ich auf sie zu und löse meine Hände aus den Hosentaschen. »Wie wäre es mit *The Great Gatsby*?«, feixe ich.

Ihre Augen werden größer, dann grinst sie. »Ich habe gehört, das Buch soll richtig gut sein.«

»Das ist es auch. Es ist mein Lieblingsbuch.« Vor ihr bleibe ich stehen und schaue zu ihr hinab.

Ich spüre das Bedürfnis, die Hand auszustrecken und durch ihre weichen Haare zu streichen. Die Sonne scheint durch das Fenster. Ihr Schein fällt genau auf sie und lässt einzelne Haarsträhnen rötlich schimmern.

Haileys Blick ist auf meine Lippen gerichtet. Sie fixiert sie und ich frage mich, was ihr in diesem Moment durch den Kopf geht.

»Ich freue mich, dass du hier bist«, sage ich und meine Stimme klingt rauer als sonst. Vielleicht ist es das Verlangen, das in ihr mitschwingt. Der Wunsch danach, den Arm um ihre Taille zu legen, um sie an mich zu ziehen, bis ihr Körper dicht an meinen geschmiegt ist und ihre Lippen auf meinen liegen.

Ich will gerade meine Hand heben, da vibriert ihr Handy in der Tasche. Wir werden aus diesem intensiven Moment gerissen und ich muss erst einmal blinzeln, um mich wieder zu fangen.

»Sorry«, wispert Hailey. »Das ist meine Schwester.« Sie tippt eine Antwort, bevor sie das Handy wieder wegsteckt und zu mir aufsieht. »Es ist schon witzig, wie das Leben manchmal spielt. Dass ich jetzt genau wie sie in Paris gelandet bin. Ein ziemlicher Zufall.«

Während sie redet, komme ich nicht darum herum, auf ihre Lippen zu starren. Zu beobachten, wie sie sich teilen, wie die Worte ihren Mund verlassen, darüber nachzudenken, wie weich er sich auf meinem angefühlt hat.

»Glaubst du an Zufälle?«, frage ich.

Wie von selbst streckt sich meine Hand nach vorn und legt sich zielstrebig um ihre Taille, sodass Hailey leise japst. Sie verringert die Distanz zwischen uns, ohne den Blickkontakt zu unterbrechen.

»Nein«, wispert sie dann. »Ich glaube nicht an Zufälle. Ich glaube, dass alles aus einem bestimmten Grund passiert.«

Ich nicke langsam, sauge jedes einzelne Wort auf, das sie sagt. Mein Oberkörper neigt sich nach vorn wie in Zeitlupe. Wir lassen uns nicht aus den Augen, können nicht wegsehen, so als würden wir magnetisch voneinander angezogen. Leicht zucke ich zusammen, als sie ihren Finger an meine Wange legt.

»Du hast da Mehl«, flüstert sie, streicht sanft mit ihrer Fingerkuppe über meine Haut. Mit jeder Berührung habe ich das Gefühl, dass sie einen Blitz durch meinen Körper fahren lässt. Langsam senkt sie ihre Hand wieder.

Erst als sich unsere Gesichter so nahe sind, dass sich unsere Nasenspitzen berühren, spreche ich wieder. »Was willst du, Hailey?«, frage ich.

Sie zittert, ganz leicht, fast würde es nicht auffallen. Sie senkt ihren Blick und schaut mich dann aus großen Pupillen wieder an. »Küss mich«, flüstert sie.

Und das tue ich.

Ich presse meine Lippen auf ihre wie ein Verdurstender in der Wüste, der endlich eine Wasserquelle gefunden hat. Und irgendwie ist es so ja auch. Ich habe Hailey gefunden und seitdem spüre ich wieder diese Lebenskraft in mir, jedes Mal, wenn ich sie um mich habe.

Sie stöhnt leise und als ich den Griff um ihre Taille verstärke, drückt sie sich noch enger an mich, sodass ich ihre Brüste an meinem Oberkörper spüre.

Meine Finger wandern an ihren Hinterkopf und drücken sie dichter an mich. Als ich ihre Zungenspitze an meiner Unterlippe spüre, ist es vollends um mich geschehen. Ich gewähre ihr Einlass und der Kuss wird intensiver, feuriger, leidenschaftlicher. Ihre Finger krallen sich an meinem T-Shirt fest, suchen Halt und den gebe ich ihr, genauso wie sie ihn mir gibt. Auch wenn sie das vermutlich nicht einmal weiß.

Wir küssen uns, bis mir der Atem wegbleibt und ich mich von ihr lösen muss, um nach Luft zu schnappen. Ihr geht es ähnlich. Ihre Wangen haben eine rosige Farbe angenommen, ihre Augen schimmern und ich wünschte, wir könnten ewig so stehen bleiben: meine Hand um ihre Taille, ihr Körper dicht an meinem. Die Wärme, die von ihr ausgeht, macht süchtig. Langsam streicht meine Hand über ihr Becken, bevor ich mich von ihr löse. Widerwillig, aber ich will sie nicht überrumpeln.

In ihren Augen blitzt etwas auf. Verlangen? Ich versuche, es zu deuten, doch sie gibt mir gar nicht die Chance dazu. Sie legt ihre Hände an meinen Hinterkopf und zieht mich wieder zu sich, bis unsere Lippen erneut aufeinandertreffen. Fest.

Hailey gibt ein heiseres Geräusch von sich, als mein Mund unterhalb ihres Ohres ihren Hals entlangwandert. Ihre Haut fühlt sich so zart und weich an, dass ich nicht aufhören kann, dort Küsse zu verteilen. Ihre Finger krallen sich in meinen Haaren fest, ziehen daran, zeigen mir, wie sehr es ihr gefällt. Ich fange an, an ihrer Haut zu saugen. Hailey kichert, dann stöhnt sie leise – eine Mischung, die mein inneres Feuer nur noch weiter antreibt. Und mich verdammt hart macht.

»Hey«, sagt sie und drückt sanft gegen meine Schulter, um mich zu stoppen. »Wenn du mir jetzt einen Knutschfleck machst, habe ich morgen Mühe, den zu verdecken.« Sie beißt sich auf die Unterlippe, als müsse sie sich ihr Lächeln verkneifen.

»Vielleicht will ich ja, dass ganz Paris weiß, dass du nicht mehr zu haben bist.«

Ihre Lippen weiten sich leicht. »Bin ich das etwa nicht mehr?«

Ich streiche eine lose Haarsträhne hinter ihr Ohr und lasse meine Hände dann wieder an ihre Hüfte sinken. »Ich wollte ja gerade mein Revier markieren, aber …«, setze ich an, doch Hailey legt mir ihren Zeigefinger auf die Lippen und bringt mich damit zum Schweigen.

»Ich hätte da eine andere Idee, wie du das tun kannst.« Ihre Wangen sind rosig, ihre Augen funkeln mich hungrig an.

Ich befeuchte meine Lippen mit der Zunge. Als sie nach meiner Hand greift und sie langsam zwischen ihre Beine schiebt, fühlt sich meine Kehle staubtrocken an. Und mein ganzer Körper steht in Flammen. Ihr Kopf nähert sich meinem, dann spüre ich ihren warmen Atem an meinem Ohr.

»Küss mich noch einmal.«

Ich weiß ganz genau, worauf sie anspielt, und allein die Vorstellung sorgt dafür, dass ich ihr am liebsten gleich die Kleidung vom Leib reißen würde. Doch ich will nichts überstürzen, also kann ich mir nichts Besseres vorstellen, als sie zu *küssen* – bis sie ihre Hände in meine Haare krallt und meinen Namen schreit.

Ich bin froh, dass sie heute nur ein Kleid trägt. »Wie praktisch«, sage ich und streiche über den dünnen Stoff, der lediglich die Hälfte ihrer Oberschenkel bedeckt.

Hailey beobachtet mein Tun, ihre Augen sind groß, die Lippen geöffnet. Meine Hände an ihrer Hüfte dirigiere ich sie die wenigen Schritte zur Couch, bis sie dort kichernd auf dem Rücken liegt. Doch ihr Lachen vergeht, als ich ihr blitzschnell das Kleid nach oben schiebe, sodass sie bloß noch in ihrem Slip vor mir liegt. Mit den Händen dränge ich ihre Beine auseinander und ziehe scharf zischend die Luft ein, als Hailey mit den Fingern über die zarte Spitze streift. So langsam wird es in meiner Hose verdammt eng, doch heute werde ich mich bloß ihrem Höhepunkt widmen. Das Ganze hier wird sich später sowieso wie ein endloser Kinofilm immer wieder in meinem Kopf abspielen.

Mit einer Bewegung schiebe ich ihren Slip zur Seite, halte dann ihre Oberschenkel mit meinen Händen auseinander und presse mein Gesicht dazwischen. Hailey stöhnt auf, so hoch und laut, dass sich meine Finger automatisch fester in ihre weiche Haut krallen. Ich verwöhne sie mit meiner Zunge, werde von ihren Geräuschen und davon, dass sie an meinen Haaren zieht, weiter angetrieben.

»Hör nicht auf«, wimmert sie und ich denke gar nicht daran, es zu tun.

Ich genieße es, sie so frei zu sehen, ihr diese Gefühle zu bereiten. Meine Zunge findet den perfekten Rhythmus und gepaart mit Haileys Stöhnen ist es die tödliche Kombination, die mich selbst fast zum Explodieren bringt. Ihre Beine fangen an zu zittern, versuchen, sich aus meinem starken Griff zu winden, doch ich presse sie weiter auseinander.

Nach einer Weile jedoch spüre ich, wie Hailey sanft mit ihrer Hand auf meine Schulter klopft. Ich hebe fast schon widerwillig meinen Kopf und schaue nach oben, von wo aus sie mich aus großen Pupillen ansieht. An meinem Arm zieht sie mich nach oben und presst mir dann einen festen Kuss auf die Lippen. Es ist verdammt sexy, dass sie kein Problem damit hat, sich selbst zu schmecken.

»Das war wunderschön«, sagt sie dann, wirkt noch ein wenig wie auf Wolken, doch ein dumpfes Gefühl macht sich in meiner Brust breit.

Ich habe sie nicht zum Kommen gebracht. Vermutlich denkt sie jetzt, ich sei ein Idiot, der keinen blassen Schimmer hat, was er tut.

Hailey scheint mitzubekommen, wie ich in meinen eigenen Gedanken feststecke. »Hey«, meint sie. »Ich bin zwar nicht gekommen, aber das heißt nichts. Es *war* wunderschön. Ich komme einfach nicht jedes Mal. Das hat rein gar nichts mit deinen Fähigkeiten zu tun.« Sie beißt sich auf die Lippe und zieht mich näher an sich heran. Ihr Kopf ist schräg gelegt. »Hör auf, das hier gerade innerlich schlechtzureden.«

Langsam nicke ich und wische meinen Mund mit meinem Handrücken trocken. »Sorry, ich ... wollte dir auch nicht vermitteln, dass es das Wichtigste ist, dass du kommst. Das Einzige, was für mich zählt, ist, dir nahe zu sein.« Das Lächeln auf ihrem Gesicht vertieft sich. »Und dich so schnell wie möglich wieder zu schmecken«, flüstere ich noch hinterher.

Ihre Wangen, die ohnehin schon ganz rosig sind, nehmen eine noch dunklere Farbe an und ich frage mich, wie sie diese perfekte Mischung zwischen süß und sexy so gut hinbekommt. Diese Frau raubt mir noch den Verstand, wenn sie es nicht bereits getan hat.

Hailey küsst mich wieder, vielleicht weil sie auf einmal zu verlegen ist, um mir zu antworten. Mit der Zunge fährt sie zwischen meine Lippen und lässt jedes schlechte Gefühl in mir verschwinden. Stattdessen habe ich etwas, auf das ich mich noch freuen kann. Denn wenn sie bereits jetzt so verdammt heiß war, wie ist sie dann erst, wenn ich sie zum Höhepunkt bringe?

Langsam lösen wir uns voneinander. Hailey fährt mit den Fingern durch ihre Haare, um sie zu richten. Dann wendet sie ihren Kopf in Richtung Küche, die gleich an das Wohnzimmer anschließt. »Was riecht hier eigentlich so köstlich?«

»Ich habe Zimtschnecken gebacken«, antworte ich grinsend, fast schon verwundert über diesen Themenwechsel. Gerade war ich noch zwischen ihren Beinen, jetzt ist sie gedanklich schon bei etwas anderem. Ich muss grinsen.

»Oh, wirklich? Ich liebe Zimtschnecken!« Euphorisch hüpft sie auf der Stelle und bringt mich damit zum Lachen.

»Dann komm mit. Sie müssten mittlerweile abgekühlt sein.«

Ich greife nach ihrer Hand, verschränke unsere Finger miteinander und ziehe sie mit mir.

»Entschuldige die Unordnung hier.« Ich reibe mir verlegen mit der freien Hand den Nacken, denn die Küche ist nach wie vor ein Chaos. Doch Hailey schüttelt bloß den Kopf.

»Mir gefällt es so besser, als wenn alles picobello sauber ist, weißt du? Denn hier steckt Leben drin. So etwas zeigt mir viel mehr von dir, als wenn man versucht, alles ... perfekt zu machen. Dinge zu kaschieren.«

Ich blinzele, verblüfft über diese tiefgründige Aussage. »Auf diese Art und Weise habe ich es noch nie gesehen.«

Sie lehnt sich an die Küchenzeile und stützt die Hände hinter sich ab. »Was backst du am liebsten?«, will sie wissen.

»Alles, was mich ein wenig herausfordert«, antworte ich ehrlich. »Ich probiere ständig neue Rezepte aus, um mich zu fordern. Manchmal versuche ich auch, meine eigenen zu kreieren. Oder Rezepte zu nehmen und ihnen meinen eigenen Touch zu geben.«

Neugierig hört sie mir zu und legt ihren Kopf dabei schief. »Jetzt muss ich unbedingt mal eine dieser Zimtschnecken probieren.«

Nickend grinse ich ihr zu. »Kommt sofort, Mademoiselle.«

Ich öffne das Küchenregal hinter ihr, um einen Teller herauszunehmen. Dabei komme ich ihrem Körper gefährlich nahe. Mit dem Teller in der Hand verharre ich einen Augenblick in der Position. Wieder ist da diese ... Spannung zwischen uns. Dieser Drang in mir, sie zu küssen, bis uns die Luft wegbleibt. Bis wir nichts anderes mehr wahrnehmen.

Doch weil Hailey mit ihrem Kopf auf die Zimtschnecken deutet, trete ich einen Schritt zurück, setze ihr eine auf den Teller und reiche ihn ihr. Sogleich nimmt sie einen Bissen, schließt ihre Augen und stöhnt genießerisch. Ich würde lügen, würde ich behaupten, dass dieses Geräusch nichts in mir auslöst ...

»O mein Gott, die schmecken ja köstlich.« Sie reißt die Augen auf und nimmt gleich einen weiteren Bissen. »Die sind der Hammer. Hast du schon mal darüber nachgedacht, eine Bäckerei zu eröffnen? Damit könntest du reich werden.« Sie lacht bei ihren Worten und beißt noch einmal ab.

Ich versteife mich augenblicklich. Meine Nägel krallen sich in die Handinnenflächen. Mit zusammengepressten Lippen wende ich den Blick ab, schnappe mir einen Lappen und wische über die Oberflächen. Ich wünschte, ich würde nicht jedes Mal so emotional reagieren, sobald das Wort *Bäckerei* fällt. Und erst recht hoffe ich, dass Hailey nichts von meiner Gefühlswandlung mitbekommen hat. Ich habe ihr den Rücken zugewendet, doch ich ahne bereits, dass sie mich darauf ansprechen wird. Ich wünschte wirklich, ich wäre ein besserer Schauspieler. Oder vielleicht kann sie mich auch einfach nur zu gut durchschauen.

»Ist alles in Ordnung?«, hakt sie nach. »Habe ich etwas Falsches gesagt?«

Ich lasse den Lappen sinken, stütze meine Handflächen auf der Arbeitsplatte ab und senke meinen Kopf. Für eine Sekunde schließe ich die Augen, als könnte die kurze Pause dafür sorgen, dass sich ihre Fragen erledigen. Doch ich spüre ihre Präsenz überdeutlich hinter mir. Sie legt ihre Hand auf meine Schulter und ich zucke leicht zusammen. Dann schüttele ich den Kopf und drehe mich zu ihr um.

Es hat keinen Sinn, sie anzulügen. Nicht sie. Ich belüge mich selbst und alle anderen jeden einzelnen Tag, aber ich kann nicht in ihre blauen Augen sehen und unwahre Worte sprechen. Vielleicht ist sie der einzige, der erste Mensch, bei dem ich das Gefühl habe, dass ich meine Mauern herunterlassen kann. Nicht einmal vor mir selbst bekomme ich das hin. Ich hoffe nur, dass ich es hinterher nicht bitter bereuen werde, mich ihr anvertraut zu haben.

Doch bevor ich weitergrübeln kann, fange ich an zu reden. Vielleicht auch, um es einfach hinter mich zu bringen. An die Küchenzeile gelehnt beginne ich, ihr von meinem großen Traum zu erzählen, einem Wunsch, der so tief in mir vergraben ist und doch viel zu präsent, um mich ruhig atmen zu lassen.

»Ich kann meinen Job nicht ausstehen«, sage ich und haue ihr direkt um die Ohren, wie es in mir aussieht. Meine Lippen sind zu einer schmalen Linie geformt.

Hailey hat die Arme vor der Brust verschränkt, doch sie sagt nichts. So als wolle sie mich erst einmal reden lassen und irgendwie bin ich ihr dankbar dafür. Vielleicht kann ich heute zum ersten Mal diese Last auf meinen Schultern ein wenig ... abladen.

»Okay, das ist ein wenig krass formuliert.« Ich rudere

dann doch ein bisschen zurück. »Aber mittlerweile ist kein Funken Freude mehr in mir, wenn ich mich morgens auf den Weg zur Arbeit mache. Das erste Mal, dass ich das wieder empfunden habe, war, als ich wusste, dass ich dich jeden Morgen in der Metro treffe.«

Ihre Augen weiten sich und mein Herz klopft wie bei einem ängstlichen Reh, weil ich ihr nicht nur meine tiefsten Gedanken offenbare, sondern im gleichen Zug auch, welchen Einfluss sie darauf hat. Immer noch sagt sie nichts, also spreche ich weiter, bevor mich noch der Mut verlässt. Ich komme mir so dämlich vor. Aus so vielen verschiedenen Gründen.

»Weißt du, ich habe Psychologie studiert, weil ich wollte, dass etwas aus mir wird. Dass ich viel Geld verdiene, dass ich abgesichert bin, damit es meine Eltern auch sind. Sie hatten nie sonderlich viel, aber wir waren auch nicht arm. Trotzdem mussten wir jeden Cent umdrehen und vieles lassen. Ich war immer ein guter Schüler, habe ein Stipendium in Paris ergattert und bin hier gelandet. Ich wollte meinen Eltern helfen, generell Menschen helfen, und so bin ich bei der Psychologie gelandet. Es gab oft Streit in meiner Familie, weil das Geld knapp war und meine Mutter gut und gerne das bisschen, was wir hatten, bei ihren vielen Shoppingtrips mit Freundinnen ausgegeben hat. Ich weiß nicht, ob sie es getan hat, um ein Gefühl der Genugtuung zu erreichen, das sie von meinem Vater nicht bekommen hat. Während meines Studiums hier habe ich Henry kennengelernt. Ich habe mich mit ihm angefreundet und in uns beiden ist die Idee herangereift, gemeinsam eine Praxis zu eröffnen. Nach unserem Studium und unserer darauffolgenden Ausbildung haben wir das dann auch in die Tat umgesetzt. Mit einer ordentlichen Finanzspritze seiner Eltern, wohlgemerkt.« Ich atme tief durch, ringe regelrecht nach Luft, fühle mich so offen und verwundbar wie nie.

»Und jetzt fühlst du dich Henry und seinen Eltern gegenüber verpflichtet, das mit der Praxis für immer und ewig durchzuziehen«, spricht Hailey das aus, was ich mich nicht traue, vor mir selbst zuzugeben.

Ich beiße mir auf die Lippe und brauche ein paar Sekunden, bevor ich zögerlich nicke. Dabei kann ich ihr nicht in die Augen sehen. Ich fühle mich nicht bloß verwundbar, es ist mir auch *peinlich*, wie ich denke und fühle. Sollte man sein Leben in meinem Alter nicht längst im Griff haben und wissen, was man will, statt sich durch unnötige Tagträumereien davon abhalten zu lassen und dann die Frau damit vollzulabern, die einem ein Lächeln auf die Lippen zaubert?

»Ich finde es verdammt mutig, dass du mir das anvertraut hast«, fügt sie noch hinzu, als ahne sie bereits, dass es das erste Mal ist, dass ich diese Worte laut ausgesprochen habe.

»Wie auch immer«, weise ich ihre Anerkennung sogleich wieder ab. »Es macht alles keinen Sinn. Ich habe viel Arbeit in mein Studium und die Praxis gesteckt. Ich wäre töricht, würde ich das Ganze jetzt einfach so aufgeben. Vor allem, für was denn auch? Für ein paar Träumereien? Dafür, eine eigene Bäckerei zu haben, mit der ich vermutlich nicht mal genügend Geld zum Leben verdienen werde? Ja, es ist mein Traum. Schon seit ich klein war, spukt dieser Gedanke in meinem Kopf herum, auch wenn ich versucht habe, ihn zu vergraben. Meine Oma war diejenige, die mir das Backen nahegebracht hat, und ich habe sie immer für ihr Können und ihre Leidenschaft bewundert. Manchmal, wenn wir zusammen in der Küche standen, haben wir darüber fantasiert, wie es wäre, wenn ich meine eigene Bäckerei hätte. Aber wie auch immer. Mir wird einfach jeden Tag mehr bewusst, dass ich erwachsen werden muss. Und wie weit ich anscheinend noch davon entfernt bin.«

Hailey schüttelt ihren Kopf. »Es ist niemals falsch, seinem Herzen zu folgen«, sagt sie dann. »Es ist sogar genau das, was man tun sollte. Denn alles andere bedeutet, dass man sich bloß selbst verleugnet.«

Ihre Worte treffen wie Pfeile geradewegs in mein Herz. Ich blicke in ihre Augen und dieses durchdringende Blau droht, mich mit sich zu ziehen. Wie einfach wäre es, ihren Worten Glauben zu schenken und mich fallenzulassen? Ehrlich zu mir selbst zu sein?

»Hailey ...«, setze ich an, doch sie stellt sich auf ihre Zehenspitzen und legt den Zeigefinger auf ihre Lippen. Diese sachte Bewegung sorgt dafür, dass ich ganz Ohr bin, alles hören will, was sie zu sagen hat.

»Wenn ich dir jetzt anvertraue, dass es schon immer mein allergrößter Traum war, einen Academy-Award für meinen eigenen Animationsfilm zu gewinnen, würdest du dann zu mir sagen, dass das unrealistisch ist? Quatsch? Tagträumereien?«

Augenblicklich schüttele ich den Kopf. »Das würde ich niemals sagen. Nicht einmal heimlich denken. Wenn die Kunst deine Leidenschaft ist, verwette ich alles darauf, dass du eines Tages im Dolby Theatre mit einem Oscar in deiner Hand auf der Bühne stehen wirst.« Ich streiche ihr die Haarsträhnen, die ihr Kinn umrahmen, hinter ihr Ohr.

Sanft schmiegt Hailey ihren Kopf in meine Handfläche. »Und wieso hast du diesen Glauben dann nicht an dich selbst, wenn das Backen doch *deine* Leidenschaft ist? Wenn du davon träumst, eine eigene Bäckerei zu haben?«

Ja, das ist eine verdammt gute Frage. Ich schaue an

ihr vorbei, fixiere einen Punkt an der Wand und lasse ihre Worte durch mich hindurch rieseln. Ich habe keine Ahnung, wie sie es mit allem, was sie sagt, schafft, mich so zum Nachdenken anzuregen, alles zu hinterfragen, was ich bis hierhin getan und gedacht habe. Ich bin noch nie einem Menschen wie ihr begegnet. Der mich so fordert. Der mich durchschaut und nicht bloß die Maske sieht, die ich jeden Morgen von Neuem aufsetze.

»Ich ... keine Ahnung. Ich weiß es wirklich nicht. Aber ... das Ganze ist nicht so einfach.«

Hailey nickt bloß und streicht mit ihrer Hand über meinen Oberarm. In dieser kleinen Geste steckt so viel. Vertrautheit, Nähe, Sicherheit. »Sollen wir ein wenig nach draußen gehen? Die Stadt erkunden? Einfach mal den Kopf ausschalten und im Hier und Jetzt sein?«

Grinsend schüttele ich den Kopf und frage mich, wie viel Glück ich haben muss, um ihr begegnet zu sein. Wie kann sie genau das sagen, was ich gerade brauche? Wie kann sie spüren, wie es mir geht?

»Lass uns los«, sage ich, nicht aber, ohne sie vorher noch einmal an mich zu ziehen. Ich lege meine Hände an ihre Wangen. »Ich danke dir jetzt schon, Hailey«, sage ich leise. Vielleicht, weil diese Worte so roh und ehrlich sind.

Dann beuge ich mich zu ihr hinunter, um ihr einen Kuss auf die Lippen zu drücken. Und irgendwie fühlt es sich in meinem Inneren so an, als würde ein Feuer entfachen. Ein Feuer, das sich nicht mehr löschen lässt.

CARTE POSTALE
CORRESPONDANCE
ADRESSE
PLACE POSTAGE STAMP HERE
Paris

KAPITEL 18

Hailey

Ich betrachte Will von der Seite, als wir sein Apartment verlassen, um uns auf den Weg in die Stadt zu machen. Heute habe ich zum ersten Mal einen Blick hinter seine Maske werfen können, habe zum ersten Mal einen Blick auf den *richtigen* Will werfen können. Zu meiner Erkenntnis muss ich sagen, dass ich diese Seite von ihm nur ... umso anziehender finde. Ich genieße es immer mehr, Zeit mit ihm zu verbringen, seine Küsse auf meinen Lippen zu spüren und mich mit ihm zu unterhalten, obwohl es mir gleichzeitig eine Heidenangst einjagt. Denn nach wie vor kreisen meine Gedanken um diese eine Sorge. Um diese eine Frage, die sich einfach nicht vertreiben lässt: Was passiert, wenn ich zurück nach San Francisco gehe? Mein Kopf hängt immer irgendwo in der Vergangenheit oder Zukunft fest. Die Stunden mit Will wollte ich nicht so verbringen, wollte das Hier und Jetzt genießen und bis zur letzten Sekunde ausleben. Doch trotz allem finden diese wirren Gedanken immer wieder ihren Weg zurück in meinen Kopf. Und lassen mich nicht los.

Die Wochen ziehen an mir vorbei, als würde jemand mit dem Finger schnipsen. Die Tage werden immer heißer, Paris zeigt sich von seiner sonnigsten Seite und langsam lebe ich mich hier immer mehr ein und fühle mich nicht mehr ganz so wie ein Neuling. Mittlerweile besuche ich auch schon länger meinen Französisch-Sprachkurs und erlebe mit jedem Mal neue kleine Erfolge, die mich ermutigen, weiter Gas zu geben, damit ich mich irgendwann fließend mit den Einheimischen unterhalten kann.

Als ich zum ersten Mal komplett auf Französisch ein belegtes Baguette in der Bäckerei bestelle, strotze ich nur so vor Stolz und sende meinen Dads gleich eine Sprachnachricht, in der ich ihnen mein neu entdecktes Sprachtalent beweise.

Im Animationsstudio läuft es auch wunderbar. Wir kommen gut mit unserem Projekt voran und ich genieße es, so viele meiner Ideen einbringen zu können. Ich arbeite gerne mit Amandine zusammen, sie ist vermutlich die aufgeschlossenste Chefin, die ich je hatte. Ich weiß bereits jetzt, dass sie mir sehr fehlen wird, sobald ich Paris wieder verlassen muss.

Wen ich aber am allermeisten vermissen werde, ist wohl kein Rätsel. Will und ich verbringen so viel Zeit miteinander, dass ich bereits alle Zweifel über Bord geworfen habe – beziehungsweise sie sehr gut verdränge. Zwar trage ich diese Stimme immer noch in mir, die versucht, alles ein wenig nüchterner zu sehen, doch jedes Mal, wenn ich in seine schokobraunen Augen sehe, ist es mehr um mich geschehen. Und ich vergesse alles, an was ich in diesem Augenblick gedacht habe.

Auch wenn wir so viel Zeit miteinander verbringen, überstürzen wir nichts. Zu Elaras Verwunderung haben wir auch noch nicht miteinander geschlafen. Während sie das absolut nicht nachvollziehen kann, empfinde ich das als ganz ... normal. Ich lerne einen Menschen gerne erst besser kennen, bevor ich mich ihm körperlich komplett öffnen und anvertrauen kann. Doch ich spüre, dass mit jedem Tag, an dem Will und ich Zeit miteinander verbringen, meine Schutzmauern weiter heruntergelassen werden. Und bei ihm spüre ich das auch.

So langsam verstehe ich, wieso es Elara und Will nach Paris verschlagen hat und wieso sie nach all den Jahren immer noch in der Stadt der Liebe bleiben wollen. Der Zauber, der hier herrscht, zieht langsam, aber sicher auch mich in seinen Bann und immer wieder taucht ein Gedanke in meinem Kopf auf, der sich zu meiner inneren Stimme gesellt: Was wäre, wenn ich einfach hierbliebe, statt in die Staaten zurückzukehren?

Doch lange lasse ich diese Frage in meinem Kopf nicht gewähren. Immerhin habe ich bloß einen befristeten Aufenthalt in Frankreich und einen Job, der zu Hause in Kalifornien auf mich wartet. Mein Chef in San Francisco zählt auf mich, genauso wie meine Kollegen. Ich vermisse meine Dads und mein Leben dort und würde lügen, wenn ich behaupten würde, dass dem nicht so ist.

Auf der anderen Seite ist es auch wirklich schön, wieder mehr Zeit mit meiner älteren Schwester zu verbringen, die ich in der letzten Zeit nur zweimal im Jahr gesehen habe. Und natürlich mit Will. Alles ist schön mit ihm.

»Ich würde dich heute Abend gerne zum Essen ausführen.«

Wills Stimme dringt durchs Handy an mein Ohr und ich kann nicht anders, als bei diesen Worten breit zu lächeln. Ich sitze gerade in meinem Büro und nippe an meinem Kaffee.

»Da sage ich doch nicht Nein«, antworte ich. »Wohin willst du mich denn entführen?«

Ich höre, wie er am anderen Ende der Leitung lacht. »Das verrate ich dir nicht. Lass dich überraschen, okay?«

Ich schmunzele und beiße mir auf die Unterlippe. »Willst du mir denn wenigstens verraten, wie der Dresscode ist? Nicht dass wir schick essen gehen und ich bin total underdressed. Oder dass wir in eine Imbissbude gehen und ich bin overdressed.«

Will lacht lauter. Dieses Geräusch dringt in jede Pore meines Körpers und lässt mich warm werden. Ich stelle die Kaffeetasse auf dem Schreibtisch ab und lehne mich im Drehstuhl zurück.

»Egal, was du anziehst, für mich wird es immer perfekt sein.«

»Du Romantiker«, ziehe ich ihn auf, doch dieses Kompliment sorgt endgültig dafür, dass ich wie eine Idiotin vor mich hin grinse und am liebsten vor Freude hüpfen würde. Ich kann mich aber noch zusammenreißen und das Ganze mit meiner Stimme herunterspielen. »Nein, jetzt mal ehrlich: Wie ist der Dresscode?«

»Du kannst dich ruhig etwas schicker anziehen, wenn du magst.«

»Okay. Ich freue mich.« Im Kopf gehe ich bereits meinen Kleiderschrank durch und überlege, was ich für diesen Anlass zur Verfügung habe. Am liebsten würde ich direkt in die nächste Mall rennen, um shoppen zu gehen, aber ich weiß, dass das übertrieben wäre und es bloß meiner Aufregung vor dem romantischen Abend geschuldet ist.

»Und ich mich erst. Du, ich muss auflegen. Ich habe

gleich meinen nächsten Termin. Viel Spaß noch bei der Arbeit.«

Ich verabschiede mich von ihm, lasse das Handy in meinen Schoß sinken und drehe mich mit dem Stuhl einmal im Kreis. Als ich wieder Richtung Schreibtisch gedreht bin, schnappe ich erschrocken nach Luft, denn Amandine steht direkt vor mir.

»Um Himmels willen, erschreck mich doch nicht so«, rufe ich nach Luft japsend.

Wie ist meine Chefin unbemerkt hier reingekommen?

»Hast du heute Abend ein Date mit dem heißen Amerikaner?«, will sie wissen, zieht ihre Augenbraue nach oben und setzt sich halb auf meinen Schreibtisch.

»Ja, das habe ich.« Meine Wangen fühlen sich warm an, wie jedes Mal, wenn mich jemand auf Will anspricht.

Amandine durchbohrt mich mit ihrem scharfen Blick.

»Und nein, ich werde dir nicht alle intimen Details verraten, auch wenn du am liebsten alles erfahren würdest.«

Gespielt genervt verdreht sie ihre Augen. »Ich dachte, ihr Amerikaner seid so offen und locker. Sagt man das nicht immer über euer Land oder irre ich mich da? Besonders ihr Kalifornier. Sei froh, dass heute Freitag ist und wir uns morgen nicht sehen. Sonst wüsstest du bereits, was dir blüht. Aber am Montag bin ich ganz Ohr.« Sie steht auf, spielt mit der Kette um ihren Hals, die einen großen Herzanhänger hat, und mustert mich grinsend. »Montagmittag, wir zwei, beim Italiener um die Ecke. Mit einer schönen Zigarette und leckeren Spaghetti. Schönes Wochenende.«

Sie zwinkert mir zu und ich kann nicht einmal protestieren, so schnell verlässt sie auf ihren High Heels mit klackernden Schritten und wehenden Haaren mein Büro. Stöhnend lasse ich mich wieder in meinen Stuhl zurücksinken. Amandine ist wirklich ... eine besondere Art Frau. Niemals hätte ich gedacht, dass meine neue Chefin und ich diese Art von Beziehung miteinander führen würden. Manchmal glaube ich, wir sind mehr wie Freundinnen, als dass wir auf verschiedenen Rängen stehen. Andererseits bin ich froh, dass wir so einen guten Draht zueinander haben. Auch wenn es meist eher so ist, dass Amandine mir von ihren zahlreichen Bettgeschichten vom Wochenende erzählt, während ich ihr immer nur Brotkrümel vor die Füße werfe, sobald es um mich geht. Irgendwie möchte ich nicht zu viel über Will sprechen ... Vielleicht habe ich Angst, dass es sich dann zu echt, zu realistisch anfühlt, je mehr Menschen ich in das Ganze einweihe. Nicht einmal meine Schwester weiß alle Details. Auch bei ihr halte ich alles oberflächlich. Nicht weil ich ihr nichts anvertrauen möchte, was mein Innenleben angeht, sondern weil ich einfach ... Angst habe. Diese tiefe, verdammte Angst in mir, dass es keinen Sinn macht, sich in einen gut aussehenden Amerikaner zu verlieben, während ich mich in der Stadt der Liebe befinde. Doch leider weiß mein Herz, dass es dafür bereits zu spät ist.

Genau in dem Moment, als es an der Tür zu meinem Apartment klingelt, bin ich fertig angezogen. Na ja, mein Fuß schlüpft auf dem Weg noch schnell in den zweiten High Heel, bevor ich die Türklinke betätige. Für den Anlass heute Abend habe ich mich etwas schicker angezogen, so wie Will es mir vorhin am Telefon gesagt hat. In einem schwarzen, knielangen Kleid mit Beinausschnitt, kastenförmigem Ausschnitt und langen Ärmeln stehe ich vor ihm. Meine Haare trage ich glatt und offen, sodass sie auf meinen Schultern aufliegen. Die Wimpern habe ich leicht getuscht und schimmernd rötlichen Lippenstift aufgelegt.

Als ich Will vor mir sehe, verschlägt es mir wortwörtlich die Sprache. Er ist in eine dunkle Anzughose und Sakko gekleidet, darunter trägt er ein weißes Hemd. Seine Haare sind nach hinten gegelt, sein Blick ist dunkel und ... verdammt sexy. Mein Mund fühlt sich so staubtrocken an, als hätte ich bereits seit mehreren Tagen keinen Tropfen Wasser mehr zu mir genommen, und mein Gehirn schafft es nicht, auch nur ein Wort zusammenzusetzen. Ich bin unzurechnungsfähig.

»Du siehst ... wahnsinnig gut aus«, durchbricht Will als Erster die Stille zwischen uns beiden. Sein Blick gleitet an mir auf und ab und sorgt dafür, dass mich ein wohliger Schauer durchfährt.

»Das Kompliment kann ich nur zurückgeben.« Endlich habe ich meine Stimme wiedergefunden, lasse meinen Blick genauso über ihn gleiten und bleibe an seinen Lippen hängen, die von diesem sexy Dreitagebart umrahmt sind.

Langsam tritt er einen Schritt auf mich zu, bis er im Türrahmen steht. Ich sehe zu ihm hinauf und spüre, wie er seine Hände an meinem Rücken hinabgleiten lässt, bis er an meiner Taille angekommen ist. Sein Gesicht kommt meinem gefährlich nahe. Ich spüre seinen heißen Atem auf meiner Haut und ... alles in mir zieht sich zusammen. Sein Atem wandert über mein Gesicht bis hin zu meinem Ohr, worunter er einen sachten Kuss setzt.

»Sollen wir los?«, haucht er hinein und jedes Wort löst eine Gänsehaut bei mir aus. »Sonst kann ich für nichts mehr garantieren.«

Alle Alarmsignale in meinem Körper gehen an ... aber auf eine gute Art und Weise. Ich nicke, ganz langsam, und habe das Gefühl, mein Gehirn sei wieder zu Matsch geschmolzen, sobald er mich aus diesen dunklen Augen ansieht. Er braucht bloß ein Wort zu sagen und ich bin ihm verfallen.

Ich komme ihm näher, schlinge die Arme um seinen Nacken, um unsere Lippen endlich miteinander zu verbinden. Als ich seine dann auf meinen spüre, stöhne ich leise und spüre, wie diese Reaktion mich rot werden lässt. Aber wie soll ich bitte auch ruhig bleiben, wenn Will *so* aussieht?

Meine Mitte pocht gefährlich, als seine Hände tiefer wandern, über meinen Po streifen und dort verweilen. Ich spüre seine Zunge an meinen Lippen, habe das Gefühl, meine Knie werden zu Wackelpudding, und klammere mich noch mehr an ihm fest. Ich weiß nicht, ob ich es mir bloß einbilde, aber ich glaube, er presst mich enger an sich, und das sorgt dafür, dass ich noch mehr schmelze ... und schmelze ... und innerlich verglühe.

»Okay, wir sollten wirklich gehen«, sagt er, nachdem er seine Lippen von meinen genommen hat und ich ihn verlangend ansehe. »Sonst habe ich uns den Tisch umsonst reserviert.«

»Okay«, hauche ich widerwillig, löse meine Finger von ihm und atme erst einmal tief durch. »Ich muss mir nur eben noch meine Handtasche schnappen.«

Ich sprinte in die Wohnung, kralle mir meine Tasche, die auf der Couch liegt, und sehe mich noch einmal schnell im Spiegel an. Meine Augen glänzen, die Wangen sind rosig und meine Lippen sehen voll aus. Vorsichtig streife ich mit dem Finger über meinen Mund, bilde mir ein, jeden seiner Küsse noch darauf zu spüren. Und dann lächele ich, lächele meinem Spiegelbild entgegen und werde mir bewusst, dass ich mich schon lange nicht mehr so ... lebendig gefühlt habe, wie ich es mit ihm tue. Ich wende mich ab und stürme wieder nach draußen.

Im Foyer begegnen wir Monsieur Dupont. Er sitzt an seinem gewohnten Platz auf der Bank und winkt mir freudig zu. Sein Blick wandert zu Will, dem er ebenfalls zuwinkt. Will hebt seine Hand, um ihn zu grüßen, und ich sehe zwischen den beiden hin und her. Sofern Monsieur Dupont schon hier gesessen hat, als Will zu mir hochgekommen ist, sind die beiden sich bereits über den Weg gelaufen. Unwillkürlich frage ich mich, was der Portier über ihn denkt. Sicherlich wird er es mir verraten, sobald ich ihn morgen wieder hier treffe.

Als Will voranläuft, drehe ich mich zu Monsieur Dupont und blicke ihn an. Er schenkt mir nur ein breites Grinsen und reckt beide Daumen in die Höhe. Ich wusste, dass er Will mögen würde. Ich wusste es einfach. Irgendwie stellt es mich innerlich sehr zufrieden, dass Monsieur Dupont so reagiert hat. Er hat sich in meiner bisherigen Zeit in Paris mit zu meiner engsten Vertrauensperson entwickelt und ich bin froh, dem alten Mann begegnet zu sein. Er sprüht nur so vor Weisheit und dieser Liebe für seine Frau, die er immer noch mit sich trägt, auch wenn seine Madeleine ihn schon lange verlassen hat.

Will lädt mich in ein schickes Restaurant ein, ein hochgestochenes Lokal, in dem alle Gäste so aussehen, als seien sie auf dem Weg zu einer Gala. Das gedimmte Licht und der Kerzenschein geben allem eine gemütliche Atmosphäre, Stimmen und Gelächter erfüllen den Raum. Der Duft von gutem Essen steigt in meine Nase und ich spüre, wie mein Bauch anfängt zu grummeln.

Ich komme aus dem Strahlen einfach nicht mehr heraus, während der Kellner uns zwei Gläser mit Weißwein füllt und ich meine Begleitung betrachte. In seinem Outfit sieht er so ... gut aus, so charmant und anziehend, dass ich schon die ganze Zeit über Mühe habe, mich auf all das hier zu konzentrieren. Der Kellner muss zweimal bei mir nachhaken, was ich bestellen möchte, bevor ich es mitbekomme.

Mittlerweile bin ich mir ziemlich sicher, dass es mich ordentlich erwischt hat. Denn ich bin nicht nur nicht mehr fähig, meine Gedanken zu ordnen und richtig zuzuhören, sondern spüre auch dieses endlos andauernde Kribbeln in mir, diese Hitze, die mich durchschießt, sobald ich Will einfach nur ansehe. Und wenn er diesen Blick mit der vollen Intensität seiner dunklen Augen erwidert, ist es ganz um mich geschehen.

Nach dem Essen, zu dem Will mich eingeladen hat und das so köstlich war, dass ich mir meinen Bauch vollgeschlagen habe, verlassen wir das Lokal. Der Himmel hat sich von den orange-violetten Tönen der untergehenden Sonne bereits in ein dunkles Blau verfärbt und kündigt den Anbruch der Nacht an. Ein frischerer Wind fegt durch die Straßen von Paris, doch es ist immer noch warm genug, dass man keine Jacke tragen muss. Ohnehin friere ich nicht sonderlich schnell und genieße das abendliche Wetter, das ich aus Kalifornien gewohnt bin.

»Das Essen war echt der Wahnsinn. Du hast ein gutes Restaurant ausgesucht«, lobe ich Will.

Wir schlendern durch die Gassen, ohne ein festes Ziel zu haben. Es ist Freitagabend, dementsprechend sind die Straßen und Bürgersteige voll von Autos und Menschen, alle in Vorfreude auf das bevorstehende Wochenende. Innerlich bete ich, dass das hier nicht bereits der Abschluss unseres gemeinsamen Abends ist. Allein die Vorstellung, jetzt in mein Apartment zurückzukehren und den Rest des Abends allein zu verbringen, sorgt dafür, dass sich mein Herz zusammenzieht. Ich will so viel Zeit wie möglich mit Will verbringen – das wird mir in diesen Augenblicken schmerzhaft bewusst.

»Ich wusste, dass es dir gefallen würde«, antwortet er. »Es freut mich, dass es dir so gut geschmeckt hat.«

Ich lächele ihn an. Ich trinke nie sonderlich viel Alkohol, dementsprechend haben die paar Gläser Wein im Restaurant bereits dafür gesorgt, dass ich mich lockerer und freier fühle. Beschwingt hebe ich die Arme und drehe mich einmal im Kreis, als wir an der Seine ankommen.

Will bleibt ein paar Schritte entfernt von mir stehen und beobachtet mich.

Ich komme zum Stehen, spüre den Rausch, das Adrenalin, das durch meine Adern fließt. Vielleicht hätte ich mich doch nicht drehen sollen, denn jetzt dreht sich auch alles in meinem Kopf. Ich stütze mich an der Steinmauer ab, die mich glücklicherweise davon abhält, geradewegs ins kalte Wasser zu stürzen. Im Stockdunkeln wäre das vermutlich mein direktes Todesurteil.

»Was ist?«, frage ich, sehe, wie Will mit den Händen in der Hosentasche einfach bloß dort steht und mich betrachtet. Sein Blick sorgt dafür, dass mich warme Schauer durchrieseln, und mein Lächeln wird größer.

»Nichts«, sagt er dann und ich lege den Kopf schief.

»Sag schon«, fordere ich.

Sein Blick wird weicher, er kommt ein paar Schritte auf mich zu und verringert so die Distanz zwischen uns. Mit jedem Schritt, den er näher kommt, wächst der Wunsch in mir, in seine Arme zu fallen und ihn zu spüren. Überall.

»Man kann nicht an *nichts* denken«, ziehe ich ihn auf und strecke die Zunge heraus.

Will legt seinen Kopf nach hinten und lacht bloß. Ein himmlisches Geräusch. Aber vermutlich könnte er *alles* tun und ich würde es so bezeichnen. Mir ist wirklich nicht mehr zu helfen, stelle ich fest.

»An was denkst du denn?«, versucht er es jetzt auf die gleiche Weise. Keine Sekunde später spüre ich seine Arme an meiner Hüfte und sehe zu ihm hoch.

Verflucht noch mal, wieso ist er so höllisch attraktiv?

»Nee, das verrate ich dir bestimmt nicht, solange du meine Frage nicht als Erstes beantwortet hast.« Gespielt empört versuche ich, mich aus seinem Griff zu winden, doch er ist zu stark, hält mich so fest, dass ich mich nicht mal einen Zentimeter von ihm lösen kann. Schnell gebe ich auf und lasse meine Hände auf seiner Brust ruhen.

»Der Eiffelturm hat noch eine Stunde geöffnet. Was hältst du davon, wenn wir mit dem Aufzug ganz nach oben fahren, nur du und ich und der Sternenhimmel über uns?«

Wow. Das ist wohl das Romantischste, was ein Mann in meinem ganzen Leben zu mir gesagt hat.

»Na ja, und die ganzen Touristen, die die gleiche Idee wie du hatten«, ziehe ich ihn dann auf, da ich mir den Kommentar einfach nicht sparen kann. Ich schiebe es auf den Alkohol in meinen Blutbahnen.

Will verdreht bloß die Augen, zieht mich noch fester an sich und nähert sich meinem Ohr. »Du kannst ganz schön frech sein, weißt du das?«

Wieder streift sein heißer Atem meine empfindliche Haut und wieder habe ich das Gefühl, dahinzuschmelzen, nicht mehr gerade stehen zu können, und alles pocht. Besonders zwischen meinen Beinen. Ich bin unfähig, ihm zu antworten, stütze mich bloß an seinem Oberkörper ab, will ihn spüren, jetzt, sofort, für immer. Doch wir befinden uns inmitten von Paris, Passanten schlendern an uns vorbei und meine Gedanken sind dafür viel zu versaut. Also löse ich mich langsam von ihm, nutze aus, dass er seinen Griff an meiner Taille gelockert hat, und lächele ihm zu.

»Dann los.« Ich laufe los.

Will bleibt noch ein paar Sekunden stehen und ich spüre seine Blicke, die sich in meinen Rücken brennen. Dann geht auch er los, um mit mir Schritt zu halten, und greift so automatisch nach meiner Hand, dass ich mir fest auf die Lippe beißen muss, um nicht durchzudrehen. Denn das tue ich innerlich bereits seit dem ersten Tag, an dem ich ihn in der Metro gesehen habe.

Der Eiffelturm ist schon von Weitem sichtbar mit seiner unglaublichen Größe und den vielen hellen Lichtern, die in der Dunkelheit leuchten. Ich kann nicht anders, als unentwegt hinzustarren.

Elara und ich haben ihn bereits erklommen und die Aussicht von ganz oben genossen, doch das war tagsüber und hatte nicht diesen Zauber, den die Nacht mit sich bringt. Auch habe ich die funkelnden Lichter in meiner Zeit hier längst aus der Ferne betrachten dürfen, doch es ist etwas komplett anderes, jetzt direkt vor dem Turm zu stehen, die Finger verschränkt mit dem Mann, der mir den Kopf verdreht, und zu wissen, dass wir uns jetzt gemeinsam den Weg nach oben bahnen.

»Wollen wir?«, fragt Will und ich nicke.

Er kauft zwei Tickets und ganz der Gentleman, der er ist, besteht er darauf, auch für meins zu zahlen. Ich vermisse das Gefühl seiner Haut auf meiner, als er seine Hand von mir löst, doch er kommt direkt zu mir zurück und verschränkt unsere Finger wieder miteinander, sobald er die Tickets in der Hand hält.

Wir reihen uns in die Schlange der Touristen, die ebenfalls zu so später Stunde noch auf die Spitze des Turms wollen. Gott sei Dank sind es aber nicht mehr so viele wie tagsüber, als Elara und ich hier vor Wochen waren.

Der Aufzug fährt uns bis zur dritten Etage des Eiffelturms, die ganze zweihundertsechsundsiebzig Meter in der Höhe liegt.

Sobald wir ganz oben sind, raubt mir die Aussicht, die sich vor uns ausbreitet, den Atem. Es ist das zweite Mal, dass ich von ganz oben auf Paris und die angrenzenden Städte blicken kann. Doch es ist etwas ganz anderes, das funkelnde Lichtermeer zu meinen Füßen zu sehen, all die kleinen leuchtenden Pünktchen, die die Stadt ausmachen. Um uns herum funkelt der Turm, bietet den hellsten Lichtpunkt der Stadt, auf dem wir uns jetzt befinden.

Will und ich müssen Platz machen, damit auch die anderen Menschen die Möglichkeit haben, auf die Plattform zu treten, denn für einen Moment waren meine Füße wie angewurzelt.

»Hast du Höhenangst?«, erkundigt er sich und diese süße Frage rührt mich.

Schnell schüttele ich meinen Kopf. »Meine Schwester und ich waren bereits vor ein paar Wochen hier oben. Ich liebe es, so weit oben zu sein. Und du?«

Hand in Hand laufen wir über die Etage, bis wir ganz am Rand angekommen sind.

»Na ja, geheuer ist es mir nicht gerade. Aber für dich nehme ich alles in Kauf.«

Blitzartig schießt mein Kopf in seine Richtung, doch Will betrachtet die Aussicht vor uns mit großen Augen. So als wäre ihm gar nicht richtig bewusst, was er gerade gesagt hat. Oder was diese Worte für ein Gefühlschaos in mir auslösen.

»Wie oft warst du schon hier oben?«, versuche ich, meine plötzlich aufkeimende Verlegenheit herunterzuspielen.

Sein Blick trifft auf meinen und ich schaue schnell über das Geländer. Über uns leuchtet der Sternenhimmel in seinen hellsten Farben, Millionen von glitzernden Punkten zeigen sich in der dunklen Nacht.

»Noch nie.«

Seine Antwort verwirrt mich. Fragezeichen tauchen über meinem Kopf auf. Zumindest muss er das so sehen, denn er lacht auf einmal.

»Glaubst du mir nicht?«, hakt er nach.

Ich runzele die Stirn und schüttele meinen Kopf. »Ist das nicht Pflichtprogramm, auf den Eiffelturm zu gehen, sobald man in Paris ist?«

Erst stimme ich in sein Lachen ein. Doch mit einem Mal verschwindet es von seinen Lippen und er wirkt ganz ernst. »Vermutlich wirst du mich jetzt für verdammt kitschig halten, aber ich wollte nie hier hochkommen. Aus einem bestimmten Grund.«

Seine Aussage verwirrt mich noch mehr, meine Stirn liegt nach wie vor in Falten. »Das verstehe ich nicht.«

Will atmet tief ein. Die Luft hier oben ist deutlich frischer als noch auf unserem Spaziergang hierher, doch ich fröstele nicht.

»Nun ja, ich habe mir den Eiffelturm immer aufgespart«, erklärt er und ist sich meiner vollen Aufmerksamkeit sicher. »Ich wollte immer mit der Frau hier hoch, sobald es dunkel ist und alles am Leuchten ist, für die ich ... etwas empfinde.«

Mir stockt der Atem. Ich fixiere ihn, doch er starrt wieder über das Geländer, irgendwo in die Ferne. Vielleicht, um meinem Blick auszuweichen. Oder um den Mut zu haben, diese Worte auszusprechen.

Alles in mir wird warm, ich blende unsere Umgebung aus, höre die Stimmen der anderen Menschen nicht mehr, die sich die Plattform mit uns teilen und genauso aufgeregt auf die Aussicht blicken, die sich uns zeigt. Ich kann bloß Will sehen und seine Worte spielen sich in meinem Kopf ab, wieder und wieder. Immer wieder.

»Du ... empfindest etwas für mich.« Es klingt mehr wie eine Frage und ich weiß nicht, wieso ich es laut ausspreche. Ich weiß gar nichts mehr, bis auf die Tatsache, dass ich ihm verfallen bin, mit Haut und Haar und allem, was mich ausmacht.

Er sieht wieder zu mir und Gott, ich will nicht, dass er jemals wieder damit aufhört.

»Ist das nicht offensichtlich?«, will er wissen und tritt näher an mich heran, sodass nichts mehr zwischen uns passt.

Will er eine Antwort darauf hören? Denn mir kommt kein Wort über die Lippen. Ich kann nur darüber nachdenken, dass er etwas für mich empfindet, dass er Gefühle für mich hat und dass es mir genauso geht. Seit dem Tag, an dem ich ihn in der Metro getroffen habe, sind meine Gedanken von ihm besessen und das macht mir ... Angst. Es jagt mir eine höllische Angst ein, dass ich so starke Gefühle für einen Mann entwickele, den ich bald nicht mehr wiedersehen werde. Denn das hier, das Leben, das ich momentan in Paris lebe, ist nicht von Dauer, sondern begrenzt. Irgendwann kommt der Tag, an dem ich zurück in meine Heimat reise, und dann ist alles vorüber.

»Hailey«, wispert er und sieht mich so intensiv an, so voller Gefühl.

Ich glaube, dass er die Angst, die Sorgen, in meinem

Blick sehen kann. Doch irgendwie schaffe ich es, alles beiseitezuschieben. Denn ja, das Leben ist nicht planbar, ich weiß nicht, wie es in ein paar Wochen, in ein paar Monaten, sein wird. Aber was ich weiß, ist, dass ich diesen Moment hier habe, diesen einen Moment mit dem Mann, der mich um den Verstand bringt und der etwas für mich fühlt.

»Mir geht es genauso«, flüstere ich zurück, vielleicht aus Angst, dass wenn ich es zu laut ausspreche, all meine Zweifel wieder zurückkehren und mir diesen Augenblick mit ihm zerstören.

Seine Hand ruckt nach vorn und er streicht mir meine Haare hinters Ohr, dann verweilt seine Handfläche an meiner Wange.

Ich schmiege mein Gesicht an seine warme Haut, habe mich noch nie so geborgen, so sicher gefühlt wie mit ihm. Gleichzeitig hatte ich noch nie solch eine Angst, aber ich verdränge sie, ignoriere sie, bis sie zurück in den Tiefen meines Herzens ist. Ich will mir diesen Moment nicht von meinen Zweifeln und zu viel Nachdenken zerstören lassen. Wie oft steht man auf dem Eiffelturm in der Stadt der Liebe, umgeben von funkelnden Lichtern, mit dem Mann, der einen alles infrage stellen lässt?

Ich schließe meine Augen, um den Moment vollends auszukosten und in mich aufzunehmen, und als ich sie wieder öffne, sehe ich, wie Wills Blick auf meinem Gesicht ruht, darüber wandert, als würde er gerade das schönste Gemälde im Louvre betrachten. Wir stehen dicht am Geländer, Paris liegt uns zu Füßen. Doch wir nehmen nichts mehr davon wahr.

Langsam löst er seine Finger von meiner Wange, lässt seine Hände stattdessen meinen Rücken hinab wandern.

»Hailey«, sagt er dann mit dieser unverkennbar rauen und tiefen Stimme und egal, was er jetzt sagen würde, ich würde es ihm glauben, ich würde alles tun und ich könnte mich nicht dagegen wehren. »Verdammt, was machst du bloß mit mir?«

Es klingt eher so, als würde er die Frage an sich selbst stellen, als dass er eine Antwort darauf erwarten würde. Denn ich weiß ja selbst nicht einmal, was er mit mir gemacht hat.

Sein Gesicht nähert sich meinem. Ich sehe ihm tief in die Augen, ganz in der Erwartung, dass er mich gleich küssen wird, dass ich den Geschmack seiner Lippen auf meinen spüren werde. Stattdessen hält er mich fest in seinen Armen und lässt seine Augen über mein Gesicht wandern.

»Wenn ich in dein Gesicht sehe, ist es, als würde ich in den Sternenhimmel blicken.« Zärtlich hebt er eine Hand, streicht mit dem Daumen über meine Wange.

Ich weiß, dass er damit auf meine Sommersprossen anspielt, und habe mich mit ihnen noch nie so schön gefühlt wie in diesem Augenblick. Denn obwohl der *richtige* Sternenhimmel hell über uns leuchtet, die ganze Stadt am Funkeln ist, kann Will seinen Blick nicht von meinem Gesicht abwenden.

Ein Himmel voller Sterne über uns und er sieht mich *an*.

KAPITEL 19

Will

Hailey auf dem Eiffelturm zu küssen, während alles um uns herum am Leuchten, am Funkeln ist, ist wohl das Höchste der Gefühle. Noch nie in meinem Leben habe ich mich so angekommen und gleichzeitig so durch den Wind gefühlt wie in diesem Augenblick. Ich kann nicht einmal mehr sagen, wie lange wir dort stehen, ineinander verschlungen, Lippen auf Lippen, ihr Körper an meinem, ihre zarten Hände an meiner Brust, meine Arme um sie geschlungen. Irgendwann lösen wir uns voneinander und ich glaube, wir sehen im Blick des anderen, wie sehr wir einander wollen. Ich will sie in diesem Augenblick so sehr, wie ich noch nie etwas in meinem Leben gewollt habe.

Die Metrofahrt zurück zu ihrem Apartment, das näher am Eiffelturm liegt als meines, dauert mir viel zu lange. Aber irgendwie schaffen wir es zu ihrer Wohnung zurück, ohne dass ich durchdrehe. Denn, verdammt, mit jeder verstreichenden Sekunde will ich Hailey dieses heiße Kleid *noch* mehr vom Leib reißen. Ich habe das Gefühl, dieser Abend hat uns noch enger zusammengebracht und meine Emotionen für sie verstärkt.

Neben der Eingangstür zu ihrem Apartmentgebäude

stoppe ich, denn ich halte es nicht mehr aus, sie nicht zu spüren. Ich drücke sie gegen die Steinwand, presse meine Lippen auf ihre und spüre, wie sie den Kuss mit der gleichen Gier erwidert. Ihre Hände graben sich in meine Haare, ziehen leicht daran und entlocken mir ein leises Stöhnen. Gott sei Dank sind zu dieser späten Uhrzeit nicht mehr viele Menschen auf der Straße unterwegs, sodass wir uns nicht beobachtet fühlen müssen. Sanft knabbere ich an ihrer Unterlippe, spüre, wie sie grinsen muss, während wir uns wieder küssen.

»Lass uns lieber reingehen, bevor uns noch jemand so sieht«, wispert Hailey zwischen unseren Küssen und ich nicke.

Dann verschränke ich unsere Finger miteinander und wir betreten das Foyer. Es ist mucksmäuschenstill. Der alte Mann, der sich mir vorhin als Portier namens Monsieur Dupont vorgestellt hat, sitzt auf der Bank, sein Kopf ist an die Wand gelehnt, die Arme im Schoß verschränkt. Er scheint eingenickt zu sein und irgendwie bin ich froh darüber, dass Hailey und ich ungestört wie zwei Teenager durch die Halle flitzen können, ohne dass es jemand mitbekommt.

Der Weg hinauf zu ihrem Apartment dauert länger als gedacht. Wir sind zu ungeduldig, um auf den Aufzug zu warten, also entscheiden wir uns dafür, die Treppe zu nehmen. Doch alle paar Stufen bleiben wir stehen, weil einer von uns beiden den anderen an die Wand drückt und wir unsere Lippen aufeinanderpressen. Mein Körper glüht mittlerweile so sehr, dass ich das Gefühl habe, jeden Moment zu explodieren. Ich will sie spüren, an mir, auf mir …

»Wenn wir es nicht langsam in deine Wohnung schaffen, ist es mit meiner Geduld vorbei«, hauche ich an ihr Ohr.

Ich sehe, wie sich ihre Pupillen noch weiter vergrößern, wie sie mich lustvoll anlächelt, ihre Haare leicht zerzaust, ihr Atem geht schnell. Und ich frage mich, ob sich mir jemals ein schönerer Anblick geboten hat. Das Gleiche habe ich mich schon gefragt, als ich sie auf dem Eiffelturm betrachtet habe, ihre unzähligen Sommersprossen, die mich an einen Sternenhimmel erinnern, jedes Mal, wenn ich sie ansehe.

Hailey drückt mich von sich, stößt sich von der Wand ab und zerrt mich an der Hand hinter sich her. Vor ihrer Wohnungstür bleibt sie stehen, um in der Handtasche nach dem Haustürschlüssel zu kramen. Vor lauter Ungeduld und aufgrund ihrer zittrigen Hände fällt ihr dieser sogleich auf den Boden.

Ich bücke mich, stecke den Schlüssel ins Loch und höre ihr Kichern neben mir. Ihr scheint es nicht anders als mir zu gehen. Ich greife nach ihrer Hand, um sie über die Türschwelle zu ziehen, und kicke die Tür dann mit meinem Fuß zu. Laut fällt sie ins Schloss und ich bete, dass ich keinen der Nachbarn damit gestört habe. Im selben Moment ist mir der Gedanke schon wieder egal, denn ich kann nur Hailey ansehen. Sie schleudert ihre Handtasche in eine Ecke des Apartments.

Ich bin zum ersten Mal in ihrer Wohnung und normalerweise würde ich mich umsehen wollen, aber dazu habe ich später auch noch Zeit. Jetzt ist das Einzige, was ich erkunden will, ihr wunderschöner Körper.

»Komm her«, sage ich.

Hailey läuft auf mich zu und wir schließen uns endlich wieder in die Arme, obwohl wir nur Sekunden voneinander getrennt waren. Dabei fangen wir an zu gehen, taumeln Richtung ... keine Ahnung, wohin, denn ich kenne mich hier nicht aus. Ich hoffe, Hailey steuert ihr Schlafzimmer oder die Couch an.

Wir lösen uns nicht voneinander und ich frage mich, wie wir es heil Richtung Bett schaffen und wie Hailey beim Laufen auch noch ihre Füße aus den High Heels zieht und diese von sich tritt.

Als Hailey an die Bettkante stößt, lässt sie sich rücklings auf die Matratze nieder. Ich beuge meinen Oberkörper über sie. Schwer atmend küssen wir uns, erst spüre ich ihre Lippen auf meinen, dann wandere ich mit ihnen hinunter zu ihrem Hals, um ihre zarte Haut dort zu erkunden. Sie drückt ihren Rücken durch, vibriert bei jedem Kuss, den ich bis zu ihrer Schulter verteile.

»Du. Bist. So. Wunderschön.« Nach jedem Wort drücke ich meine Lippen auf ihre Haut, dann richte ich mich auf, um sie anzusehen: in ihrem schwarzen, verflucht scharfen Kleid mit dem Beinausschnitt, der einen Mann nur verrückt werden lassen kann, mit den roten Lippen und diesen Augen, die mich zu durchdringen scheinen.

»Komm wieder her«, haucht sie und das lasse ich mir nicht zweimal sagen.

Ich stürze mich wieder auf sie, küsse sie, während unsere Hände hektisch versuchen, uns gleichzeitig unserer Kleidung zu entledigen. Mit Mühe und einigem Kichern schaffen wir es, unsere Kleidungsstücke auf den Boden zu transportieren, bis wir nur noch in Unterwäsche voreinander sind. Hailey trägt schwarze Spitzenunterwäsche, die einen starken Kontrast zu ihrer hellen Hautfarbe bildet. Mit den Fingerspitzen streiche ich über ihre Schulter, ihren Bauch hinab, bis ich am Bund ihres Slips angekommen bin. Sie erschaudert, wirft ihren Kopf in den Nacken und treibt das Feuer in mir nur weiter an. Ihre Finger krallen sich in meinen Rücken, als meine Hände zu ihrem BH wandern, ihn hinten öffnen, damit ich ihn ihr ausziehen kann.

Mit angehaltenem Atem starre ich sie an, lasse meine Finger über ihre Brüste wandern, die sich weich anfühlen und perfekt in meine Handflächen passen. Scharf ziehe ich die Luft ein, als ich auf einmal spüre, wie Haileys Hände zu meiner Boxershorts wandern und über meinen Lendenbereich streicheln.

Mit aller Mühe versuche ich, mich zu sammeln, denn ich will das hier genießen, voll und ganz auskosten, auch wenn mein Körper danach schreit, sie gleich zu spüren.

Langsam, um sie noch weiter anzutreiben, streichen meine Hände wieder hinunter zu ihrem Slip, ziehen ihn in aller Ruhe nach unten, während unsere Blicke tief miteinander verbunden sind. Ich werfe ihn zu unseren anderen Kleidungsstücken auf den Boden und muss tief Luft holen, als ich jetzt ihren nackten, vollkommenen Körper vor mir liegen habe. Sie ist so schön, dass sich alles in mir zusammenzieht, und ich will am liebsten jede Stelle ihrer Haut mit Küssen übersähen.

Ungeduldig zieht Hailey an meinem Arm, will mich zu sich zurückholen. Ich beuge mich wieder zu ihr hinunter, lasse unsere Zungen miteinander spielen, bis der Kuss immer feuchter wird und ihr Stöhnen umso lauter. Ihre Geräusche treiben mich an und als ihre Hände meine Boxershorts herunterziehen und ich sie von meinen Füßen trete, gibt es nichts mehr, was zwischen uns steht. Keine Kleidungsschicht verdeckt uns mehr voreinander.

Ich lege mich zu ihr auf die Matratze und ziehe sie zu mir, sodass sie rittlings auf mir sitzt. Dieser Anblick raubt mir beinahe den Atem. Sie fährt sich durch ihre Haare, wirft sie über den Scheitel und beginnt sich langsam an mir zu reiben. Als wolle sie mich *quälen.*

»Oh, fuck«, wimmere ich und kralle meine Hände an ihre Hüfte.

»Ich will dich«, spricht sie die Worte aus, die schon den ganzen Abend mein Gehirn besetzen.

Ich nicke – zu etwas anderem bin ich nicht mehr fähig, mein Kopf ist voll mit ihr und nichts anderem mehr. Als sie sich dann aber von mir löst, spüre ich augenblicklich diese Kälte, die entsteht, wenn sie nicht bei mir ist.

»Ich habe keine Kondome, fällt mir gerade ein.« Ihre Stimme ist bloß ein Wispern, ihre Lippen sind von einem Lächeln geziert.

»Keine Sorge.« Ich zwinkere ihr zu und nicke mit dem Kopf in Richtung Boden, auf dem meine Hose liegt.

Hailey versteht, steigt hastig von mir herunter und tapst dorthin. Als sie sich wieder zu mir dreht und zurückkommt, sehe ich, wie rosig ihre Wangen sind. Sie sieht noch schöner aus als sonst.

Während ich das Kondom überziehe, küsst sie meinen Mund, meinen Hals, meine Schultern. Jede Berührung löst ein Gefühl der Hitze aus, bis mir fast schwindlig wird. Noch nie habe ich mich in der Anwesenheit einer Frau so gefühlt.

Ich packe sie an ihrer Hüfte, setze sie vorsichtig auf mich und sobald ich in sie eindringe, schnappen wir beide nach Luft.

Verdammt ... das fühlt sich so unglaublich gut an, dass ich am liebsten die Augen zupressen will, doch ich will nichts von ihrem Anblick verpassen, also zwinge ich mich, sie offen zu halten. Und dieser Anblick bringt mich komplett um den Verstand.

Ihre Hände liegen in ihren zerzausten Haaren und sie fängt an, sich zu bewegen, rhythmisch, himmlisch, so gut, dass der Druck in meinem Körper sich immer weiter aufbaut. Ihr Stöhnen wird lauter, sobald ich ihre Taille fester umklammere, um sie näher an mich zu drücken. Ich stoße mit meiner Hüfte, treibe sie, treibe mich weiter an, bis alles heiß wird, der Druck in mir mich beinahe umbringt und ihr Stöhnen immer lustvoller und freier wird. Sie lässt sich fallen, stützt ihre Hände auf meinem Oberkörper ab, während ich weiter zustoße, um uns beide über die Schwelle zu tragen. Ein paar Sekunden später komme ich, schaffe es nicht, es noch länger hinauszuzögern, denn ihr heißer Atem und die Geräusche, die aus ihrem Mund kommen, lassen es nicht zu. Ich stöhne, laut und kurz, doch höre nicht auf, in sie zu stoßen, bis auch sie Erlösung findet. Ich spüre, wie sie sich um mich verkrampft, wie ihre Finger sich an meiner Schulter festkrallen, Halt suchen, bis sie loslässt und zum Höhepunkt kommt.

Schwer atmend lässt sie ihren Kopf auf meine Brust sinken und für ein paar Sekunden verharren wir in dieser Position. Verschwitzt, nach Luft ringend, aber glücklich.

Meine Finger malen Kreise auf ihren weichen Rücken, dann hebt sie langsam ihren Kopf, um mich anzusehen. Ihre Wangen sind gerötet, was sie nur noch hinreißender aussehen lässt. Ich glaube, mit jeder Sekunde, die ich mit ihr verbringe, stiehlt sie sich nur weiter in mein Herz, bis sie alles ist, was dort ist.

»Das war ... schön«, haucht sie und ich streiche die wirren Haarsträhnen, die in ihre Stirn fallen, hinter ihr Ohr.

»Nur *schön?*«, ziehe ich sie grinsend auf, auch wenn ich genauso empfinde.

Sie verdreht die Augen und lacht und ich glaube, dass das ab sofort mein Lieblingsgeräusch ist.

»Willst du, dass ich dich jetzt mit Lob überhäufe?«, neckt sie mich und jetzt bin ich derjenige, der lachend die Augen verdreht.

»Vielleicht«, sage ich und lege meine Hand an ihren Hinterkopf, um sie zu küssen. Erst langsam, dann verdoppelt sich die Geschwindigkeit und ihre Zunge ist an meiner, bis sie wieder leise stöhnt.

»Dafür muss ich mich erst noch ein zweites Mal von deinen Fähigkeiten überzeugen.«

Ich löse mich von ihr, sehe ihr freches Grinsen. »Oh, Baby, nichts lieber als das. Ich kann dir meine Fähigkeiten auch gerne ein drittes und ein viertes …«

Sie hindert mich am Weiterreden, indem sie sich zur Seite legt und ihre Hand an meinem Bauch bis hinunter zwischen meine Beine wandern lässt. Scharf zischend sauge ich die Luft ein, als sie damit beginnt, ihre Hand auf- und abzubewegen.

»Verdammt«, kommt es mir über die Lippen und ich presse die Augen zu. »Gut machst du das.«

Mein Kompliment scheint sie anzufeuern, denn ihre Hand bewegt sich schneller und sie hebt das Tempo an. Ich reiße die Augen auf, sehe, wie sie genussvoll über ihre Lippen leckt, was dafür sorgt, dass ich den Kopf wieder nach hinten fallen lasse. Keine Sekunde später spüre ich ihre weichen Lippen an mir, ihren heißen Atem, und bin wehrlos gegen diese unglaubliche Macht, die sie über mich hat.

KAPITEL 20

Hailey

Wir lieben uns auf meinem Bett, in dem ich sonst allein gelegen habe mit Träumereien über Will. Jetzt ist er hier bei mir, kniet zwischen meinen Beinen und bringt mich mit seiner Zunge dem Höhepunkt näher und näher, bis ich mich am Bettlaken festkrallen muss und meine Zähne aufeinanderpresse, um nicht laut seinen Namen zu schreien. Alles in mir ist am Glühen und ich will nicht, dass diese Nacht jemals endet. Ihm so nahe zu sein, fühlt sich an wie alles, was ich je wollte. Als setzten sich die Puzzleteile endlich zusammen. Mein Gehirn kann nicht einmal mehr denken, ich kann keinen klaren Gedanken fassen zu all dem, was hier geschieht. Aber so kann ich mir diesen Abend wenigstens auch nicht zerstören.

»Du schmeckst so gut«, haucht Will an mein Ohr, als er sich wieder über mich beugt.

Normalerweise war ich nie der Typ Frau, der auf Dirty Talk steht. Aber diese Worte aus seinem Mund zu hören, facht das Feuer in mir von Neuem an, sodass ich die Arme um seinen Hals schlinge, damit er sich zu mir hinunterbeugt. Er küsst mich, bis wir keine Luft mehr bekommen, und der Blick, mit dem er mich dann ansieht, ist von der Art, mit der jede Frau angesehen werden will. Voller Liebe, Verlangen und Zuneigung. Ich habe das Gefühl, ich sehe alles in seinen Augen, was ich je sehen wollte.

Er drückt sich an meine untere Mitte, die immer noch verlangend pocht, und ich frage mich, wann dieser Hunger jemals gestillt sein wird. Meine Augenlider schließen sich flatternd und ich presse die Lippen aufeinander, als er wieder in mich eindringt, langsam, viel zu langsam, als wolle er mich absichtlich quälen.

»Schneller«, flehe ich ihn an. Ich will mit ihm verschmelzen, eins sein, bis nichts anderes mehr von Bedeutung ist.

Als ich ihn wieder anschaue, bemerke ich, wie er grinst, wie seine Grübchen sich um die Mundwinkel herum zeigen. Er fängt an, sich schneller, rhythmischer zu bewegen, stützt sich mit einer Hand auf der Matratze ab, die andere kneift in meine Brustwarze. Er beschleunigt sein Tempo und irgendwann kann ich die Augen nicht mehr offen halten, denn die Gefühle, die mich überschwemmen, sind zu viel und so intensiv, dass ich es fast nicht aushalte. Alles spannt sich in mir an und ich spüre, wie auch Wills Atem immer abgehackter geht. Dieses Mal kommen wir beide fast zeitgleich, stöhnen, verlieren uns in diesem berauschenden Gefühl, das uns umgibt, bis er sich aus mir herauszieht und sich schwer atmend auf die Matratze neben mich legt.

Augenblicklich fühle ich mich leer, vermisse das Gefühl von ihm in mir. Ich bilde mir ein, vor meinen Augen kleine Sternchen zu sehen, aber vielleicht sind sie auch wirklich da. Gerade bin ich einfach nur unfähig, irgendeinen klaren Gedanken zu fassen, denn meine intensiven Emotionen überrollen mich wie ein Tsunami, ziehen mich mit sich, bis alles in mir komplett eingenommen ist.

Ich spüre, wie sein Blick auf mir ruht. Aus dem Augenwinkel erkenne ich, dass er sich auf die Seite gedreht hat, den Kopf auf der Handfläche abgestützt. Sein Atem geht immer noch schnell, genau wie meiner.

Mit rasendem Puls drehe ich mich auch zur Seite. Unsere Blicke treffen sich und mit einem Mal wird alles wieder klarer und … ruhiger.

»Jetzt hast du es dir eindeutig verdient, mit Lob überschüttet zu werden«, necke ich ihn. Ich glaube, dass seine Wangen rot werden, aber vielleicht bilde ich mir das auch bloß ein.

»Ach ja?«, will er wissen, streckt seine Hand vor und streicht über meine Wange. »Ich bin ganz Ohr.«

Sein intensiver Blick und die Berührung bringen mich ein wenig aus dem Konzept und mit einem Mal fühle ich mich ganz verlegen, all die Worte auszusprechen, die durch meinen Kopf geistern.

Es war der absolute Wahnsinn. Ich weiß nicht, ob ich je so einen unglaublichen Orgasmus hatte wie mit dir. Und ich weiß nicht, ob ich jemals einen anderen Mann in meinem Bett haben will.

Der letzte Satz, der letzte Gedanke, ist genau das, was mein Gedankenkarussell wieder antreibt, und diese tief versteckte Angst in mir droht, wieder aufzutauchen. Doch als würde Will das perfekte Timing besitzen, kommt er mir näher, stützt sich mit den Händen rechts und links von mir ab, sodass ich gezwungen bin, mich zurück auf den Rücken zu legen.

»Ach so, jetzt bist du wieder schüchtern, was?«, zieht er mich auf und bringt mich damit zum Grinsen. Er verteilt sanfte Küsse auf meinen Lippen, meiner Wange und meiner Schulter, die allesamt Schauer auf meinem Körper auslösen. »Gerade warst du aber nicht so … zurückhaltend.«

Mit einem Mal streift seine Zunge die Haut unterhalb meines Ohres, zieht eine feuchte Spur und ich kann nicht anders, als die Augenlider flatternd zu schließen und leise aufzustöhnen.

»Wie soll ich noch einen vernünftigen Satz herausbringen, wenn du mich so aus dem Konzept bringst?«, frage ich mit abgehackten Worten und schnellem Atem.

Wie kann er immer wieder dieses Feuer in mir antreiben, wie kann es niemals gelöscht sein? Meine Sehnsucht nach ihm wird eher noch größer, als dass sie gestillt ist.

»Also soll ich aufhören?« Will stützt sich auf den Handflächen ab und grinst mich schräg an. Seine Grübchen treiben mich noch in den Wahnsinn. Süß und sexy. Eine gefährliche Mischung.

»Nein«, wimmere ich und presse dann meine Lippen fest aufeinander.

Am liebsten würde ich ihn anbetteln, niemals damit aufzuhören. Ich liebe es, wenn er mir nahe ist. Wie in Zeitlupe streichen seine Finger nach unten, bis er zwischen meinen Beinen angekommen ist. Hauchzart berührt er mich dort und alles in mir beginnt zu glühen.

»Ich kann auch aufhören, wenn du dich lieber unterhalten willst«, zieht er mich auf.

Ich kneife die Augen zusammen und will protestieren, da legt er bereits seinen Zeigefinger auf meine Lippen.

»Ich habe ja schon verstanden«, entgegnet er dann lachend, verstärkt den Druck seiner Finger zwischen meinen Beinen und entlockt mir ein wohliges Seufzen.

»Genau da«, wispere ich, zu mehr bin ich in dem Augenblick nicht mehr imstande.

Er versteht und hört nicht auf, seine Finger kreisend zu bewegen. Ich spüre seinen Blick an mir auf- und abwandern und als ich ihn anschaue, erkenne ich nichts als

Verlangen in seinen Augen ... und eine andere Emotion, die ich nicht richtig einordnen kann. Sie flackert auf, sein Blick trifft auf meinen, seine Lippen teilen sich leicht.

»Ich ... Du ...«, stammelt er, bewegt seine Finger langsamer, als würde ein Gedanke in seinem Kopf aufkreuzen, den er versucht, über die Lippen zu bringen. Aber entweder traut er sich nicht oder es hat einen anderen Grund. »Du bringst mich um den Verstand«, sagt er dann.

Mein Puls beschleunigt sich, genau wie seine Finger es wieder tun. Mein Stöhnen wird lauter, ich beiße mir auf die Lippen, unsere Blicke fest miteinander verbunden.

»Oh, fuck«, wispert er dann. »Du machst es mir so unglaublich leicht, mich Hals über Kopf in dich zu verlieben, Hailey.«

Als diese Worte in mein Ohr dringen, ist es komplett um mich geschehen. Seine Finger treiben mich zum nächsten Höhepunkt, ich rufe seinen Namen und fühle mich in den nächsten Sekunden wie in einem Rausch. Und immer wieder höre ich diese Worte in meinem Kopf, die sich wie eine Endlosschleife wiederholen. Wieder und wieder.

Du machst es mir so unglaublich leicht, mich Hals über Kopf in dich zu verlieben, Hailey.

Mir geht es genauso, Will. Mir geht es genauso.

PLACE POSTAGE STAMP HERE
CARTE POSTALE
Adresse
Correspondance
Paris

KAPITEL 21

Will

In dieser Nacht realisiere ich es, obwohl mein Herz es vermutlich schon die ganze Zeit über wusste: Ich habe mich in Hailey West verliebt, Hals über Kopf und unwiderruflich. In ihr Lachen, ihre funkelnden Augen, die Sommersprossen, die den Sternenhimmel in den Schatten stellen, und alles, was sie ausmacht. Mein Herz droht zu explodieren, als ich neben ihr auf der Matratze liege und in langsamen Bewegungen über ihre Haare streiche. Ihr gleichmäßiger Atem wirkt beruhigend auf mich, ihre Lider sind geschlossen. Ich habe keine Ahnung, wie lange wir schon hier liegen, aber ihr Kopf ist auf meine Brust gebettet, weshalb ich mich nicht traue, mich auch nur einen Millimeter zu bewegen, aus Angst, sie damit aufzuwecken. Ich ziehe die Bettdecke vorsichtig weiter nach oben, schließe die Augen und brauche nicht lange, bis ich ebenfalls in einen tiefen Schlaf falle.

Am nächsten Morgen werde ich davon wach, dass Hailey sich auf mir bewegt. Ich blinzele, öffne die Augen und sehe, wie sie ihre Arme hebt, um sich gähnend zu strecken. Ihre Haare sind zerzaust und sie versucht, langsam aufzustehen, vermutlich, um mich nicht aufzuwecken.

Ich greife nach ihrem Arm, woraufhin sie erschrocken zusammenzuckt. Ihr Kopf dreht sich blitzschnell in meine Richtung.

»Ich dachte, du schläfst noch«, meint sie mit rauer, verschlafener Stimme.

Sie lächelt mich an und ich will mir diesen Anblick am liebsten für immer einprägen. Und niemals mehr vergessen. Dann wandert ihr Blick hinunter zu der Stelle, an der meine Finger sie umklammern. Ich erhöhe den Druck leicht und ziehe sie zu mir.

»Hey!«, ruft sie, landet mit ihrem Körper auf mir und stützt sich mit den Ellenbogen links und rechts von mir ab. Unsere Gesichter sind sich so nahe, dass ihre Nasenspitze meine berührt.

Ich muss grinsen.

»Was soll das denn?« Mein Grinsen färbt auf sie ab.

»Ich kann dich einfach noch nicht gehen lassen«, antworte ich, schlinge meine Arme um ihren Rücken und drücke sie enger an mich.

Keine Sekunde später presst sie ihre Lippen auf meine und es ist mir egal, dass wir beide uns noch nicht die Zähne geputzt haben. Ich wünsche mir, dass jeder Morgen, jeder Abend so ist wie heute. Mit ihr einschlafen, mit ihr aufwachen. *Einfach perfekt.*

Ich streichele über ihren Rücken, während unsere Zungen sich liebkosen, wir uns einfach nicht voneinander lösen können. Ich spüre, dass ich wieder hart werde. Es braucht nicht viel, einen Kuss und ich will sie wieder.

Das Klingeln an der Tür sorgt dafür, dass Hailey ihren Kopf blitzschnell hochhebt.

»Huch!«, ruft sie, starrt für eine Sekunde Richtung

geschlossene Schlafzimmertür, bevor sie wieder zu mir sieht.

»Erwartest du Besuch?«, hake ich nach und streiche durch meine verstrubbelten Haare.

Hailey steigt von mir herunter und springt bloß in ihrem Slip aus dem Bett. Gestern Nacht hat sie sich nicht die Mühe gemacht, sich einen Pyjama anzuziehen, und *ich bin ihr auch nicht böse deswegen.*

Ich richte mich auf, lehne meinen Rücken an das Kopfteil des Bettgestells und beobachte, wie Hailey zu ihrem Schrank eilt, um ein T-Shirt und eine Jogginghose herauszukramen. Es klingelt erneut.

»Soll ich die Tür aufmachen?«, versuche ich, mich hilfsbereit zu zeigen, doch sie ist bereits angezogen, während ich noch in Boxershorts im Bett liege.

Hastig schüttelt sie ihren Kopf, als es erneut klingelt. »Verdammt noch mal«, ruft sie genervt und ich lache in mich hinein.

Sie ist zu süß, wenn sie sich aufregt, auch wenn ich das bestimmt nicht laut aussprechen sollte.

»Ich bin gleich wieder da.« Sie lächelt mich ein letztes Mal gehetzt an, dann sprintet sie zur Schlafzimmertür, schließt sie aber direkt wieder hinter sich.

Ich höre, wie ihre Füße durch das Apartment tapsen, bis sie an der Wohnungstür angekommen ist und diese öffnet. Dann höre ich eine andere Stimme. Es klingt nach einer Frau.

»Guten Morgen, Hails. Du brauchst ja lange, um die Tür zu öffnen. Habe ich dich etwa um halb elf geweckt? Normalerweise schläfst du doch nicht so lange, oder?« Die Stimme klingt dumpf durch die Tür hindurch.

Ist es eine Freundin von Hailey? Ihre Schwester? Nachbarin? Ich weiß es nicht, aber ich entschließe mich dazu, mich lieber schnell anzuziehen, bevor die Dame sich entscheidet, länger zu bleiben, und ich aus dem Schlafzimmer kommen soll. Vom Boden sammele ich meine Jeans und mein Oberteil auf und ziehe es über. Gott sei Dank ist am Kleiderschrank ein Spiegel angebracht, sodass ich meine Haare etwas richten kann, damit sie wenigstens nicht ganz so zerzaust aussehen.

Ich bin eine Weile mit meinen Haaren beschäftigt und wünschte, dass das Badezimmer direkt ans Schlafzimmer angeschlossen liegen würde, damit ich mir wenigstens notdürftig Zahnpasta auf die Zähne schmieren könnte. Die Stimmen von draußen dringen nur gedämpft an mein Ohr.

Erst als ich mich vom Spiegel abwende und im Raum auf- und ablaufe, höre ich wieder genauer zu. Ich bin unschlüssig, ob ich den Raum verlassen soll oder ob Hailey will, dass ich hierbleibe, bis ihr unerwarteter Gast wieder gegangen ist. Sie hat die Tür hinter sich geschlossen, also gehe ich einfach davon aus, dass ich warten soll. Bis jetzt sind auch nur ein paar Minuten vergangen, seit Hailey die Person hereingelassen hat. Also setze ich mich auf die Bettkante. Und lausche.

Es dauert nur Sekunden, bis ich das Gefühl habe, dass mir die Frauenstimme bekannt vorkommt. Und es braucht lediglich weitere zehn Sekunden, bis ich mit Schrecken feststelle, dass mir die Stimme nicht nur *bekannt* vorkommt, sondern mir auch noch verdammt *vertraut* ist. Im Sinne von: Genau diese Stimme ist es, die in mein Ohr gestöhnt hat, die mir gesagt hat, dass sie mehr für mich empfindet.

Mit einem Mal rauscht das Blut in meinen Ohren, mein Puls beschleunigt sich und der einzige Gedanke, den ich fassen kann, ist: *Fuck.*

Fuck, fuck, fuck, fuck, fuck.

Wieso um alles in der Welt ist *Ellie* hier? Bei Hailey?

Sind sie miteinander befreundet, Kolleginnen, auch wenn das nicht sein kann, oder etwa …?

Der Gedanke schießt so schnell in meinen Kopf, dass mir schlecht wird. *O Himmel, lass das bitte ein Scherz sein. Niemals kann das stimmen. Nein, das kann einfach nicht sein. Ach du Scheiße.*

Sie sind *Schwestern.*

F-u-c-k.

Wieso um Himmels willen erfahre ich das erst jetzt? Keine der beiden hat mir je mehr von ihrer Schwester erzählt bis auf ein paar Fakten. Wie kann es sein, dass nie ein Name gefallen ist? Wie konnte ich es bis *jetzt* nicht wissen?

Draußen höre ich Ellies Kichern und mein Mund wird staubtrocken.

Alles, was Hailey über ihre Schwester erzählt hat, waren Kleinigkeiten und dass sie für ihr Studium nach Paris gezogen ist. Ellie hat mir auch kaum etwas Nennenswertes über ihre Schwester berichtet. Ich wusste nur, dass sie eine hat.

Das kann doch nicht sein. Aber so würden die wenigen Sachen, die Hailey mir über ihre Schwester erzählt hat, gewaltig Sinn ergeben. Natürlich *ist Ellie ihre Schwester.*

Ich habe das Gefühl, die Stimmen würden sich der Schlafzimmertür nähern. Alles in mir verkrampft sich. Ich kann mich den beiden jetzt unmöglich stellen. Schließlich habe ich mit beiden … geschlafen. Ich habe Gefühle für Hailey entwickelt und sie für mich, während Ellie genauso mehr für mich empfindet und immer noch nicht mit uns abschließen konnte. Erst gestern hat sie mir wieder geschrieben, wie schön sie die gemeinsame Zeit mit mir fand und wie gerne sie bei mir ist.

Ich habe das miese Gefühl, dass ich gewaltig in der

Klemme stecke. Vielleicht sollte ich einfach aus dem Zimmer herausstürmen und mich beiden zeigen, dann gäbe es einen großen Knall, aber dann wäre es abgehakt. Doch ich weiß, dass ich dafür nicht mutig genug bin. Denn ich beschließe, auf der Bettkante sitzen zu bleiben und zu warten, bis Ellie das Apartment wieder verlassen hat. Es wird wahrscheinlich eine Weile dauern, bis das der Fall ist.

Das Blut in meinen Ohren rauscht so sehr, dass ich Mühe habe, alles zu verstehen. Mein Herz pocht so gewaltig schnell in meiner Brust. Ich befürchte, dass sich die Schlafzimmertür jede Sekunde öffnet und Hailey mitsamt ihrer Schwester hereinschneit.

Gott sei Dank passiert das nicht, denn ein paar Minuten später schließt sich die Wohnungstür und die Stimmen verstummen.

Ein paar Sekunden lang ist es einfach bloß still im Apartment. Unbewusst halte ich meinen Atem an und stoße meine angestaute Luft erst wieder aus, als Hailey die Tür zum Schlafzimmer ruckartig öffnet.

Ich zucke leicht zusammen, aber glücklicherweise scheint sie das nicht bemerkt zu haben. Sie sieht gestresst aus.

»Wer war das?«, frage ich, stelle mich absichtlich blöd und komme mir gleichzeitig wie der schlimmste Mensch auf Erden vor. Dabei habe ich theoretisch ... nichts falsch gemacht. Ich habe mir nichts vorzuwerfen.

Trotzdem komme ich mir wie ein Lügner vor, weil ich nicht direkt damit herausrücke, dass Ellie und ich monatelang etwas miteinander hatten. Aber irgendwie können diese Worte meinen Mund nicht verlassen. Ich meine, es kann ja immer noch sein, dass mein Gehör mir einen Streich gespielt hat und dass es sich gar nicht um Ellie gehandelt hat, oder? Ich weiß selbst, wie dumm dieser

Gedanke ist, doch meine innere Stimme versucht trotzdem, sich genau das einzureden.

»Meine Schwester«, antwortet Hailey und stemmt die Hände in die Hüfte. »Ich hatte keine Ahnung, dass sie heute vorbeischauen wollte. Sie meinte, sie war gerade in der Nähe. Ihr Typ, in den sie verschossen ist, wohnt anscheinend im gleichen Stadtteil wie ich. Wie auch immer, sie wollte ihn überraschen und mit ihm zum Brunch ausgehen, aber er war wohl nicht da. Deshalb ist sie dann hier aufgekreuzt und wollte mit *mir* essen gehen.«

Haileys Augen sind aufgerissen und ich habe das Gefühl, mein Herz sei soeben in meine Hose gerutscht. Ellie wollte doch nicht … Sie war doch wohl nicht auf dem Weg zu … Ellie wollte mit mir brunchen gehen und mich überraschen?

»Na ja, ich musste mir dann etwas einfallen lassen und sie abwimmeln, also habe ich so getan, als ob ich Migräne hätte, damit sie wieder geht. Nicht dass du das falsch verstehst, ich wollte dich nicht versteckt halten oder so, aber meine Schwester ist viel zu neugierig und wenn sie gesehen hätte, dass du halb nackt in meinem Bett liegst, hätte sie mich die nächsten Wochen damit nicht mehr in Ruhe gelassen.«

Ein nervöses Lachen entfährt ihrer Kehle, während ich das Gefühl habe, mir schnürt jemand die Stimmbänder ab. Kein Wort scheint meine Lippen verlassen zu können, so angespannt fühle ich mich in diesen Sekunden. Schlimmer hätte es nicht kommen können. Ellie war auf dem Weg zu mir, obwohl ich ihr doch mehrfach versucht habe, klarzumachen, dass zwischen uns beiden nichts mehr laufen wird. Wir hatten eine schöne Zeit zusammen, aber es war von Anfang an klar, dass es nicht mehr werden würde. Ich glaube, sie will das immer noch nicht verstehen. Zunächst dachte ich, dass wir einfach befreundet bleiben könnten, vermutlich wäre das für mich auch in Ordnung gewesen, aber unter den Umständen, dass sie Haileys Schwester ist … weiß ich nicht, wie das funktionieren soll.

»Will?« Hailey legt den Kopf schief und mustert mich. »Ist alles in Ordnung?«

Ich schüttele kurz meinen Kopf und blinzele, um mich wieder zu fangen. Dann nicke ich schnell, um sie nicht skeptisch zu machen. »Ja, ja, sorry, ich bin einfach noch total müde. Aber keine Sorge, ich denke nicht, dass du mich versteckt halten willst, damit keiner von uns erfährt.« Ich hüstele.

»Okay, sehr gut. Ich hatte Angst, du könntest das vielleicht falsch deuten.«

»Nein, keine Sorge.« Ich strecke meine Arme aus, um sie zu mir zu holen.

Hailey kommt auf mich zu. Ich ziehe sie auf meinen Schoß und schlinge die Arme um sie. Als sie ihre Lippen auf meine presst, kann ich nicht anders, als daran zu denken, dass meine Lippen auch schon *Ellie* geküsst haben. Der Gedanke bringt mich so durcheinander, dass ich meinen Mund kurz von ihrem löse und sie blinzelnd ansehe. Verwundert schaut Hailey mich an.

»Ist wirklich alles in Ordnung, Will?«

Ich merke, wie sie skeptisch wird. Wie sie spürt, dass meine Gedanken nur so durch meinen Kopf rasen.

Mein Griff um ihren Körper wird fester. »Ja, mach dir keine Sorgen. Ich genieße jede Sekunde mit dir, auch wenn du mich vom Schlafen abhältst.«

Jetzt runzelt sie ihre Stirn, ihr versucht böser Gesichtsausdruck bringt mich zum Grinsen. »Ich kann dich beim nächsten Mal auch einfach direkt schlafen lassen, anstatt … Du weißt schon …« Ihre Finger wandern nach unten über meinen Schritt und ich ziehe scharf die Luft ein. Lüstern beißt sie sich auf ihre Lippe und schaut mich durch ihre dichten Wimpern mit gesenktem Kopf an.

»Oh, weißt du, so wichtig war mir mein Schlaf dann doch nicht«, schiebe ich schnell ein.

Ein Lächeln breitet sich auf ihren weichen Lippen aus, sorgt dafür, dass ich wieder komplett in ihren Bann gezogen werde.

»So langsam sollten wir vielleicht mal frühstücken«, meint sie.

Ich ziehe eine Augenbraue nach oben und mustere sie skeptisch. »Mir wäre jetzt erst einmal nach einer ausgiebigen Dusche«, sage ich.

Mit den Fingern streiche ich über ihren Po, kneife hinein und entlocke ihr ein leises Stöhnen, das dafür sorgt, dass ich noch härter werde als ohnehin schon. »Denkst du nicht, das wäre eine gute Idee, hm?«

Als meine Hände nach vorn wandern, über ihre Brüste streifen und anfangen, sie sanft zu massieren, nickt sie schnell.

»Ich glaube, mir hat eine Idee noch nie so gut gefallen.«

Ich nähere mich ihren Lippen, gebe ihr einen Kuss und spüre, wie meine Lust auf sie immer größer wird. Dann umgreife ich ihren Po, stehe mit einem Ruck auf, sodass Hailey ein Kreischen von sich gibt, und trage sie aus dem Schlafzimmer heraus in Richtung Badezimmer.

Den restlichen Tag verbringen wir nur in ihrer Wohnung. Miteinander, ineinander ... Und meine vorhin noch so aufgebrachten Gedanken rücken immer weiter in den Hintergrund, bis ich sie schon wieder ganz vergessen habe.

KAPITEL 22

Hailey

Als hätten sich die letzten Wochen nicht bereits wie ein Traum angefühlt, ist die nächste Zeit nur umso ... traumhafter. Magischer. Wundervoller.

Will lässt mich immer mehr in seine Welt blicken, zeigt mir mehr von sich, seinem Leben, seinem Inneren. Ich weiß nicht, ob ich mich einem Menschen jemals so nahe gefühlt habe wie ihm. Und es fühlt sich so gut an. Die Zeit mit ihm und alles, was wir erleben. Die Emotionen, die wie eine Achterbahn durch meinen Körper jagen. Die zermürbenden Gedanken rücken immer weiter in den Hintergrund, bis sie irgendwann so weit verstummt sind, dass ich sie nur noch in seltenen Momenten wahrnehme. Aber da ich die meiste Zeit im Studio verbringe, bei der die Arbeit für unser Projekt immer ernster wird, und den Rest der Zeit mit Will, gibt es nur wenige Momente, in denen sie zum Vorschein kommen können.

»Na, wie geht es Ihnen an diesem schönen sonnigen Tag?« Monsieur Dupont hebt seine Mütze, um mir damit zuzuwinken.

Der alte Mann ist mir in der letzten Zeit immer weiter ans Herz gewachsen und weiß mehr über alles, was in Paris mit mir geschieht, als zum Beispiel meine Schwester. Irgendwie habe ich das Gefühl, ihm vertrauen zu können. Vielleicht liegt es an seiner warmen Ausstrahlung oder daran, dass ich das Gefühl habe, er ist wie eine Art Vater-Ersatz für mich, während meine Dads auf einem anderen Kontinent sind und ich ihre Stimmen nur gelegentlich alle paar Wochen via Facetime höre. Ich vermisse die beiden sehr, aber Monsieur Dupont lindert das Heimweh jedes Mal ein bisschen, indem er mich mit seinem warmen Blick bedenkt. Wie schön wäre es, wenn meine Dads ihn eines Tages kennenlernen könnten.

»Wunderbar. Wie geht es Ihnen? Haben Sie Wochenendpläne?« Ich schultere meine Umhängetasche und schenke ihm mein breitestes Lächeln.

Heute ist endlich Freitag. Auch wenn ich die Zeit auf der Arbeit liebe, war die Woche anstrengend. Es gab viel zu tun und ich bin froh darüber, die nächsten Tage ein bisschen entspannen zu können – auch wenn ich meine freie Zeit natürlich am liebsten nicht allein verbringen möchte, sondern gemeinsam mit Will. Vermutlich könnte ich jeden Tag jeder Woche mit ihm teilen, ohne dass es mir zu viel werden würde. Bislang bin ich noch nicht an dem Punkt angekommen, an dem ich lieber etwas ohne ihn machen würde.

»Mir geht es auch gut, danke der Nachfrage, Miss Hailey. Ach, wissen Sie, ich genieße einfach die Sonnenstunden, gehe vielleicht ein wenig spazieren. Gehen Sie mit Ihrem Liebsten aus?«

Meine Wangen verfärben sich rot und ich kann nichts dagegen tun. Es ist einfach goldig, wie Monsieur Dupont Will als meinen *Liebsten* bezeichnet, was vermutlich auch der Grund ist, wieso mir mit einem Mal ganz warm wird. Zwischen Will und mir wird es immer ... ernster. Wir haben das zwischen uns jedoch bislang nicht offiziell gemacht und ich glaube, so ist es auch am besten. Wir haben beide viel um die Ohren und lernen uns erst einmal kennen, auch wenn ich bereits das Gefühl habe, so viel über Will zu wissen wie über keinen anderen Menschen. Es ist, als verbänden uns mehr als bloß wenige Monate miteinander, eher als wären es Jahre, die wir uns schon kennen.

Vielleicht willst du es aber auch einfach nicht offiziell machen, weil du Angst hast, was passiert, sobald du zurück in die Staaten gehst.

Ich schüttele den Gedanken schnell wieder ab.

»Ja, Will und ich treffen uns morgen. Mal sehen, was wir dann unternehmen. Vielleicht erkunden wir die Stadt ein wenig weiter.« Ich fasse mir mit der kühlen Hand an die Wange, um die Hitze zu vertreiben, doch Monsieur Dupont lächelt bloß wissend.

»Dann wünsche ich Ihnen eine wunderschöne Zeit, Miss Hailey. Genießen Sie sie.«

Ich lächele ihm dankend zu, verabschiede mich und mache mich auf den Weg zur Arbeit.

In der Metro treffe ich auf Will, denn es hat sich selbstverständlich nichts daran geändert, dass wir jeden Morgen den gleichen Arbeitsweg vor uns haben. Sobald ich die Metro betrete, halten meine Augen Ausschau nach ihm. Und wie jeden Morgen gehe ich mit leuchtenden Augen, Schmetterlingen im Bauch und klopfendem Herzen auf ihn zu.

»Guten Morgen«, begrüßt er mich und ich frage mich, was mich am meisten aus dem Konzept bringt: seine raue Stimme, die Art und Weise, wie sein Blick augenblicklich auf meine Lippen fällt, oder dass er seine Hand wie selbstverständlich auf meinen Oberschenkel legt?

Mein Herz kann auch jederzeit aus meinem Brustkorb springen, denke ich mir und lehne mich vor, um unsere Lippen miteinander zu vereinen. Mein Körper wird warm, als wir uns küssen und seine Hand unter mein Kinn greift, ganz sachte und behutsam.

»Guten Morgen«, antworte ich, nachdem seine Lippen sich von meinen gelöst haben. »Ich freue mich auf morgen.«

»Ich mich auch.« Er grinst mich schief an, die gewohnten Grübchen zeichnen sich um seine Mundwinkel ab und er fährt sich durch die gegelten Haare.

Verdammt noch mal, wie unglaublich attraktiv kann ein Mann bitte sein? Ist das noch gerecht?

Innerlich denke ich mir, dass ich es schade finde, dass wir den heutigen Abend nicht miteinander verbringen. Aber das spreche ich nicht laut aus. Einerseits traue ich mich nicht, andererseits fürchte ich mich davor, zu anhänglich zu sein. Nicht bloß, weil ich denke, ich könnte ihm damit auf den Keks gehen, sondern auch meinetwegen. Das zwischen uns wird immer ernster, immer intensiver, und vermutlich ist das die Art und Weise meines Herzens, mich vor Herzschmerz zu schützen. Auch wenn ich mittlerweile verstanden habe, dass ich viel zu tief drinstecke, als dass ich davor noch gerettet werden könnte.

Dafür ist es bereits viel zu spät, klingt es alarmierend durch meinen Kopf.

Auf dem Rest der Fahrt unterhalten wir uns über die Arbeit und schauen aus dem Fenster. Mein Kopf ist an seine Schulter angelehnt, seine Hand streichelt langsam über mein Knie. Am liebsten würde ich nie aussteigen müssen und widerstehe dem Drang, laut aufzustöhnen, als meine Station über die Lautsprecher angesagt wird.

»Dann mache ich mich mal auf den Weg«, verkünde ich, richte mich auf und greife nach meiner Tasche.

»Nicht aber ohne das.« Will umschließt meinen Kopf mit beiden Händen, zieht mich an sich und presst mir einen langen Kuss auf die Lippen.

Alles in mir vibriert und ich muss lächeln. Er ebenfalls. Das sind meine liebsten Küsse. Die, während derer man so glücklich ist, dass man einfach lächeln muss und sich nicht stoppen kann. Langsam löse ich mich von ihm, denn die Metro verlangsamt sich und ist in wenigen Sekunden an meiner Station angekommen.

»Ich werde dich vermissen«, haucht er mir zu.

»Ich dich auch«, sage ich.

Er drückt mir einen letzten Kuss auf die Wange, dann steige ich mit den anderen Passagieren aus der Metro aus. Und kann nicht anders, als die ganze Zeit darüber nachzugrübeln, wie es sich erst anfühlen wird, wenn ich ihn *so richtig* vermisse. Weil uns Tausende Kilometer voneinander trennen werden und wir auf verschiedenen Kontinenten leben.

»Du. Ich. Mittagspause.« So begrüßt mich Amandine, als ich wenig später im Studio eintreffe.

Ich habe nicht einmal meine Tasche in meinem Büro abgestellt, da ist sie bereits hereingekommen.

»Ich wünsche dir auch einen schönen Morgen«, antworte ich und lächele sie an.

Herausfordernd zieht Amandine eine Augenbraue nach oben. »Du hast mir immer nur Brotkrumen zugeworfen, wenn es um deinen geheimnisvollen Verehrer ging. Wochenlang habe ich mir das Schauspiel angesehen. Aber jetzt bin ich es leid. Ich möchte endlich Details erfahren!« Theatralisch wirft sie die Hände in die Luft und lässt sie dann wieder sinken.

Ich widerstehe dem Drang, meine Augen zu verdrehen, denn ich weiß, dass Amandine es nur gut meint. Ich kann es manchmal immer noch nicht ganz glauben, dass *sie* meine Chefin ist. Zwar herrschte in meinem Büro in San Francisco auch eine lockere Atmosphäre, doch hier in Paris habe ich eher das Gefühl, Amandine will meine beste Freundin sein. Ich verübele es ihr jedoch nicht, denn ich mag sie und ihre Art und Weise sorgt immer dafür, dass sie mich zum Lachen bringt. Auch wenn ich dennoch manchmal den Drang habe, meine Augen zu verdrehen, so wie jetzt. Aber das gehört zu guten Freundschaften wohl dazu, oder?

»Na gut. Aber ich werde dir nicht *alle* Details berichten«, warne ich sie jetzt schon vor und lasse mich auf meinen Stuhl hinter dem Schreibtisch sinken.

Amandine seufzt. »Also keine privaten Details über euer Sexleben oder wann er dir hübsche Babys macht?«

Erschrocken japse ich und reiße die Augen auf. »Amandine!«, rufe ich. »Manchmal frage ich mich echt, ob du meine Chefin bist.«

Lachend steht die Französin auf und wirft ihre welligen Haare im typischen Undone-Look über ihre Schulter, sodass die großen, goldenen Creolen an ihren Ohren rhythmisch anfangen zu klimpern. »Ihr Amerikaner seid doch verklemmter, als ich dachte.«

Sie zwinkert mir zu und bevor ich protestieren kann, verlässt sie bereits das Büro und schließt die Tür hinter sich.

Ich brauche ein paar Sekunden, in denen ich bloß meinen Gedanken hinterher hänge und nicht aufhören kann, wegen Amandine zu grinsen, bis ich den Computer und mein iPad starte.

Die Mittagspause kommt schneller, als mir lieb ist, muss ich mir eingestehen, als Amandine und ich das Gebäude verlassen und in die warme Mittagssonne treten. In unseren Handtaschen kramen wir nach unseren Sonnenbrillen, um überhaupt etwas in dem grellen Licht sehen zu können. Amandine sieht mit ihrer großen, schwarzen Sonnenbrille und dem flatternden Sommerkleid mal wieder so aus, als komme sie geradewegs vom Laufsteg. Pariser Frauen lassen es so leicht wirken, gut auszusehen, als ob sie kaum Mühe hineinstecken müssten. Dabei stehen sie sicherlich deutlich früher auf als ich, um diesen Look hinzubekommen.

Wir laufen nicht weit, bis wir bei dem italienischen Restaurant ankommen, einem Stammlokal von Amandine. In den meisten Mittagspausen geht sie hier mit Freundinnen oder Kollegen essen. Ich dagegen verbringe meine Pause oft am Arbeitsplatz und esse dort mein mitgebrachtes Essen. Zwar verdiene ich genug Geld, um in Paris leben zu können, aber täglich essen zu gehen, ist mir eindeutig zu teuer. Besonders, weil das Lokal, in das wir gerade treten, nicht eines der günstigsten ist.

Der Kellner weist uns einen Tisch im Außenbereich, der gleich an die Straße angrenzt und bloß durch einen Zaun von ihr getrennt wird, zu. Wir befinden uns mitten im Tumult der Stadt, die Autos hupen um die Wette und Passanten schlängeln sich durch die Straßen.

Ich stöbere durch die Karte, während Amandine ihre bereits wieder zuschlägt und sich eine Zigarette anzündet. Sie hält mir die Packung entgegen und sieht mich mit hochgezogenen Augenbrauen fragend an.

Schnell schüttele ich den Kopf. »Nein, danke, ich rauche doch nicht.«

Amandines Augenbrauen bleiben hochgezogen. »Das

ist gang und gäbe in Paris, Schätzchen. Eine Zigarette mit einem guten Glas Wein löst so manches Problem.«

Ich frage mich, worauf sie anspielt, und lache nur.

Sobald der Kellner kommt, bestellt sie sich ein Glas Weißwein, während ich bei stillem Wasser bleibe. Wenig später taucht er mit dem von uns georderten Essen auf und Amandine drückt ihre Zigarette im Aschenbecher aus.

Meine Nudeln duften köstlich und mir läuft das Wasser im Mund zusammen. Schnell schieße ich mit meinem Handy ein Foto, bevor ich anfange zu essen.

»Und, sendest du das Foto an Loverboy?« Amandine schielt zu mir herüber, während sie die Gabel in ihren Mund schiebt.

Ich lasse mein Handy sinken und lächele verlegen. »Möglicherweise.«

Schnell schiebe ich mir auch eine Gabel in den Mund, damit ich nicht weiterreden muss.

»Also.« Amandine nimmt einen großen Schluck von ihrem Weißwein. »Was kannst du mir endlich von diesem heißen Typen erzählen? Hast du Fotos von ihm? Wie ist er so drauf?«

Ich erzähle ihr ein paar grundlegende Dinge über Will, ohne dabei zu private Details preiszugeben, die nur ihn und mich etwas angehen. Als ich in meinem Handy nach einem Foto suche, zeige ich ihr eines, das ich von ihm gemacht habe, als wir letztens im Park spazieren waren. Auf dem Bild grinst er breit, zeigt seine perfekten weißen Zähne und sein Anblick lässt mich innerlich dahinschmelzen.

Ich halte Amandine das Handy entgegen. Mit zusammengekniffenen Augen starrt sie auf den Bildschirm.

»Den kenne ich doch«, sagt sie dann.

Verwundert lege ich meinen Kopf schief. »Wie, du kennst Will?«

Mein Hals fühlt sich mit einem Mal staubtrocken an. Schnell nehme ich einen Schluck von meinem Wasser.

»Ja«, sagt sie und nimmt einen weiteren Schluck von ihrem Wein. »Er ist mein Psychologe.«

Beinahe spucke ich das Wasser mitten in ihr Gesicht, kann mich dann aber doch noch beherrschen und schlucke es mühsam hinunter. »Dein *Psychologe*?«

»Ja.« Amandine zuckt mit den Schultern, als wäre das keine große Neuigkeit.

Ich hingegen kann kaum glauben, dass meine Chefin Will die ganze Zeit über schon kannte.

»Ich gehe jede Woche für ein Gespräch zu ihm. Um die Trennung von meinem Mann zu verarbeiten. Langweilige Geschichte, ich will dich nicht mit den Details quälen.« Sie verdreht ihre Augen und zündet sich eine weitere Zigarette an, obwohl sie ihren Teller noch nicht geleert hat.

So langsam setzen sich die einzelnen Puzzlestücke, die ich über Amandine gesammelt habe, zu einem größeren Bild zusammen. Ich weiß nicht viel über sie, über ihr Privatleben hält sie sich immer recht bedeckt beziehungsweise habe ich das Gefühl, dass sie eine Maske aufgesetzt hat, sobald sie mit anderen Menschen interagiert. Sie war verheiratet? Ich konnte mir Amandine bislang nicht als Ehefrau vorstellen. Ihren Andeutungen zufolge ist sie eher die Art Frau, die gerne feiert und es sich mit wechselnden Männern gut gehen lässt. Jedem das Seine.

»Nun schau mich nicht so an. Ja, ich war verheiratet. Aber er hat mir mein Herz gebrochen und mich für eine Jüngere verlassen. So spielt das Leben eben.«

Ich glaube, in ihren Augen eine neue Emotion aufflackern zu sehen, die ich nicht recht einordnen kann.

»Ich weiß nicht, was ich überraschender finden soll: dass du Will bereits kennst oder dass du verheiratet warst«, gebe ich offen zu.

Amandines Mundwinkel zucken. Eine Sekunde lang habe ich Angst, dass es ihr nicht passt, dass ich sie auf das Thema anspreche. Aber sie scheint eher amüsiert zu sein.

»Tja, das glaube ich dir. Aber um mal zum wichtigen Thema zurückzukommen: Dein Loverboy ist verdammt heiß.«

Unbewusst beiße ich mir auf die Unterlippe und Amandine wackelt mit ihren Augenbrauen. Ich kann mir ein Lächeln nicht verkneifen.

»Ist es denn jetzt was Ernstes zwischen euch beiden?«, hakt sie weiter nach.

Ich atme tief durch. »Na ja, wir haben nie so wirklich darüber gesprochen. Ich merke schon, dass sich immer mehr zwischen uns anbahnt. Aber ich denke, dass wir es einfach langsam angehen lassen wollen. Und schauen, wohin es uns verschlägt. Letzten Endes ist meine Zeit in Paris aber sowieso begrenzt …«

Puff. Da sind sie wieder. Die Zweifel, die meinen Kopf doch gerade erst in Ruhe gelassen hatten.

»Ihr wollt es langsam angehen lassen? Und du machst dir jetzt schon Gedanken darüber, dass deine Zeit hier bald endet?« Amandine lacht so laut, dass nicht nur ich zusammenzucke, sondern auch die anderen Gäste von den Nachbartischen zu uns blicken.

Beschämt lasse ich mich tiefer in meinen Stuhl sinken.

»Was ist daran so schlimm?«, frage ich mit leiser Stimme nach, damit nicht alle dieses Gespräch mitbekommen.

Amandine sieht genervt aus. Ihre Lippen formen eine schmale Linie, bevor sie einen letzten Zug von ihrer

Zigarette nimmt und sie dann ausdrückt. Im Anschluss stützt sie sich mit den Ellenbogen auf dem Tisch ab und beugt sich zu mir vor. Ihr Blick ist mit einem Mal ganz ernst.

»Mach dir das Leben doch nicht schwerer, als es sein muss. Ich sage dir eins, Hailey: So einen Mann wie Will findest du nicht an jeder Straßenecke. Ihr scheint euch gut zu verstehen und er ist ein verdammtes Sahneschnittchen. Du willst es langsam angehen lassen und dir jetzt schon den Kopf über das Ende zerbrechen? Ein großer Fehler. Stürz dich in die Liebe, fühl alle Emotionen und lebe jede Sekunde, als wäre es deine letzte. Denn, meine Liebe, du weißt nie, wann ein Ende kommt. So was lässt sich nicht planen. Es passiert einfach irgendwann oder vielleicht gehörst du auch zu den Glücklichen, die es bis zum Tod niemals erfahren werden. Aber solange du dich nicht mit vollem Risiko in die Liebe stürzt, wirst du nie ihren ganzen Umfang erfahren. Du wirst nie wissen, wie es ist, dein ganzes Herz zu fühlen, die ganze Leidenschaft, die in dir steckt.« Während sie spricht, schaut sie nicht zu mir, sondern auf ihr Weinglas, dessen Rand sie mit dem Finger umfährt. Als sie fertig ist, ist es ein paar Sekunden lang still zwischen uns.

Ich frage mich, ob sie gerade über sich selbst gesprochen hat. Über das, was sie in der Liebe erlebt hat. Mit einem Mal fühle ich mit ihr, spüre den Schmerz, den sie immer noch tief in sich trägt. Ich weiß nicht, wie lange es her ist, dass ihr das Herz gebrochen wurde, aber es ist noch nicht verheilt.

Bevor ich jedoch etwas darauf antworten kann, fängt Amandine sich wieder. Sie setzt ihr strahlendstes Lächeln auf, fährt sich durch die Haare und schnipst mit den Fingern in der Luft nach dem Kellner. »L'addition s'il vous plaît.« Sie schaut zu mir und zwinkert. »Das geht heute auf mich.«

Sie lässt mir gar keine Chance, zu protestieren, und zückt ihr Portemonnaie.

Ich habe noch nie gesehen, dass ein Mensch seine Emotionen so schnell verstecken kann, wie es bei Amandine der Fall ist. Und ich kann nicht aufhören, über ihre Worte nachzudenken. Darüber, wie sehr sie der Wahrheit entsprechen.

KAPITEL 23

Will

Heute will ich Hailey endlich einen meiner liebsten Orte in Paris zeigen. Ich frage mich, wieso wir bislang noch nicht gemeinsam hier waren.

»Willst du mir endlich verraten, wohin es uns heute verschlägt?«, fragt Hailey kichernd.

Wir schlendern durch das Quartier Latin, denn es ist nur ein Fußmarsch bis zu dem Ort, den wir heute besuchen werden. Die Sonne strahlt wieder einmal hell und heiß vom Himmel und Haileys Hand in meiner fühlt sich so richtig an. So gut.

»Wir sind gleich da.« Ich zwinkere ihr zu.

Ihr Lächeln sorgt dafür, dass sich die Schmetterlinge in meinem Bauch zu verdreifachen scheinen.

Wenig später kommen wir an der Rue de la Bûcherie an. Dort befindet sich die Buchhandlung *Shakespeare and Company*, eine der berühmten Buchhandlungen in Paris für englischsprachige Bücher. Das dunkelgrün bemalte Geschäft versprüht bereits von außen einen besonderen Charme, der mich jedes Mal wieder in seinen Bann zieht.

Wie immer tummeln sich etliche Touristen vor dem Geschäft. Ich ziehe Hailey durch die kleine Masse hindurch, damit sie einen besseren Blick auf das Buchgeschäft werfen kann. Lichterketten sind an den Seiten angebracht. Einen Moment lang ärgere ich mich, dass wir tagsüber hier aufgekreuzt sind, doch da es erst spät dunkel wird und das Geschäft dann bereits geschlossen hat, würde sie es dann nicht von innen bewundern können, auch wenn die Buchhandlung mit ihren Lichterketten am Abend umso schöner ist.

»Willkommen bei *Shakespeare and Company*«, verkünde ich.

Hailey lächelt mich breit an. »Wow, der Laden sieht ja supersüß aus.«

Langsam treten wir ein und ich glaube, dass es ihr für einen Moment die Sprache verschlägt. So ging es mir auch, also kann ich mir ein Lachen nicht verkneifen.

»So einen schönen Laden hast du mir die ganze Zeit vorenthalten?«, quiekt sie.

»Na ja, du liest doch nicht so viel, da dachte ich, es wäre vielleicht nichts für dich.« Ich streiche über meinen Bart und mustere sie.

»Ich habe das Gefühl, ich wäre gerade in die Vergangenheit gereist«, wispert sie dann und trifft es damit wohl genau auf den Punkt.

Der Laden beschert einem das Gefühl, sich im Paris der Zwanzigerjahre wiederzufinden. Das liegt nicht bloß daran, dass man hier alte Ausgaben großer Werke findet, sondern auch an dem Look, den der Laden hat. Auf zwei Etagen verteilt entdeckt man von Kronleuchtern beleuchtete ineinander übergehende Bücherregale umgeben von alten Teppichen. An den Wänden hängen Fotos und Widmungen bekannter Schriftsteller. Bis an die Decke stehen Bücher, neue und antiquarische, wohin das Auge auch reicht. Kreuz und quer sind sie einsortiert, stapeln sich, schenken dem Laden einen chaotischen Eindruck, der durch das dämmrige Licht aber auch Wärme und Geborgenheit ausstrahlt. Ich weiß nicht, wie viele Stunden ich schon hier verbracht habe. Und wie viele noch dazukommen werden.

»In Filmen ist *Shakespeare and Company* auch schon aufgetaucht«, erkläre ich Hailey, die bei dem Thema natürlich direkt ganz Ohr ist. »In *Before Sunset* treffen sich die beiden Protagonisten hier und für Woody Allens *Midnight in Paris* wurde hier auch gedreht.«

Haileys Augen funkeln mich interessiert an. Wir schlendern durch die schmalen Gänge und ihre Augen wandern an den Regalen auf und ab.

»Ich kann wirklich verstehen, wieso du es hier liebst.«

»Ich habe nebenbei hier gejobbt, als ich in Paris studiert habe«, erkläre ich ihr den Grund, wieso ich die Buchhandlung für mich entdeckt habe.

Ihr Kopf ruckt in meine Richtung. »Wirklich? Das muss wahnsinnig cool gewesen sein. Ich war noch nie in solch einem schönen Laden.«

Es freut mich, dass es ihr hier gefällt. »Das *Shakespeare and Company* hat wirklich einen Charme, den du nicht überall finden kannst, was vielleicht auch daran liegt, dass hier weltberühmte Schriftsteller wie Ernest Hemingway, F. Scott Fitzgerald, James Joyce und T. S. Eliot ein und aus gegangen sind.«

Ihre Augen werden noch größer. »F. Scott Fitzgerald, der Autor deines Lieblingsbuchs!«, ruft sie.

Ich nicke. »Ganz genau. Vermutlich ein weiterer Grund, wieso ich es hier so sehr liebe.«

Wir schlendern weiter durch die Gänge, erkunden auch die obere Etage, die genauso vor Büchern strotzt wie die untere. Hailey kann sich gar nicht sattsehen, greift nach Romanen, blättert hindurch. Und während sie ganz in meinen Lieblingsort in Paris vertieft ist, kann ich nicht aufhören, sie anzusehen. Sie zu beobachten, wenn sie ein paar Zeilen liest, ihre Lippen leicht geöffnet, während ihre Augen über die Seite wandern.

Wir verlassen den Laden eine halbe Stunde später, nicht jedoch ohne Beute. Hailey hat sich eine ältere Ausgabe von *The Great Gatsby* ausgesucht sowie einen der bekannten Jutebeutel des Geschäfts mit einer Zeichnung des Buchladens darauf. Auch wenn sie ihre Sachen selbst bezahlen wollte, habe ich darauf bestanden, sie ihr zu schenken.

»Sollen wir noch das angrenzende Café besuchen?«, frage ich, als wir wieder vor dem Laden stehen.

»Sehr gerne.« Sie lehnt ihren Kopf an meiner Schulter an und ich ziehe sie in eine Umarmung.

Die Sonne strahlt auf uns herunter und ich spüre, dass ich mich schon lange nicht mehr so ruhig gefühlt habe wie mit ihr. Wie alles in meinem Körper entspannt, der Stress meine Zellen verlässt und kein Gedanke mehr für die Arbeit übrig ist.

Die nächsten Tage sind wieder mit viel Arbeit vollgestopft. Leider treffe ich Hailey heute nicht in der Metro, was daran liegt, dass sie erst später auf der Arbeit erscheinen muss. Ich vermisse es, sie zu sehen, obwohl wir fast das ganze Wochenende miteinander verbracht haben. Manchmal frage ich mich, ob das gesund ist. Aber solange ich mich gut fühle, kann doch nichts dagegensprechen, oder?

Auch wenn ich jedes Mal eine Last auf den Schultern spüre, sobald ich die Praxis betrete, ist es dank Hailey in meinem Leben leichter zu ertragen. Ich habe etwas, auf das ich hinarbeite, etwas, auf das ich mich nach Feierabend freuen kann. Natürlich ist das keine langfristige Lösung für meine Probleme. Doch momentan klappt es so und ich bin froh, dass mein Kopf mit Gedanken an Hailey gefüllt ist, statt mit diesen zermürbenden Gedanken, die ihn sonst gefüllt haben.

Henry und ich unterhalten uns, bevor wir uns an die Arbeit machen. Er erzählt mir mal wieder, dass er viel zu viel gearbeitet und viel zu wenig geschlafen hat, und ich würde ihn am liebsten schütteln. Die Ringe unter seinen Augen scheinen tiefer geworden zu sein. Er wirkt müde, doch ich kenne ihn. Er erlaubt sich keine richtigen Auszeiten. In der Mittagspause werde ich ihn dazu drängen, einen langen Spaziergang mit mir zu machen oder essen zu gehen. Es muss einfach sein.

Sobald ich mittags aber meinen Computer herunterfahre und aufstehen will, klopft es an meiner Tür. Henry tritt ein.

»Äh, du hast Besuch«, erklärt er mir und deutet mit dem Zeigefinger hinter sich in den Flur.

»Okay«, sage ich und schiebe meinen Stuhl an den Schreibtisch. »Wer ist es denn?«

Natürlich denkt mein Kopf sofort an Hailey. Dementsprechend schwingt Freude in meiner Stimme mit, mein Herzschlag beginnt sich zu beschleunigen und ich verspüre den Drang, sie sogleich fest in meine Arme zu ziehen und ihre Lippen auf meinen zu spüren. Doch als ich Schritte näher kommen höre und Henrys angespannten Gesichtsausdruck sehe, weiß ich, dass es sich nicht um Hailey handelt.

Stattdessen steht Ellie vor mir. In Hotpants, kurzem Top und mit dem breitesten Lächeln, das ich je an ihr gesehen habe. Sie streicht sich durch ihre roten Haare und kommt auf mich zu, um mich in eine Umarmung zu ziehen. »Hey, Will, ich war gerade in der Nähe und wollte in deiner Mittagspause was mit dir essen gehen. Du hast doch gerade Zeit, oder? Henry meinte, ihr hättet jetzt frei.«

Sie löst sich von mir und ich bedenke Henry mit einem Blick, doch dieser schaut mich gar nicht an.

»Ja, äh, ich wollte gerade eine Pause machen. Aber ich weiß gar nicht, ob ich unbedingt ausgehen will«, versuche ich, mich herauszureden.

»Ach was, seit wann willst du denn lieber hier drinbleiben?«, will sie wissen und ihre Hand streift meinen Arm.

Ich merke, dass ich mich aus der Nummer nicht befreien kann, ohne einen riesigen Aufstand zu provozieren. Ich widerstehe dem Drang, aufzustöhnen.

»Du kommst aber mit, Henry, habe ich recht?«, versuche ich, meinen Kumpel dazu zu verleiten, uns beide nicht allein essen gehen zu lassen.

Henry blickt endlich zu mir, schüttelt aber den Kopf. »Sorry, Will. Ich habe gleich noch einen Call mit meinen Eltern. Sie wollen ein paar Zahlen dazu hören, wie es mit der Praxis läuft.«

Ich presse die Zähne aufeinander. »Kannst du das Telefonat nicht verschieben? Du musst auch mal eine Pause machen.« Ich versuche es auf diese Tour, doch damit kann ich erst recht nichts bei ihm erreichen.

»Will, du weißt, wie meine Eltern sind. Wenn ich den Termin absage, denken sie noch, ich will ihnen etwas verheimlichen.«

Er wirkt angespannt, seine Schultern steif und ich sehe, wie er mit sich ringt.

»Na gut.« Ich seufze. Ich will Henry keinen Ärger einbrocken, schließlich weiß ich, dass wir seinen Eltern sehr viel zu verdanken haben. Nichtsdestotrotz verstehe ich nicht, wieso Ellie einfach hier in der Praxis aufkreuzen musste.

»Na, dann lass uns mal losgehen«, fordert sie mich auf, hakt sich schnell bei mir unter und zieht mich mit sich nach draußen, sodass ich keine Chance habe, ihr weiter zu widersprechen.

Ich verfluche es, dass Henry nicht mit uns kommen kann. Und ich verfluche so einiges mehr, als wir aus der Praxis heraustreten. Aber am meisten bin ich sauer auf mich selbst.

Als mein Handy in meiner Hosentasche vibriert, löse ich mich aus Ellies Umklammerung und entsperre es.

Eine neue Nachricht. Von Hailey.

Mein Herz setzt eine Sekunde lang aus, so wie es jedes Mal passiert, wenn ich ihren Namen sehe. Und es scheint anschließend noch ein paar Sekunden länger stillzustehen, als ich den Inhalt ihrer Nachricht lese.

Hey, hast du jetzt Mittagspause? Ich musste ja erst später im Studio sein und jetzt ist noch ein Termin bei mir ausgefallen. Wir können also mittags was Kleines essen gehen, wenn du Lust hast.

Du-dum. Die Schicksalssinfonie in meinem Kopf. Hier ist das Szenario, das ich so lange versucht habe, zu vermeiden. Ellie ist bei mir und Hailey will sich mit mir treffen.

Ein paar Sekunden später kommt eine weitere Nachricht von ihr.

Ich komme einfach eben vorbei, ich muss ohnehin gleich noch was in der Nähe erledigen. xx

»Ist alles in Ordnung?« Ellie hält neben mir an, denn ich kann nicht anders, als mein Handy *anzustarren.*

»Äh, ja«, antworte ich und wir laufen weiter.

Ich habe keinen blassen Schimmer, was ich jetzt machen soll. Hailey wird gleich hier aufkreuzen. Sollte sie in die Praxis gehen, wird Henry ihr hoffentlich nicht gleich erzählen, dass ich mit ihrer Schwester unterwegs bin.

Aber er ist auch ein schlechter Lügner, also wird sie schnell erfahren, dass ich essen gegangen bin. Da Ellie und ich in das nächstgelegene Restaurant gehen, wird sie nach dieser Information nicht lange brauchen, um mich ausfindig zu machen. Um *uns* ausfindig zu machen.

Egal, wie ich es drehe und wende, hier braut sich gerade eine Katastrophe zusammen. Ellie werde ich so schnell nicht los, ohne dass sie verdammt misstrauisch wird. Und was ist, wenn sie dann ihrer Schwester auf der Straße über den Weg läuft? Wie kann es überhaupt sein, dass das Ganze nicht schon längst aufgeflogen ist?

»Ach, das ist ja witzig«, sagt Ellie auf einmal.

Ich bin immer noch in mein Handy vertieft und überlege, was ich Hailey antworten soll, um Schlimmeres zu vermeiden.

»Was denn?«, frage ich, ohne aufzusehen.

»Da vorn ist meine Schwester. Ich frage mich, was sie hier macht. Müsste sie nicht auf der Arbeit sein?«

Noch nie konnte sich Ellie meiner Aufmerksamkeit so schnell sicher sein. Mein Kopf ruckt nach oben. Geradewegs auf uns zu kommt: Hailey. Sie ist noch ein Stück von uns entfernt, läuft aber in unsere Richtung. Bislang hat sie uns nicht bemerkt, denn sie ist in ihr Handy vertieft, so wie ich es bis gerade eben auch noch war.

Aus dem Augenwinkel sehe ich, wie Ellie ihre Hand hebt, um zu winken. Und ich bete, dass sich vor mir gleich ein großes Loch auftut, in das ich einfach schnell verschwinden kann.

KAPITEL 24

Hailey

Gut gelaunt laufe ich durch die Straßen. Der Himmel erstreckt sich in einem strahlenden Blau über mir, die Sonne steht hoch und hell und Paris zeigt sich mal wieder von seiner schönsten Seite. Vogelgezwitscher, Verkehrsgeräusche und Stimmen dringen an mein Ohr, während ich auf meinem Handy tippe.

Als ich erfahren habe, dass das Meeting, das für mittags anstand, ausfällt, habe ich Will geschrieben. Ich weiß, dass bei seiner Praxis gleich um die Ecke ein gutes Restaurant ist, das er öfter in den Mittagspausen besucht. Erst letztens hat er mir noch davon erzählt. Und ich dachte mir, dass es eine schöne Idee wäre, wenn wir die Mittagszeit auch unter der Woche zusammen verbringen.

Ich schlendere also durch die Straßen auf dem Weg zu ihm. Er hat mir noch nicht zurückgeschrieben, aber ich habe ihm die Nachrichten auch erst vor wenigen Sekunden gesendet. Ich dachte, dass es Sinn macht, einfach mal in seiner Praxis vorbeizusehen, wenn ich ohnehin in der Nähe bin, statt auf seine Antwort zu warten. Wenn er Zeit hat, könnten wir zusammen essen gehen, und wenn nicht, würde ich mir eben selbst einen kleinen Snack holen.

Ich stecke das Handy zurück in meine Tasche und hefte meinen Blick wieder auf den Gehweg, als ich vor mir eine Gestalt entdecke, die mir euphorisch zuwinkt. Ich brauche eine Sekunde, bis ich erkenne, dass es meine Schwester ist. Wie immer trägt sie knallige Farben und auf ihrer Nase sitzt eine große, eckige Sonnenbrille.

»Hails!«, ruft sie mir zu.

Was für ein Zufall, denke ich, *dass wir uns hier über den Weg laufen.* Mit ihr hätte ich nie gerechnet.

Noch weniger hätte ich aber damit gerechnet, dass ein Mann, der mir nur allzu bekannt vorkommt, neben ihr läuft. Er verlangsamt seine Schritte, sodass ein wenig Distanz zwischen Elara und ihm aufkommt. Jetzt bin ich fast bei den beiden angekommen.

Meine Schwester überbrückt die letzten Meter, die uns voneinander trennen, indem sie auf mich zu sprintet und mich in eine feste Umarmung zieht.

»Was machst du denn hier?«, will sie wissen.

»Ich war gerade in der Nähe und …« Abrupt breche ich den Satz ab, als ich über Elaras Schulter blicke und sehe, wie Will ein wenig weiter weg stehen bleibt und uns beobachtet.

»Ach, wie schön, dass wir uns getroffen haben«, plappert Elara munter drauflos. »Will und ich wollten gerade die Mittagspause nutzen und was essen gehen.«

Könnte man in diesem Augenblick in meinen Kopf sehen, würde man nur lauter Fragezeichen sehen. Will und Elara kennen sich? Woher? Seit wann? Und sie gehen zusammen essen?

»Äh«, kommt es mir bloß über die Lippen.

»Na, wenn du jetzt schon hier bist, willst du auch mit

uns essen kommen oder musst du weiter zur Arbeit?«, hakt Elara nach.

Ich blinzele kurz, fixiere Will. Er starrt mich einfach nur an.

»Ihr kennt euch?«, spreche ich dann aus, was ich mich die ganzen letzten Sekunden über gefragt habe.

Jetzt ist Elara diejenige, die verwirrt die Stirn kraus zieht. »Ja, ich verstehe die Frage nicht. Kennst du …?«

Doch sie wird von Will unterbrochen, der die Distanz zwischen uns mit großen Schritten überbrückt. »Elara und ich kennen uns durch Henry.«

»Und ihr beide kennt euch auch?«, fragt meine Schwester verwirrt in Wills Richtung.

Er schluckt. »Ja, also, wir haben uns zufällig in Paris kennengelernt.«

Irgendetwas ist ganz … komisch. Wir schauen uns alle mit verwirrten Gesichtsausdrücken und leicht geöffnetem Mund an. Ich habe das Gefühl, keiner weiß so richtig, was er sagen soll.

»Ich hatte ja keine Ahnung, dass du meine Schwester kennst«, sage ich nach einer Weile.

Elara stimmt mir zu. »Und *ich* hatte keine Ahnung, dass du meine Schwester kennst.«

Will fährt sich mit der Hand über den Nacken. »Was soll ich sagen? Ich wusste nicht, dass ihr beide Schwestern seid.«

Er wirkt durch den Wind. Es ist … komisch. Ich merke, dass er mich nicht richtig ansehen kann, dass er zwischen Elara und mir hin- und hersieht, bloß nicht zu lange zu mir. Und wenn sich unsere Blicke kurz streifen, habe ich das Gefühl, ein Sturm an Emotionen braust durch ihn hindurch. Es ist … seltsam.

»Wir können ja beim Essen darüber sprechen«, meint Elara dann und wippt mit ihren Füßen. »Wir müssen nämlich langsam mal weiter, sonst ist die Mittagspause gleich schon wieder rum.« Abwartend schaut sie uns an.

Doch mein Blick ruht bloß auf Will. Ich weiß nicht, was ich davon halten soll, dass er meine Schwester kennt. Ich meine, die beiden scheinen einfach miteinander befreundet zu sein, aber trotz allem beschleicht mich ein komisches Gefühl. Wie als ob meine Intuition zu mir sprechen würde.

»Soll ich denn mitkommen?«, frage ich an Will gerichtet.

Elara ergreift das Wort für ihn. »Wie oft denn noch? Ich habe dich doch schon zweimal gefragt, ob du mitwillst.«

Will öffnet seinen Mund. »Klar, du kannst gerne mitkommen.«

Doch Worte haben noch nie so unehrlich aus seinem Mund geklungen wie diese.

Mich fröstelt es.

»Danke für die Einladung, Elara«, antworte ich, meinen Blick immer noch auf Will geheftet. »Aber ich habe schon etwas vor. Bis dann.«

Mit diesen Worten trete ich an den beiden vorbei, ohne abzuwarten, was sie noch zu sagen haben. Ich laufe die Straße hinunter, höre noch Elaras Stimme, kann aber nicht verstehen, was sie sagt. Die ganze Zeit über habe ich das Gefühl, Wills Blick sei auf meinen Rücken gerichtet, brennt sich darauf ein, bis ich um die Ecke verschwunden bin. Dort bleibe ich erst einmal stehen und lehne mich an eine Hauswand.

Was war das gerade? Wieso kennen sich Will und Elara bereits? Woher? Und ... wie ist die Beziehung zwischen den beiden?

Ich kann nicht genau erklären, wieso mein Herz wie wild rast, meine Gedanken nur so kreisen und ich gerade einfach gegangen bin, statt mit den beiden zu essen und mehr zu erfahren. Vielleicht lag es an Wills merkwürdigem Blick, an der Art und Weise, wie er den letzten Satz ausgesprochen hat.

Ich drücke mich von der Wand ab und setze meine Beine wieder in Bewegung, ohne wirklich eine Ahnung zu haben, wohin ich laufe. Wieso ... kennen die beiden sich und ich hatte bis jetzt keinen blassen Schimmer davon? Wieso war es so eine Selbstverständlichkeit, dass die beiden in Wills Mittagspause essen gehen?

Ein dumpfes Gefühl macht sich in meiner Brust breit.

Ein Gefühl der ... *Eifersucht.*

Gib es doch zu, spricht meine innere Stimme zu mir. *Gib es doch einfach zu, dass du* eifersüchtig *auf deine Schwester bist. Dass sie Zeit mit deinem Liebling verbringt, obwohl du gerade auf dem Weg zu ihm warst. Dass sie mit ihm essen geht, obwohl es* deine *Idee war. Hm? Wie fühlt sich das an?*

Ich schüttele meinen Kopf und steuere auf den Park zu, der sich vor mir erstreckt. Als ich eine freie Parkbank entdecke, setze ich mich dorthin, um erst einmal ein paar Sekunden durchzuatmen. Kinder kreischen auf dem Spielplatz gleich vor mir, während ihre Mütter sich lachend unterhalten und Babys auf dem Arm und in den Kinderwagen schaukeln.

Was soll schon dabei sein, dass die beiden ... befreundet sind? Ich meine, sie können schließlich befreundet sein. Immerhin wird es ernster zwischen Will und mir.

Tief in mir drinnen weiß ich *ganz genau*, was diese erdrückenden Gefühle in mir hervorruft. Und der Grund dafür ist einzig und allein der, dass ich eifersüchtig auf meine Schwester bin. Weil sie schon immer die Hübschere war, die Erfolgreichere, die Beliebtere. Er hat in der Highschool begonnen, dieser Vergleich. Immer war Elara mir ein Stück voraus, egal, in welcher Hinsicht. Sie hatte viel früher Beziehungen und erste Küsse. Sie brauchte bloß ein Wort zu sagen oder den Leuten einen Blick zuzuwerfen und alle waren *geblendet* von ihrer Ausstrahlung. Ich weiß, dass es ziemlich gemein ist, so zu denken. Immerhin ist sie meine Schwester und ich habe sie unglaublich lieb. Nichtsdestotrotz tauchen diese Gedanken in meinem Kopf auf. Und ich stelle mir wieder und wieder vor, wie die beiden gerade zusammen in dem romantischen italienischen Restaurant sitzen, an einem Glas Wein nippen und ihre Spaghetti miteinander teilen.

Wie erbärmlich bin ich eigentlich?

Tja, anscheinend stimmt in meinem Kopf wirklich etwas nicht. Ich vergrabe mein Gesicht in meinen Händen, bevor ich die Zähne aufeinanderpresse, mich aufrichte und mein T-Shirt glatt streiche. Zum einen muss ich mich langsam auf den Weg zur Arbeit machen. Zum anderen drehe ich innerlich gerade einfach grundlos durch. Schließlich gibt es keinen Grund, zu denken, dass etwas zwischen Will und Elara laufen sollte. Will würde niemals zweigleisig fahren, so schätze ich ihn nicht ein. Zwischen uns bahnt sich immer mehr an und meine Schwester hat mir schon lange nichts mehr von irgendwelchen Typen erzählt. Zwar haben wir in der letzten Zeit auch nicht mehr so viel gemeinsam unternommen, weil ich die meiste Zeit auf der Arbeit oder mit Will verbracht habe und sie selbst viel arbeiten musste, aber trotzdem.

Ich zerdenke mal wieder alles viel zu viel. Will wird sich am Wochenende schon noch bei mir melden, dann unternehmen wir etwas und er kann mir mehr darüber erzählen, woher er eigentlich meine Schwester kennt. Problem gelöst, was kein Problem war, oder?

Will schreibt mir bis zum nächsten Tag am Mittag nicht. Na ja, die letzte Nachricht war eine von mir, in der ich ihm mitgeteilt habe, dass ich auf dem Weg zu seiner Praxis bin. Darauf hat er mir nicht mehr geantwortet, denn ich habe ihn schließlich unterwegs mit meiner Schwester getroffen. Ich rede mir ein, dass ich ihn auch selbst hätte anschreiben können, wenn ich von ihm hätte hören wollen, aber ein anderes Gefühl sagt mir, dass ich auch darauf warten kann, bis er sich bei mir meldet. Fast fühle ich mich ein wenig trotzig. Mit Elara habe ich auch nicht mehr geschrieben, aber wir schicken uns sowieso nie viele Textnachrichten. Das haben wir noch nie gemacht.

So sitze ich also an diesem Mittag in meinem Apartment auf der Couch und starre auf mein Handy, das auf dem Couchtisch liegt. Ich komme mir ein wenig erbärmlich vor, dass ich zum einen die ganze Zeit auf eine Nachricht von Will warte und es zum anderen nicht schaffe, ihm selbst zu schreiben. Dann wiederum frage ich mich, *was* ich ihm denn texten sollte.

Sollen wir uns treffen? Etwas unternehmen? Willst du mir verraten, wieso es mir so ein komisches Gefühl bereitet, dass du meine Schwester schon die ganze Zeit über kennst und ihr gemeinsam essen geht?

Ich entscheide mich dafür, dass Variante eins und zwei wohl die Besten sind.

Hey, Will, schreibe ich, *hast du Lust, dich heute oder morgen mit mir zu treffen? Vielleicht können wir einen weiteren Punkt von unserer Liste abhaken und Paris unsicher machen.*

Ich klicke auf Senden und weg ist die Nachricht. Mit klopfendem Herzen lege ich das Handy zurück auf den Tisch. Warte. Und … warte.

Nervös zappele ich umher, tippe mit den Fingern auf meine Jeans, zupfe an einem Hautfetzen um einen Nagel herum, doch auch nach fünfzehn Minuten Herumsitzen habe ich keine Antwort von ihm.

Na ja, da wird schon nichts dabei sein. Man kann halt nicht immer so schnell antworten.

Doch auch als ich mir am Abend ein schnelles Abendessen bestehend aus Penne mit Tomatensoße zubereite, da ich auf mehr keine Lust habe, habe ich noch keine Nachricht von ihm.

Auch nicht, als ich am nächsten Morgen aufstehe und das Erste, was ich tue, ist, nach meinem Handy zu greifen. Keine. Einzige. Nachricht. Von. Will.

Ich presse die Zähne aufeinander und zwinge mich dazu, aufzustehen und mir einen Kaffee zuzubereiten. Vielleicht ist er einfach beschäftigt. Vielleicht ist sein Handy kaputtgegangen. Vielleicht, vielleicht, vielleicht.

Als ich auch am Mittag keine Antwort von ihm erhalten habe, gebe ich es auf. Ich schmeiße mich in Jeans und T-Shirt, texte Amandine und frage sie, ob sie spontan Zeit und Lust hat, mit mir in die Stadt zu gehen. Auf ihre Antwort muss ich nicht lange warten. Zwei Minuten später schreibt sie mir, dass sie mich am Platz des Louvre trifft.

Die ganze Metrofahrt über starre ich auf meinen Handybildschirm.

Aber keine. Einzige. Nachricht. Von. Ihm.

KAPITEL 25

Will

Wahrscheinlich war es nicht gerade der feinste Zug von mir, Hailey nicht auf ihre Nachricht zu antworten. Ja, ich gestehe mir ein, es war einfach nur wahnsinnig dämlich und uncharmant von mir. Der Grund dafür? Nicht einmal ein guter. Es lag nicht daran, dass mein Handy kaputtgegangen ist oder irgendetwas Schlimmes passiert ist, weswegen ich ihr nicht antworten konnte. Viel beschissener noch: Ich bin einfach zu feige, mich ihr zu stellen. Und wieso? Weil ich Angst habe, dass sie erfährt, was zwischen Ellie und mir gelaufen ist. Und dass es sie dann verletzt, zu wissen, dass ich mit ihnen *beiden* geschlafen habe. Mit ihnen *beiden* viel Zeit verbracht habe. Mit Ellie *immer noch* Zeit verbringe. Obwohl ich weiß, dass Ellie mehr von mir will als bloß Freundschaft.

Doch anscheinend hat es mich bis hierhin nicht weiter gestört, zu wissen, dass die beiden Schwestern sind und dass es irgendwann einen Knall geben wird, wenn es die eine von der anderen erfährt. Ich weiß nicht, was schlimmer sein wird: Wenn Ellie, die noch immer etwas von mir will, erfährt, dass ich Gefühle für ihre Schwester habe und es zwischen uns beiden ernster wird, oder wenn

Hailey herausfindet, dass ich etwas mit ihrer Schwester hatte und es ihr verschwiegen habe und das, obwohl ich weiß, dass Ellie immer noch nicht mit uns beiden abgeschlossen hat. Und obwohl ich sie in die Schranken gewiesen habe, hat es nichts gebracht. Ellie lässt einfach nicht locker. Und ich habe keinen blassen Schimmer, was ich jetzt tun soll.

Sonntagnachmittag – ich habe das ganze Wochenende zu Hause verbracht und mich in meine Arbeit gestürzt, denn es gibt immer etwas zu tun – reiße ich mich endlich zusammen und tippe auf Haileys und meinen Chat. Ich *muss* ihr schreiben. Nicht nur, weil es nur noch schlimmer wird, wenn ich es weiter hinauszögere, sondern auch, weil ich sie wahnsinnig vermisse. Wir hätten das gesamte Wochenende miteinander verbringen können, wäre ich nicht so ein Vollidiot gewesen. Und der war ich. Bin ich. Immer noch.

Hi, Hailey, sorry, dass ich mich jetzt erst melde. Ich musste das ganze Wochenende arbeiten und komme erst jetzt dazu, dir zu schreiben. Hast du Lust, heute Abend etwas essen zu gehen? Ich lade dich ein.

Gesendet. Puh. Ich atme die angestaute Luft aus, lasse meine Schultern sinken, doch die Last darauf löst sich einfach nicht. Wird nicht weniger, sondern droht, mich immer weiter zu erdrücken. Ich warte und warte und warte.

Irgendwann sinkt die Sonne über Paris, der Himmel färbt sich in ein dunkles Blau und die Sterne zeigen sich am Himmel. Ich lehne mich an das Fensterbrett im Wohnzimmer, starre nach draußen, nach oben. Das Sternenfirmament über mir erinnert mich an Hailey. An ihre

Sommersprossen, die sich über das gesamte Gesicht verteilen. An ihre Schönheit.

Ich ziehe mein Handy aus der Hosentasche, doch ich habe immer noch keine Nachricht von ihr. Auch nicht, als ich mich in den späten Abendstunden ins Bett lege. Keine Nachricht.

Und als ich am nächsten Morgen aufstehe, völlig übermüdet von zu wenig Schlaf, angespannt, weil mir eine ganze Woche Arbeit und Stress bevorsteht, starre ich wieder als Erstes auf mein Handy. Doch sie hat mir immer noch nicht geschrieben. Und ich weiß, dass ich das verdient habe. Das ist das große Problem.

Der Weg zur Metro ist an diesem Tag ... angespannter als sonst. Normalerweise schaffe ich es, mich zusammenzureißen, weil ich weiß, dass ich Hailey sehen werde. Jeden Tag, jeden Morgen. Doch nachdem wir das ganze Wochenende kein Wort miteinander gewechselt haben, uns bloß Textnachrichten geschrieben haben, auf die wir nicht geantwortet haben ... Ich weiß nicht, wie ich ihr gegenübertreten soll, ohne komplett den Verstand zu verlieren.

Ich steige in die Metro ein und ergattere einen Sitzplatz. Die Stationen rasen nur so an mir vorbei, bis die aufgerufen wird, an der Hailey jeden Morgen einsteigt. Ich brauche nicht lange, um ihre hellbraunen, rotstichigen Haare ausfindig zu machen. Sie ist die erste Person, die die Metro betritt.

Bitte sieh zu mir, bitte sieh ein einziges Mal in meine Richtung, Hailey.

Mein Herz rast mit meinem Puls um die Wette. Alle Härchen auf meinem Körper sind aufgerichtet, ich bin angespannt und würde am liebsten aufspringen und sie in meine Arme ziehen.

Da dreht sie sich in meine Richtung. Und starrt mich an. Die Metro setzt sich wieder in Bewegung und Hailey hält sich an der Stange über ihr fest, um nicht ins Straucheln zu geraten. Wir liefern uns ein Blickduell, ohne zu wissen, wieso. Obwohl, wahrscheinlich wissen wir es. So viel Ungesagtes steht zwischen uns, als wollten wir es über unsere Augen mitteilen.

Mit der Hand deute ich auf den freien Platz neben mir. Nicke ihr zu. Sie soll sich neben mich setzen. Ich muss ihre Stimme hören. Ich muss wissen, was sie denkt.

Hailey zögert einen Augenblick. Das erkenne ich daran, wie ihre Hand die Stange noch fester umklammert. Sie ringt mit sich, dann gibt sie sich einen Ruck und kommt auf mich zu gelaufen.

»Guten Morgen«, begrüße ich sie, sobald sie sich neben mich auf den freien Platz setzt.

»Guten Morgen, Will.« Ihre Stimme klingt verhalten, während meine versucht, optimistisch und freudig zu klingen.

»Sorry noch mal, dass ich dir erst so spät geantwortet habe«, probiere ich es jetzt noch einmal. Verlegen kratze ich mir über die Bartstoppeln.

Hailey starrt mich von der Seite an. »Bist du sicher, dass es daran liegt, dass du gearbeitet hast?«, will sie wissen.

Mein Atem stockt, doch schnell fange ich mich wieder. »Ja, klar, das habe ich dir ja so geschrieben. Es gibt momentan einfach viel in der Praxis zu tun, da muss ich manchmal einen Berg Arbeit mit nach Hause nehmen. Es tut mir wirklich leid, Hailey.«

Ich habe keine Ahnung, ob das plausibel klingt. Vermutlich tut es genau das nicht. Schließlich haben wir die letzten Wochenenden fast immer miteinander verbracht und ich habe nie in einem Haufen Arbeit gesteckt. Abgesehen davon *weiß* Hailey am besten, wie froh ich bin, sobald das Wochenende anbricht und ich *nicht* in der Praxis arbeiten muss. Dass ich ihr etwas vorlüge, wird sie mir also sicherlich direkt an der Nasenspitze ablesen können. Und das lässt mein schlechtes Gewissen kein Stück schrumpfen. Im Gegenteil. Das negative Gefühl breitet sich in meinem Körper aus, setzt sich wie Blei in meinem Magen fest und sorgt dafür, dass ich mich elend fühle. Aber ich habe es wohl nicht anders verdient, wenn ich nicht direkt mit der Sprache herausrücke.

Was soll ich ihr denn auch sagen?

Hey, Hailey, nur damit du Bescheid weißt, ich habe nicht nur dich, sondern auch deine Schwester gevögelt. Mehrmals. Aber natürlich nicht mehr, sobald es zwischen uns beiden ernst geworden ist. Dafür wusste ich aber die ganze Zeit über, dass deine Schwester Gefühle für mich hat und nicht von mir loskommt, beziehungsweise loskommen will. Und anstatt wenigstens ihr gegenüber ehrlich zu sein und zu gestehen, dass ich mich in ihre Schwester verliebt habe, habe ich einfach gar nichts gesagt. Nichts. Denn ich bin ein verdammter Feigling. Ich traue mich nicht, meine Träume auszuleben oder überhaupt über sie nachzudenken – geschweige denn, zu den Menschen in meinem Leben ehrlich zu sein, so wie es sich gehört.

All diese Gedanken überrollen mich wie eine verfluchte Lawine und drohen, mich mit sich zu ziehen. Mir die Luft zum Atmen zu nehmen.

»Ich muss gleich aussteigen.«

Haileys Worte dringen an mein Ohr und ich starre sie an. Das ist alles, was sie sagt. Sie geht nicht einmal auf meine Äußerungen ein, sondern übergeht sie einfach.

Du hast es ja auch nicht anders verdient. Jeder andere Mensch wäre einfach ehrlich.

Aber ich habe einfach zu große Angst, sie dann zu verlieren. Denn wenn ich Hailey nicht mehr an meiner Seite habe, ist jeder Lichtblick aus meinem Leben verschwunden. Und das wird mir in diesem Augenblick, in der Metro, umgeben von lauter Passanten, schmerzhaft bewusst. Meine Brust zieht sich zusammen, ich presse meinen Kiefer aufeinander und versuche, mich zu sammeln.

»Bitte, Hailey, es tut mir leid. Momentan ist es einfach zu viel mit der Arbeit. Na ja, was heißt momentan. Du weißt, dass es schon eine ganze Weile so ist. Ich wollte dir nicht das Gefühl geben, dass du mir nicht wichtig bist. Ehrlich nicht.«

Die Sätze sprudeln viel zu schnell aus mir heraus. Ich versuche, mich an ihnen festzuklammern, und bete, dass sie mich ansieht und etwas sagt. Irgendetwas. Doch die Worte, die sie dann ausspricht, sind nicht die, die ich mir erhofft habe.

»Ist zwischen meiner Schwester und dir etwas gelaufen? Oder seid ihr immer bloß Freunde gewesen?«

Sie sieht mich aus großen, blauen Augen an. Eine Strähne hängt schräg über ihrer Stirn und es kribbelt in meinen Fingern, sie hinter ihr Ohr zu streichen. Doch sie schaut mich so eindringlich an, dass ich mich nicht einen Millimeter bewegen kann. Stattdessen verstricke ich mich weiter in das Lügengespinst, das ich ihr und mir aufgezwungen habe.

»Nein. Wir sind bloß befreundet. Wir haben uns damals durch Henry kennengelernt.«

Hailey schaut mich noch ein paar Sekunden lang an und ich versuche, die Emotionen zu lesen, die in ihren Augen flackern.

Glaubt sie mir? Oder hasst sie mich in diesem Augenblick so sehr wie ich mich selbst, weil ich sie erneut angelogen habe?

»Okay«, antwortet sie dann und lehnt sich auf ihrem Platz zurück. Damit scheint das Thema für sie gegessen zu sein.

Ich verkneife es mir, aufzuatmen, und beiße mir stattdessen fest auf die Zunge.

»Ich muss jetzt wirklich aussteigen.«

Ihre Station wird bereits über die Lautsprecher aufgerufen und sie schnappt sich ihre Tasche.

»Sehen wir uns denn heute Abend?«, will ich wissen.

Ihr Blick trifft wieder auf meinen, ihre Miene wirkt weicher. Sanfter. Trotz allem ist da noch dieser Zweifel in ihren Zügen zu erkennen, ein wenig Härte, die sich durch meine Worte nicht entfernen ließ.

»Gerne. Schließlich gibt es für mich noch viel in Paris zu erkunden, oder etwa nicht?« Sie klingt fast wie dieselbe Hailey, die sie war, bevor sie misstrauisch wurde.

Schnell nicke ich. »Ich habe da ein paar Orte, an die ich dich gerne noch ausführen würde.«

»Dann ist heute Abend der perfekte Zeitpunkt dafür.«

Sie will aufstehen, doch meine Hand schnellt nach vorn und legt sich um ihre Taille, um sie sanft zu mir zu ziehen. Ich presse meine Lippen auf ihre, füge alles, was ich für sie empfinde, in diesen Kuss, hoffe, dass sie mir verzeihen kann, wenn alles rauskommt. Denn das wird es früher oder später. Spätestens, wenn beide Schwestern wieder aufeinandertreffen und sich über mich unterhalten. Dass mir so wenig Zeit bleibt, um diese Lüge weiterzuleben, habe ich nicht bedacht. Ich löse mich von ihren Lippen und streiche endlich die lose Haarsträhne hinter ihr Ohr.

»Was machst du an den restlichen Tagen diese Woche?«, frage ich und versuche, möglichst zwanglos zu klingen und nicht meinen besorgten Unterton durchdringen zu lassen.

Hailey steht von ihrem Platz auf und zuckt mit den Schultern. »Morgen habe ich noch nichts geplant, aber meine Schwester und ich haben vor Tagen ausgemacht, dass wir diese Woche frühstücken gehen wollen. Sie kennt da ein gutes Lokal.«

Langsam nicke ich, fühle mich wie erstarrt.

»Ich bin dann weg. Ich wünsche dir einen schönen Tag!« Hailey winkt mir zu und ich winke zurück, während sie sich unter die anderen Passagiere mischt und die volle Metro gemeinsam mit ihnen verlässt.

Ich lasse mich auf meinem Sitz zurücksinken, fahre mit der Hand über meine Bartstoppeln und realisiere, dass ich nur noch wenig Zeit habe, ihr klarzumachen, was *wirklich* die Wahrheit ist. Vielleicht habe ich sogar noch weniger Zeit, denn Ellie könnte mir immer noch zuvorkommen. Jede Sekunde kann dieses Lügengespinst auffliegen. Also bleibt mir nur heute Abend.

Die Metro fährt aus dem Underground heraus und ich lasse meinen Blick aus dem Fenster gleiten, starre auf die Straßen von Paris, die in die warme Morgensonne getaucht werden. Heute Abend muss ich es irgendwie hinbekommen, dass sie mich nicht für das größte Arschloch hält, auch wenn ich mir nicht gerade Mühe gegeben habe, etwas daran zu ändern, dass ich es bin.

KAPITEL 26

Hailey

Wohin wir fahren, weiß ich nicht. Will hat mir nach der Arbeit noch genug Zeit gegeben, mich zurechtzumachen, bevor wir uns wieder in der Metro treffen wollten. Ich glaube, ich habe ihn in meiner ganzen Zeit in Paris mehr in Metros getroffen als irgendwo anders.

Zieh dein schönstes Kleid an, war alles, was er mir verraten wollte. Also habe ich genau das getan. Eine Viertelstunde habe ich in meinem Kleiderschrank gekramt, obwohl der nicht einmal bis zur Hälfte voll ist, dennoch habe ich die ganze Zeit geschwankt, was ich heute Abend anziehen soll. Nun sitze ich neben Will in der Metro in einem schwarzen, engen Kleid, dessen weicher Stoff mir bis knapp zu den Knien reicht. Die Ärmel sind dreiviertellang, sodass mir am Abend auch nicht kalt sein sollte. Die Haare habe ich zu einem tiefen Knoten gebunden und dezent roten Lippenstift aufgetragen, ganz mit Amandines Stimme in meinem Ohr. Ohne roten Lippenstift geht hier anscheinend keine Frau auf ein Date, also wollte ich mich mal anpassen.

Wills Hand ruht auf meinem Oberschenkel, sein Daumen streicht immer wieder sanft über den Bund des

Kleides. Ich kann nicht anders, als die ganze Zeit über auf diese Stelle zu starren, die sich anfühlt, als würde sie glühen. Denn wenn ich zu ihm hochsehe, werden meine mit Rouge geschminkten Wangen vermutlich noch röter – Will hat mir nämlich nicht grundlos aufgetragen, mein bestes Kleid anzuziehen. Denn auch er hat sich so herausgeputzt, dass schon die ganze Fahrt über jede junge Frau in unserer Reichweite zu ihm herübersieht und ihm verstohlene Blicke zuwirft. Im Anzug sitzt er lässig neben mir, als habe er keinen blassen Schimmer, dass er der bestaussehende Mann weit und breit ist. Doch er schaut entweder aus dem Fenster oder zu mir, um mir ein schräges Grinsen zuzuwerfen. Und jedes Mal, wenn das passiert, habe ich das Gefühl, alles in mir zerschmilzt immer weiter, bis ich irgendwann bloß noch ein Häufchen bin. Seine dunkelbraunen Augen schauen mich so tiefgründig an und ich bewundere ihn jedes Mal für die Ruhe, die er mit ihnen ausstrahlen kann. Nichtsdestotrotz spüre ich den festen Griff seiner Hand auf meinem Oberschenkel. Und deshalb bin ich mir nicht sicher, ob er innerlich wirklich so entspannt ist, wie er äußerlich tut. Denn ich bin es nicht.

Auch wenn Will es geschafft hat, meine Zweifel beiseitezuräumen – größtenteils zumindest – bleibt da dieser kleine Rest ... Verwirrung in mir. Ich weiß, dass ich auch einfach mit Elara sprechen könnte, um sie zu fragen, wie sie zu Will steht. Seit wir zu dritt auf der Straße aufeinandergetroffen sind, haben meine Schwester und ich weder geschrieben noch telefoniert. Das ist nicht untypisch für uns, da wir nicht dauernd in Kontakt stehen. Also ... übertreibt mein Gefühl vielleicht einfach nur und bildet sich Sachen ein, die gar nicht der Wahrheit entsprechen?

Andererseits will ich Elara auch gar nicht fragen müssen, ob je etwas zwischen Will und ihr war, denn er hat es verneint, also würde ich mich so fühlen, als würde ich ihn in gewisser Art und Weise hintergehen, wenn ich ihm nicht mein bedingungsloses Vertrauen schenke. Wenn es andersherum wäre, würde ich auch wollen, dass er mir einfach vertrauen kann. Und bislang hat er mir auch nie Anlass dafür gegeben, das nicht zu tun.

»Ist alles in Ordnung?« Will schaut zu mir, seine Hand streichelt über meine nackte Haut und sorgt dafür, dass sich auf meinem Bein eine Gänsehaut bildet. Wärme liegt in seinem Blick und die gleiche Wärme breitet sich in meinem Bauch aus.

Schnell nicke ich. »Ja, alles in Ordnung.«

Er lächelt mich an und beugt sich langsam zu mir herunter, um in mein Ohr zu flüstern. »Ich will, dass wir heute einen wunderschönen Abend zusammen haben. Nur du und ich, Paris und der strahlende Sternenhimmel über uns.«

Die Schmetterlinge in meinem Bauch flattern wild umher und mein Mund fühlt sich staubtrocken an, als er sich meinem Gesicht noch weiter nähert und mir dann einen Kuss auf die Lippen haucht. Ich bilde mir ein, dass alle Frauen um uns herum neidisch nach Luft schnappen, als sie uns so sehen, und lege meine Hand an seine Wange. Er drückt seine Lippen fester auf meine und bringt mich mit einem so simplen Kuss beinahe um den Verstand. Als er sich wieder von mir löst, lächelt er mich breit an.

»Was machst du bloß mit mir, Hailey?«, fragt er.

Als hätte ich eine Antwort darauf. Ich frage mich andersherum nämlich genau das Gleiche.

Nach einer halbstündigen Metrofahrt sind wir im neunten Arrondissement angekommen. Ich glaube, dass ich in meiner Zeit in Paris noch nie hier war, und freue mich deshalb, neue Gegenden der Stadt zu erkunden, die sich Tag für Tag immer weiter in mein Herz schleicht. Manchmal liege ich nachts wach und frage mich, wie ich mich jemals wieder von dieser Stadt, diesem Ambiente, das sie versprüht, trennen kann. San Francisco kommt mir so weit entfernt vor. Nicht auf die offensichtliche Distanz bezogen, sondern auf mein ... Leben. Ich kann mich manchmal nicht einmal mehr an die Person erinnern, die ich dort war. Diese Version von mir selbst kommt mir so weit weg vor.

»Wir müssen aussteigen«, sagt Will, löst seine Hand von meinem Oberschenkel, nur um Sekunden später unsere Finger miteinander zu verschränken. Seine Haut an meiner zu spüren, fühlt sich einfach so schön an, dass ich wie ein Idiot vor mich hin grinsen könnte, würde ich mir nicht auf die Innenseite meiner Wange beißen.

»In dem Stadtteil war ich bislang noch nicht«, erkläre ich, als wir die Metrostation verlassen und uns unter die Passanten auf dem Gehsteig mischen, die entweder auf dem Weg in den Feierabend sind oder selbst ausgehen wollen, so wie wir.

Will hält meine Hand immer noch fest in seiner und passt sich meinen Schritten an, denn in meinen hohen Schuhen komme ich nicht so schnell voran, wie ich gerne würde. Dafür trage ich zu oft Sneaker.

»Ich weiß. Deshalb wollte ich dich auch hierher ausführen.« Von der Seite grinst er mich an.

Ich weiß nicht, was an diesem Abend so anders ist, dass ich das Gefühl habe, meine Beine würden zu Wackelpudding, wenn er zu mir sieht. Mit der freien Hand streicht er seine Haare nach hinten.

»Was ist?«, fragt er lachend, weil ich ihn immer noch ansehe, ohne es bemerkt zu haben.

»Ach, nichts.« Ich lenke schnell ab, denn ich spüre, wie meine Wangen warm werden. »Ich kann in meinen hohen Schuhen bloß nicht so schnell laufen. Es kann also noch ein wenig dauern, bis wir an dem geheimen Ort ankommen, an den du mich ausführst.«

Will lacht und bleibt stehen. »Ich könnte dich auch einfach tragen, dann wären wir schneller da.«

Ein schelmisches Grinsen stiehlt sich auf seine Lippen und ich schnappe erschrocken nach Luft, als er tatsächlich seine Hand aus meiner löst, nur um mich einen Moment später hochzuheben.

»Hey!«, protestiere ich, ziehe mit einer Hand den Stoff des Kleides an meinem Bein hinunter, damit er nicht zu weit hochrutscht, mit der anderen Hand klammere ich mich an Wills Nacken fest. »Die Leute starren uns schon alle an!«

Will lacht bloß und ignoriert meinen Protest. Mittlerweile brennen meine Wangen und ich sehe sicherlich aus wie eine knallrote Tomate. Gemischt mit dem Rouge bestimmt ein sehr vorteilhafter Look. Doch Will scheint das Ganze nichts auszumachen.

»Dann sollen die Leute doch gucken. Die sind doch alle nur neidisch, dass sie nicht so eine wunderschöne Frau auf Händen tragen können.«

Ich muss kichern, vergrabe mein glühendes Gesicht an seiner Schulter, atme seinen holzigen Duft tief ein und konzentriere mich auf das Gefühl seiner Hände an meinem Körper, auf seine Wärme, seine Nähe. Vielleicht ist es das, was Monsieur Dupont und Elara immer damit meinten, dass ich nicht zu viel nachdenken, sondern einfach *leben* soll. Ich bin in Paris, der Stadt der Liebe, mit dem Mann, der mein ganzes Leben auf den Kopf gestellt hat, mein Herz für sich erobert hat und mich *wortwörtlich* auf Händen trägt.

So fühlen sich wohl die Frauen in den Liebesfilmen.

Vor einem pinkfarbenen Gebäude setzt Will mich wieder ab und stützt mich, bis ich auf meinen hohen Schuhen einen festen Stand habe. Sein Arm liegt um meine Taille und er zieht mich eng an sich heran. Ich lasse meinen Kopf auf seine Schulter sinken. Für einen Augenblick habe ich das Gefühl, die Zeit bliebe stehen. Und vielleicht tut sie das ja auch.

»Da wären wir nun«, erklärt er dann. »Das *Pink Mamma*. Eins meiner absolut liebsten italienischen Restaurants in ganz Paris.«

Das Restaurant vor uns – mit seinen sage und schreibe vier Etagen – passt mit seiner herausstechenden Farbe und dem grünen Efeu, der von den oberen Stockwerken herunterhängt, so gar nicht zur sonst typischen Architektur von Paris.

»Wow«, gebe ich von mir und lehne mich enger an ihn heran. »Von außen sieht es schon mal vielversprechend aus.«

Will dreht sich so, dass er mich von vorn ansehen kann, hat seinen Arm aber nach wie vor um meine Taille gelegt. Wir stehen dicht beieinander.

»Und keine Sorge, hier gibt es genügend vegane Speisen, die dich bestimmt begeistern werden.«

Ich lege meinen Kopf schief und mustere ihn mit einem Grinsen. Eine leichte Röte liegt auf seinen Wangen und ich finde es bezaubernd, wie viel Mühe er sich gibt, um einen schönen Abend mit mir zu verbringen.

»Na, dann bin ich mal gespannt, wie es von innen ist.«

Er schließt seine großen Hände um meinen Hinterkopf, hält mich dicht bei sich und gibt mir einen festen Kuss auf die Lippen. Ich versinke in dem Gefühl, das durch meine Adern fließt und mich zum Leben erweckt.

Alle Geräusche treten in den Hintergrund, die quatschenden Passanten, das Autohupen, das abendliche Leben von Paris.

Als er sich von mir löst, sehe ich einen Schimmer in seinen Augen. Fast bin ich geneigt, zu fragen, ob alles in Ordnung ist, da ergreift Will schon wieder meine Hand und zieht mich ins Innere der Trattoria.

»Hier gibt es auch köstliche Weinsorten, einige alte Jahrgänge aus den Kellern alter toskanischer Hotels, wurde mir erklärt, als ich schon einmal mit Henry hier war«, erzählt Will mir beim Hineingehen, doch ich höre ihm nur noch halb zu, denn das Innere des Restaurants hat mich sofort in Beschlag genommen.

Mit offenem Mund bestaune ich die Kulisse vor mir: Wir stehen in einer Bar mit goldenem Mosaikboden, die jetzt schon voll besetzt ist. Lachen und laute Stimmen dringen an mein Ohr, Kellner laufen geschäftig durch die Gegend. Sobald wir ein paar Schritte gegangen sind, spricht Will schon mit einem Mitarbeiter, der uns zu unserem reservierten Tisch geleitet. Die ganze Zeit über halten wir uns an der Hand und ich komme aus dem Staunen über die Einrichtung nicht mehr heraus. Während eine riesige Bar den Eingangsbereich bildet, führt eine Treppe geradeaus in die anderen Etagen, in denen sich die Sitzplätze befinden. Im Treppenaufgang sind lauter Gemälde und Porträts angebracht, Grünpflanzen stehen am Rand und das Ganze hat einen besonderen Vintage-Touch. Ich lasse meinen Kopf in den Nacken fallen, um nach oben sehen zu können, und erkenne, wie weit es noch hinauf geht. Ganz oben an der Decke ist ein riesiger Kronleuchter angebracht, der funkelnd herabhängt und alles in ein glitzerndes Licht taucht.

Unser Tisch befindet sich in der obersten Etage, die von einer Glasdecke überspannt wird, die von Holzbalken durchzogen ist. Sie sind von wucherndem grünen Efeu umrandet und Kronleuchter hängen herab, die alles in ein orangefarbenes Licht tauchen.

Wir werden an unseren Platz am Rande des Raumes geleitet, dessen türkisfarbene Wände von Fenstern durchbrochen werden, sodass man einen Ausblick auf die befahrenen Straßen von Paris hat.

»Und, wie gefällt es dir?«, fragt Will neugierig, sobald wir beide sitzen.

Ich schaue ihn mit großen Augen an und deute mit aufgerissenem Mund einen Schrei an, woraufhin er anfängt zu lachen. »Es ist einfach unglaublich hier! Wie in einem Film. Einfach nur magisch und romantisch. Danke, dass du mich hierhergebracht hast.«

Er lächelt schief und greift über die Tischplatte hinweg nach meiner Hand. Unsere Finger verschränken sich miteinander und er schaut mich an, als blicke er geradewegs in meine Seele. Ein warmer Schauer durchfährt mich.

Wie macht er das immer? Wie kann er mir mit einem einzigen Blick das Gefühl geben, dass er mich in- und auswendig kennt? Wie schafft er es nur, dass ich mich in seiner Gegenwart so *sicher* fühle?

Will öffnet seinen Mund, als wolle er etwas sagen, schließt ihn dann jedoch wieder.

Gerade möchte ich nachhaken, da taucht schon der Kellner auf und reicht uns die Menükarten. Will bestellt eine Flasche Wein für uns beide. Sogar eine vegane.

»Du hättest dir nicht meinetwegen veganen Wein bestellen müssen«, meine ich, sobald der Kellner unseren Tisch wieder verlassen hat. »Ich hätte ja auch einfach ein Glas nehmen können und du etwas anderes.«

Mit dem Daumen streicht er über meinen Handrücken. In der Mitte des Tisches steht eine dicke Kerze, deren flackernder Schein sich in seinen Augen spiegelt.

»Ich *will* aber veganen Wein trinken, Hailey. Gleich werde ich mir auch etwas Veganes zum Essen bestellen.«

Ich runzele die Stirn, doch Will spricht schon weiter.

»Na, du bist doch nicht ohne Grund Veganerin, oder? Ich möchte es auch mal probieren.«

Ein Lächeln breitet sich auf meinen Lippen aus. Seine Worte gefallen mir. »Das freut mich. Wirklich. Würdest du dann in deiner Bäckerei auch veganes Gebäck anbieten?«

Will nickt. »Klar. So viel wie möglich. Wenn meine Partnerin Veganerin ist, dann muss ich das doch mit allen Mitteln unterstützen.«

Ein Flattern zieht durch meine Brust. Will versteift sich für eine Sekunde. Es ist das erste Mal, dass er mich als seine *Partnerin* bezeichnet hat. Dass es einer von uns überhaupt gemacht hat. Wir wissen beide, dass es zwischen uns ernst ist, sehr ernst. So verdammt ernst, dass ich keinen blassen Schimmer habe, wie es nach meinem Auslandsaufenthalt weitergehen soll. Darüber haben wir bis jetzt noch nie gesprochen. Wieso, weiß ich nicht. Aus Angst, was das Resultat dieses Gesprächs sein würde? Weil es vielleicht keine gute Lösung gibt außer einer Fernbeziehung? Denn mein alter Job in San Francisco erwartet mich wieder. Doch eine Beziehung mit dieser Distanz ... Ich würde alles versuchen, doch ich bin mir sicher, dass die Trennungsrate bei solchen Partnerschaften unglaublich hoch ist.

Bevor einer von uns etwas auf seine Aussage erwidern kann, taucht schon wieder der Kellner auf, um unseren Wein und Gläser zu bringen. Er schüttet uns ein und wir nehmen einen Schluck. Sobald wir beim Kellner wenig später unsere vegane Pasta bestellt haben, nehme ich noch ein paar weitere Schlucke in der Hoffnung, dass der Wein meine Nerven beruhigt. Denn mit einem Mal bin ich ganz ... aufgeregt.

Doch der Abend nimmt seinen Lauf, aus einem Glas Wein werden zwei, drei, vier ... und die Aufregung verschwindet ganz wie von selbst. Unsere Stimmung wird ausgelassener, das Essen ist überragend und je dunkler es wird, desto besser wird die Atmosphäre in dem Restaurant. Italienische Musik klingt durch die Lautsprecher und ich habe immer mehr und mehr das Gefühl, geradewegs einem Film entsprungen zu sein. Will, in seinem perfekten Anzug, mit den perfekt gegelten Haaren, dem perfekten Dreitagebart und den perfekten dunklen Augen, schaut mich mit seinem perfekt verschmitzten Lächeln an und bringt mein Herz zum Explodieren, zum Schmelzen und zum Überquellen vor Liebe – oder alles drei auf einmal. Ich weiß es nicht.

»Du siehst so wunderschön aus«, sagt er und beugt sich zu mir.

Im Kerzenlicht habe ich das Gefühl, mich noch mehr in ihn zu verlieben, aber ich weiß nicht, ob das überhaupt Sinn macht. Vielleicht spricht der Wein aus mir, aber ich glaube, sein Gesicht sieht noch so viel kantiger aus, seine Lippen so viel weicher und die Art und Weise, wie er mich ansieht, wird immer ... heißer. Vielleicht ist mir aber mittlerweile auch einfach nur unglaublich warm.

»Das sagt der Richtige. Die Frauen werfen dir immer wieder Blicke zu«, antworte ich und grinse.

Will schüttelt bloß den Kopf. »Andere Frauen sind mir so was von egal. Ich brauche keine andere Frau auf diesem Planeten als dich. Du bist die Einzige für mich, Hailey. Das bist du schon, seit ich dich zum ersten Mal in der Metro gesehen habe. Selbst wenn ich es in dem Augenblick vielleicht noch nicht wusste, hast du etwas in mir ausgelöst. Mich etwas fühlen lassen, was ich schon sehr lange nicht mehr gefühlt habe.«

Jap, mein Herz ist jetzt eindeutig am Explodieren, Schmelzen und Überlaufen vor Liebe. Aber so was von. Alles auf einmal und dreimal so stark wie gerade eben noch.

»Ich ...«, setzt er an, stoppt dann aber wieder. In meiner Brust pocht es immer schneller und schneller.

»Ja?«, frage ich, meine Stimme leicht atemlos.

Er schaut für wenige Sekunden über mich hinweg, dann trifft sein Blick wieder auf meinen. Sanft presst er die Lippen zusammen, ein schräges Grinsen schleicht sich auf sein Gesicht. Er sieht so unwiderstehlich aus, dass meine Knie ganz weich werden.

»Du darfst mich nicht so ansehen. Ich kann mich überhaupt nicht konzentrieren«, sagt er dann und lacht. Dieser Klang ist für immer in meinem Herzen eingespeichert.

Ich lege meine Hand auf der Tischplatte ab und spüre keine Sekunde später seine warme Haut auf meiner. Mit dem Daumen streicht er ganz zart über meine Hand und ich muss mir verlegen auf die Zunge beißen. Dieser Moment macht etwas mit mir und ich kann es nicht einmal genau beschreiben.

»Was wolltest du denn sagen?«, wiederhole ich meine Frage mit Herzklopfen und dem Gefühl seiner Haut auf meiner.

Will schaut mich so intensiv an, dass sich eine Gänsehaut auf meinen Armen ausbreitet. Diesmal bricht er den Blickkontakt nicht ab. Langsam öffnen sich seine Lippen.

»Ich liebe dich«. Die Worte verlassen seinen Mund und ich fühle mich wie auf Wolken. »Verdammt, ich liebe dich so sehr, Hailey.«

Das Kribbeln in meinem Bauch wird stärker, ebenso

wie das Gefühl seiner Haut an meiner. Er verschränkt unsere Finger miteinander, aber am liebsten würde ich jetzt den Tisch beiseiteschieben und ihn spüren. Seine Lippen fest auf meinen.

»Ich ... liebe dich auch, Will.«

Er lacht und ich muss einstimmen. Wie zwei verlegene Teenager wenden wir den Blick voneinander ab und ich merke, wie meine Wangen sich rot verfärben. Die meisten Liebeserklärungen in Filmen finden vermutlich unter perfekten Sonnenuntergängen, an Stränden oder sonst wo statt, aber das hier, diese Liebeserklärung, inmitten des vollgestopften Restaurants, mit unseren leer gegessenen Dessert-Tellern vor uns, lauten Stimmen links und rechts neben uns ... ist so perfekt, wie noch nie etwas in meinem Leben war.

Wills warmer Blick trifft wieder auf meinen, seine Wangen sind ebenfalls rot gefärbt und ich könnte ihn ewig so ansehen.

»Sollen wir raus an die frische Luft und noch ein wenig spazieren?«, fragt er und ich nicke. Zu unserer aufgeregten Stimmung gesellt sich jetzt auch langsam der sich bemerkbar machende Wein.

Wir verlassen das Restaurant und wieder finden unsere Hände wie automatisch zueinander. So als würden unsere Körper magnetisch voneinander angezogen werden und wüssten genau, was zu tun ist.

Mittlerweile ist es halb zehn, was bedeutet, dass die Sonne langsam untergeht. Wir schlendern die Straßen entlang, vorbei an anderen Menschengruppen, die fröhlich und ausgelassen den Abend genießen.

Was ich mit am meisten an Paris liebe, ist, dass die Straßen auch am Abend noch so belebt sind. Die Restaurants und Cafés haben auf dem Gehweg ihre kleinen Tische und Stühle aufgereiht, an denen die Menschen mit ihrem Gläschen Wein und einer Zigarette sitzen. Grinsend denke ich darüber nach, dass eine von ihnen sicherlich Amandine ist. Bei meinem Glück laufe ich noch geradewegs in sie hinein, wenn ich mit Will unterwegs bin.

Wir gehen bis zu einem kleinen Platz, der mit Bäumen, Bänken und einem Springbrunnen geschmückt ist. Auch hier befinden sich unzählige Menschen, vermutlich auch einige Touristen, die genau wie wir den Abend genießen möchten.

Auf einer der Bänke lassen wir uns nieder. Sogleich zieht Will mich an sich, indem er seinen Arm um mich legt und ich meinen Kopf an seine Schulter. Ein paar Augenblicke lang genießen wir einfach bloß die frische Luft und schauen dem Himmel zu, wie er sich orange-rot-violett verfärbt und die Nacht ankündigt. Je dunkler es wird, desto mehr werden auch die Sterne am Himmel sichtbar.

»Wieso haben dich deine Eltern eigentlich Will genannt?«, frage ich, während ich meinen Blick nach oben richte.

Schmunzelnd schaut er mich von der Seite an. »Wie kommst du denn jetzt darauf?« Er lacht. »Das ist eine gute Frage. Ich weiß es nicht. Darüber habe ich mir noch nie Gedanken gemacht und deshalb habe ich sie auch nie gefragt. Ich denke mal ... sie mochten den Namen einfach?«

Wir lachen beide und ich kuschele mich näher an ihn.

»Und wieso haben dich deine Eltern Hailey genannt? Bestimmt steckt dahinter jetzt eine coole Geschichte, habe ich recht?«

Ich strecke ihm die Zunge heraus. »Cooler als deine auf jeden Fall.«

Empört reißt er den Mund auf, drückt mir dann aber

einen schnellen Kuss auf die Stirn. »Sag schon, wieso hast du diesen schönen Namen bekommen?«

Ich atme tief durch und schaue wieder gen Sternenhimmel. Ein Lächeln breitet sich auf meinen Lippen aus.

»Ich wurde nach einem Kometen benannt«, erkläre ich ihm. »Nach dem Kometen Halley, um genau zu sein.«

»Halleyscher Komet ... Hailey ... Aber wieso nach einem Kometen?« Jetzt blickt Will genau wie ich nach oben.

»Dieser Komet ist einer der bekanntesten, die es gibt. Aber er ist bloß alle sechsundsiebzig Jahre zu sehen. Meine Dads haben ihn gesehen, gemeinsam. Sie waren verliebt, ihr Leben lief perfekt, denn sie hatten bereits Elara, doch dann haben sie zusammen diesen Kometen gesehen und irgendwie wussten sie, dass es ein Zeichen ist, noch ein Kind zu adoptieren. Weißt du, wieso? Weil die Menschen, die Glück haben, diesen Kometen sogar zweimal in ihrem Leben sehen können. Er taucht mit so vielen Jahrzehnten Abstand wieder nahe genug an der Erde auf, dass es wenige Menschen sogar schaffen, ihn zweimal zu sichten. Meine Dads haben ihn in dieser Nacht zum ersten Mal gesehen. Und sie entschieden sich dazu, ein zweites Kind zu adoptieren. Das war dann ich. Sie haben mich nach dem Kometen benannt, der ihnen in dieser Nacht die Augen geöffnet hat. Und so wurde aus dem Halleyschen Kometen *Hailey*.«

Meine Augen sind immer noch gen Sternenhimmel gerichtet, der hell über uns leuchtet. Immer wenn ich diese Geschichte zum Besten gebe – oder meine Dads sie zum hundertsten Mal erzählen – überkommt mich ein warmes, wohliges Gefühl. Ich weiß, wie sehr sie mich lieben, und spüre das auch über den Ozean zwischen uns hinweg. Und obwohl diese Geschichte unfassbar kitschig klingen mag, fühle ich mich doch besonders, zu wissen, nach einer so romantischen Nacht benannt worden zu sein.

»Wow, deine Väter haben dich wirklich nach etwas Besonderem benannt. Einem Kometen, den nicht einmal jeder zu Gesicht bekommt. So etwas können nicht alle von sich behaupten.« Will drückt mich enger an sich und presst dann einen Kuss auf meinen Scheitel. »Das ist eine wunderschöne Geschichte. Deine Dads lieben dich wirklich sehr.«

»Ja, das tun sie.«

Mit einem Mal spüre ich, wie mich eine Welle der Traurigkeit zu übermannen droht. Ich beiße mir auf die Innenseite meiner Wange, um die Tränen zurückzuhalten. Ich würde lügen, würde ich sagen, dass ich sie nicht schrecklich vermisse. Und dass ich nicht weiß, wie es in der Zukunft weitergehen soll: Denn ein Übel werde ich immer ziehen: Gehe ich zurück nach San Francisco – so lautet schließlich der bisherige Plan – werde ich weit entfernt von Will leben. Bleibe ich jedoch in Paris – entgegen dem eigentlichen Plan – werde ich weiterhin weit entfernt von meinen Dads leben. Diese Vorstellung lässt mein Herz sich nicht gerade leichter fühlen.

»Ich hoffe, ich kann sie mal kennenlernen.«

»Ja, das wäre wirklich schön.«

Allein daran zu denken, dass Will meine Väter kennenlernt, drängt mein melancholisches Gefühl in den Hintergrund. Ich stelle mir vor, wie sie sich mit ihm unterhalten, mit ihm lachen, ihn in ihr Herz schließen und den tollen Mann in ihm sehen, den ich und jeder andere hier in Paris auch in ihm sieht. Ich wette, dass es nicht lange dauern würde, bis sie ihn lieben würden. Genauso, wie es bei mir nicht lange gedauert hat, bis es passiert ist.

»Jetzt wünsche ich mir irgendwie, ich wäre auch nach einem Kometen benannt worden. Oder nach einem Planeten, einem Stern ...« Will setzt ein schiefes Lächeln auf. »Das ist schon etwas Besonderes. *Du* bist besonders.«

Mir wird warm ums Herz. Wärmer als ohnehin schon. »Mir gefällt dein Name, um ehrlich zu sein. Will passt zu dir«, antworte ich ehrlich. Ich könnte mir keinen anderen Namen für ihn vorstellen. Er hat sich schon zu sehr in meinen Kopf eingebrannt.

»Wenn du das sagst.« Er umschlingt mich enger, greift mit der freien Hand unter mein Kinn und zieht es behutsam nach oben, um mir dann einen sanften Kuss auf den Mund zu geben.

Ich öffne meine Lippen leicht, gewähre seiner Zunge Einlass, um den Kuss zu intensivieren, da reißt uns eine vertraute Stimme aus unserer kleinen romantischen Blase.

»What the fuck?«

Ich löse mich von Will. Dieser lässt seine Hand sinken und ich reiße die Augen weit auf, als ich sehe, dass meine Schwester vor uns steht. Wie aus dem Nichts ist sie aufgetaucht, die Hände hat sie empört in die Hüfte gestemmt, ihr Blick ist ... schockiert?

»Ellie.« Will haucht ihren Namen mit einem Unterton, der mir einen Schauer über den Rücken jagt.

Elara schaut zwischen ihm und mir hin und her. Letztlich bleibt ihr Blick dann aber an mir hängen.

»Du hast was mit Will?«, fragt sie mich und der Schmerz in ihrer Stimme ist überdeutlich herauszuhören.

In mir gefriert alles. Will scheint wie versteinert zu sein. Ich stehe auf, baue Abstand zu ihm auf und trete näher an meine Schwester heran, die ihre Arme jetzt vor der Brust verschränkt.

»Ja, also ... Ich verstehe das gerade nicht«, stammele ich und warte darauf, dass einer von beiden, dass *Will* aufklärt, was hier vor sich geht.

Ein ungutes Gefühl macht sich in meiner Magengegend breit, als ob Steine darin herumkullern. Alles fühlt sich mit einem Mal schwer an.

»Du bist so ein verfluchtes Arschloch, Will!«, schreit Elara plötzlich und reißt ihren Zeigefinger in die Höhe, ihm entgegen. Mittlerweile haben wir die Aufmerksamkeit der Passanten um uns herum sicher, die alle still und heimlich das Schauspiel beobachten, das sich ihnen hier bietet.

Mein Blut rauscht wie wild in meinen Ohren.

Jetzt steht auch Will endlich auf und hebt beschwichtigend seine Hände. »Ellie, ich habe dir von Anfang an gesagt, dass es niemals etwas Ernstes zwischen uns sein wird. Ich habe es dir auch die letzten Male immer wieder erklärt, wenn wir uns gesehen haben.«

Ich blinzele. Glaube, mich verhört zu haben. Will hatte etwas mit ... meiner Schwester? Also war mein unwohles Gefühl berechtigt, als ich die beiden zusammen gesehen habe. Also war es nicht bloß Einbildung ...

Mein Kopf schnellt in seine Richtung, wütend blinzele ich ihn an. »Du hast mit meiner Schwester geschlafen und mir nichts davon erzählt?«

Will schaut mich eindringlich an, tritt einen Schritt näher auf mich zu, doch ich gehe im gleichen Zug einen nach hinten, um die Distanz zwischen uns bestehen zu lassen.

»Ich wusste erst nicht, dass ihr Schwestern seid, Hailey. Ehrlich nicht. Das musst du mir glauben.«

»Aber es gab doch einen Zeitpunkt, an dem du erfahren hast, dass wir Schwestern sind!«, schreit Elara und fuchtelt mit ihren Händen wild in der Luft herum.

Ich wünschte, wir wären an einem weniger öffentlichen Ort, an dem wir nicht von lauter Passanten beobachtet werden würden. Als ich einen kurzen Blick in deren Richtung werfe, blicke ich in grinsende oder geschockte Gesichter.

»Wusstest du, dass wir Schwestern sind?«, hake ich jetzt auch noch einmal nach.

Will atmet tief durch und fährt sich mit der Hand durch seinen Bart. Er sieht so aufgewühlt aus, doch die Wut und Verwirrung in mir sind zu groß, als dass ich Mitleid mit ihm hätte. »Erst nicht, nein«, stammelt er dann.

»Aber wann wusstest du es?«, bohre ich weiter nach. Mein Herz hämmert so stark in meiner Brust, dass es auch jeden Moment aus meinem Brustkorb fliegen könnte.

»Wir waren abends zusammen auf dem Eiffelturm, Hailey«, sagt er dann. »Nach der Nacht, in der wir ... als ich bei dir geschlafen habe, ist deine Schwester doch am nächsten Morgen aufgetaucht.«

Ich reiße die Augen auf, denn ich erinnere mich nur zu gut an diesen Morgen. Elara ist ohne Einladung bei mir hereingeschneit, während Will in meinem Bett lag. Wir haben eine wunderschöne Nacht miteinander verbracht. In meinem Kopf habe ich sie als die schönste Nacht meines Lebens bezeichnet. Da wusste ich aber noch nicht, dass der Mann, den ich vor meiner Schwester versteckt habe, damit sie mich nicht mit Fragen überhäuft, auch der Mann ist, von dem *sie* etwas wollte. Oder will? Immer noch?

»Also als ich meine Schwester besucht habe, lagst du bei ihr im Bett«, wiederholt Elara dann seine Aussage, nachdem sie eine Weile still geblieben ist.

Will nickt stumm. Das Ganze entwickelt sich immer mehr zu einem Albtraum. Alles, was ich empfunden habe oder immer noch empfinde, fühlt sich auf einmal wie eine ganz große Lüge an.

»Wieso hast du *dann* nichts gesagt?«, will meine

Schwester wissen und ihre Stimme nimmt wieder einen schärferen Ton an.

Ich schüttele den Kopf. Er wusste es seit diesem Augenblick und hat nichts gesagt. Ich bin zurück zu ihm gegangen und er wusste, dass wir Schwestern sind. Aber er hat. Nichts. Gesagt.

»Ich wollte dich nicht verlieren, Hailey.« Seine Stimme klingt viel zu leise, voller Reue, voller Schmerz. Alles in mir zieht sich zusammen. »Ich hatte Angst, dass du nichts mehr von mir wissen willst, wenn du davon erfährst. Ich wusste ja nicht, wie du reagieren würdest.«

»Und du hast nie darüber nachgedacht, dass es am Ende so oder so rauskommen würde?« Ich schreie ihn beinahe an. Mittlerweile ist es mir egal, dass wir beobachtet werden. Mein Schmerz bricht aus mir heraus.

Will fährt sich durch seine Haare, Strähnen fallen ihm wild in die Stirn. »Ich wollte es so lange wie möglich hinauszögern. Du warst ... bist der einzige Lichtblick in meinem Leben, Hailey. An manchen Tagen weiß ich nicht, wie ich weitermachen soll. Tagein, tagaus ist alles gleich. Du bist mein Lichtblick gewesen, bist es immer noch. Ich wusste nicht, wie ich weitermachen soll, wenn du weg bist. Es tut mir so leid.«

Meine Augen fühlen sich feucht an, doch ich werde sicherlich jetzt nicht hier in der Öffentlichkeit anfangen zu heulen. Ganz bestimmt nicht. Ich beiße mir fest auf die Zunge und reiße mich zusammen. Seine Worte berühren etwas in mir, ganz tief in mir drin, doch die wichtigste Frage von allen ist noch gar nicht geklärt. Und vor ihr habe ich am meisten Angst. Denn es ist so offensichtlich, dass meine Schwester auch Gefühle für ihn hat. Und das raubt mir in diesem Moment die Luft zum Atmen.

»Ich glaube, ich kotze gleich«, sagt Elara dann abfällig

und lacht heiser. »Weiß sie, dass wir uns immer noch getroffen haben, obwohl du etwas mit ihr hattest? Weiß sie, dass ich bei dir geschlafen habe? Weiß sie auch, dass du die ganze Zeit über wusstest, dass ich verdammte Gefühle für dich habe?«

Bei diesen Sätzen habe ich das Gefühl, meine ganze Welt bräche zusammen. Ich fahre mir mit den Händen durch meine Haare, zerzause sie komplett, aber das ist mir im Augenblick so was von egal. Ich weiß nicht einmal, ob ich seine Antwort auf ihre Fragen noch hören will. In mir entsteht der Drang, einfach wegzurennen. Nur noch abzuhauen von hier.

»Wusste sie es?«, will Elara noch einmal wissen.

Natürlich wusste ich es nicht. Ich hatte keinen blassen Schimmer, dass der Mann, in den ich mich Hals über Kopf verliebt habe, auch etwas mit meiner Schwester hatte … hat? Sie war schließlich noch bei ihm, während es zwischen Will und mir ernster wurde. Ich weiß ja nicht einmal, ob er auch noch zweigleisig gefahren ist. Möchte ich die Antwort darauf überhaupt wissen? Jetzt ist ohnehin alles ein großer Scherbenhaufen. Meine Schwester hat Gefühle für den Mann, für den ich ebenfalls Gefühle habe. Für solche Geschichten gibt es kein Happy End. Und wird es auch niemals geben.

»Sie wusste es nicht. Aber …«, setzt er an, doch ich kann es mir nicht weiter anhören. Ich will nicht zuhören, wie Will weiter versucht, seine Haut zu retten oder irgendetwas zu erklären, denn für solche Geschichten gibt es keine Erklärungen.

Ich wusste schon, wieso ich anfangs gesagt habe, ich brauche niemanden in der Stadt der Liebe. Ich bin zum Arbeiten hierhergekommen, um meine Träume zu verwirklichen. Und für nichts anderes. Das habe ich jetzt davon.

Ich drehe mich um, es rauscht in meinen Ohren und so höre ich nicht mehr, was Will noch sagt. Dumpf nehme ich wahr, wie mein Name gerufen wird, aber ich weiß nicht einmal, von wem. Ich weiß gar nichts mehr, als ich die Straßen von Paris entlangrenne, bereits nach wenigen Sekunden völlig außer Atem bin, Seitenstechen von meiner schnellen Atmung bekomme und doch weiterlaufe. Bis ich das nächste Metroschild ausfindig mache. Bis ich weit genug von den beiden entfernt bin und mich auf einen freien Platz setze. Die Türen schließen sich hinter mir, laute, fröhliche Stimmen dringen an mein Ohr. Menschengruppen, aufgetakelt, auf dem Weg zu Partys oder anderen abendlichen Veranstaltungen. Während die anderen ihr Leben leben, ist mein Herz in tausend Teile zerbrochen und ich habe alle Mühe, meine Fassung zu wahren.

Ich lehne meinen Kopf an die kühle Fensterscheibe, während die Metro davonrast. Ich hoffe, ich bin überhaupt in die richtige eingestiegen. Ein schneller Blick auf den Fahrplan zeigt mir aber, dass wir geradewegs Richtung Quartier Latin fahren.

Allein bei der Erinnerung an meinen Stadtteil wird mir schlecht. Will lebt ebenfalls dort. Wie soll es ab jetzt weitergehen? Einerseits verspüre ich den Drang, mit ihm zu reden, alles in Ruhe erklärt zu bekommen. Doch momentan hat die Wut in mir die Oberhand und schreit danach, einfach nur seine Nummer zu löschen und ihn nicht wiederzusehen, bis mein schmerzendes Herz sich beruhigt hat. Das heißt aber auch, dass ich morgens früher aufstehen muss, um eine andere Metro zu nehmen, damit nicht die Gefahr besteht, dass ich jeden Morgen auf ihn treffe.

Das wäre geregelt, aber wie soll es ab jetzt mit meiner Schwester weitergehen? Ich kann ihr nicht einmal einen

Vorwurf machen, sie mir genauso wenig. Wir hatten beide keinen blassen Schimmer, dass Will zwei Gesichter hat. All die Situationen schießen jetzt durch meinen Kopf, als Elara mir von ihrem Typen erzählt hat. Und dabei ging es die ganze Zeit um Will. Ich erinnere mich daran, wie sie darüber geredet hat, dass ihr Typ ihr klargemacht hätte, dass er nichts Ernstes von ihr will. Und ich habe ihr noch Beziehungsratschläge gegeben. Wer weiß, wie es sich dann zwischen den beiden weiterentwickelt hat. So wie meine Schwester meinte, dass Will und sie sich trotzdem noch getroffen haben, als Will und ich schon etwas miteinander hatten, kann es gut sein, dass auch er angefangen hat, mehr für sie zu empfinden. Wieso sollte er es sonst auch geheim halten?

Ich weiß zwar nicht, wie ich reagiert hätte, wenn er von Anfang an reinen Tisch gemacht hätte, sobald er realisiert hat, dass wir Schwestern sind. Selbst zu dem Zeitpunkt hatte er mich schon zu sehr verzaubert, als dass es nicht wehgetan hätte, ihn gehen zu lassen. Wie soll ich mit einem Mann zusammen sein, der zweigleisig fährt? Und selbst wenn es stimmt, dass er nur etwas von mir will, wie soll ich dennoch mit ihm zusammen sein können, wenn ich weiß, dass auch meine Schwester Gefühle für ihn hat? Wie soll ich meine eigene Familie über einen Mann stellen? Also nehme ich lieber den Schmerz auf mich, statt ihn anderen zuzufügen.

Unbemerkt sind einzelne Tränen über meine Wangen gelaufen. Sobald ich es mitbekomme, wische ich sie schnell weg. Ich sehe mich um, doch die Fahrgäste sind viel zu sehr mit sich selbst beschäftigt, keiner bekommt etwas von meiner Verfassung mit.

Die restliche Fahrt verbringe ich damit, mir auf die Zunge zu beißen, um weitere Tränen zurückzuhalten.

Die spare ich mir dafür auf, wenn ich gleich im Bett liege und mir alles von der Seele heulen kann.

Leider kann ich mich nicht so unbemerkt in mein Apartment schleichen, wie ich es mir gewünscht hätte. Monsieur Dupont sitzt auf der Bank und grüßt mich, sobald ich das Foyer betrete. Ich winke zurück und hoffe, dass er keine weiteren Fragen stellt. Doch anhand meiner gebeugten Körperhaltung beim Laufen scheint er festzustellen, dass etwas nicht stimmt.

»Ist alles in Ordnung bei Ihnen, Miss Hailey?«, fragt er.

Ich bleibe stehen und seufze. Als er dann auf den freien Platz neben sich klopft, bin ich doch irgendwie froh, dass er mich angesprochen hat. Mit wem kann ich mich sonst noch unterhalten über das, was heute herausgekommen ist? Meinen Dads kann ich davon niemals erzählen, genauso wenig wie Amandine. Sie würde wahrscheinlich sagen, dass solche Dinge in Paris eben passieren. Ich habe niemanden, dem ich mich anvertrauen kann, bis auf den warmherzigen, gütigen alten Mann neben mir.

»Wollen Sie mir erzählen, was los ist, oder brauchen Sie einfach nur jemanden, der Ihnen ein wenig stille Gesellschaft leistet?«

Ich schaue ihn von der Seite an und lächele zum ersten Mal wieder, seit mein Herz gebrochen wurde. Monsieur Dupont ist so ein lieber Mensch, dass ich mich augenblicklich etwas leichter fühle als gerade eben noch. Dass er auch einfach nur still neben mir sitzen würde, damit ich nicht allein bin, zeigt mir, was für ein guter Mensch er ist. Er will nicht bloß erfahren, was geschehen ist, sondern es geht ihm wirklich darum, mir Trost zu spenden.

»Ich weiß gar nicht, wo ich anfangen soll«, stammele ich und falte die Hände in meinem Schoß.

»Fangen Sie doch einfach ganz vorn an, meine Liebe.« Er lächelt mich aufmunternd an und dann bricht der Damm in mir.

Ich erzähle ihm alles, berichte ihm davon, was geschehen ist, und ich kann nicht verhindern, dass die Tränen über meine Wangen laufen. Monsieur Dupont reicht mir ein Taschentuch, damit ich mein Gesicht abtupfen kann, und bleibt stumm, um mich erzählen zu lassen. Er nickt hin und wieder, aber lässt mir Raum, um mir alles von der Seele zu reden. Als ich fertig bin, ist es, obwohl mein Puls immer noch rast, mein Atem viel zu schnell geht und ich mich erschöpft fühle, dennoch so, als wäre eine kleine Last von meinen Schultern genommen worden. Ich fühle mich etwas besser als vorher, nicht mehr ganz so wie das Wrack, als das ich das Foyer betreten habe. Nichtsdestotrotz tut es sehr weh. So verdammt weh.

»Ich wünschte, ich wäre jeden Morgen früher aufgestanden und in eine andere Metro gestiegen. Dann wären Will und ich niemals aufeinandergetroffen und ich würde nicht mit einem gebrochenen Herzen hier sitzen. Dabei bin ich doch nach Paris gekommen, um zu arbeiten. Aus keinem anderen Grund«, füge ich hinzu und beiße mir auf die Lippe.

Monsieur Dupont mustert mich, in seinen sonst so sanften Augen liegt diesmal eine andere Emotion. Traurigkeit. Und mir schnürt es die Kehle zu.

»Miss Hailey«, sagt er dann. »Es gibt keine Zufälle im Leben. Alles passiert aus einem bestimmten Grund. Es musste so kommen, dass Sie Will über den Weg laufen.«

Ich schaue ihn schief an, Fragezeichen stehen über meinem Kopf. »Und was hatte ich jetzt davon, ihn zu treffen, bis auf ein kaputtes Herz?«

Ich versuche, zu lachen, doch es klingt eher nach einem misslungenen Krächzen. Schnell räuspere ich mich.

»Wissen Sie noch, was ich Ihnen einmal gesagt habe?«

Ich schniefe, neige den Kopf und warte ab, was er zu sagen hat.

»Ein Herz wird niemals unnötig gebrochen. Denn wenn das eingetreten ist, bedeutet es, sie haben mit ganzem Herzen, mit allem, was sie haben, geliebt.«

Eine letzte Träne kullert über meine Wange und hinterlässt eine feuchte Spur. »Und was hat es mir gebracht?«

Jetzt ist Monsieur Dupont derjenige, der lächelt. Warmherzig und voller Trost. »Aber, meine Liebe, jemanden mit ganzem Herzen geliebt zu haben, ist das, worauf es im Leben wirklich ankommt und was das Leben zu einer magischen Reise macht.«

PLACE POSTAGE STAMP HERE
CARTE POSTALE
ADRESSE
CORRESPONDANCE
Paris

KAPITEL 27

Will

»Du bist so ein Vollidiot. So ein verfluchter Vollidiot.« Kopfschüttelnd läuft Henry an mir vorbei, während ich an meinem Schreibtisch sitze und den Kopf auf den Handflächen abstütze.

Ich habe meinem besten Freund gerade alles erzählt, was sich abgespielt hat, und auch alles von davor, von dem er bislang keinen blassen Schimmer hatte. Das ist seine Reaktion darauf und die ist mehr als berechtigt. Denn er hat recht: Ich bin ein kompletter Vollidiot.

Henry läuft wie ein Tiger im Käfig genau vor meinem Schreibtisch unruhig hin und her.

»Kannst du nicht mal auf einem Fleck stehen bleiben? Du machst mich ganz verrückt«, bitte ich ihn.

Mit verschränkten Armen stoppt er vor der Tischplatte und funkelt mich böse an. Ich richte mich wieder auf und fasse an mein Kinn. Laut seufze ich.

»Hast du wenigstens versucht, Hailey noch mal zu kontaktieren, als sie davongegangen ist? Bist du ihr hinterhergelaufen? Was ist jetzt mit Ellie?«

Seine Fragen bereiten mir Kopfschmerzen, doch ich weiß, dass ich mich dem Ganzen stellen muss. Tief atme ich ein, bevor ich darauf antworte.

»*Natürlich* habe ich versucht, Hailey zu erreichen. Aber sie nimmt keinen meiner Anrufe entgegen und antwortet nicht auf meine Nachrichten.«

Henry runzelt die Stirn.

»Ich wollte ihr hinterherlaufen«, spreche ich weiter. »Doch Ellie hat mich mit lauter Vorwürfen bombardiert und ich musste sie irgendwie beruhigen. Wir hatten schon genug Schaulustige um uns herum versammelt.«

Henry schüttelt seinen Kopf und wiederholt seine Worte von vorhin. »Du bist ein Vollidiot. Weißt du das eigentlich?«

»Ja, das weiß ich«, grummele ich vor mich hin und presse dann meinen Kiefer aufeinander.

Ich kann meine Wut auf mich selbst jetzt nicht auch noch an der einzigen Person auslassen, die mir in all dem Chaos geblieben ist.

»Hast du Ellie kontaktiert?« Henry nimmt auf dem Stuhl gegenüber von meinem Platz.

»Nein. Sie war so außer sich, dass ich ihr erst mal Luft zum Atmen lassen wollte, bevor ich mich wieder bei ihr melde.«

Mein bester Freund verdreht die Augen und reibt mit der Handfläche über seine Stirn. »Nicht einmal mir gegenüber warst du ehrlich.«

Als er das ausspricht, merke ich erst, wie absolut dämlich ich mich wirklich verhalten habe. Ich war auch Henry gegenüber in *jeder* Hinsicht unehrlich, anstatt mir bei ihm Rat zu holen. Ich habe keinen blassen Schimmer, was eigentlich in meinem Kopf vor sich ging.

»Ich weiß. Ich hätte wenigstens mit dir reden sollen«, gebe ich offen und ehrlich zu. »Ich ... weiß einfach nicht, was ich jetzt machen soll.«

Henry seufzt laut.

Ich sehe zu ihm auf in der Hoffnung, dass er mir

helfen kann, dass er mir sagen kann, wie ich mich aus diesem Schlamassel befreie. Doch seine Miene bleibt eisern.

»Kann es sein, dass es noch mehr Dinge gibt, über die du nicht ehrlich gesprochen hast?«, hakt er nach.

»Wie meinst du das?« Ich lehne mich auf meinem Stuhl zurück und versuche, seinem Blick standzuhalten.

Natürlich gibt es mehr Dinge, bei denen ich unehrlich war. Nicht nur ihm, sondern auch mir gegenüber. Dinge, die ich mir einfach nicht eingestehen kann, so gerne ich es auch würde. Hailey war die einzige Person, vor der ich jemals offen gesprochen habe. Nicht mal zu mir selbst konnte ich so ehrlich sein.

»Will, ich bin dein bester Freund. Wir kennen uns schon eine ganze Weile, arbeiten jeden Tag zusammen. Glaubst du ernsthaft, mir würde nicht auffallen, wie es dir geht? Ich sehe jeden Morgen, wie du hier reinkommst. Ich kann zwischen den Zeilen lesen, wie wenig du hier sein willst. Am Anfang war das noch anders. Aber über all die Zeit hinweg hat sich etwas in deinem Blick verändert. Und ich weiß nicht, wie lange wir noch verschweigen können, dass du keine Lust mehr auf das Ganze hier hast.«

Einen Augenblick lang habe ich das Gefühl, mein Blut gefriere. Henry hat genau das ausgesprochen, was ich seit Ewigkeiten mit mir herumtrage. Was ich niemals laut aussprechen konnte. Ich habe immer versucht, es zu kaschieren, damit es niemand merkt. Aber anscheinend kann man nicht sein Leben lang versuchen, eine andere Person zu sein. Auch in der Hinsicht habe ich verloren.

»Henry ...«, setze ich an, doch er unterbricht mich.

Er steht von seinem Platz auf und schaut von oben auf mich herab. »Es stimmt, oder?« Seine Stimme wird lauter.

Ich nicke. Etwas anderes bleibt mir nicht übrig.

»Weißt du eigentlich, wie scheiße das ist?«, spricht Henry weiter. »Ich reiße mir jeden Tag, vierundzwanzig sieben, den Arsch für unsere Praxis auf, um uns, um meine Eltern, um unsere Kunden zufriedenzustellen. Egal, wie anstrengend es ist, es ist der Weg, den ich gehen wollte. Den ich immer schon gehen wollte! Ich dachte, wir würden das zusammen rocken. Aber ich merke doch, wie sehr du deinen Job hasst! Wie angespannt du bist, wie du jeden Abend froh bist, diese Praxis wieder verlassen zu können. Ich dachte, ich bin dein bester Freund. Ich dachte, du könntest wenigstens *mir* gegenüber ehrlich sein und sagen, wie du wirklich fühlst. Dass du das Ganze hier nicht mehr willst. Aber anscheinend kannst du zu *niemandem* ehrlich sein. Nicht einmal zu dir selbst.«

Seine Worte bohren sich wie Messerstiche in mein Inneres. Beschwichtigend hebe ich meine Hände. »Henry, es tut mir leid. Ich will die Praxis mit dir führen …«

»Jetzt lügst du doch schon wieder!« Seine Stimme wird lauter und ich zucke zusammen. »Sei doch ein einziges Mal ehrlich.«

Er schaut mich so intensiv an, dass ich die Hände zu Fäusten balle. »Ja, okay. Verdammt noch mal!«, schreie ich zurück.

Ich glaube, es ist das erste Mal, dass es so zwischen uns beiden ausartet. Normalerweise ist Henry die Ruhe selbst. Diese Seite an ihm kenne ich gar nicht.

»Ich will das Ganze hier nicht mehr! Ich halte es nicht länger aus. Am Anfang dachte ich noch, es sei der vernünftige Weg. Gutes Studium, tolle Praxis, viel Geld verdienen. Aber ich bin todunglücklich hier. Ich hasse jede Sekunde, die ich in der Metro auf dem Weg hierher sitze. Jeden Abend bin ich froh, wenn ich wieder in meinem Apartment und mit meinen erbärmlichen Gedanken allein bin. Ich lüge nicht nur dich, sondern auch mich schon all die Zeit über an, weil ich verflucht noch mal Angst habe!«

Mein Atem geht schnell und mir ist heiß. Ich fahre mir durch meine Haare und lasse den Kopf in meine Handflächen sinken. Ich kann Henry nicht einmal mehr ansehen.

Ein paar Sekunden lang ist es still. Dann höre ich, wie er in Richtung Tür schreitet. »Keine Sorge, ich lasse dich dein Leben nicht länger hassen und jede Sekunde mit mir in der Praxis verabscheuen. Ich kontaktiere meine Eltern, damit wir ein Meeting mit ihnen vereinbaren und dich hier rausholen können.«

Er reißt die Tür auf und schwungvoll knallt sie hinter ihm zu, sodass ich auf meinem Platz zusammenzucke. Und dann kommen zum ersten Mal Tränen. Die, die ich seit Ewigkeiten zurückgehalten habe.

CARTE POSTALE
CORRESPONDANCE
ADRESSE
PLACE POSTAGE STAMP HERE
Paris

KAPITEL 28

Hailey

In den letzten Tagen hat Will immer wieder versucht, mich zu erreichen. Doch ich habe weder auf seine Anrufe noch auf seine Nachrichten reagiert. Seine Nummer habe ich bislang nicht gelöscht. Das schaffe ich irgendwie noch nicht. Es ist ja nicht so, dass eine Person einem das Herz brechen kann und drei Sekunden später haben sich alle Gefühle, die man jemals empfunden hat, in Luft aufgelöst. Ich bin immer noch in ihn verliebt. Hals über Kopf. Aber ich weiß, dass ich es nicht sein sollte. Also versuche ich, Distanz zwischen uns aufzubauen und ihn zu ignorieren.

Er hat auch mehrfach versucht, mich in meinem Apartment zu besuchen. Zweimal habe ich gehört, wie er geklingelt hat. Ein Blick auf den Bildschirm, der mit der Kamera verbunden ist, die den Eingangsbereich zeigt, hat mir zu erkennen gegeben, dass er es ist. Drei weitere Male hat er es noch versucht, als ich nicht zu Hause war. Monsieur Dupont hat mir davon erzählt. Er meinte auch, dass er jedes Mal sehr beschäftigt getan hat, sobald Will aufgekreuzt ist. Ich finde es fast schon ein bisschen witzig, dass Monsieur Dupont ihn jetzt wie Luft behandelt. Der alte Mann hat es auf jeden Fall in sich.

Glücklicherweise konnte ich mich in den letzten Tagen komplett in meine Arbeit stürzen. Amandine ist natürlich nicht entgangen, dass etwas mit mir nicht stimmt. Ich habe ihr bloß kurz und knapp mitgeteilt, dass es aus ist zwischen Will und mir. Keine weiteren Details. An meinem Gesichtsausdruck hat sie anscheinend ablesen können, dass ich ihr keine weiteren Fragen beantworten werde.

»Männer sind alle Schweine«, hat sie mir bloß zugemurmelt und mich dann in Ruhe weiterarbeiten lassen. Und irgendwie hat mich ihr Kommentar dann doch ein wenig zum Grinsen gebracht.

Das hat jedoch nicht lange angehalten, denn heute Abend treffe ich mich zum ersten Mal seit dem ganzen Vorfall mit meiner Schwester. Sie wollte sich schon früher mit mir treffen, aber ich habe versucht, es hinauszuzögern, und es immer auf meine Arbeit geschoben, dass ich keine Zeit hatte. Ich weiß aber, dass wir nicht um dieses Gespräch herumkommen. Also reiße ich mich heute zusammen und begebe mich in das Café, in dem wir uns für die Mittagspause verabredet haben. Es ist ein süßes Lokal mit kleinen, runden Tischen davor, alles ist in Cremefarben gehalten und es stehen bunte Blumensträuße auf den Tischen.

Elara sitzt bereits an einem der Tische, als ich um die Ecke biege. Mein Herz klopft wie wild in meiner Brust, als ich zielstrebig auf sie zusteuere. Sie tippt auf ihrem Handy herum und erkennt mich erst, als ich kurz vor ihr stehe. Ihr Gesichtsausdruck wandelt sich, aber ich kann ihn nicht deuten. Ich weiß ohnehin nicht, wie es ab sofort zwischen uns beiden sein wird. Ob das Ganze einen Keil zwischen uns als Schwestern getrieben hat.

»Hey«, begrüße ich sie und ziehe den Stuhl zurück, um mich hinzusetzen.

Die Sonne steht hoch am Himmel, es ist wieder mal ein warmer Tag in Paris, aber die Sonnenschirme über uns schützen uns vor dem hellen Licht.

»Hallo.« Elara lässt ihr Handy sinken und legt es auf dem Tisch ab.

Einen Moment lang schauen wir uns einfach nur an, keine sagt etwas. Ich weiß nicht, was sie denkt, wünschte, ich könnte einen Blick in ihren Kopf werfen. Andererseits hätte ich Angst davor, was mich dann erwarten würde.

»Wie geht es dir?«, frage ich unbeholfen. Ich bin unglaublich schlecht darin, Small Talk zu machen, aber ich will auch nicht direkt mit der Tür ins Haus fallen. Meine Schwester sieht das wohl anders.

»Liebst du ihn?«

Ich reiße die Augen auf und bin froh, als in dem Moment die Kellnerin vorbeikommt. Wir bestellen Kaffee und jede ein Stück vegane Tarte Tatin. Als sie wieder weg ist, liegt Elaras Blick wieder fest auf mir. Die Kellnerin hat mir zwar ein paar Sekunden Zeit verschafft, trotzdem wünschte ich, ich müsste diese Frage gar nicht beantworten.

Elara nickt mir zu, als wolle sie mich zum Reden auffordern.

»El …«, setze ich an, doch sie unterbricht mich.

»Beantworte mir doch einfach die Frage. Liebst du ihn?«

Ich atme tief durch und spiele im Schoß mit meinen Fingern. »Ja.«

Sobald ich das Wort ausgesprochen habe, blicke ich herab auf meine Hände.

Die Kellnerin taucht mit unserer Bestellung auf. Wir bedanken uns, dann wird es wieder still.

»Das dachte ich mir.« Elara nimmt einen großen Schluck von ihrem Kaffee und ich tue es ihr nach, obwohl er noch viel zu heiß ist.

Ich bin unschlüssig, was ich auf ihre Aussage antworten soll. Ich kann immer noch nicht einschätzen, was sie fühlt und was sie denkt.

»Und du?«, stelle ich die einzige Gegenfrage, die mir in dem Moment einfällt, und dann auch noch gleich die Frage, die mir am meisten Herzklopfen bereitet.

Elara lacht kurz, schaut auf ihre Tasse und dann wieder hoch zu mir. Dann ist es wieder ruhig. Sekunden vergehen.

»Liebe ist ein großes Wort«, spricht sie dann. »Ich glaube nicht, dass das zwischen Will und mir je … Liebe war. Dafür hat er mir nie gezeigt, dass er ebenso empfindet. In den letzten Tagen habe ich viel nachgedacht über alles, was zwischen Will und mir passiert ist. Und dabei ist mir erst richtig bewusst geworden, dass er mir nie das gezeigt hat, was ich immer von ihm sehen wollte: Liebe.«

Ihre Aussage verwirrt mich mehr, als dass sie Klarheit in meinen Kopf bringt.

»Wie meinst du das?«, frage ich und nehme mit der Gabel ein Stück von dem Apfelkuchen, der einfach nur himmlisch schmeckt.

Jetzt schaut sie mich eindringlich an. »*Dich* liebt er. Mit mir hat er nur gerne Zeit verbracht.«

Fast verschlucke ich mich an dem Stückchen Kuchen in meinem Mund. Schnell greife ich nach meinem Kaffee und spüle den Klumpen in meinem Hals hinunter. Dann nehme ich noch einen großen Schluck, um mir ein bisschen mehr Zeit zu verschaffen. Aus großen Augen schaut meine Schwester mich an. Ich habe Mühe, ihrem Blick standzuhalten. Mit zittrigen Fingern stelle ich die Tasse wieder auf dem Tisch ab und stochere mit der Gabel in meinem Kuchen herum. Der Appetit ist mir mit einem Mal vergangen.

»Das weiß ich nicht«, antworte ich, nachdem ein paar Sekunden vergangen sind.

Meine Schwester lacht. Ich schaue zu ihr auf, kann aber nicht erkennen, wie das gemeint sein soll.

»Ich habe doch gesehen, wie er dich ansieht, als ihr auf der Bank gesessen habt. Dicht beieinander, die Welt um euch herum komplett ausgeblendet. So haben Will und ich nie Zeit miteinander verbracht. Er hat mich nie *so* angesehen. Seinen Arm um mich gelegt und mich enger an sich gezogen.«

Ich lasse die Gabel sinken und lege sie auf dem Teller ab, bevor ich noch den ganzen Kuchen mit meiner Stecherei zerstöre. Laut seufze ich.

Vor den Geschehnissen hatte ich noch geglaubt, dass Will ... so fühlt wie ich. Doch dann ist alles wie ein Kartenhaus in sich zusammengefallen und ich wusste nicht mehr, was wahr und was gelogen ist.

»Wie soll es dann jetzt weitergehen? Er hat mich angelogen, genauso wie er *dich* angelogen hat. Er hat mit uns beiden ein falsches Spiel gespielt, denn er wusste, dass wir Schwestern sind. Und anstatt mit der Wahrheit rauszurücken, hat er immer weitergemacht. Obwohl ihm doch hätte klar sein müssen, dass es irgendwann von selbst rauskommt. Und na ja, das ist es dann ja auch. Nur nicht durch seine ehrlichen Worte.«

Elara schüttelt langsam den Kopf. »Er ist ein Arschloch«, haucht sie dann. Sie schiebt sich ein großes Stück Apfelkuchen in den Mund, bevor sie weiterspricht. »Das hätte mir schon vor vielen Monaten bewusst werden sollen. Ich habe alle Warnsignale ignoriert und immer weitergemacht. Er hat mich nicht verdient. Genauso wenig, wie er dich verdient hat.«

Ihre Worte bringen mich zum Nachdenken und sorgen dafür, dass ich einen kleinen Stich in meinem Herzen verspüre. *Er hat dich nicht verdient.* Ja, meine Schwester hat recht. Er ist ein Arsch und ich habe jemanden verdient, der ehrlich ist und mit offenen Karten spielt. Trotzdem trage ich die ganze Zeit noch diesen kleinen Funken Hoffnung in mir, dass … ich weiß nicht … alles irgendwie anders verlaufen könnte.

»Ich meine, er hat mich schon irgendwie fühlen lassen, dass er Zeit mit mir verbringen will, obwohl es da eigentlich schon *dich* gab«, spricht Elara weiter und sorgt mit ihren Worten dafür, dass sich zu dem Stich in meinem Herzen Hunderte weitere gesellen. »Ja, wir haben uns nicht geküsst oder sind uns anderweitig nähergekommen, auch wenn ich mir das zu dem Zeitpunkt gewünscht habe, aber er hatte kein Problem damit, dass wir uns treffen, ich bei ihm schlafe, nachdem wir abends ausgegangen waren … und er hat mit keinem Wort erwähnt, dass er jemand anderen kennengelernt hat …«

Ich höre meiner Schwester schon gar nicht mehr richtig zu. Ich fühle mich wie in Trance, ihre Worte rauschen nur so an mir vorbei. Ja, es ist gut, zu hören, dass die beiden sich nicht mehr körperlich nähergekommen sind. Innerlich besänftigt mich dieses Wissen etwas, aber es ändert nichts daran, dass meine Schwester Gefühle für ihn hat, hatte. Ich weiß es ja nicht einmal. Und dass Will ihr nicht deutlich gemacht hat, dass es eine andere Frau in seinem Leben gibt.

»Aber liebst *du* ihn denn, El?«, stelle ich erneut die Frage, die ich zwar bereits gestellt habe, doch ihre Antwort darauf war mehr ein Ausweichen als eine klare Aussage.

Elara nippt an ihrem Kaffee, ihr Blick wird mit einem Mal nachdenklicher. Fast wünschte ich, ich hätte das Thema einfach ruhen lassen. Im Endeffekt ist es egal, was sie darauf antwortet. Ob sie immer noch Gefühle für ihn hat oder nicht – Will war unehrlich, hat uns beiden etwas vorgespielt und wie soll ich bitte mit einem Mann zusammen sein, für den meine Schwester einmal etwas empfunden hat oder noch schlimmer immer noch etwas empfindet?

Sie lässt sich Zeit mit ihrer Antwort und für mich fühlt es sich an, als würden Minuten vergehen, bis sie endlich etwas sagt.

»Ich war schon sehr in ihn verliebt«, erklärt Elara. Ihre Stimme hat einen leiseren Klang angenommen. »Und so etwas geht natürlich nicht von jetzt auf gleich weg. Aber in der letzten Zeit hat es schon immer mehr nachgelassen. Ich habe ja nicht das von ihm zurückbekommen, was ich mir so sehnlich gewünscht habe. Und als ich euch beide auf der Bank gesehen habe, ja, da war ich im ersten Moment verdammt eifersüchtig auf dich. Das muss ich ehrlich zugeben. Aber in der nächsten Sekunde war ich einfach nur wütend auf Will und ich hatte das Gefühl, all das, was ich für ihn empfunden habe, hat sich noch mehr von mir gelöst. Ihn so mit einer anderen Frau – und dann noch meiner eigenen Schwester – zu sehen, war letztlich das, was mir gefehlt hat, um endgültig einzusehen, dass aus uns beiden niemals etwas werden wird.«

Ich nicke und in diesem Augenblick wird mir noch einmal mehr bewusst, dass nicht nur mein Herz von Will gebrochen wurde, sondern auch das meiner großen Schwester. Ich will unsere Beziehungen zu ihm gar nicht miteinander vergleichen, am liebsten will ich gar nicht mehr über das ganze Thema nachdenken.

»Es tut mir leid für dich«, sage ich ehrlich. »Ich will nicht, dass ein Mann zwischen uns steht. Am Ende des Tages sind *wir* eine Familie.«

Elaras Augen fangen an zu glitzern. Ich sehe, wie sie tief durchatmet und dann kurz wegsieht, als müsse sie ihre Fassung wahren.

»Da hast du recht, Schwesterherz. Auch wenn ich mir gewünscht hätte, dass du bessere Erfahrungen hier in Paris machst und nicht direkt dein Herz gebrochen bekommst.«

Sie grinst schief und ich kichere. Über den Tisch hinweg greifen wir nach unseren Händen und legen sie ineinander.

»Kein Mann wird jemals zwischen uns stehen«, sagt sie dann.

Ich nicke und erwidere ihr Lächeln. Auch wenn in diesem Augenblick alles in mir unfassbar wehtut. Denn ich weiß nicht, wie ich Will einfach so loslassen soll. Seine braunen Augen, seine Berührungen, seine Art haben sich so sehr in meine Seele eingebrannt, dass ich das Gefühl habe, ihn für immer mit mir herumtragen zu müssen.

KAPITEL 29

Hailey

Die Zeit nach dem Abend, der alles auf den Kopf gestellt hat, vergeht schneller, als mir lieb ist. Irgendwann bricht meine letzte Woche in Paris an.

Als ich an diesem Morgen aus meinem Bett aufstehe und mich im Badezimmer für die Arbeit zurechtmache, frage ich mich, wie vier Monate so schnell an mir vorbeiziehen konnten. Beim Zähneputzen lasse ich meine Zeit hier vor meinem inneren Auge Revue passieren. Doch alles rückt in den Hintergrund, mein Animationsprojekt, die Schönheit der Stadt und alles, was ich erlebt habe, denn ich kann nur an ... Will denken.

Frustriert lasse ich meine Zahnbürste sinken und schaue mich im Spiegel an. Wieso muss er auch den größten Teil meiner Zeit hier ausmachen? Wieso habe ich die meisten und tollsten Dinge hier mit ihm erlebt? Es ist schwer, nicht an all unsere schönen Zeiten zu denken oder daran, wie wir uns das erste Mal in der Metro begegnet sind. Unsere unschuldigen Blicke, hin und her, bis er den Zettel in seinem Buch hat liegen lassen. An manchen Tagen rede ich mir ein, dass ich den Roman einfach niemals hätte aufheben sollen. Ich hätte auf meinem Platz sitzen bleiben und mich auf mein eigenes Leben fokussieren sollen. Dann wäre ich in aller Ruhe zur Arbeit gegangen und hätte mich tagtäglich ohne Ablenkung meinem Animationsprojekt gewidmet. Doch natürlich kam alles anders. Und wenn ich ganz ehrlich zu mir bin, bereue ich nichts davon. Ja, ganz tief in mir bin ich froh, ihn kennengelernt zu haben. Und dann tauchen wieder diese Gedanken in meinem Kopf auf, in denen ich mir Sorgen um ihn mache.

So oft hat er betont, dass ich sein Lichtblick sei. Man sollte sich nicht so sehr auf andere Menschen stützen, dass sie das einzig Gute im eigenen Leben sind, aber seine Situation tut mir leid. Von Anfang an habe ich gespürt, dass ihn etwas bedrückt, und als er mir alles anvertraut hat, wollte ich einfach bloß für ihn da sein, seine Stütze sein. Ich weiß, dass ich ihm gutgetan habe. Und er mir auch. Und ich frage mich, wie es ihm wohl jetzt gerade geht. Was er tut. Ob er sein Leben normal weiterführt und jeden Tag zur Praxis fährt. Oder ob er endlich mutig genug ist, um aus diesem selbst gebauten Käfig auszubrechen und das zu tun, wonach sein Herz schon so lange still und heimlich schreit.

»Schluss jetzt«, ermahne ich mich vor dem Spiegel. Viel zu lange bin ich wieder mit meinen Gedanken abgedriftet. »Ich fokussiere mich jetzt auf meine letzten Arbeitstage und dann geht es zurück nach San Francisco.«

Manchmal muss man Selbstgespräche vor dem Spiegel führen, um wieder Vernunft ins Gehirn fließen zu lassen. Und vielleicht habe ich Angst, dass mich der Abschied von der Stadt hier sonst komplett zerreißen wird.

Ich schlüpfe in meine Mom-Jeans und ein enges T-Shirt, binde meine Haare zu einem tiefen Zopf und werfe meine Tasche über die Schulter, bevor ich mich auf den

Weg zur Metro mache. Seit besagtem Abend nehme ich immer eine frühere Metro, um ja nicht das Risiko einzugehen, auf Will zu treffen. Ich habe ihn seitdem nicht mehr gesehen. Seine Anrufe und Nachrichten sind weniger geworden. Und seit einer Woche habe ich gar nichts mehr von ihm gehört. Einerseits versetzt mich das in eine melancholische Stimmung. Andererseits: Was habe ich erwartet? Ich habe nie auf etwas reagiert und seine Nachrichten immer direkt gelöscht, ohne sie zu lesen. Ich hatte Angst, schwach zu werden. Und vielleicht habe ich die immer noch. Aber ich rede mir ein, dass es bloß noch wenige Tage sind. Bloß noch wenige Tage, bis ich wieder zurück in meiner Heimat Kalifornien bin. Da, wo ich wirklich hingehöre.

Oder?

Auf der Arbeit herrscht ein Getummel, da das Projekt im vollen Gang ist, und ich hoffe beinahe, dass die nächsten Tage genauso wie im Flug vergehen werden. Für den Animationsfilm habe ich mittlerweile alle Figuren, Kulissen und Requisiten künstlerisch dargestellt und dem Team vorgelegt. Alles ist längst abgesegnet und meine Kollegen arbeiten fleißig mit meinen Entwürfen, sodass ich keinen riesigen Haufen Arbeit mehr vor mir habe. Fast macht mir das Angst. Nicht dass ich wieder zu sehr in meinen Gedanken gefangen bin, weil ich mich nicht in die Arbeit stürzen und damit ablenken kann.

Doch Amandine scheint zu ahnen, wie es mir geht. Mit verschränkten Armen stellt sie sich in den Türrahmen und mustert mich mit hochgezogener Augenbraue. »So willst du Paris also verlassen? Mit traurigem Blick? Fehlt ja nur noch, dass du vor dich hin jammerst.«

Ihre wenig galante und dafür viel zu ehrliche Aussage bringt mich erst einmal aus dem Konzept – auch wenn ich so etwas ja bereits von meiner Chefin gewohnt bin. In meiner Zeit hier ist sie mir wirklich ans Herz gewachsen, auch wenn ich manchmal immer noch nicht richtig glauben kann, dass sie meine *Chefin* ist, so wie sie sich verhält. Aber das Ganze macht sie nicht weniger professionell. Auf ihrem Gebiet gehört Amandine mit zu denjenigen, die alles vorantreiben.

»Ich gucke doch gar nicht traurig«, versuche ich, mich zu verteidigen, und verfluche mein Gesicht dafür, dass man meine Emotionen so leicht von ihm ablesen kann. Und wieso sollte ich überhaupt traurig gucken? Ich habe gerade mal *nicht* an Will gedacht. Ist mein Gesichtsausdruck vielleicht einfach inzwischen immer so?

Amandine lacht und stöckelt in ihren hohen Schuhen auf meinen Schreibtisch zu. Kurz davor bleibt sie stehen. Wieder mal sieht sie umwerfend aus in ihrem dunkel gemusterten Bleistiftrock und der schicken eingesteckten Bluse. Ihre Haare fallen in wilden Wellen über ihre Schulter, die Augen sind dunkel umrandet – der typische I-woke-up-like-this-Look, bei dem ich mir nach meiner Zeit in Frankreich sicher bin, dass ihn nur die Franzosen so perfekt hinbekommen.

»Mon amour, ich habe lange nicht mehr jemanden getroffen, in dessen Gesicht man wie in einem Buch lesen kann. Deine Gedanken stehen dir ja förmlich auf die Stirn geschrieben!«

Ich schnaube frustriert und lehne mich in meinem Drehstuhl zurück. Okay, jetzt verfluche ich mein Gesicht aber so *richtig*. Bevor ich etwas erwidern kann, ergreift Amandine wieder das Wort.

»Jetzt schieß schon los. Du hast mich ein paar Wochen zappeln lassen und ich habe dir deine Trauerzeit gegeben. Was ist passiert? Hat dich der heiße Psychologe betrogen? Ist er eigentlich schwul? Ein sexy Verbrecher und jetzt ist er im Knast? Falls Letzteres der Fall ist, verfluche ich ihn, ich habe nämlich nächste Woche eine Sitzung bei ihm …«

Ich widerstehe dem Drang, die Augen zu verdrehen. Ich habe keine Ahnung, ob Amandine gerade versucht, mich zum Lachen zu bringen, aber es zeigt auf jeden Fall keine Wirkung.

»Er hatte was mit meiner Schwester«, sage ich kurz und knapp und wünschte, wir könnten das Thema einfach hinter uns lassen. Aber dann würde ich meine Chefin nicht wirklich kennen.

Diese reißt ihre Augen weit auf, als habe ich ihr gerade die spannendsten News aus Paris vor die Füße geworfen. Dann jedoch fasst sie sich wieder und setzt ein Grinsen auf. »Dieser Schlingel.«

Sie lacht vor sich hin und ich schaue sie verdutzt mit zusammengekniffenen Augen an. Das ist ihre Reaktion darauf?

»Äh«, mache ich, nicht genau wissend, was ich sagen soll.

Amandine grinst immer noch. »Na, das ist alles? Glaub mir, Hailey, da habe ich weiß Gott schon schlimmere Dinge mit den Männern erlebt. Er hatte etwas mit deiner Schwester? Ja, und? Davon geht die Welt nun auch nicht unter. Sprichst du nicht außerdem in der Vergangenheitsform?«

»Was?«

»Er *hatte* etwas mit deiner Schwester. Wann?«

»Bevor es zwischen ihm und mir ernster geworden ist. Aber während das mit uns beiden lief, hat er sich trotzdem noch mit ihr getroffen.«

»Und sind die beiden sich nähergekommen?«

»Nein, aber meine Schwester wollte es. Sie hatte Gefühle für ihn.«

»Aber sind sie sich nähergekommen?«

»Nein.«

»Na dann.« Amandine klatscht in ihre Hände, als wäre das für sie ein abgeschlossener Fall. »Dann ist doch alles in Butter. Die beiden hatten vorher was, na und? Die Welt ist klein, manchmal geschehen solche Dinge eben. Deine Schwester stand auf ihn? C'est la vie, ihr seid eben verwandt, da kann es schon mal vorkommen, dass man den gleichen Geschmack hat.«

Ihre unverblümte Art, die Dinge so locker zu sehen, imponiert mir. Ich wünschte, ich könnte mir eine Scheibe davon abschneiden und ein wenig entspannter sein. Vielleicht würde mein Leben dann in vielerlei Hinsicht anders verlaufen.

»Ich weiß nicht«, murmele ich vor mich hin. »Er wusste, dass wir beide Schwestern sind, aber hat zu keinem Zeitpunkt daran gedacht, uns darüber zu informieren, dass er mit der jeweils anderen etwas hatte oder hat. Stattdessen hat er so getan, als habe er keinen blassen Schimmer, und hat einfach bloß auf den großen Knall gewartet, der dann auch letzten Endes eingetreten ist.«

Amandine schmunzelt. Für sie scheint das Ganze eine einfache Nummer zu sein. »Ach komm, jetzt lass doch nicht den Kopf hängen. Deine Zeit in Paris war ohnehin begrenzt. Vier Monate ein bisschen Spaß haben, das klingt doch nach einem guten Abenteuer, oder etwa nicht? Und in ein paar Tagen machst du dich wieder auf den Weg ins sonnige Kalifornien. Da beneide ich dich schon ein wenig. Ich liebe mein Paris, aber dagegen hätte ich nichts einzuwenden.«

Ich verschweige Amandine, dass es in San Francisco meist eher neblig und kühler oder windig ist und es nicht mit den anderen sonnigen Städten Kaliforniens wie zum Beispiel Los Angeles zu vergleichen ist. Stattdessen nicke ich einfach bloß.

Vielleicht hat sie ja recht mit dem, was sie gerade gesagt hat. Meine Zeit hier war begrenzt, das wusste ich von Anfang an. Jetzt heißt es wieder Koffer packen und ab nach Hause. Auch wenn ich es einfach nicht mit mir vereinbaren kann, dass Will bloß ein ... Abenteuer war. Denn so hat es sich ganz und gar nicht angefühlt. Noch nie habe ich für einen Menschen so empfunden wie für ihn. Aber vielleicht sollte das zwischen uns auch einfach nicht sein. Vielleicht ist unser Abschnitt hiermit vorbei. Und vielleicht ist das auch in Ordnung so.

Auch wenn mein Herz nach ihm schreit.

»Ja, vielleicht hast du recht«, erwidere ich und zeige auf meinen Laptopbildschirm, um ihr mitzuteilen, dass ich mich wieder an die Arbeit machen muss. Mir bleiben nicht mehr viele Aufgaben, aber ich bemühe mich, meine wenige Zeit hier noch sinnvoll zu nutzen.

»Na, siehst du«, sagt Amandine und macht ein paar Schritte nach hinten, einen Arm lässig in die Hüfte gestemmt. »Aber ich hätte dich auch wirklich gerne hier in Paris behalten. Deine Kreativität und dein Engagement würden unserem Standort wirklich guttun. Dein Boss in San Francisco hat mir am Telefon aber schon mitgeteilt, dass ich dich gehen lassen muss, auch wenn ich das nur ungern tue. Er ist sehr zufrieden mit deiner Arbeit, hast du gehört? Dir steht eine glorreiche Zukunft bevor. Schade nur, dass du dann wieder auf einem anderen Kontinent arbeitest. Aber Paris wird dich immer mit offenen Armen empfangen.« Sie wirft mir eine Kusshand zu, dann stöckelt sie aus meinem Büro und lässt mich allein zurück.

Normalerweise würden mich ihre Komplimente und die meines Bosses in den USA mit solch einem Stolz erfüllen, dass ich aus dem Grinsen nicht mehr herauskommen würde. Doch ich fühle mich einfach nur ... leer.

Denn ich vermisse Will.

Ob ich es mir eingestehen will oder nicht.

Aber es hat keinen Zweck, denn in wenigen Tagen kehre ich zurück nach Hause. Und dann wird alles wieder seinen gewohnten Lauf nehmen.

KAPITEL 30

Will

Ich sitze in meinem Apartment, ganz allein. In der Praxis arbeite ich nicht mehr. Nicht weil ich selbst den Mut hatte, meinem besten Freund alles zu offenbaren und zu sagen, dass ich endlich meinen Traum leben will. Nein, stattdessen ist alles wie ein Kartenhaus in sich zusammengefallen und Henry hat mich mehr oder weniger rausgeworfen. Zu Recht. Das Meeting, das wir mit seinen Eltern via Webcam abgehalten haben, war mehr als unangenehm. Sie waren enttäuscht, zu hören, dass ich aussteigen möchte. Aber Henry hat ihnen hundertfach versichert, dass er es auch ohne mich schafft. Er wird alles ein wenig reduzieren und sich dann nach Verstärkung für sein Team umsehen. Das schlechte Gewissen nagt dennoch an mir. Nicht nur, weil ich Henry und seine Eltern enttäuscht habe, sondern weil ich auch unzählige Patienten habe, die nun ihren gewohnten Psychologen verlieren.

Glücklicherweise hat mein bester Freund mir nicht weiter Vorwürfe gemacht, die mich noch mehr getroffen hätten.

»Es bringt unseren Patienten nichts, wenn sie einen Psychologen haben, der sich jeden Tag nur wünscht, endlich seinen Job verlassen zu können«, hat Henry mir nach dem Gespräch mit seinen Eltern gesagt, als wir uns in ein Café gesetzt hatten, um alles zu besprechen. »Natürlich hätte ich mir gewünscht, dass du früher ehrlich zu mir gewesen wärst. Oder dass es einfach ... deine Leidenschaft wäre. So wie es meine ist. Aber ich kann dich nicht dazu zwingen, weiterhin als Psychologe zu arbeiten, genauso wenig wie du es tun solltest.«

Wir haben uns ausgesprochen und Henry hat mir versprochen, dass wir trotzdem beste Freunde bleiben. Zu wissen, dass das Ganze nicht zwischen uns steht, beruhigt mein schlechtes Gewissen immerhin ein kleines bisschen. Und ich habe ihm zugesichert, ihn in der nächsten Zeit weiterhin zu unterstützen, bis er alles geregelt hat. Außerdem musste er mir versprechen, sein Arbeitspensum um ein Vielfaches herunterzufahren. Selbst seine Eltern haben während des Termins angesprochen, dass er übermüdet aussieht, und ich glaube, so langsam sieht auch Henry selbst es ein. Ich werde trotzdem in Zukunft weiterhin ein Auge darauf haben, ob er sich auch nicht wieder übernimmt.

Und jetzt ... sitze ich hier. In der Küche meines Apartments. Ohne Job, ohne meinen Lichtblick ... Hailey. Dafür mit einer Million Gedanken in meinem Kopf, gemischt mit Schuldgefühlen und Verwirrung. Ich stoße mich von der Arbeitsplatte ab und fluche laut. Hailey ist nur noch wenige Tage in Paris. Drei, um genau zu sein. Dann ist sie weg.

Ganz am Anfang, als wir uns kennengelernt haben, hat sie mir ihren Abreisetag mitgeteilt, und ja, ich habe ihn mir sogleich in meinen Kalender eingetragen. Weil ich damals schon geahnt hatte, dass dieser Tag schlimm für mich sein würde. Aber dass es *so* sein würde, habe ich zu dem Zeitpunkt noch nicht geahnt.

Sie wird zurückgehen in die Vereinigten Staaten, nach San Francisco. Eine Stadt, die so weit entfernt liegt, ein fremder Ort, an dem ich noch nie war. Ich habe keinen blassen Schimmer, wie ihr Leben dort ist. Aber ich habe ja von so vielen Dingen keinen blassen Schimmer mehr. Oder hatte ihn noch nie.

Ich fahre mir mit den Fingern durch meine Haare und bemerke zu spät, dass sie ja immer noch voller Mehl sind. Ja, ich habe meine aufgezwungene freie Zeit mehr oder weniger *produktiv* genutzt und mich in jeder freien Sekunde dem Backen gewidmet. Gerade stecken ein paar Zimtkekse im Ofen, ein altes Rezept meiner Großmutter, das ich noch nie ausprobiert habe. Der Duft nach Zimt weht durch die Küche und bringt meinen Bauch zum Knurren. Es ist Nachmittag und ich habe heute noch so gut wie nichts gegessen, von ein paar meiner Backkreationen abgesehen – vor den Zimtkeksen war es ein simpler Marmorkuchen. Das liegt nicht an meiner Stimmung, sondern daran, dass ich das Gefühl habe, das Einzige, was mir gerade noch Kraft schenkt, ist, alles in das Backen zu stecken. Also, vielleicht kann ich Henry sogar dankbar sein, dass er derjenige war, der dem Trauerspiel in der Praxis ein Ende gesetzt und mich dazu gebracht hat, meinem Traum endlich richtig ins Gesicht zu blicken.

Der Timer piept, die Kekse müssen aus dem Ofen. Schnell schnappe ich mir meine Ofenhandschuhe und hole das köstlich duftende Gebäck heraus. Jetzt sind die Kekse noch viel zu heiß, um sie zu probieren, aber ihrem Aussehen nach zu urteilen, scheinen sie etwas geworden zu sein.

Natürlich kann ich das viele Gebäck, das ich täglich ausprobiere, nicht allein essen. Und schlecht werden lassen, will ich es selbstverständlich auch nicht. Also verteile ich es großzügig an meine Nachbarn, darunter viele ältere Leute, die sich sehr über meine Leckereien freuen. Ich kann danach nicht anders, als mit einem breiten Grinsen in mein Apartment zurückkehren, wenn sie mich mit Lob und Komplimenten überhäufen. Und zum ersten Mal in meinem Leben habe ich das Gefühl, dass ich es vielleicht doch wagen kann. Wagen soll. Den Traum von einer eigenen Bäckerei.

Gedankenverloren starre ich an den Keksen vorbei aus dem Fenster, das mir geradewegs eine Aussicht auf die vielen Häuser der Stadt bietet. Okay, ich könnte es wirklich versuchen. Das mit der Bäckerei. Schritt für Schritt, jeden Tag ein bisschen mehr wagen. In den letzten Jahren habe ich mir vielleicht nie erlaubt, mir gedanklich meinen Traum zuzugestehen, aber ich habe jeden Monat etwas Geld zur Seite gelegt. Als Psychologe in solch einer Großstadt und mit einem Kollegen wie Henry, der für das Ganze brennt, verdient man nicht schlecht, dementsprechend hatte ich immer das Glück, eine gute Summe sparen zu können. Ich habe nie eingesehen, viel Geld für ein teures Apartment auszugeben, im Gegensatz zu meinem besten Freund, der im sechzehnten Arrondissement lebt, auf dem rechten Seine-Ufer. Es gehört zu den teuersten und wohlhabendsten Vierteln der Stadt und Henry ist mit seinem Apartment auch einer der Glücklichen, die geradewegs einen Ausblick auf den wunderschönen Eiffelturm haben. Da weiß man ja, wo der Preis herkommt.

Mich haben solche Dinge nie beeindruckt. Wenn ich ganz ehrlich zu mir bin, will ich einfach bloß eine Bäckerei haben. Die Menschen mit meinem Gebäck glücklich machen und zufriedenstellen. Und Hailey an meiner Seite haben.

Hailey. Hailey. Hailey.

Die Erinnerung an sie raubt mir für eine Sekunde die Luft zum Atmen. Ich wende meinen Blick vom Fenster ab und fahre mit den immer noch mehligen Händen über mein Gesicht. Dann greife ich wie automatisch nach dem Handy in meiner Hosentasche. Es ist stumm gestellt, denn ich weiß, dass Hailey sich nicht mehr bei mir melden wird. Trotzdem habe ich noch diesen kleinen Funken Hoffnung in mir, dass ihr Name auf dem Sperrbildschirm erscheint. Doch er tut es nicht.

Bei Ellie habe ich es anfangs auch probiert, versucht, mich zu erklären, versucht, die Fronten zu klären. Doch wie ihre Schwester hat auch sie auf keinen meiner Kontaktversuche reagiert. Erst heute, nachdem bereits so viel Zeit vergangen ist, steht ihr Name auf meinem Sperrbildschirm. Sie hat mir eine Nachricht gesendet.

Will, schreibt sie, *ich hatte nicht die Kraft und die Lust, auf deine Nachrichten oder Anrufe zu reagieren. Aber ich glaube, das kannst du mir nicht übel nehmen. Bitte lass uns das Ganze einfach hinter uns lassen. Erst im Nachhinein realisiere ich, dass ich viel zu viel in eine Person investiert habe, die nicht das Gleiche zurückgegeben hat. Und damit will ich dir keinen Vorwurf machen – ich habe mit allem abgeschlossen und es ist okay, dass du nie das Gleiche für mich wie ich für dich empfunden hast. Wirklich. Ich will nur, dass du weißt, dass Hailey ein wundervoller Mensch ist. Ein wundervoller, wundervoller Mensch. Ich wurde im Leben schon oft von Männern verarscht, also reihst du dich bloß zu den unzähligen anderen Clowns. Keine große Sache, um ehrlich zu sein. Aber so wie ich es mitbekommen habe, scheint das zwischen dir und meiner Schwester ernst gewesen zu sein. Und das ist schade. Schade, dass du es so versaut hast, weil ich doch weiß, was für ein toller Mensch du* eigentlich *sein kannst. Aber Hailey braucht niemanden, der sie belügt und so etwas abzieht. Ich glaube, ihr zwei hättet gut zusammengepasst. Besser als du und ich es jemals getan hätten, ha ha. Okay, diese Nachricht wird jetzt viel zu lang, aber ich musste einmal meine ganzen wirren Gedanken runterschreiben, um endgültig mit allem abzuschließen.*

Au revoir, Will. Bekomm dein Leben wieder auf die Reihe. Henry hat mir erzählt, was passiert ist. Nimm es ihm nicht übel. Er ist immer noch dein bester Freund und er macht sich Sorgen um dich. Geh dran, wenn er anruft. Und mach dir nicht die Mühe, auf meinen ewigen Text zu antworten. Ich weiß, dass es dir leidtut. Das hast du bereits tausendmal geschrieben. Das hier ist unser Schlussstrich. :)

Unbewusst verkrampft sich meine freie Hand zur Faust. Nicht aus Wut, sondern weil ich mit den Emotionen, die sich in mir aufstauen, nicht umgehen kann. Ja, Henry hat versucht, mich zu erreichen. Und ich habe ihn mehr oder weniger abgewimmelt. Er hat sich bei mir entschuldigt und meinte, dass es ihm leidtut, so schroff gewesen zu sein. Ich habe zu ihm gesagt, dass das womöglich der Arschtritt war, den ich so dringend gebraucht habe.

Zum einen bin ich wahnsinnig erleichtert, dass Ellie allem Anschein nach mit dem Ganzen abschließen kann und mir verzeiht, wenn vielleicht auch um ihretwillen. Andererseits trifft es mich umso mehr, dass sie denkt, dass Hailey und ich zusammengepasst hätten. Und dass ich es versaut habe.

Es ist ganz allein meine Schuld.

Entgegen ihrer Anweisung, es nicht zu tun, tippe ich ein paar Wörter ein, um ihr zu antworten. Nachdem ich jedoch minutenlang geschrieben und dann alles wieder gelöscht habe, stecke ich mein Handy wieder weg. Vielleicht sollte ich Ellies Wunsch einfach respektieren. Vielleicht ist alles gesagt, was gesagt werden musste. Doch das mit Hailey ist noch nicht geklärt.

Und ich kann sie nicht so aus Paris verschwinden lassen.

PLACE POSTAGE STAMP HERE
CARTE POSTALE
ADRESSE
CORRESPONDANCE
Paris

KAPITEL 31

Hailey

Der Koffer ist gepackt. Von meinen Arbeitskollegen und Amandine habe ich mich bereits verabschiedet. Niemals hätte ich geglaubt, dass ich nach meinem Auslandsaufenthalt so eine Verbundenheit zu dieser Stadt fühlen würde, aber gestern Abend, als wir mit dem Team in eine Bar gegangen sind, um unsere gemeinsame Zeit zu zelebrieren, habe ich tatsächlich ein paar Tränchen verdrückt. Selbst Amandine, die sonst so toughe und sich selbst im Griff habende Frau hatte schimmernde Augen, auch wenn sie sich schnell weggedreht hat, als ich sie dabei erwischt habe. Es war ein schöner Abend und ich weiß bereits jetzt, dass ich alle vermissen werde.

»Und wehe, du kommst nicht so bald wie möglich wieder nach Paris, um uns zu besuchen!«, hat Amandine mir gedroht, nachdem sie mich noch in eine feste Umarmung gezogen hatte.

Natürlich habe ich ihr gesagt, dass ich zurückkommen werde. Auch wenn ich mir momentan nicht vorstellen kann, wie ich das schaffen soll. Mein Herz tut immer noch weh und ich glaube, das wird es jedes Mal, wenn ich an diese Stadt erinnert werde. Ich schaue auf mein Handgelenk, das nun ein schmales Goldkettchen mit einem feinen Anhänger ziert. Amandine hat es mir zum Abschied geschenkt und meinte, dass der Stern mein *Nordstern* ist. Meine wahre Berufung im Leben.

»Du weißt, was dein Nordstern ist. Und ich weiß es auch. Du weißt, in welche Richtung du gehen willst, und ich will, dass dich dieses Armband immer wieder daran erinnert. Denn das Leben wird Herausforderungen für dich bereithalten, Höhen und Tiefen. Aber wenn du dein Ziel immer vor Augen hast und dich auf deinen Nordstern fokussierst, dann wirst du auf Kurs bleiben und jeden Sturm überstehen, der auf dich zukommt.«

Das Kettchen klimpert leicht, als ich mein Handgelenk schüttele. Ein Lächeln ziert meine Lippen. Paris hat mir so viel gegeben, so viel neuen Mut und neue Kraft, egal, wie schmerzhaft es auch geendet haben mag. Das muss ich mir einfach immer wieder vor Augen halten. Das darf ich nicht vergessen.

Ich drehe eine letzte Runde durch mein Apartment. Mein ewig langer Flug geht erst heute Abend, also habe ich noch etwas Zeit. Trotzdem muss ich das Apartment schon am Vormittag räumen, damit es an die nächsten Gäste weitervermietet werden kann. Ich sehe mich ein letztes Mal um, bevor ich meinen Koffer hinter mir herziehe und die Tür schließe.

Im Foyer begegne ich Monsieur Dupont. Er hat mir angeboten, meinen Koffer solange in einem Nebenraum sicher zu verstauen, damit ich ihn nicht den ganzen Tag mit mir herumschleppen muss. Im Gegenzug lade ich ihn heute zu einem Brunch ein.

Mein letzter Tag in Paris bedeutet auch, dass es der letzte Tag ist, an dem ich Monsieur Dupont sehen kann. Es bricht mir bereits jetzt das Herz, den wundervollen alten Mann zurückzulassen. Er hat mir so viel gegeben, nicht bloß weise Worte, sondern auch Mut und Zuversicht. Am liebsten würde ich ihn mit nach San Francisco nehmen, aber ich weiß, wie sehr er an dieser Stadt hängt. Und jedes Mal, wenn ich an die Liebesgeschichte von seiner Frau und ihm denke, geht mein Herz auf.

»Meine Liebe«, begrüßt er mich, als ich den Eingangsbereich betrete.

Ich grinse ihm zu, während wir meinen Koffer in dem anderen Raum verstauen.

»Wie geht es Ihnen? Freuen Sie sich schon auf Ihre Heimat?«

Sein warmes Lächeln steckt mich bereits jetzt wieder an und beruhigt meine aufgeregten Nerven. »Ich bin schon etwas nervös, muss ich zugeben. Paris war die letzten vier Monate mein Zuhause und ich habe mich immer mehr eingelebt. Aber San Francisco ruft nach mir. Und ganz besonders mein Chef«, witzele ich.

Monsieur Dupont nickt mir zu und deutet dann mit der Hand nach draußen. Wir begeben uns in die strahlende Vormittagssonne und schlendern die Straße hinunter. Das Café, in das ich ihn einladen möchte, ist nur wenige Gehminuten entfernt. Glücklicherweise konnte er sich heute mal ein paar freie Stunden genehmigen und Zeit mit mir verbringen.

»Paris wird Sie vermissen«, sagt er und schaut mich von der Seite an. Wir laufen langsam, ich passe mich seinem Tempo an, aber wir haben auch keine Eile.

Ich schmunzele bei seinen Worten. »Ich werde Paris auch vermissen. Und Sie natürlich.«

Er lacht. Dann ist es für ein paar Sekunden still und bloß die typischen Geräusche der Großstadt umgeben uns. Meine Gedanken schweifen zu Will und mein Herz zieht sich zusammen. Ich verlasse die Stadt heute und habe ihn kein einziges Mal mehr gesehen. Nicht weil er es nicht wollte, sondern weil ich es nicht mehr zugelassen habe. Je näher die Zeit des Aufbruchs rückt, desto mehr habe ich Sorge, dass ich es irgendwann bereuen werde, mich nicht von ihm verabschiedet zu haben. Von meiner Schwester habe ich mich bereits vorgestern verabschiedet. Wir waren ein letztes Mal abends zusammen vegan essen. Momentan ist sie zeitlich so sehr eingespannt, dass es ihr anders nicht mehr gepasst hätte. Ich weiß, wie groß ihr Wunsch ist, ein eigenes Fashion-Label zu gründen. Sie hat mir von einem Wettbewerb erzählt, bei dem man die Chance hat, mit bekannten Designern zusammen eine Kollektion herauszubringen. Seitdem ist sie Feuer und Flamme und arbeitet Tag und Nacht an ihren Ideen, um sie der Jury vorzustellen.

»An was denken Sie, Miss Hailey?« Monsieur Dupont zieht mich ins Hier und Jetzt zurück.

Ich schüttele schnell meinen Kopf und setze wieder ein Lächeln auf. »Ach, an nichts Wichtiges.«

Er schaut mich wissend an. Manchmal habe ich das Gefühl, er kann geradewegs in meine Seele blicken. Als spüre er genau, was in mir vorgeht. »Sie haben an Ihren Geliebten gedacht, habe ich recht?«

Dass er Will als meinen *Geliebten* bezeichnet, zaubert dann doch ein ehrliches Lachen auf mein Gesicht. Doch es verschwindet schnell wieder und ich beiße mir nervös auf die Lippe. »Ja. Ja, das habe ich. Ich ... habe bloß darüber nachgedacht, dass es komisch ist, ihn nicht mehr wiederzusehen. Irgendwie habe ich mit dem Ganzen noch nicht so ganz abgeschlossen.«

»Sie können sich von ihm verabschieden, wenn Sie wollen, Miss Hailey. Fahren Sie einfach mit der Metro zu ihm nach Hause und tun Sie es.«

Ich runzele die Stirn. Die Art und Weise, wie er es erklärt, lässt es so einfach wirken. Und das ist es ja vermutlich auch. Aber ich würde niemals auf die Idee kommen, genau das jetzt zu tun. Dafür habe ich viel zu viel Angst. Denke viel zu viel nach. Weiß immer noch, dass es keinen Sinn macht. Will war unehrlich, hatte etwas mit meiner Schwester, die in ihn verliebt war. Hat uns nicht die Wahrheit gesagt. Und dann trennen uns immer noch viel zu viele Kilometer, sobald ich heute Abend das Flugzeug besteige und ab morgen wieder in San Francisco lebe.

»Sie denken wieder viel zu viel nach, meine Liebe.« Monsieur Dupont fragt nicht einmal nach, sondern spricht es gleich als Fakt aus. Und natürlich hat der gute Mann wieder einmal recht.

»Ja, möglicherweise ist das eine meiner Eigenschaften, alles zu sehr zu überdenken und mir damit eine riesige Angst zu machen.«

Mittlerweile sind wir an dem Café angekommen, einem kleinen, aber süßen Lokal, das sich an der Straßenecke befindet. Kleine Tische stehen davor auf dem Gehweg. Wir nehmen Platz und ich bestelle uns Kaffee und Orangensaft. Als die Kellnerin unsere Essenswünsche aufnehmen will, ordere ich von allem ein bisschen. Und sogar auf Französisch. Ich bin richtig stolz darauf, dass mein Sprachkurs mich der Sprache nähergebracht hat.

Monsieur Dupont schüttelt zwar den Kopf und meint, dass wir so viel doch gar nicht brauchen, aber ich will meine Dankbarkeit für die letzten Monate ausdrücken und wenn es mit einem ausgiebigen Brunch ist, dann machen wir das auch so.

»Ich finde wirklich, Sie sollten zu ihm fahren, wenn Sie ihn noch vermissen«, sagt Monsieur Dupont auf einmal aus heiterem Himmel.

Ich verschlucke mich beinahe an dem buttrigen

Croissant, das ich mir gerade in den Mund schiebe. Schnell spüle ich mit Orangensaft nach.

»Oder Sie schreiben ihm eine Textnachricht oder was Sie jungen Leute da auch immer machen.«

»Ich weiß nicht, ob das so eine gute Idee ist.«

»Und wieso glauben Sie das? Haben Sie es schon probiert?«

Ich schmolle kurz, dann muss ich grinsen. Verdammt, ja, er hat immer recht mit dem, was er sagt. Natürlich kann ich im Voraus nicht wissen, ob es eine gute oder schlechte Idee ist. Aber ich kenne mich selbst und weiß, dass es meinem Herzen danach nur umso schlechter gehen würde.

»Ich glaube, es ist am besten, wenn ich einfach nach Hause fliege. Das, was geschehen ist, war so, wie wenn einem ganz schnell ein Pflaster abgerissen wird. Es tut einmal ganz doll weh und dann muss man damit leben. So geht es mir auch. Wenn ich ihn jetzt noch einmal sehe, ist es so, als würde das Pflaster immer nur Stück für Stück abgezogen werden. Es tut ganz, ganz lange weh.«

Monsieur Dupont trinkt von seinem Kaffee, stellt die Tasse langsam wieder ab und nickt dann. »Miss Hailey, ich kann Ihnen niemals sagen, was das Beste für Sie ist. Das wissen Sie immer nur selbst. Niemand kann das für eine andere Person wissen. Deshalb sollten Sie einfach das tun, was sich für Sie richtig anfühlt. Mehr nicht.«

»Ja, damit haben Sie wohl recht.« Ich klatsche in die Hände. »Jetzt haben wir aber genug über mich geredet. Erzählen Sie mir lieber mal, wann Sie mich in San Francisco besuchen kommen!«

Geschickt wechsele ich das Thema und es dauert nicht lange, bis Monsieur Dupont und ich lachend und gut gelaunt im Café sitzen, meine Gedanken ganz weit weg von Will und meiner Abreise sind und ich einfach bloß den Moment genieße. Das Hier und Jetzt ohne Ängste und Sorgen und Zweifel.

Der Abschied von Monsieur Dupont nach dem Brunch fiel mir nicht leicht. Wir haben uns fest umarmt und ich habe mich so gefühlt, als würde ich ein weiteres Familienmitglied in Paris lassen. Genau wie Amandine hat auch er gesagt, dass ich die Stadt der Liebe so schnell wie möglich wieder besuchen soll. Er meinte zwar, dass er gerne eines Tages mal nach Kalifornien reisen würde, aber ich glaube, dass er sich nur schwer von dieser Stadt trennen kann. Und mittlerweile kann ich nachvollziehen, wieso.

Die Häuser ziehen am Fenster vorbei, während ich im Taxi sitze und nach draußen starre. Mein Herz klopft ganz wild in meiner Brust, ich bin aufgeregt und nervös und irgendwie auch hibbelig. Der Flughafen kommt immer näher und somit auch mein Flug zurück nach Hause.

Nach Hause.

Ein komisches Wort, je länger man darüber nachdenkt. Früher hätte ich direkt behauptet, dass San Francisco mein Zuhause ist. Die berühmte Stadt in Kalifornien. Doch mittlerweile wäre ich mir mit meiner Antwort nicht mehr so sicher. Denn Paris hat sich langsam, aber sicher in mein Herz geschlichen, ganz unbemerkt. Doch jetzt ist es unwiderruflich und mit jedem verstreichenden Kilometer fällt es mir schwerer, mir vorzustellen, hier nicht mehr zu wohnen.

Der Flughafen Paris Charles de Gaulle taucht vor uns auf und meine Nervosität verdreifacht sich. Mit einem komischen Gefühl im Bauch steige ich aus dem Taxi und gehe auf den Fahrer zu, um ihm meinen Koffer abzunehmen, den er gerade aus dem Kofferraum gehoben hat.

Jetzt ist es also so weit. Es heißt ›Au revoir, Paris‹.

»Miss?« Der Taxifahrer versetzt mich wieder ins Hier und Jetzt. Erst dann bemerke ich, dass ich gedankenverloren vor ihm stehen geblieben bin. Mit dem Kopf nickt er in Richtung meines Koffers.

»Oh«, antworte ich bloß, nehme ihm den Koffer ab und verabschiede mich. Mit schnellen Schritten eile ich zum Eingang des Flughafens. Und muss erst einmal tief durchatmen, als ich in der belebten Halle stehe. Unzählige Menschen tummeln sich hier und in der ersten Sekunde ist mir schwindelig. Überforderung macht sich in mir breit. Ich versuche, mich zu sammeln, und ziehe mein Handy aus der Hosentasche, um mein Flugticket aufzurufen.

Ich frage mich, wieso sich meine Beine so zittrig anfühlen, als ich mich wieder in Bewegung setze und mich in Richtung meines Schalters bewege. Ein paar Menschen haben sich schon in die Reihe gestellt und ich geselle mich zu ihnen.

Bloß nicht wieder in den Gedankenstrudel geraten, versuche ich, mich zu erinnern. Wenn ich erst wieder damit anfange, weiß ich nicht, wie meine emotionale Verfassung ist, sobald ich später das Flugzeug betrete. Also lenke ich mich ab und tippe eine Nachricht in den Gruppenchat mit meinen Dads ein, die sich bereits danach erkundigen, ob ich sicher am Flughafen angekommen bin und ob alles geklappt hat. Die beiden freuen sich schon riesig darauf, mich morgen endlich wiederzusehen. So wie ich sie kenne, wird das ganze Haus geschmückt sein und sie planen heimlich eine Willkommensparty.

Der Gedanke daran erfüllt mich allerdings nicht mit riesiger Vorfreude.

Glücklicherweise bin ich jetzt diejenige, die an den Schalter gehen kann, um einzuchecken und ihren Koffer abzugeben. Als das getan ist, weiß ich, dass es kein Zurück mehr gibt.

Die übrig gebliebene Zeit bis zum Boarding verbringe ich damit, durch den Flughafen zu wandern und mir die Geschäfte anzusehen. Bloß, um irgendetwas zu machen, das mich ablenkt.

Die Zeit geht schneller vorbei, als mir lieb ist, und als es Zeit für das Boarding ist, reihe ich mich mit klopfendem Herzen bei den anderen Fluggästen ein. Sobald ich das Flugzeug betrete, muss ich mir fest auf die Unterlippe beißen. Niemals hätte ich gedacht, dass mein Abschied von Paris mich emotional so mitnehmen würde.

Aber da habe ich noch nicht geahnt, was ich hier alles erleben würde.

Die Stewardess zeigt mir, in welche Richtung ich zu meinem Platz laufen muss, und ich atme tief durch, sobald ich mich hingesetzt habe.

Jetzt heißt es, durchhalten, bis du zu Hause angekommen bist, bevor du dich in deinem Bett vergräbst und dir die Augen ausheulst.

Ich bete, dass die anderen Fluggäste schnell ihren Platz finden, damit wir so bald wie möglich abheben können, ich meine Kopfhörer aufsetzen, die Musik viel zu laut schalten und so lange die Augen schließen kann, bis wir endlich in San Francisco gelandet sind.

Doch nachdem alle Passagiere ihren Platz gefunden haben, dauert es noch eine ganze Weile. Nervös spiele ich mit meinen Fingern, schaue mich um, halte es kaum noch aus.

»Hallo und willkommen an Bord«, begrüßt uns die freundliche Stimme einer Stewardess.

Erleichtert lehne ich meinen Kopf an den Sitz. Dann kann es ja endlich losgehen.

»Entschuldigen Sie bitte die Verspätung. Es kann gleich losgehen. Aber zuerst haben wir noch ein wichtiges Anliegen von einem jungen Mann, das wir einfach nicht ignorieren können. Ich gebe die Leitung also kurz weiter und bitte Sie für einen Moment noch um Ihre Aufmerksamkeit. Besonders eine junge Dame unter Ihnen.«

Ich blinzele und bin genauso verwirrt von den Worten der Stewardess wie die Passagiere um mich herum. Getuschel ist zu hören und alle sind ganz neugierig auf das, was jetzt kommt.

»Ähm, hallo zusammen«, ertönt auf einmal eine tiefe, männliche Stimme. »Es tut mir jetzt schon leid, dass ich Ihre Zeit beanspruche, aber ich denke, Sie werden es mir nachsehen. Wissen Sie, ich muss hier gerade verdammt mutig sein und vor einem komplett besetzten Flugzeug sprechen, dabei hängt mir das Herz in der Hose.«

Ein paar Passagiere fangen an, zu lachen, zusammen mit dem Mann, dessen Stimme durch das Flugzeug hallt. Ich habe das Gefühl, mir würde die Luft zum Atmen geraubt.

Diese Stimme. Das kann doch nicht sein. Das kann gerade niemals, absolut niemals passieren. Träume ich etwa? Vielleicht hat das Flugzeug ja längst abgehoben und ich befinde mich bereits über dem Atlantischen Ozean. Höre Musik und habe gar nicht mitbekommen, wie ich in den Schlaf gesunken bin. Vielleicht ist das ja gerade so etwas wie ein luzider Traum.

»Es ist nämlich so, dass unter Ihnen eine wunderschöne junge Frau sitzt, die sich gerade zurück auf dem Weg in ihr Heimatland befindet. Und wissen Sie, ich kann sie nicht einfach so gehen lassen, ohne sie noch einmal zu sehen. Wir sind nämlich nicht im Guten auseinandergegangen und ich würde alles tun, um das wieder rückgängig zu machen.«

Durch die Menge raunt ein ›Ohhh‹. Spätestens jetzt begreift mein Kopf, dass ich mich gerade *nicht* in einem Traum befinde. Mit aufgerissenen Augen blicke ich umher, kann Will jedoch nicht ausfindig machen. Mir ist heiß und kalt zugleich, mein Brustkorb bebt viel zu schnell, das Blut rast in meinen Adern.

Neugierig blicken sich die anderen Fluggäste um und tuscheln, alle ganz interessiert daran, von wem der junge Mann denn nun spricht.

»Hailey«, spricht Will weiter und ich habe das Gefühl, seine Stimme findet ihren Weg geradewegs zurück in mein Herz. »Es tut mir leid. Alles, was geschehen ist. Dass ich dir gegenüber nicht ehrlich war. Und auch zu deiner Schwester nicht.«

Und dann sehe ich ihn. Er läuft den schmalen Gang entlang, sein Blick schwenkt nach links und rechts. Er sucht mich.

Ich habe das Gefühl, mein Kopf färbt sich zu einer knallroten Tomate.

»Hailey«, ruft jetzt ein Fluggast, der ein paar Reihen schräg vor mir sitzt. »Wo bist du? Der junge Mann sucht dich!«

O Gott. Ich atme tief durch, versuche, meine Nerven zu beruhigen. Im Leben hätte ich nicht damit gerechnet, dass Will hier im Flugzeug auftaucht und es daran hindert, abzuheben. Ich komme mir vor, als sei ich geradewegs in einen Liebesfilm katapultiert worden.

»Genau, Hailey!«, fügt jetzt auch eine Frau aus dem hinteren Bereich des Flugzeugs hinzu. »Der Mann ist verdammt mutig, dass er uns am Abheben hindert, um sich zu entschuldigen!«

Jetzt gibt es kein Halten mehr. Auch die anderen Passagiere mischen sich ein und es dauert nicht lange, bis sie alle meinen Namen rufen.

»Hailey! Hailey! Hailey!«, tönt es durch das Flugzeug.

Da ich die Einzige bin, die sich an den Rufen nicht beteiligt, habe ich das Gefühl, die Fluggäste um mich herum kapieren langsam, dass *ich* die Frau bin, die gesucht wird.

Wills Miene wirkt angespannt. Ich sehe, wie er sich umsieht in der Hoffnung, mich zu entdecken. Bislang hat er es nicht getan. Wie viel Mut musste er zusammenkratzen, um diese Aktion durchzuziehen? Und wie hat er es überhaupt geschafft, hier reinzukommen?

Ich stehe auf, bevor ich noch weitergrübeln kann.

»Ich bin hier«, sage ich und spüre sofort alle Blicke auf mir.

Dann wird es still. Wills Blick trifft auf meinen und mit einem Mal ist es so wie vor vier Monaten. Als wir uns in der Metro gesehen haben, Tag für Tag. Keiner von uns hat sich getraut, den anderen anzusprechen, also haben wir das unsere Blicke übernehmen lassen.

Langsam breitet sich auf seinem Gesicht ein Lächeln aus, jedoch zaghaft. Ich glaube, die Unsicherheit in seinem Blick zu erkennen. Die Nervosität und Aufregung davor, wie ich jetzt reagieren werde.

Ich bin mir bewusst, dass uns gerade alle beobachten. Viele von ihnen hoffen vielleicht auf eine romantische Szene, wie aus diesen typischen Hollywoodfilmen, andere verfluchen uns möglicherweise dafür, dass wir den ganzen Verkehr aufhalten. Doch solange niemand einschreitet, versuche ich, alles um uns herum auszublenden und mich nur auf Will zu konzentrieren.

Ich stelle mich in den Gang und gehe ein paar

Schritte auf ihn zu, bis uns nur noch wenige voneinander trennen.

»Es tut mir leid, Hailey«, wiederholt Will und ich sehe die Reue in seinen Augen. »Ich wollte dich nie verletzen.«

»Ich weiß«, antworte ich und nicke.

»Ich vermisse dich so sehr. Kein Tag ist vergangen, an dem ich nicht bereut habe, was geschehen ist. Du bist alles für mich, Hailey. Und weißt du was? Ich arbeite nicht mehr in der Praxis. Stattdessen plane und backe ich gerade in jeder freien Sekunde ... aber ich habe gemerkt, dass mich das allein niemals erfüllen wird, wenn ich dich nicht an meiner Seite habe.«

Wieder höre ich vereinzelte Stimmen, die ›Ohhh‹ rufen und tuscheln. Ich weiß gar nicht, worauf ich zuerst reagieren soll. Will arbeitet nicht mehr in der Praxis und will wirklich versuchen, seine eigene Bäckerei zu eröffnen? Ich muss lächeln und beiße mir auf die Lippe. Allein das zu hören, reicht mir schon. Zu wissen, dass er es endlich probiert, sich endlich erlaubt, seine Träume auszuleben.

»Jetzt küsst euch schon!«, ruft auf einmal ein Passagier.

Ich zucke zusammen, muss dann jedoch lachen, als die anderen Fluggäste ihm johlend zustimmen und anfangen, in die Hände zu klatschen. Ich schaue zu Will, verliere mich für eine Sekunde in seinem Anblick. In den träumerischen Augen, die mich nicht loslassen.

Er zuckt mit den Schultern, legt seinen Kopf schief und schaut mich auffordernd an.

»Sollen wir den Leuten das geben, was sie wollen?«, frage ich und überbrücke die Distanz, die uns noch voneinander trennt.

Kurz vor ihm bleibe ich stehen, blicke zu ihm hoch.

Sein holziger Duft umhüllt mich, dann spüre ich seine Hände an meiner Hüfte. Langsam zieht er mich an sich, bis meine Brust gegen seinen Körper drückt. Ich schlinge die Arme um seinen Nacken und fast bin ich überwältigt von diesem berauschenden Gefühl, das das Ganze in mir auslöst.

»Nichts lieber als das«, wispert er dann in mein Ohr, legt seine Hand in meinen Nacken und zieht meine Lippen an seine.

Als wir uns küssen, jubelt die Menge um uns herum und eine Gänsehaut breitet sich auf meinem Körper aus. Ich merke, wie Will grinsen muss, und kann selbst nicht anders, denn noch nie hat sich etwas so schön angefühlt. Jemanden zu küssen, der sein Lächeln nicht zurückhalten kann, weil er so glücklich ist ... Was gibt es Wundervolleres auf dieser Welt?

Ein Tippen auf meiner Schulter reißt mich aus diesem unwirklichen Moment und als ich mich umdrehe, erkenne ich eine der Stewardessen hinter mir.

»Miss, so langsam müssen wir wirklich abheben. Das hier war eine riesige Ausnahme. Wollen Sie sich wieder an Ihren Platz setzen, oder ...?« Sie legt ihren Kopf schief und schaut an mir vorbei zu Will.

Ich weiß, worauf sie hinauswill. Mein Herzschlag verdoppelt sich.

»Ich glaube, jetzt ist der Zeitpunkt, an dem ich dich gehen lassen muss«, sagt Will und streicht mit seiner Hand über meine Wange.

»Außer ...«, sage ich und ziehe eine Augenbraue in die Höhe.

Will reißt seine Augen auf und mustert mich ungläubig. Doch bevor er etwas erwidern kann, halte ich meinen Zeigefinger an seine Lippen. Dann wende ich mich wieder an die Stewardess.

»Ich glaube, es gibt eine Planänderung«, sage ich dann. Die Frau nickt aufgeregt und lächelt mir zu.

»Wie Sie wünschen«, sagt sie dann. »Aber dann müssen Sie erst einmal eine Weile ohne Ihren Koffer auskommen, den können wir Ihnen leider nicht mehr übergeben.«

Ich zucke mit den Schultern. Adrenalin durchfährt meinen Körper. »Das macht nichts. Ich lasse ihn mir einfach zurücksenden.«

Ich gehe zu meinem Platz zurück, schnappe mir meine Handtasche und laufe auf Will zu. Den Mann, der mein Herz erobert hat.

»Bist du dir sicher?«, hakt er nach und legt seine Hände auf meine Schultern. »Ich meine, du hast diesen Flug schon bezahlt. Und was sagen deine Dads dazu? Und was ist mit deinem Chef? Wie lange willst du denn bleiben? Also von mir aus kannst du natürlich für immer …«

Ich drücke ihm einen schnellen Kuss auf die Lippen, um ihn zum Schweigen zu bringen.

»Schh!«, sage ich dann mit einem breiten Grinsen auf den Lippen. »Manchmal muss man einfach mutig sein und Dinge wagen. Und das mache ich jetzt.«

Er schaut mich einen Moment lang voller Wärme an, dann nickt er, greift nach meiner Hand und zieht mich hinter sich her. Umgeben von jubelnden Zurufen und Applaus verlassen wir das Flugzeug. Und ich glaube, ich habe noch nie in meinem Leben so sehr lächeln müssen.

PLACE POSTAGE STAMP HERE
CARTE POSTALE
ADRESSE
CORRESPONDANCE
Paris

Hailey
EPILOG

Ein paar Monate später …

Der Duft von Zimtschnecken steigt in meine Nase. Mein Magen fängt an zu grummeln und ich strecke meine Hand nach dem köstlichen Gebäck auf dem Backblech aus, das Will in diesem Moment aus dem Ofen holt.

»Hey, die sind doch noch viel zu heiß!«, ermahnt er mich und stellt sich lachend mit dem Rücken so vor mich, dass ich nicht an die Zimtschnecken herankomme.

»Oh, menno«, maule ich und lehne mich dann kichernd an seiner Schulter an.

Will stellt das Blech auf der Arbeitsplatte ab, zieht sich die Ofenhandschuhe aus und zieht mich dann enger an sich. Sanft presst er einen Kuss auf meinen Scheitel.

»Ich liebe dich«, wispert er.

»Und ich liebe dich noch viel mehr.«

In meinem Bauch flattert es selbst jetzt noch, so viele Monate später. Obwohl wir zwei schon eine ganze Weile zusammenwohnen.

»Ich muss mich noch ein wenig an den Papierkram

setzen«, erklärt Will und löst sich widerwillig von mir. »Auch wenn ich am liebsten die ganze Zeit mit dir zusammen sein würde. Aber ich sollte noch an meinem Businessplan feilen. Dafür lade ich dich dann heute Abend zum Essen ein.«

»Das klingt doch nach einem Plan. Du schaffst das schon.« Ich stelle mich noch einmal schnell auf die Zehenspitzen, um einen Kuss zu ergattern.

Will legt seine Hände an meine Taille und ich schmiege mich enger an ihn. Der Kuss wird schnell leidenschaftlicher, unsere Zungen spielen miteinander und ich stöhne in seinen Mund hinein. Ich spüre, wie sich sein Griff um mich verstärkt. Dann löst er sich ganz schnell von mir.

»Wenn wir so weitermachen, landen wir gleich woanders und ich ganz sicher nicht vor meinem Businessplan.«

Ich grinse ihm zu und streiche über seine Brust. »Na gut. Dann ab mit dir. Aber dann verwöhne ich dich erst einmal richtig nach deiner harten Arbeit.«

Will legt seinen Kopf schief, umgreift sachte mein Kinn und drückt es nach oben. »Dagegen habe ich nichts einzuwenden.«

Ein letztes Mal gibt er mir einen Kuss auf die Wange, dann begibt er sich ins Wohnzimmer, um zu arbeiten. Sobald er die Küche verlassen hat, berühre ich eine der Zimtschnecken, um herauszufinden, ob sie immer noch zu heiß sind. Leider ist das der Fall, also werde ich noch ein bisschen warten müssen, bevor ich eine von Wills köstlichen Kreationen kosten kann.

Meinen Blick treibt es aus dem Fenster. Ich beobachte die Menschen, die auf den Bürgersteigen laufen, die Vögel, die am Himmel entlang fliegen.

Die letzten sechs Monate waren ... aufregend. Mehr als das. Nachdem Will mich im Flugzeug überrascht hat, bin ich tatsächlich in Paris geblieben. Er will mir bis heute nicht verraten, wie er es geschafft hat, sich am Flughafen einzuschleusen. Aber Henry erzählte mir auf einer Party, dass sein Kumpel Pilot ist und er noch einen Gefallen bei ihm gut hatte, also hat er Will geholfen, das Ganze einzufädeln.

Nachdem ich die Entscheidung getroffen hatte, nicht in dem Flugzeug zu bleiben und zurück nach San Francisco zu fliegen, hat sich mein Leben um hundertachtzig Grad gewendet. Ich habe in dem Moment nicht viel nachgedacht. Vielleicht sind meine Emotionen Achterbahn gefahren und ich konnte nicht mehr klar denken. Aber ich bin dankbar dafür. Denn ich war mutig und habe das getan, was ich tief in mir schon die ganze Zeit wollte: in Paris bleiben.

Tatsächlich hat es sich dann als das Schlimmste herausgestellt, dass mein Koffer erst nach zwei Wochen wieder in Paris eintraf. In der Zwischenzeit hat mich meine Schwester mit Klamotten und etlichem anderen Kram versorgt und ich habe mir viel neu gekauft. Alles andere ... verlief leichter als gedacht. Als ich meine Dads anrief, um ihnen mitzuteilen, dass sie mich am nächsten Tag *nicht* am Flughafen abholen müssen, haben sie nicht so geschockt reagiert, wie ich vermutet hatte.

»Na ja, jetzt haben wir unsere beiden Töchter an die Stadt der Liebe verloren«, meinten sie. »Aber irgendwie haben wir schon damit gerechnet. Dann wird es wohl höchste Zeit, dass wir unseren Reisepass rauskramen und euch beide besuchen kommen! Wer weiß, vielleicht bleiben wir ja dann auch dort?«

Einen Monat später waren sie dann also hier und haben endlich Will kennenlernen können ... den sie – wie ich bereits geahnt hatte – direkt in ihr Herz geschlossen haben.

Nachdem ich bei Will eingezogen war, kam es auch unweigerlich zu der Situation, vor der ich am meisten Sorge hatte: mit meiner Schwester zu reden. Doch sie nahm es mir alles andere als übel. Sie meinte, dass sie einfach nur will, dass ich glücklich bin. Und dass sie bereits mit Will gesprochen habe und alles für sie geklärt sei. Ich glaube, es hat eine ganze Weile gedauert, bis sie jedoch *wirklich* nicht mehr sauer auf ihn war, aber mittlerweile können wir alle Zeit miteinander verbringen, ohne dass es in irgendeiner Weise unangenehm ist.

Und was meinen Job angeht ... Mein Chef in San Francisco war wohl die einzige Person, die im ersten Augenblick richtig schockiert reagiert hat. Doch auch er hat sich schnell gefangen und das Potenzial der Situation erkannt.

»Ich hätte ja ahnen müssen, dass Amandine dich in Paris behalten will«, meinte er scherzhaft. »Aber vielleicht ist das Ganze ja sogar ein großer Gewinn für unser Animationsstudio. Wenn ihr in Paris so gut miteinander gearbeitet habt, dann will ich die letzte Person sein, die dem im Weg steht.«

Amandine ist mir um den Hals gefallen, als ich mich am nächsten Tag mit ihr auf einen Kaffee getroffen habe. Mittlerweile bin ich fester Bestandteil ihres Teams und wir arbeiten unglaublich gut zusammen. Wir stecken bereits mitten in der Arbeit für den nächsten Animationsfilm und es könnte nicht besser laufen.

»Ich gehe noch ein bisschen raus, solange du arbeitest«, rufe ich Will zu, schnappe mir meine Handtasche, ziehe meine Jacke über und gehe dann noch einmal schnell zu ihm ins Wohnzimmer, um ihm einen Kuss zu geben. Dann husche ich nach draußen.

Es ist inzwischen Winter und ziemlich kalt, also stecke ich die Hände in die Jackentaschen, während ich zur Metro eile. Ich habe es nicht allzu weit und kann wenige Stationen später wieder aussteigen. Mein Ziel ist heute mein altes Apartment, bei dem ich einen ganz besonderen Menschen besuchen möchte. Doch vorher besuche ich das Café an der Straßenecke, um zwei Coffee to go zu bestellen. Dann eile ich die Straße hinunter.

Im Foyer meines alten Wohngebäudes sitzt er am gleichen Fleck, als wäre keine Zeit vergangen. Monsieur Dupont winkt mir von der Bank aus zu.

»Meine Liebe«, begrüßt er mich. »Wie komme ich zu der Ehre?«

Ich lächele ihm zu und hebe beide Kaffeebecher in die Höhe. »Ich wollte Ihnen ein wenig Gesellschaft leisten, wenn es Ihnen recht ist.«

Auf seinem faltigen Gesicht breitet sich sein typisches warmes Lächeln aus, das mich jedes Mal wieder glücklich stimmt.

»Das ist sehr, sehr lieb von Ihnen, Miss Hailey. Kommen Sie her.« Er klopft auf den Platz neben sich.

Nachdem ich mich gesetzt habe, reiche ich ihm den dampfenden Kaffeebecher. Wir unterhalten uns ein wenig über dies und das, ich erzähle Monsieur Dupont, wie es auf der Arbeit läuft, und er berichtet mir von den neu eingezogenen Bewohnern. Es ist schön, Zeit mit ihm zu verbringen, und ich weiß, dass er sich genauso über meine Gesellschaft freut. Ich versuche, ihn jede Woche hier zu besuchen oder mit ihm Essen zu gehen, damit unser Kontakt nicht abbricht. Diese Tradition führen wir, seit ich mich dazu entschieden habe, in Paris zu bleiben.

»Und«, fragt er dann, »sind Sie froh, dass Sie in Paris geblieben sind?«

Ich schaue geradeaus und umklammere den Kaffeebecher mit beiden Händen. Im Kopf lasse ich die letzten Monate Revue passieren.

»Ein weiser Mann hat mal zu mir gesagt, dass wir die Schöpfer unserer eigenen Welt sind. Und dass man sein Leben romantisch und schön gestalten kann, wenn man es zulässt. Genau das habe ich getan.«

Er lächelt, wohl wissend, dass ich gerade eben seine Worte von vor vielen Monaten zitiert habe. So viele Dinge, die er zu mir gesagt hat, habe ich tief in meinem Herzen gespeichert und werde sie nie vergessen.

»Ganz genau«, antwortet er und nickt. »Sie haben Ihr Herz geöffnet, Miss Hailey. Sie haben Dinge zugelassen und waren bereit, sie zu erfahren. Das ist es, was das Leben ausmacht. Deshalb sitze ich heute hier, auch nach all den Jahren, in denen ich ohne meine geliebte Madeleine bin, und bin trotzdem so glücklich mit jedem Morgen, an dem ich aufstehe.«

Ich lege meinen Kopf schief und beobachte, wie weich seine Züge werden, sobald er von seiner Frau spricht. Ich wünschte, ich hätte sie kennenlernen können.

»Sie haben mir wirklich viele Dinge beigebracht«, sage ich und spüre tiefe Dankbarkeit, doch Monsieur Dupont schüttelt seinen Kopf.

»Ich habe Sie bloß auf das hingewiesen, was Sie tief in Ihrem Herzen bereits wussten«, erklärt er mir.

Ich lehne mich zurück und glaube, dass er damit vielleicht sogar recht hat.

»Sie wissen genauso sehr wie ich, dass Ihnen noch Großes in Ihrem Leben bevorsteht, habe ich recht?«

Ich beiße mir auf die Unterlippe und nicke. In meiner Karriere entwickelt sich alles so schnell weiter, dass ich oftmals gar nicht die Chance habe, innezuhalten und alles mitzubekommen. Die letzten Monate haben mich auf dem Weg zu meinem großen Ziel ein ganzes Stück weiter nach vorn katapultiert. Und ich weiß, wenn ich jeden Tag so weitermache, dann werde ich eines

Tages auf der Bühne des Dolby Theatres stehen und meinen Academy-Award entgegennehmen.

»Wenn Sie dieses Funkeln in den Augen haben, weiß ich ganz genau, an was Sie denken«, spricht er weiter und ich muss grinsen.

»Ist das so offensichtlich?«, frage ich lachend.

»Sie sind zu Großem bestimmt. Und wenn es so weit ist, werde ich Sie von meinem Fernseher aus anfeuern, meine liebe Miss Hailey.«

Ich muss schmunzeln. »Wenn es so weit ist, dann sind Sie meine Begleitung und sitzen im Publikum, Monsieur Dupont. Das steht außer Frage.«

»Ob Ihrem lieben Will das gefallen wird?«

Wir lachen und albern weiter und ich genieße jede Sekunde, die wir miteinander verbringen, bevor ich am späten Nachmittag wieder den Heimweg antrete.

Als ich in die kühle Winterluft nach draußen trete, bleibe ich einen Moment stehen, um alles um mich herum aufzunehmen. Die Menschen, die den Gehweg entlang eilen. Die hupenden Autos. Die vereinzelten Vögel, die über mich hinweg fliegen. Den kalten Wind, der mir ins Gesicht schneidet und mich frösteln lässt.

Ich stecke meine Hände in die Jackentasche und laufe zurück zur Metrostation, um wieder zu Will zu fahren. Zu dem Mann, dem mein Herz gehört.

Ein Lächeln stiehlt sich auf mein Gesicht und ich beiße auf meine Unterlippe. Diese Stadt, die Stadt der Liebe, hat mir so viel gegeben. Nicht bloß Will, sondern auch eine tiefere Verbindung zu meiner Schwester und ganz besonders Selbstvertrauen, Mut und Stärke. Wie hat ein alter weiser Mann mal zu mir gesagt? *Wenn man in Paris ist, dann muss man alles erleben. Jede Emotion, in all ihren Farben.*

Und das habe ich.

PLACE POSTAGE STAMP HERE
CARTE POSTALE
ADRESSE
CORRESPONDANCE
Paris

Hailey

EPILOG 2

Einige Zeit später …

»Beeil dich, sonst kommst du noch zu spät zu deiner eigenen Premiere!« Will läuft auf sein Handgelenk klopfend und breit grinsend auf mich zu, um mir einen Kuss auf die Wange zu geben.

»Ja ja, ich beeile mich schon«, erwidere ich, befestige die Ohrstecker an meinem Ohr und strecke Will dann die Zunge heraus.

Vor dem Ganzkörperspiegel betrachte ich noch einmal mein Outfit – ein schulterfreies, langes, silbernes Kleid, das an der Taille enger geschnitten ist. Meine Haare reichen mir mittlerweile über die Schulter und fallen in sanften Wellen.

Ich beiße mir auf die Unterlippe, als Will mich von hinten umarmt und seinen Kopf auf meiner nackten Schulter ablegt.

»Du siehst … wunderschön aus«, haucht er in mein Ohr und sorgt dafür, dass sich eine Gänsehaut auf meiner Haut ausbreitet. »Wenn wir es nicht so eilig hätten, hätte ich noch ganz andere Pläne mit dir.«

Ich lächele unserem Spiegelbild entgegen und drehe mich zu ihm um. Meine Hände lege ich um seinen Nacken, um ihn näher an mich zu ziehen. »Du siehst aber auch nicht schlecht aus«, necke ich ihn.

In seinem dunklen Anzug und mit den nach hinten gestylten Haaren sieht er so unverschämt gut aus, dass es verboten werden sollte. Keine Sekunde später spüre ich seine warmen Lippen auf meinen, sanft, behutsam. Doch das Feuer in mir braucht nicht lange, bis es zu lodern beginnt, und ich schlinge meine Hände fester um ihn, will – nein, brauche – mehr, mehr, mehr.

»Ich will dir nicht deinen Lippenstift ruinieren«, sagt Will jedoch, löst sich langsam von mir und streicht vorsichtig mit seinem Daumen an meinem Mundwinkel entlang.

»Na gut. Ich glaube, wir sollten langsam los.« Ein Blick auf die Wanduhr zeigt mir, dass der Fahrer, der uns abholt und zur Premiere von *Nightfall* fährt, eingetroffen sein müsste.

Will schaut mich eine Sekunde lang bloß an, dann lächelt er breit. »Ich bin so verdammt stolz auf dich.«

Ich lege den Kopf schief und lächele zurück. »Und ich auf dich und deine wunderschöne Bäckerei.«

Er drückt mir einen letzten Kuss auf die Stirn, dann verschränken wir unsere Finger miteinander und verlassen unser gemeinsames Apartment. Seit einiger Zeit wohnen wir zusammen hier im Quartier Latin, weil wir uns in diesen Stadtteil verliebt haben. Vielleicht auch, weil wir uns hier kennengelernt haben.

Wir betreten den Aufzug und fahren nach unten und ich kann nicht anders, als vor mich hin zu lächeln bei dem Gedanken an das Leben, das wir uns zusammen aufbauen: Will mit seiner Bäckerei, in die er all sein Herzblut steckt und die sich langsam einen großen

Kundenstamm aufbaut, und ich, die gerade auf dem Weg zur Filmpremiere des Animationsfilms ist, an dem sie als einziger Concept Artist gearbeitet hat.

Und wenn wir so weitermachen, Tag für Tag, dann werden all unsere größten Träume wahr werden. Daran führt nichts vorbei. Dann werde ich, gemeinsam mit Will, in Los Angeles den roten Teppich am Walk of Fame entlanglaufen und bei den Oscars im Dolby Theatre eingeladen sein. Ich höre schon, wie mein Name gerufen wird: »Hailey West gewinnt den Academy-Award für den besten animierten Spielfilm.« Und alle klatschen.

Es ist wahnsinnig aufregend, den roten Teppich entlangzugehen. All der Trubel, die Menschen, die gute Stimmung. Ich bin so dankbar, hier zu sein, dass ich aus dem Lächeln gar nicht mehr herauskomme.

Wir werden fotografiert und ich bin etwas überfordert, da ich keine Ahnung habe, wo ich hinschauen muss und ob ich anständig stehe. Doch Will nimmt mir meine Angespanntheit, indem er mir immer wieder beruhigend über den Rücken streichelt oder meine Hand nimmt. Ihn hier bei mir zu haben, tut mir wirklich gut.

»Ich wünschte, meine Dads könnten auch hier sein«, sage ich zu Will, als wir den Kinosaal betreten, in dem heute erstmalig *Nightfall* gezeigt wird.

»Ich weiß. Sie sind unwahrscheinlich stolz auf dich.«

Leider konnte ich bloß drei Tickets für die Premiere des Films verschenken und meine Dads haben darauf bestanden, dass ich meiner Schwester und Will jeweils ein Ticket gebe. Das dritte Ticket habe ich für eine ganz besondere Person aufgehoben, ohne die ich in meiner Zeit hier in Paris vermutlich verloren gewesen wäre.

Will und ich halten Ausschau nach den beiden Personen, denen ich ein Ticket schenken durfte, da sie einen gesonderten Eingang nehmen mussten und den roten Teppich übersprungen haben. In der dritten Reihe erkenne ich sie dann: meine Schwester und Monsieur Dupont.

»Da vorn sind sie!«, quieke ich aufgeregt und ziehe Will hinter mir her.

Als wir bei den beiden angekommen sind, springt meine Schwester direkt auf, um mich in eine feste Umarmung zu ziehen. In ihrem schwarzen Kleid mit dem sexy Beinschlitz sieht sie so aus, als gehöre sie ebenfalls auf den roten Teppich.

»Gott, du siehst so was von heiß aus!«, ruft sie laut und sorgt dafür, dass ich erröte. »Vielleicht sollte ich ja doch noch Make-up-Artist werden. Meine Skills lassen sich sehen!«

Ich löse mich langsam von ihr und erkenne, wie ihre Augen schimmern. »Fang bitte nicht an zu weinen«, flehe ich sie an. »Das Facetime mit unseren Dads vorhin hat mich schon an meine Grenzen gebracht.«

Elara nickt und presst die Lippen zusammen. »Ich versuche, mich zusammenzureißen. Aber wenn dein Name am Ende bei den Credits aufgeführt wird, kann ich dir nicht versprechen, nicht wie wild zu klatschen.«

Lachend verdrehe ich die Augen und wende mich dann an Monsieur Dupont, der neben meiner Schwester sitzt. Auch er sieht wie aus dem Ei gepellt aus. Über seinem weißen Hemd trägt er eine braune Weste und lächelt mich so warmherzig an, dass mein Herz anschwillt.

Ich beuge mich zu ihm hinunter, um ihn zu umarmen. Als ich mich wieder von ihm löse, ist sein Lächeln noch breiter geworden.

»Meine Liebe«, sagt er dann. »Sie sehen wirklich bezaubernd aus. Wie ein richtiger Star!«

Sein Kompliment schafft es, meine Augen feucht werden zu lassen, und ich beiße mir auf die Lippe.

»Das Gleiche kann ich aber auch von Ihnen behaupten! Wie wäre es, haben Sie noch Lust, Schauspieler zu werden? Oder Model?«

Lachend legt er den Kopf schief und ich liebe es, umgeben von den Menschen zu sein, die mir guttun und mich unterstützen bei allem, was ich tue. Hinter uns diskutieren Will und Elara über Filme, die momentan im Kino laufen, und ich bin so dankbar, dass die beiden es geschafft haben, die Vergangenheit hinter sich zu lassen.

Alle werden ruhig, als Amandine mit einem Mikrofon in der Hand vor die Leinwand tritt. Schnell nehme ich zwischen Will und Monsieur Dupont Platz.

Meine Chefin heißt alle herzlich willkommen und spricht ein wenig über die Entstehung des Films. Als sie zu mir sieht, nicken wir uns zu. Sie ist eine Frau, die ich unwahrscheinlich bewundere. Für ihren Ehrgeiz, ihre harte Arbeit und ihren Willen, Großes zu erreichen.

Es ist ein besonderes Gefühl, den Film im Kino zu sehen, an dem man mitgearbeitet hat. Dessen Entstehung man von Anfang bis Ende mitverfolgen durfte. Der Animationsfilm ist spannend, mitreißend und einfach nur unglaublich toll geworden und meine Brust platzt bald vor lauter Stolz. Mit Herzklopfen beobachte ich, wie die Credits am Ende des Films gezeigt werden, mit Anspannung darauf wartend, dass mein eigener Name dort steht.

Als es endlich so weit ist, legt Will seinen Arm um mich, sagt »Das bist du!« in mein Ohr und Elara klatscht aufgeregt in ihre Hände. Doch am lautesten ist Monsieur Dupont.

Er pfeift und dann ruft er: »Merkt euch diesen Namen! Hailey West. Bald ist sie bei den Oscars.«

Und in diesem Moment beschließe ich, ihm meinen ersten Academy-Award zu widmen.

Ende

Danksagung

An erster Stelle möchte ich mich bei euch, meinen Leser:innen, bedanken. Dafür, dass ihr meine Bücher lest, liebt und eure Freude mit mir teilt. Mein Leben lang wollte ich Bücher veröffentlichen und als Autorin arbeiten können, und das jetzt zu tun, fühlt sich einfach nur unbeschreiblich schön an. Mein großer Dank gilt eurem wundervollen Support.

Ich danke dem gesamten Team vom Federherz Verlag für die Unterstützung und das Vertrauen.

Danke an meine Buchbetreuerin Jasmin und meine Lektorin Eva – für euer aufmerksames Auge und die hilfreichen Kommentare.

Ein großer Dank geht an meine Korrektorin Kristina – die Zusammenarbeit mit dir ist jedes Mal aufs Neue super. Dank deines Vorschlags, eine Geschichte in Paris zu schreiben, ist dieses Buch überhaupt erst entstanden.

Außerdem danke ich Nikolina für das wunderschönste Cover.

Mein nächster Dank gilt meinen Testleser:innen, die mir meine Zweifel genommen und mir so viel geholfen haben: Jenny, Birgit, Daniela, Ines, Helga, Sabrina und Vivien.

Unendlich dankbar bin ich Annika für die wundervollste Charakterkarte und den Support.

Das allergrößte Danke geht an Sarah. Für alles.

Übrigens: Der *Nightfall*-Comic existiert wirklich – auf Webtoon. Den solltet ihr euch nicht entgehen lassen!

Mehr Infos auf Instagram: @nightfall_webcomic

Freut euch auf den herzzerreißenden Haters-to-Lovers Roman von Julia Mayer und erlebt heiße Szenen und ein traumhaftes Happy End.

**Was passiert, wenn sich dein One-Night-Stand ein Jahr später als der neue Nachbar entpuppt?
Richtig! Es fliegen die Fetzen.**

Als Hazel Gray auf einer Party von dem charmanten Caleb Reed vor einem dummen Anmachspruch gerettet wird, funkt es gewaltig zwischen ihnen. Dass er sich als Hazels Freund ausgibt, um sie zu retten, macht das Ganze noch romantischer. Es kommt zu einer heißen Nacht und Hazel ist hin und weg. Zumindest bis Calebs Handy am nächsten Morgen klingelt und sie eine Nachricht von einer Frau entdeckt. Ist Caleb etwa ein Fremdgeher? Auch wenn er es abstreitet, verlässt Hazel wutentbrannt das Hotel.

Ein Jahr später zieht Hazel in die Kleinstadt Greeneville, nachdem sie ein Haus geerbt hat. Und ihr neuer Nachbar ist niemand Geringeres als Caleb! Sein ausgeprägtes Selbstbewusstsein, das sexy Grinsen und seine geheimnisvolle Art treiben sie zur Weißglut und von harmonischer Nachbarschaft ist keine Rede. Aber dem Grundstücksnachbarn lässt es sich nur schwer aus dem Weg gehen und irgendwann können sich beide nicht mehr voneinander fernhalten.

Doch wieso verschwindet Caleb nachts ständig? Und auch keiner der Anwohner weiß wirklich etwas über den mysteriösen Nachbarn. Liegt es an seiner Vergangenheit, die er vor allen geheim halten will?

Ich hasse es, dass er mich in den Wahnsinn treibt.
Doch am meisten hasse ich es, dass mein Herz in seiner Nähe verrücktspielt.

Nachdem Polly Rivers ihre große Liebe verloren hat, hegt sie für ihr weiteres Leben keine großen Erwartungen mehr. Sie möchte nur noch mit ihrer Katze auf ihrer Terrasse im kleinen Darrywood sitzen, den Sonnenaufgang genießen und ihrem Literaturagenten ab und zu katastrophale Manuskripte schicken. Leider scheint ihr Nachbar, der ehemalige Footballstar Drake Dawn, aber zum Ziel zu haben, ihren Plan zunichtezumachen. Sein unmögliches Verhalten treibt Polly regelmäßig zur Weißglut. Da hilft es auch nicht, dass er unfassbar scharf ist — ganz im Gegenteil. Als beide der heißen Anziehung nicht länger widerstehen können, schließen sie einen Deal der besonderen Art. Bald muss sich Polly allerdings eingestehen, dass sie mehr für Drake empfindet, als sie es jemals wieder tun wollte. Außerdem wären da noch die schwerwiegenden Geheimnisse, die Polly und Drake voreinander haben und die alles zerstören könnten ...